LISA JEWELL

Die Liebe seines Lebens

Buch

Früh an einem Morgen im April stürzt die dreiunddreißigjährige Lehrerin Maya in London vor einen Bus und stirbt. Ein tragisches Unglück – oder Selbstmord? Laut einer Zeugin, die am selben Abend in einer Bar mit Maya gesprochen hatte, wirkte sie nervös, traurig, geradezu verzweifelt. Dabei gab es keinerlei Anzeichen, dass in Mayas Leben etwas Grundlegendes nicht stimmte: Sie war eine lebensfrohe junge Frau, die von allen, die ihr begegneten, ins Herz geschlossen wurde. Das denkt zumindest ihr Ehemann Adrian, ein erfolgreicher Architekt, der mit Maya zum dritten Mal geheiratet hatte. Seine neue Ehefrau wurde von seinen beiden Exfrauen und seinen fünf Kindern mit offenen Armen in die Familie aufgenommen. Alle schienen glücklich zu sein. Doch nach und nach beginnt Adrians scheinbar perfektes Leben sich aufzulösen. Sind ihm wirklich alle so wohlgesonnen, wie er glaubt? Und fühlte sich Maya bei den regelmäßigen Treffen mit seinen beiden Exfamilien tatsächlich so akzeptiert und gemocht, wie es den Anschein erweckte? Wie sich bald herausstellt, erhielt Maya schon seit Längerem verletzende und bedrohliche E-Mails von einem anonymen Absender, von denen sie Adrian nie erzählt hat. Und Adrian erkennt, dass Maya nicht die Einzige ist, die Geheimnisse vor ihm hatte …

Autorin

Lisa Jewell wurde 1968 in London geboren und arbeitete viele Jahre in der Modebranche, bevor sie sich dem Schreiben zuwandte. Die Autorin lebt mit ihrem Mann und ihren beiden Töchtern in London.

Von Lisa Jewell bereits erschienen
Der Flügelschlag des Glücks

LISA JEWELL

Die Liebe seines Lebens

Deutsch von Regina Schneider

Roman

blanvalet

Die Originalausgabe erschien 2014 unter dem Titel
The Third Wife bei Century, London.

Verlagsgruppe Random House FSC® N001967

1. Auflage

Redaktion: Ulrike Nikel
Umschlaggestaltung und -illustration: www.buerosued.de
AF · Herstellung: wag
Satz: Uhl + Massopust, Aalen
Druck und Bindung: GGP Media GmbH, Pößneck
Printed in Germany
ISBN 978-3-7341-0529-6

www.blanvalet.de

Dieses Buch ist all meinen Freunden gewidmet,
die auf meinem Whiteboard stehen.

Teil eins

1

April 2011

Es hätten Feuerwerkskörper sein können – Kracher, die da funkensprühend wie Leuchtsterne und Farbgewitter vor ihren Augen explodierten. Oder auch Nordlichter, wenn es die in diesen Breiten gäbe. Aber all das war es nicht. Es waren nur die Lichter der Neonröhren und Straßenlampen, die sie unscharf und ineinander verschwimmend im Wodkanebel wahrnahm. Maya blinzelte, versuchte die Farben aus ihrem Sichtfeld zu verbannen. Vergeblich. Sie blieben dort haften, als hätte man sie auf ihre Augäpfel gemalt.

Für einen kurzen Moment schloss sie die Augen – mit dem Ergebnis, dass sie prompt das Gleichgewicht verlor und ins Wanken geriet. Blindlings tastete sie nach einem Halt, egal wonach. Erst ein unwilliges »He, Sie da« verriet ihr, dass sie sich an etwas Lebendiges klammerte.

»Tschuldigung«, murmelte Maya. »Tut mir wirklich leid.«

Das Wesen schob sie energisch von sich weg. »Schon gut.«

Doch das entsprach nicht der Wahrheit, denn der Ton war eindeutig unfreundlich. Was Maya wiederum aufregte.

»Herrgott noch mal«, rief sie lauthals in Richtung der menschlichen Silhouette, deren Geschlecht sie mit ihrem umflorten Blick beim besten Willen nicht auszumachen vermochte. »Was ist dein Problem?«

»Wie bitte?«, sagte die Person und musterte Maya von oben herab. »Ich denke mal, du bist diejenige mit dem Problem.«

Mit diesen Worten wandte sich die Frau – um eine solche handelte es sich nämlich, wie sie endlich erkannte – brüsk ab und stöckelte mit ihren roten Schuhen, die auf dem Gehweg ein arrogantes, indigniertes Klackern erzeugten, davon.

Maya starrte der verschwommenen Gestalt, die sich rasch entfernte, hinterher, und entdeckte zum Glück einen Laternenpfahl, an den sie sich lehnen konnte. Die Scheinwerfer der herannahenden Autos ließen zusätzliche Farbspiele und Lichtreflexe vor ihren Augen entstehen, verwandelten sich in immer neue Feuerwerkskörper oder in ein Spielzeug aus Kindertagen. Sie hatte mal so ein längliches Rohr voller bunter Perlen besessen, das man schütteln musste, und wenn man dann durch das Guckloch schaute, sah man die schönsten Muster.

Wie nannte man das gleich? Es fiel ihr nicht ein. Egal. Sie wusste sowieso nichts mehr. Weder wie spät es war, noch wo sie sich eigentlich befand.

Adrians Anruf. Sie hatte mit ihm gesprochen. Hatte sich bemüht, nüchtern zu klingen. Er wollte wissen, ob er sie abholen solle. Was hatte sie ihm geantwortet? Sie erinnerte sich nicht. Wusste auch nicht, wie viel Zeit seitdem vergangen war. Adrian war so lieb. Trotzdem konnte sie nicht nach Hause gehen. Denn dann müsste sie etwas tun, vor dem sie sich lieber drückte. Vorerst zumindest. Dunkel tauchte das Bild eines Pubs aus ihrem umnebelten Gedächtnis auf. Sie hatte dort mit einer Frau geredet. Ihr versprochen, nach Hause zu gehen. Das war Stunden her.

Wo war sie seitdem gewesen?

Vermutlich war sie einfach ziellos herumgelaufen. Hatte irgendwo auf einer Bank gesessen und mit fremden Leuten gesprochen. Maya begann zu kichern. Ja, das war lustig gewesen. Komische Typen. Die hatten sie doch glatt aufgefordert, mit zu ihnen nach Hause zu kommen. Party machen. Sie war drauf und dran gewesen mitzugehen – zum Glück hatte sie in letzter Minute Nein gesagt.

Ein Bus rauschte heran. Blinzelnd versuchte sie eine Nummer zu erkennen, schaffte es aber nicht. Schlingernd verlangsamte der Bus seine Fahrt, und sie merkte, dass sich links von ihr eine Bushaltestelle befand, wo Leute standen und warteten. Sie schloss wieder die Augen, klammerte sich fester an den Laternenpfahl, denn sie spürte, wie sie erneut das Gleichgewicht verlor.

Sie lächelte in sich hinein, fühlte sich, als würde sie sanft gewiegt.

Ja, das war schön. Die vielen Farben, die Dunkelheit, der Lärm, die interessanten Menschen. So etwas sollte sie öfter machen. Rausgehen. Feiern. Sich amüsieren. Eine Gruppe junger Frauen näherte sich. Mit weit aufgerissenen Augen starrte sie ihnen entgegen, sah jede Einzelne dreifach. Alle jung und hübsch und sexy. Sie senkte die Lider, als könnte sie das unsichtbar machen. Erst als sie vorbei waren, blickte sie wieder auf.

Liebe Schlampe, warum verschwindest du nicht einfach?

Die hässlichen Worte wirbelten durch ihren Kopf, klar und deutlich, mahnend und drohend. Ebenso wie das unbarmherzige *Ich hasse sie.*

Man wollte sie nicht.

Maya trat einen Schritt nach vorne.

2

»Nach Aussage des Fahrers ist Mrs. Wolfe ihm direkt vor den Bus getorkelt, als er sich der Haltestelle näherte.«

»Getorkelt?«, hakte Adrian nach.

»Nun ja. So drückte er es aus. Offenbar hat es nicht den Eindruck erweckt, als hätte sie vorgehabt, die Fahrbahn zu überqueren. Er sagte, dass sie torkelte.«

»Also war es ein Unfall?«

»Gut möglich. Aber natürlich brauchen wir den Abschlussbericht des Rechtsmediziners mit der Feststellung der Todesursache. Bislang wissen wir lediglich, dass ihr Blutalkoholspiegel sehr hoch war.« Detective Hollis warf einen prüfenden Blick auf ein Papier, das auf dem Schreibtisch vor ihm lag. »Zwei Promille. Eine gewaltige Menge, zumal für eine so zierliche Frau wie Mrs. Wolfe. Trank sie regelmäßig?«

Die Frage ließ Adrian zusammenzucken. »Äh, ja schon, wie man's nimmt«, antwortete er zögernd. »Allerdings nicht übermäßig. Nicht mehr als jede andere dreiunddreißigjährige Lehrerin, die gestresst von einem langen Unterrichtstag heimkommt, denke ich. Ein Glas am Abend, manchmal zwei. Am Wochenende auch mal mehr.«

»Und das regelmäßig, Mr. Wolfe?«, insistierte der Detective.

Adrian stützte den Kopf in die Hände, rieb sich übers Gesicht. Er war seit halb vier in der Frühe wach, seit sein

Telefon geklingelt und ihn aus einem wirren Traum gerissen hatte, in dem er mit einem Baby im Arm durch halb London geirrt war und immer wieder Mayas Namen zu rufen versuchte, ohne indes einen Ton herauszubringen.

»Halt«, sagte er. »Ihre Vermutungen gehen in die falsche Richtung. Meine Frau war keine Alkoholikerin oder in irgendeiner Weise abhängig.«

»Was dann? Warum war sie dann unterwegs und hat sich die Kante gegeben? Um ein bisschen Party zu machen? Etwas außer der Reihe zu erleben?«

»Nein, nein.« Er spürte, dass alles, was er sagte, kein Bild ergab, nichts erklärte. »Nein. Es war ganz anders. Eigentlich hat sie auf meine Kinder aufgepasst. In Islington …«

»Auf *Ihre* Kinder?«

»Ja.« Adrian stieß einen Seufzer aus. »Ich habe drei Kinder aus einer früheren Ehe. Meine Ex musste arbeiten, obwohl sie sich freinehmen wollte, und konnte kurzfristig niemand für die Kinder organisieren. Deshalb bat sie Maya, das zu übernehmen. Es bot sich an, weil noch Osterferien sind. Also war meine Frau tagsüber dort und wollte gegen halb sieben zurück sein. Aber sie kam nicht und ging auch nicht an ihr Telefon. Etwa alle zwei Minuten habe ich probiert, sie zu erreichen.«

»Ja, das haben wir bei der Überprüfung Ihres Handys gesehen.«

»Irgendwann nahm sie endlich ab, so gegen zehn, und da merkte ich, dass sie getrunken hatte. Sie erklärte, sie sei noch in der Stadt. Mit wem, sagte sie nicht. Angeblich wollte sie sich kurz darauf auf den Heimweg machen. Also blieb ich auf und wartete. Zwischen Mitternacht und eins probierte ich erneut, sie zu erreichen. Mehrmals. Anschließend bin ich wohl eingeschlafen. Um halb vier weckte mich dann das Telefon.«

»Wie klang sie, als Sie gegen zehn mit ihr gesprochen haben?«

»Sie klang …« Adrian kämpfte gegen die aufsteigenden Tränen an. »Sie klang vergnügt. Fröhlich. Angeheitert. Sie war in irgendeinem Pub aus, wie unschwer an dem Lärm im Hintergrund zu erkennen war. Wie gesagt, behauptete sie am Ende, dass sie noch austrinken und danach gleich nach Hause kommen wolle.«

»Wie es halt so ist, nicht wahr«, meinte Hollis. »Wenn man einen gewissen Pegel erreicht hat, lässt man sich leicht zu einer Menge letzter Gläser verleiten. Und die Stunden vergehen wie Minuten.« Er schwieg eine Weile. »Haben Sie wirklich keine Idee, mit wem sie dort gewesen sein könnte?«

Adrian schüttelte den Kopf.

»Okay, macht nichts«, erwiderte der Detective. »Bislang weist sowieso nichts auf verdächtige Umstände hin. Sobald sich Anhaltspunkte für eine Fremdeinwirkung ergeben, müssten wir allerdings die letzten Stunden zu rekonstruieren versuchen, die Wirte der Pubs im Umkreis des Unfallorts befragen sowie die Freunde Ihrer Frau, um ein genaueres Bild zu bekommen.«

Hollis sah Adrian eindringlich an. »Eine letzte Frage, Mr. Wolfe: War zwischen Ihnen beiden alles in Ordnung?«

»Oh mein Gott, ja«, antwortete Adrian, der übermüdet und völlig durcheinander war. »Wir waren erst zwei Jahre verheiratet. Alles lief wunderbar.«

»Keine Probleme mit der anderen Familie?« Der Detective zögerte. »So etwas kann für Ehefrau Nummer zwei mitunter recht belastend sein. Sie verstehen, was ich meine?«

»Genau genommen war sie …«, setzte Adrian an. »Also, sie war meine dritte Ehefrau. Ich war vorher zweimal verheiratet.«

Sein Gegenüber zog die Brauen nach oben und musterte ihn so ungläubig, als hätte er ein Kaninchen aus dem Hut gezogen.

Für Adrian nichts Neues. Er war solche Blicke gewohnt. Sie besagten: Wie hat ein alter Sack wie du überhaupt *eine* Frau rumgekriegt, geschweige denn *drei*?

»Ich war mit allen Frauen immer gerne verheiratet«, fügte Adrian erklärend hinzu und merkte, noch bevor er den Satz zu Ende gebracht hatte, wie unpassend er klang.

»Und das lief alles ganz wunderbar, sagten Sie? Mrs. Wolfe hatte keine Schwierigkeiten mit einer solch … sagen wir mal komplizierten Situation?«

Seufzend strich Adrian sich eine Strähne seiner Haare, die er ziemlich lang trug, aus dem Gesicht.

»Es war und ist nicht kompliziert«, verteidigte er sich. »Wir sind eine große, glückliche Familie und fahren jedes Jahr alle gemeinsam in den Urlaub.«

»Alle?«

»Ja. Alle zusammen. Drei Frauen. Fünf Kinder. Jedes Jahr.«

»Und alle in einem Haus?«

»Ja. In ein und demselben Haus. Scheidungen müssen keine Katastrophe sein, wenn alle Beteiligten bereit sind, sich wie erwachsene Menschen zu benehmen.«

Der Detective nickte bedächtig. »Nun«, sagte er, »gut zu hören.«

»Wann kann ich sie sehen?«

»Weiß ich noch nicht.« Hollis schlug einen weicheren Ton an. »Ich werde mich im Büro des Rechtsmediziners erkundigen, mal sehen, wie die dort vorankommen. Jedenfalls dürfte es bald so weit sein. Sie sollten jetzt nach Hause gehen, duschen, einen Kaffee trinken …«

Adrian nickte. »Ja, das werde ich tun. Danke.«

Als er die Wohnungstür öffnete, gab es ein schrecklich misstönendes Geräusch. Der Schlüssel kratzte und knarzte im Schloss wie ein Folterinstrument, weil er ihn absichtlich langsam drehte. Adrian wollte nämlich das Betreten der Räume, in denen sie gemeinsam gelebt hatten, hinauszögern. Er wollte nicht ohne sie hier sein.

Die Katze begrüßte ihn im Flur, fordernd und sichtlich hungrig. Ausdruckslos starrte er sie an. Mayas Liebling. Mitgebracht vor drei Jahren in einer braunen Plastikbox zusammen mit ihren wenigen Habseligkeiten. Er hatte es nicht so mit Katzen, doch er akzeptierte sie in seiner Welt wie Mayas andere Sachen auch – die grellbunt geblümte Tagesdecke, den uralten CD-Player.

»Billie«, sagte er, während er die Tür hinter sich schloss und sich dann bleischwer dagegenlehnte. »Sie ist weg. Deine Mummy. Sie ist weg.«

Den Rücken fest gegen das Holz gepresst, ließ er sich langsam in die Hocke gleiten, drückte die Handballen gegen die Augenhöhlen und weinte. Die Katze kam neugierig näher, rieb sich an seinen Knien und gab ein klägliches Maunzen von sich. Er zog sie an sich, schluchzte noch heftiger.

»Sie ist tot, Miezchen. Unsere schöne, schöne Mummy. Was machen wir bloß ohne sie? Was machen wir nur?«

Die Katze wusste keine Antwort – sie hatte Hunger.

Adrian rappelte sich langsam hoch und folgte ihr in die Küche. Wühlte in Schränken und Regalen nach irgendetwas Essbarem für sie. Er hatte Billie nie gefüttert und nicht die geringste Ahnung, was sie normalerweise fraß. Schließlich öffnete er einfach eine Dose Thunfisch, die er zwischen den anderen Lebensmittelvorräten fand.

Inzwischen war es hell, die Morgensonne schien in den spartanischen, wenig anheimelnden Raum, der den größten Teil des Tages dunkel war, und tauchte ihn in ein grelles Licht, das das schmuddelige Braun der Holzdielen und den allgegenwärtigen Staub unbarmherzig zum Vorschein brachte. Ebenso die schwarzen Katzenhaare auf Billies Lieblingsplätzen, die klebrigen Ränder auf der Tischplatte, wo Maya gestern ihr morgendliches Glas Smoothie abgestellt hatte, sowie die feuchten Stellen und Risse auf Wänden und Decke.

Die Entscheidung für diese Wohnung war ein Schnellschuss gewesen. Maya musste aus ihrer Wohngemeinschaft raus, weil überraschend schnell ein Nachmieter gefunden worden war, und bei ihm drängte es damals, weil er nicht mehr allzu lange mit Caroline unter einem Dach wohnen mochte, nachdem er ihr bereits seine Scheidungsabsicht angekündigt hatte. Es war also allerhöchste Zeit gewesen, etwas Neues zu suchen. Und so hatten sie an einem schönen Vormittag drei Wohnungen besichtigt und sich dann spontan für die schlechteste in der hübschesten Straße entschieden.

Aber das war ihnen beiden in diesem Augenblick egal. Völlig egal. Weil sie verliebt waren. Und wenn man verliebt ist, sehen selbst hässliche Wohnungen hübsch aus.

Er sah Billie zu, die mäkelig von ihrem Thunfisch aß. Er würde sie weggeben müssen. Mayas Katze ohne Maya – ein unmöglicher Gedanke.

Er zog sein Handy aus der Jackentasche und starrte es

eine ganze Weile unschlüssig an. Er musste Telefonate führen. Schreckliche Telefonate. Mit Mayas Eltern; mit Susie in Hove, mit Caroline in Islington und mit seinen Kindern, den großen wie den kleinen.

Was sollte er ihnen nur sagen, warum Maya mitten in der Woche angetrunken und allein durch das nächtliche, neonhelle Londoner Westend spaziert war? Er wusste es nicht. Adrian hatte keine Ahnung. Er wusste nur eines: dass sein Leben schlagartig aus der Bahn geraten und er als erwachsener Mann zum ersten Mal in seinem Leben alleine war.

3

März 2012

Die junge Frau im hellgrauen Mantel stand im Postamt und begutachtete scheinbar angelegentlich die Grußkarten. Doch während sie den Ständer langsam weiterdrehte, wanderten ihre Blicke hinüber auf die andere Seite des Raumes. Direkt zu ihm. Adrian Wolfe.

Er trug einen Tweedmantel, schwarze Jeans, klassische Boots und einen burgunderroten Schal. Von hinten sah er wie ein schlanker Zwanzigjähriger aus, von vorne hingegen wie das, was er war: ein Mann mittleren Alters. Durchaus gut aussehend mit seinen unmodisch langen Haaren und seinem sanften Hundeblick, lässig gekleidet mit einem Touch von Nachlässigkeit. Von Anfang an hatte er ihr gefallen. Seit sie ihn entdeckt hatte und ihm auf den Fersen geblieben war. Seit Wochen ging das so.

Sie beobachtete, wie er etwas aus seiner Manteltasche zog. Ein kleine, rechteckige weiße Pappe. Er sprach eine Angestellte an, die ihm die Infotafel zeigte, auf der die Kunden Gesuche und Angebote unter die Leute bringen konnten. Adrian Wolfe heftete seinen Pappzettel an, trat einen Schritt zurück, betrachtete das Ganze und ging hinaus.

Sofort verließ die Frau im grauen Mantel ihren Beobachtungsposten, um sich anzuschauen, was der Mann dort ausgehängt hatte.

Katze sucht neues Zuhause
Billie ist etwa acht Jahre alt. Sie ist schwarzweiß, gut zu haben und hat keine schlechten Angewohnheiten. Aus persönlichen Gründen bin ich nicht mehr in der Lage, mich so um sie zu kümmern, wie sie es verdient. Wenn Sie Billie kennenlernen und sehen möchten, ob sie zu Ihnen passt, rufen Sie mich bitte unter der unten angegebenen Nummer an.

Verstohlen schaute die Frau ein paarmal von links nach rechts, riss rasch den Zettel ab und ließ ihn in ihrer Handtasche verschwinden.

»Sie haart ein bisschen.«

Adrian warf einen flüchtigen Blick auf Billie, die in einer Ecke saß und die Besucherin beäugte, als wüsste sie, dass die Fremde gekommen war, um ihr möglicherweise die Chance auf ein besseres Leben zu eröffnen.

Jane, so hieß die Frau, lächelte und strich der Katze fest über den Rücken. »Das ist kein Problem. Ich habe ein Tier, das mit so etwas im Nu fertig wird.«

Adrian musterte sie irritiert. Vor seinem inneren Auge sah er sie auf einem Sofa sitzen mit einem Tiger neben sich, der mit der ganzen Billie kurzen Prozess machen würde.

Sie erkannte seine Verwirrung.

»War bloß ein Scherz«, klärte sie ihn lachend auf. »Ich besitze einen Cat-and-Dog-Staubsauger – Sie wissen schon, so einen speziell für Leute, die Haustiere halten. Einen, der Haare *frisst*.«

»Aha.« Er nickte, ohne wirklich zu verstehen.

»Warum möchten Sie sie denn abgeben?«

Jane wischte ein paar Katzenhaare von der Handfläche und schnipste sie auf den Boden.

Mit einem traurigen Lächeln gab Adrian die gewünschte Auskunft. Mittlerweile war er geübt darin, das eigentlich Unerträgliche für andere in erträgliche Worte zu fassen.

»Billie war die Katze meiner Frau, die vor elf Monaten gestorben ist. Jedes Mal, wenn ich Billie ansehe, denke ich, Maya müsste gleich ins Zimmer treten. Doch sie kommt nicht.« Er zuckte mit den Schultern. »So ist das. Deshalb will ich mich von Billie trennen.«

Er sah die Katze betont liebevoll an, obgleich er ihr keine besondere Zuneigung entgegenbrachte. Aber diese Seite wollte er der fremden Frau nicht offenbaren – es war nicht nett, die Katze für etwas büßen zu lassen, woran sie keine Schuld hatte.

Die Frau sah ihn mitleidig an. »Mein Gott, das ist ja furchtbar.«

Ihr blonder Pony fiel ihr in die Augen, und sie schob ihn mit ihren feingliedrigen Fingern zurück. Sämtliche Bewegungen vollführte sie in geradezu vollendeter Perfektion – wie eine ausgebildete Tänzerin oder wie jemand, der geschult war in Techniken der Körperbeherrschung. Das bemerkte Adrian in diesem Moment ebenso wie ihre schmale Taille, die ein breiter Gürtel zusätzlich betonte. Ihre Ohrringe, winzige Glasperlen, die an silbernen Häkchen baumelten, korrespondierten mit der Farbe ihres eng anliegenden blauen Jerseykleids. Beigefarbene Stiefeletten mit niedrigem Absatz und silberfarbenen Nieten und eine dazu passende Tasche ergänzten die stilsichere Aufmachung. Eine echte Schönheit. Fast schon zu perfekt.

Sie richteten beide ihre Blicke erneut auf Billie.

»Also«, sagte Adrian. »Was meinen Sie?«

»Ich finde sie süß«, erwiderte Jane, hielt dann inne und sah Adrian direkt ins Gesicht.

Jetzt erst bemerkte er, dass sie verschiedenfarbige Augen hatte: Das eine war graublau, das andere graublau mit einem bernsteinfarbenen Fleck. Er holte tief Luft. Da also war sie, dachte er bei sich, die unvollkommene Stelle in diesem vollkommenen Bild. Jede Frau, die er geliebt hatte, wies irgendeinen kleinen Makel auf. Bei Caroline war es eine Narbe im Augenbrauenbogen, bei Susie eine kleine Lücke zwischen den Zähnen, und bei Maya hatte ihn die ausgedehnte Sommersprossenlandschaft gereizt, die andere nicht schön fanden.

Die Frau unterbrach seine Gedanken und kam auf die Katze zurück. »Allerdings bin ich nicht sicher, ob es gut wäre, sie herzugeben.«

Er sah sie fragend an, wusste nicht, worauf diese Jane hinauswollte.

»Wie lange war Billie eigentlich bei Ihnen?«, erkundigte sie sich.

»Maya brachte sie mit, als wir zusammenzogen. Also sind es etwa vier Jahre.«

Adrian konnte ihr förmlich ansehen, wie es hinter ihrer Stirn arbeitete, wie sie nachrechnete. Eine Frau, die innerhalb von drei Jahren eingezogen und gestorben war, echt hart. Unwahrscheinlich und tragisch. Wie in einem schlechten Film. Doch es war kein schlechter Film. Keineswegs. Es war sein Leben, sein ganz reales Leben.

»Sie ist süß, wirklich süß«, wiederholte Jane. »Trotzdem…«

Gespannt wartete Adrian auf ihre nächsten Worte, auf die Erklärung ihres *Trotzdems*.

»Mein Gefühl stimmt nicht so ganz.«

»Ihr Gefühl?«

Sein Blick fiel auf Billie. Zum ersten Mal überhaupt nahm er sie näher in Augenschein. Bislang war eine Katze für ihn wie die andere gewesen. Vier Beine. Schnurrhaare. Spitze Ohren. In etwa die Größe einer Aktenmappe. Nichts von der faszinierenden Vielfalt, die sich bei Hunden findet: Schlappohren bis zum Boden, Stehohren bis zum Mond, breite Schnauzen, spitze Schnauzen – die einen so klein wie Eichhörnchen, die anderen so groß wie Ponys.

»Hinsichtlich der Verbindung.«

Er rieb sich sein Kinn und bemühte sich um eine verständnisvolle Miene.

»Kann ich es mir überlegen?«, fragte sie und schob den Riemen ihrer hübschen Designerhandtasche wieder über ihre Schulter.

»Natürlich! Sie sind die Einzige, die sich gemeldet hat, und damit liegt es ganz bei Ihnen.«

Sie lächelte ihn an. »Super. Kann ich noch mal vorbeikommen? Morgen vielleicht?«

Adrian lachte. Was für eine seltsame junge Frau.

»Warum nicht. Allerdings bin ich morgen viel unterwegs, Sie sollten sich also vorher telefonisch melden. Meine Nummer haben Sie ja.«

»Mache ich.« Sie streckte ihm zum Abschied die Hand entgegen. »Ich melde mich am späten Vormittag. Dann können wir ja eine Uhrzeit ausmachen.«

»Gut.« Adrian begleitete sie zur Tür und öffnete sie.

»Aber hallo«, sagte sie im Flur und deutete auf sein Whiteboard an der Wand. »Sieht ziemlich chaotisch aus.«

»Ja, das trifft es wohl. Chaotisch wie mein Leben. Immerhin bewahrt es mich davor, völlig in diesem Chaos zu versinken.«

Sie hielt inne, ein Lächeln auf den Lippen, und fuhr mit dem Finger an einer Notiz entlang: *Pearl. Zehnter Geburtstag. Beim Italiener, Strada, Upper Street, halb sieben.*

»Haben Sie schon ein Geschenk?«, erkundigte sie sich.

»Ja«, erwiderte er, war ein wenig erstaunt über die Frage. »Habe ich tatsächlich.«

»Das Whiteboard zahlt sich also aus«, erwiderte sie. »Okay, dann also bis morgen. Und danke, dass ich es mir überlegen darf mit Billie. Das ist eine sehr wichtige Entscheidung. Keine, die man überstürzen sollte.«

»Absolut, da bin ich ganz Ihrer Meinung.«

Er schloss die Tür hinter ihr und lehnte sich schwer dagegen. Das Whiteboard war Mayas Idee gewesen. Sie hatte zu den Menschen gehört, die ein Problem anpackten, sobald sie es erkannt hatten. Und seines bestand darin, dass er, obwohl er eigentlich alle glücklich sehen wollte, ständig Dinge tat, die alle unglücklich machten. Wenn es ihm wenigstens egal wäre! War es aber nicht.

Er gehörte nämlich nicht zu den Leuten, die mit einem Schulterzucken sagten: *So ist es eben im Leben, niemand ist perfekt*. Im Gegenteil. Jedes Mal, wenn er einen Kindergeburtstag vergaß oder eine Verabredung ins Theater oder eine Siegerehrung, fraß ihn der Selbsthass regelrecht auf. Schließlich war diese große, unkonventionelle Familie ein Resultat von Entscheidungen, die allein er gefällt hatte, und so war es auch seine verdammte Pflicht und Schuldigkeit, dafür zu sorgen, dass niemand zu kurz kam. Doch immer wieder fühlte sich jemand zurückgesetzt. Mal war es eine heulende Tochter, mal ein enttäuschter Sohn, mal eine verärgerte Exfrau.

»Armer Adrian«, hatte Maya ihn einmal nach einem Telefongespräch mit Caroline bedauert, bei dem es Vorwürfe hagelte, weil er nicht zum Elternsprechtag in der Schule erschienen war.

Seufzend hatte Adrian den Kopf auf Mayas Schulter gelegt. »Ich bin die totale Katastrophe. Eine menschliche Abrissbirne. Dabei möchte ich den Kindern eigentlich zeigen, dass ich jede einzelne Minute an jedem einzelnen Tag an sie denke, selbst wenn ich noch so schlecht organisiert bin.«

Eines Tages war sie daraufhin mit diesem Whiteboard angekommen. Dieser »Wandtafel der Harmonie«, wie sie es nannte. Alles Wichtige war dort fürs ganze Jahr festgehalten und farblich markiert: Geburtstage der Kinder und der Exfrauen, sogar die der ehemaligen Schwiegermütter; Absprachen, wer wo Weihnachten verbrachte, wer wann auf eine andere Schule wechselte oder seinen Studienabschluss machte, desgleichen sämtliche Ferien der drei schulpflichtigen Kinder sowie Reisen und Bewerbungsgespräche der beiden erwachsenen Sprösslinge.

Wann immer er mit einem seiner Kinder sprach, das ihm irgendetwas aus seinem Leben erzählte, egal wie belanglos es war, schrieb er es unter dem entsprechenden Datum auf: *Cat schaut sich dieses Wochenende Wohnungen an.* Auf diese Weise stellte er sicher, dass er nicht vergaß nachzufragen, wie es gelaufen war. Alles war auf der Tafel festgehalten, all die winzigen Details im Leben der Familien, die er gegründet und verlassen hatte.

Dabei war es nicht Adrians Absicht gewesen, sein Leben derart kompliziert einzurichten. Es hatte sich einfach ergeben. Zwei Exfrauen. Eine verstorbene Frau. Drei Söhne. Zwei Töchter. Drei Häuser. Und eine Katze. Hinzu kamen jede Menge Querverbindungen zu unzähligen Menschen, die durch diese Familien in seine Welt hineingezogen wurden: Freunde und Freundinnen seiner Kinder, Mütter und Väter von besten Freunden, Lieblingslehrer und -lehrerinnen, Schwiegermütter und Schwiegerväter, Schwägerinnen und Schwager, Großeltern, Tanten und Onkel, Cousins und Cousinen, an denen seine Kinder hingen und die für sie eine große Rolle spielten. Menschen, die er nicht einfach so vergessen und aus seinem Kopf streichen konnte, als gingen sie ihn nichts mehr an, nur weil er nicht mehr verheiratet war mit Susie und Caroline.

Maya als Einzige hatte nicht wirklich etwas zurückgelassen. Jedes Mal, wenn er daran dachte, versetzte es ihm einen schmerzhaften Stich, der durch und durch ging. Ihre Eltern kannte er kaum, den Bruder hatte er lediglich kurz auf ihrer Hochzeit gesehen, die sogenannte beste Freundin schien ihn nicht zu mögen und würde ihn vermutlich für Mayas Tod verantwortlich machte. Von ihr geblieben war ihm allein diese Katze, die sich gerade auf dem Boden von einem Sonnenstrahl bescheinen ließ.

Er ging durch das Zimmer zu ihr hin, setzte sich neben sie und betrachtete sie eine Weile. Maya hatte Billie wie ihr Baby behandelt, ständig über sie gesprochen, ihr teure Leckerli und Spielsachen gekauft, mit denen sie nie spielte. Er ließ sie gewähren, doch eines Tages, kurz vor ihrer Hochzeit, hatte er ihr eröffnet, dass er sich mit ihr ein richtiges Baby wünsche.

»Nur ein ganz kleines«, hatte er gescherzt. »Eines, das in Billies Transportkiste passt.«

Adrian legte eine Hand auf den Rücken der Katze, die daraufhin verschreckt aufsprang. Kein Wunder. Er fasste sie sehr selten an. Plötzlich aber wurde sie anschmiegsamer und drehte ihm ihren Bauch zu, ein weiches Kissen aus dickem schwarzem Fell. Als er die Hand darauflegte, spürte er eine wohlige, lebendige Wärme, und einen Moment lang überkam ihn ein fast menschliches Gefühl für Billie: die »Verbindung«, von der diese Jane gesprochen hatte.

Vielleicht hatte sie ja recht, dachte er im Stillen. Vielleicht brauchte er dieses kleine warme Lebewesen, Mayas einzige Hinterlassenschaft, noch.

Doch während er diesem wehmütigen, sentimentalen Gedanken nachhing, schlug ihm die Katze, die er wohl einen Moment lang zu fest gedrückt hatte, eine Kralle in die dünne Haut an der Innenseite seines Handgelenks.

»Autsch! Scheiße«, rief er und saugte an der kleinen Wunde. »Wofür war das denn?«

Unverwandt starrte er auf sein Handgelenk, auf den Kratzer, der sich tiefrot verfärbte. Adrian wollte Blut sehen – irgendetwas, das sich heiß verströmte. Aber da kam nichts.

4

Es war Samstagabend. Wieder einmal. Der siebenundvierzigste, seit Maya gestorben war. Und es wurde nicht leichter.

Adrian fragte sich verbittert, was seine Familie wohl gerade machte. Er stellte sich vor, wie sie alle versammelt vor dem Fernseher saßen und irgendeine Samstagabendshow schauten. Welche war es noch, die gerade angesagt war? Die Kinder hatten sie mit ihm am letzten Wochenende unbedingt ansehen wollen, als sie bei ihm waren. Etwas mit … Er kriegte es nicht mehr zusammen, wusste lediglich, dass es keine dieser grauenhaften Talentshows mit heulenden Kandidaten gewesen war.

Draußen vor dem Fenster waren die Schatten bereits länger geworden, und ein leichter Regenschauer prasselte gegen die Fensterscheiben. Adrian schenkte sich ein Glas Wein ein und zog den Laptop zu sich heran.

Von seinem neunzehnten Lebensjahr an bis zu Mayas Tod hatte er nie alleine gelebt, und zum ersten Mal wurde ihm bewusst, dass ihm Freunde fehlten. Gewiss, da waren in früheren Zeiten welche gewesen, aber die gehörten zum jeweiligen Gesamtpaket seiner beiden ersten Ehen. Die gemeinsamen Freunde aus der Zeit mit Susie lebten nach wie vor alle in Sussex. Und die aus der Ära Caroline waren ausnahmslos wegen seiner Affäre mit Maya mit fliegenden Fahnen zu der betrogenen Ehefrau übergegangen.

Was im Klartext bedeutete, dass mit dem Ende seiner Beziehungen ebenfalls die jeweiligen Freundschaften beendet gewesen waren. Und was ihn und Maya betraf, so hatten sie keine Freundschaften geschlossen, weil sie beide viel zu sehr damit beschäftigt waren, jedes Mitglied der Großfamilie zufriedenzustellen.

Allerdings waren nach Mayas Tod plötzlich Leute aufgetaucht, die er schon längst nicht mehr auf dem Radar gehabt hatte. Wie zum Beispiel der etwas finster wirkende stellvertretende Rektor von Mayas Schule, mit dem er einmal auf einem Wohltätigkeitsabend ein langes, angestrengtes Gespräch geführt hatte. Oder der Exmann einer Freundin von Caroline, über dessen näselnde Stimme sie sich immer köstlich amüsiert hatten und der sich deshalb für Parodien geradezu anbot. Auch der mürrische, leicht aufbrausende Vater einer Freundin seiner Tochter Pearl stand unvermutet auf der Matte. Die meisten kannte er kaum, war ihnen lediglich begegnet, wenn er seine Kinder brachte oder abholte. Trotzdem hatten sie plötzlich begonnen, ihn aus dem Haus zu zwingen und in diverse Pubs und sogar in den einen oder anderen Nachtclub zu schleppen, wo sie ihn mit Alkohol abfüllten und ihm gänzlich unakzeptable »Damen« vorstellten. *Das ist unser Freund Adrian – er hat gerade seine Frau verloren.*

Es gab nach Mayas Tod in der Tat eine ganze Schar von Frauen, die sich gerne um ihn gekümmert hätten. Hauptsächlich Mütter von Schulfreunden seiner Kinder. Es waren dieselben Frauen, die ihn mit Verachtung straften, als er Caroline verließ. Jetzt scharwenzelten sie mit großen, leuchtenden Augen beflissen um ihn herum, brachten ihm Essen in Tupperdosen, die er dann gespült und mit ein paar Dankesworten wieder zurückbringen musste.

Bloß stand ihm nach solchen Spielchen absolut nicht der Sinn. Er wollte nicht vor die Tür, er wollte sich verkriechen und heulen und sich immer wieder fragen: *Warum, warum, warum.* Denn wieso Maya sich dermaßen abgefüllt hatte, dass sie vor einen Bus gelaufen war, darüber grübelte er nach wie vor. Er sollte damit aufhören, das wusste er, aber er schaffte es nicht.

Die junge Frau namens Jane kam am nächsten Tag noch einmal vorbei. Diesmal trug sie ihr blondes Haar offen – in weich gefönten Wellen floss es ihr über die Schultern, und von der Seite her fielen ihr Strähnen ihres gescheitelten Ponys sanft ins Gesicht, als würde sie durch einen Vorhang spähen. Kurz bevor sie kam, hatte Adrian Dinge getan, über die er gar nicht weiter nachdenken mochte. Dass er etwa mit Mayas Handspiegel an ein Fenster getreten war, um im hellen Licht sein Gesicht bis ins allerkleinste Detail zu betrachten.

Als er Maya kennengelernt hatte, war sie dreißig, er vierundvierzig gewesen. Ein jung gebliebener Mittvierziger, wie er fand: dichtes dunkelbraunes Haar, haselnussbraune Augen, lustige Lachfältchen. Vier Jahre waren seitdem vergangen.

Gewiss, an allem nagte der Zahn der Zeit. Bei ihm allerdings kamen Trauer und Schmerz hinzu und prägten seine Züge. Ohnehin konnte in diesem Alter, der Nahtstelle zwischen den beiden großen Lebensabschnitten, das äußere Erscheinungsbild stark wechseln, täglich oder gar stündlich anders aussehen. Mal scharf, mal unscharf, mal jung, mal alt. Wie die verfremdenden Spiegelbilder in einem Panoptikum oder wie kunstvoll retuschiert trat einem das eigene Gesicht entgegen.

Nach Mayas Tod jedoch hatte das Bild aufgehört, sich je nach Befinden zu verändern, war plötzlich statisch geworden. Und aus dem Spiegel hatte ihn nur noch das Gesicht eines in die Jahre gekommenen Mannes angeschaut, der deutlich älter aussah, als er es wahrhaben mochte. Seitdem vermied er es nach Möglichkeit, in den Spiegel zu schauen. Nun aber wollte er es mal wieder wissen. Wegen Jane.

Adrian erschrak bei seinem Anblick.

Er sah eine Kiefer- und Kinnpartie, die den Gesetzen der Schwerkraft zu folgen begann. Er sah Falten und Furchen an Hals und Nacken, die ihn an vom steten Wechsel der Gezeiten und von immer wiederkehrenden Sturmfluten wie gefräst aussehende Strände erinnerten. Er sah gelbliche Tränensäcke unter seinen Augen, die ebenso wie seine Haare jeden Glanz verloren hatten.

Am Ende der kritischen Musterung bemühte er sich um eine Generalüberholung. Unter der Dusche massierte er sein Gesicht mit dem Inhalt von Tuben und Fläschchen, die noch von Maya stammten, wusch sein Haar zweimal mit duftendem Shampoo und gab zum allerersten Mal in seinem Leben eine Spülung hinzu, die Geschmeidigkeit und neuen Glanz versprach. Anschließend fönte er die Haare und fand, dass sich das Ergebnis sehen ließ. Jetzt musste er nur noch das grüne Hemd bügeln, von dem Maya einmal gesagt hatte, dass es seine braunen Augen besonders zur Geltung bringe. Fertig.

Er verfluchte seine Trödelei, als er mit Entsetzen feststellte, dass ihm gerade mal sieben Minuten bis zur verabredeten Zeit um halb zwölf blieben. »Alter Volltrottel«, brummte er vor sich hin. »Wie kannst du bloß?« Er befüllte den Wasserkocher und schob ein paar Dinge auf den Küchenschränken hin und her, damit es gefälliger aussah.

»Achtundvierzig«, murmelte er. »Du bist achtundvierzig, Witwer und total neben der Spur.«

Und dann war sie da. Zeitlos schön stand sie in der Tür mit ihren verschiedenfarbigen Augen hinter dem Ponyvorhang und duftete nach Jasmin, ihre schicke kleine Handtasche fest an sich gepresst. Sie trug einen hellen Mantel, der mit einem einzelnen, übergroßen Knopf geschlossen wurde.

»Kommen Sie herein.«

»Tut mir wirklich leid«, sagte sie und trat selbstsicher in den Flur. »Sie denken bestimmt, ich bin verrückt.«

»Wieso? Nein, ganz und gar nicht.«

»Natürlich denken Sie das. Wer verlangt schon mehrere Besichtigungstermine für eine Katze? Als Nächstes frage ich noch, ob ich Billie mal probehalber zum Essen ausführen darf.«

Adrian sah Jane an und lachte. »Kommen Sie und überzeugen Sie sich selbst, dass sie tadellose Manieren hat. Meistens zumindest.«

Jane ging auf die Katze zu, die an ihrem Stammplatz auf der Rückenlehne des Sofas neben dem Fenster lag und neugierig den Kopf hob.

»Hallo Süße«, sprach Jane sie an und kraulte sie unterm Kinn.

»Darf ich Ihnen einen Tee anbieten?«, fragte Adrian. »Einen Kaffee? Oder ein Wasser?«

»Kaffee bitte«, antwortete sie. »Hatte gestern eine recht lange Nacht.«

Adrian nickte. Sie sah gar nicht aus wie jemand, der nicht genug Schlaf bekommen hatte und der generell gerne die Nacht zum Tag machte.

»Schwarz?«

Sie lächelte. »Ja bitte.«

Als Adrian mit dem Kaffee zurück ins Zimmer kam, saß Jane auf dem Sofa, die Katze auf dem Schoß, und hielt ein gerahmtes Foto seiner Kinder in der Hand.

»Hübsche Kinder. Alles Ihre?«

Er warf einen kurzen Blick darauf. Otis, Pearl und Beau waren darauf zu sehen mit Südwester und Gummistiefeln, steckten knietief in einem Bach irgendwo in Südwestengland. Der Himmel hinter ihnen war metallgrau, das Wasser unter ihnen stahlblau, und ihre farbige Kleidung hob sich vor dem monotonen Hintergrund leuchtend ab – fast so, als wären die Kinder als Ausschneidebildchen aufgeklebt. Beau hatte seinen Arm um Pearls Taille geschlungen, und Pearls Kopf ruhte auf Otis' Schulter. Alle drei lachten natürlich und entspannt in die Kamera. Maya hatte das Foto gemacht. Die Kinder ließen sich gerne von ihr fotografieren.

Adrian stellte die Tasse auf den Couchtisch. »Ja«, sagte er dann. »Alles meine.«

»Wie heißen sie?«

Er strich mit dem Finger über das Bild. »Das ist Otis, er ist zwölf; Pearl ist …«

»Fast zehn.« Lächelnd blickte sie zu ihm auf.

»Stimmt genau. Sie wird bald zehn. Und dieser kleine Zwerg hier, Beau, ist gerade fünf geworden.«

»Süß.« Sie stellte den Rahmen vorsichtig zurück auf den Tisch und griff nach der Tasse. »Aber sie leben nicht bei Ihnen?«

»Sie wollen ganz schön viel wissen«, erwiderte er, während er sich ihr gegenüber in einen Sessel setzte.

»Ich bin neugierig, sagen Sie es ruhig.«

»Also gut. Sie sind neugierig.«

Sie lachte. »Entschuldigen Sie bitte – es ist bloß so, dass

ich das Leben anderer Leute einfach spannend finde. Immer schon.«

»Ist okay. Geht mir genauso.« Er holte tief Luft und strich sich über das frisch rasierte Kinn. »Nein«, sagte er. »Sie leben nicht bei mir, sondern bei ihrer Mutter in einem fünfstöckigen viktorianischen Stadthaus in Islington.«

»Wow!« Jane ließ ihre Blicke durch das bescheidene Wohnzimmer schweifen – die Exfrau hatte zweifellos das bessere Geschäft gemacht.

»Das klappt gut«, fügte er schnell hinzu. Er hasste es, bedauert zu werden. Mitleid war das Letzte, was er gebrauchen konnte. »Es gibt genug Platz für alle, wenn sie jedes zweite Wochenende kommen. Beau schläft bei mir, Pearl und Otis im Gästezimmer. Alles prima.«

»Und mit Ihrer verstorbenen Frau hatten Sie keine Kinder?«

»Nein.« Adrian schüttelte den Kopf. »Leider nicht. Obwohl ich bei Gott nicht wüsste, was ich jetzt mit einem Baby anfangen sollte. Ich hätte wohl oder übel meine Arbeit aufgeben müssen. Und die ganze fragile Familienkonstellation wäre zusammengebrochen.«

»Warum haben Sie das Haus in Islington nicht behalten, da wäre viel Platz gewesen …«

Adrian seufzte. »Ich habe es Caroline überlassen – und das kleine Landhaus in Hove Susie.«

Sie hob fragend eine Braue.

»Exfrau Nummer eins«, erklärte er. »Die Mutter meiner beiden ältesten Kinder. Hier …« Er stand auf, nahm ein anderes gerahmtes Foto und reichte es ihr. »Cat und Luke. Meine beiden Großen.«

Sie starrte mit weit aufgerissenen Augen auf das Foto. »Sie produzieren offenbar ausgesprochen besondere Kinder«, meinte sie anerkennend. »Wie alt sind die beiden?«

»Cat wird im Mai zwanzig. Luke ist dreiundzwanzig.«

»Schon so erwachsen?«

»Ja, obwohl man manchmal nicht den Eindruck hat.«

»Und sie leben in Hove bei ihrer Mutter?«

»Luke ja. Cat ist nach London gezogen zu Caroline.«

»Zu Ehefrau Nummer zwei, wenn ich das richtig verstanden habe.«

»Genauso ist es.«

Janes Blick wanderte Richtung Flur. »Jetzt verstehe ich, warum Sie dieses Ding dort brauchen, das Whiteboard.«

»Ja. Die Wandtafel der Harmonie. Ich danke Gott dafür. Und Maya.« Er atmete hörbar aus, um eine plötzlich aufsteigende Rührung zu unterdrücken.

Seine Besucherin sah ihn mitfühlend an. »Wie ist Ihre Frau überhaupt gestorben, wenn ich fragen darf?«

»Rein medizinisch gesehen, starb sie infolge eines harten Schlages gegen den Kopf und an schweren inneren Blutungen, nachdem ein Nachtbus sie um halb vier Uhr morgens an der Charing Cross Road erfasst hatte. Allerdings haben wir keine Ahnung, wie es überhaupt dazu gekommen ist.«

»Aber es war kein Selbstmord?«

Er zuckte mit den Schultern. »Laut richterlicher Feststellung handelte es sich um einen *zufälligen* Unfalltod, doch vernünftige Menschen wie Maya neigen eigentlich nicht dazu, sich *zufällig* derart zu betrinken, dass sie nicht mehr aufrecht stehen können und um halb vier Uhr morgens an der Charing Cross Road *zufällig* vor einen Bus stolpern. Also …«

»Großes Fragezeichen?«

»Ja. Ein sehr großes Fragezeichen.«

»Das ist schlimm, wenn man vergeblich nach Antworten sucht.«

Adrian atmete aus. »Und wie. Es ist schwer, ohne Gewissheit weiterzumachen.«

»Haben Sie eine Vermutung?«

»Nein«, sagte er. »Nichts. Für mich geschah es aus heiterem Himmel. Wir waren gerade zurück aus Suffolk von einem Familienurlaub, hatten eine wunderbare Zeit. Den Tag über war sie bei meinen Kindern in Islington.« Er hielt inne, musste sich gewaltsam von jenem dunklen Ort fortreißen, an den er sich stets begab, wenn er die letzten, unerklärlichen Stunden in Mayas Leben zu begreifen suchte. »Wir waren glücklich, planten ein Kind. Alles war perfekt.«

»Tatsächlich?«

Er sah sie irritiert an, weil ihre Worte irgendwie ungläubig klangen.

»Ja«, sagte er mit Nachdruck. »Das war es tatsächlich!«

Jane ließ ihre Hand in den Schoß sinken. »Sie war so jung«, flüsterte sie.

»Das war sie.«

»Tragisch.«

»Ja.«

»Schrecklich.«

»Ja.«

Mit einem Mal stellte sich wie ein kalter Luftzug betretenes Schweigen ein. Mayas Tod war gesprächstechnisch betrachtet eine Einbahnstraße. Egal, mit wem er darüber sprach, immer kam irgendwann der Punkt, an dem es nichts mehr zu sagen gab. Vor allem im Gespräch mit Fremden war dieser Punkt sehr schnell erreicht.

»Gut«, meinte sie schließlich und erhob sich. »Dann gehe ich jetzt besser.«

Adrian wirkte befremdet. »Und was ist mit Billie? Fühlen Sie heute eine Verbindung zu ihr?«

»Ja«, erwiderte sie. »Um ehrlich zu sein, ja. Dennoch werde ich sie nicht zu mir nehmen. Sie sollte bei Ihnen bleiben. Ich denke, Sie brauchen sie.«

Er sah erst sie an, dann die Katze. »Danke«, murmelte er. »Ja. Sie haben recht. Ich brauche sie.«

»Gut.« Sie lächelte ihn verständnisvoll an.

»Ich weiß eigentlich gar nicht, was ich mir dabei gedacht habe, sie weggeben zu wollen. Vermutlich hielt ich es für eine gute Sache. Mit der Vergangenheit abschließen, nach vorne schauen, Sie wissen schon.«

Sie nickte. »Sicher ist das gut, aber es muss von alleine kommen. Erzwingen kann man es nicht. Leider ist das den meisten nicht klar. Seien Sie vor allem gut zu sich selbst, das ist wichtig.«

Adrian musterte sie nachdenklich. Warum hatte ihm bisher niemand einen so klugen Rat gegeben? Warum versuchten ihm alle immer nur vorzuschreiben, was er tun müsse, damit es ihm besser ging? *Fahr mal eine Weile weg. Melde dich auf einer Datingseite an. Mach eine Therapie. Zieh um. Miste alte Sachen aus*. Dabei war ihm das alles zuwider. Er wollte seinem Leben keine neue Richtung geben, sondern sich an sein altes klammern, sich niederdrücken lassen von der Hölle der Trauer.

»Danke«, sagte er. »Ja, danke. Mache ich.«

Sie strich ihr Kleid glatt, warf die Haare nach hinten und nahm Mantel und Handtasche von der Armlehne des Sofas. Im Hinausgehen warf sie einen letzten Blick auf das Whiteboard.

»Was haben Sie denn für sie?«, fragte sie.

»Was für wen?«, entgegnete er irritiert.

»Für Pearl zum Geburtstag.«

»Oh«, entgegnete er, einmal mehr befremdet vom, wie er

es empfand, vertraulichen Ton ihrer Frage. »Schlittschuhe. Ich schenke ihr jedes Jahr Schlittschuhe. Sie ist Eiskunstläuferin. Seit fünf Jahren macht sie das als Leistungssport. Sie ist ziemlich gut und hat schon viele Wettkämpfe gewonnen. Dafür verbringt sie allerdings ihre ganze Freizeit beim Training.«

Jane staunte nicht schlecht. »Ist ja beeindruckend. In jungen Jahren schon so viel Disziplin. Das findet man in diesem Alter nicht allzu oft.«

»Ja. In der Tat. Ich weiß gar nicht, woher sie das hat. Als ich zehn war, saß ich auf Bäumen herum und habe mir einen Spaß daraus gemacht, die Leute unter mir mit irgendwelchen Sachen zu bewerfen.«

Jane lächelte. »Nun denn. War schön, Sie kennengelernt zu haben, Adrian. Und Ihre süße Katze. Ich hoffe, Sie kommen gut miteinander klar.«

»Ich denke, es wird klappen. Dank Ihnen.«

Als sie zum Abschied seine Hand schüttelte, spürte Adrian eine plötzliche Panik aufsteigen, eine Art Urangst. Am liebsten hätte er geschrien: *Geh nicht! Trink noch einen Kaffee! Stell mir weitere Fragen! Lass mich nicht alleine!*

Stattdessen klopfte er ihr auf die Schulter: »War nett, dass ich Ihre Bekanntschaft gemacht habe, Jane. Machen Sie's gut.«

»Sie auch, Adrian. Viel Glück mit allem.«

Er schloss die Tür hinter ihr und ging ans Fenster, um ihr hinterherzuschauen. Neben Billie an die Sofalehne gedrückt, beobachtete er, wie sie nach ein paar Schritten stehen blieb, eine Schachtel Zigaretten und ein Feuerzeug aus ihrer Handtasche kramte, eine Zigarette ansteckte und zügig weiter Richtung High Street ging, dabei eine gespenstisch anmutende Rauchfahne hinter sich herziehend.

5

Verglichen mit Adrians anderen Kindern war Beau ein kleiner Knirps, doch wie er da mit langen Schritten aus der Vorschule kam, schien er gar nicht so klein, überragte die anderen Kinder sogar um einiges und sah aus wie der größte kleine Junge der Welt. Adrian hob ihn schwungvoll hoch, drückte ihn liebevoll an sich und behielt ihn auf dem Arm, bis sie draußen waren. Erst auf dem Gehweg stellte er ihn ab.

Beau schielte an Adrian vorbei, blickte sich suchend um. »Nur du?«, fragte er, während er Adrian seinen Schulranzen reichte.

»Ja, nur ich.«

»Holen wir Pearl noch ab?«

»Natürlich holen wir Pearl ab. Schließlich hat sie heute Geburtstag.«

»Und wohin gehen wir?«

Sie drängten sich durch die dichte Menge der Kinder und Eltern. Adrian sah lächelnd in das Gesicht seines Sohnes, hielt seine kleine Hand wie einen Glücksbringer fest umschlossen.

»Ist eine Überraschung.«

»Für Pearl?«

»Ja, eine Geburtstagsüberraschung.«

»Kommt Otis auch?«

»Nein. Der hat noch Schule. Wir sind zu dritt: du, ich und Pearl.«

Beau nickte.

Pearl stand mit ein paar Klassenkameradinnen zusammen, wirkte mit ihrer aufrechten, selbstbewussten Haltung den anderen irgendwie überlegen. Die Hände in den Taschen ihres warmen Mantels vergraben, schaute sie unter ihrer großen Fellmütze fast gelangweilt über das Meer der Köpfe hinweg, als wüsste sie nicht so recht, was sie hier eigentlich sollte. Doch als sie Adrian erblickte, entspannten sich ihre Züge, und sie sprang wie ein kleines Kind quer über den Schulhof direkt in seine Arme.

»Daddy«, quietschte sie überrascht. »Was machst du denn hier? Mum sagte, Cat würde mich abholen. Sie meinte, du hättest zu tun und würdest erst später zum Abendessen vorbeikommen.«

»Wir haben dich beide angelogen«, erklärte er liebevoll. »Damit es eine Überraschung wird.«

Pearl lächelte.

Er küsste sie auf den Scheitel. »Happy Birthday, meine Kleine.«

»Danke«, murmelte sie, während sie einer vorbeigehenden Freundin ein verlegenes Lächeln zuwarf.

Adrian ging mit seinen beiden jüngsten Kindern zur Bushaltestelle vor der Schule.

»Wohin gehen wir?«, erkundigte sie sich bei ihrem Vater.

»Ins Kino. Einen Film anschauen: *Wir kaufen einen Zoo*. Den mögt ihr bestimmt. Und später treffen wir Mummy, Cat und Otis und gehen alle zusammen essen.«

Beau stieß triumphierend eine Faust in die Luft, während Pearl versonnen lächelte.

»Freust du dich?«, fragte er.

»Ja«, antwortete das Mädchen und strich ihm zärtlich über den Arm. »Ja, das ist schön.«

Adrian lächelte erleichtert. Wenn Pearl etwas »schön« fand, war das genauso viel wert wie die überschwänglichen Superlative, mit denen andere ihres Alters um sich warfen, und so atmete er erleichtert auf.

Als der Doppeldeckerbus erschien, stiegen sie die Treppe nach oben und suchten sich einen Platz. Es ging nur langsam voran in dem dichten Berufsverkehr. Adrian hielt Pearls Fellmütze auf dem Schoß, Beau lümmelte sich auf seinem Sitz und beobachtete das lebhafte Treiben in den Straßen, während Pearl aufrecht und gerade wie immer dasaß, aus dem Fenster schaute und nebenbei pflichtschuldigst Adrians Fragen beantwortete, ohne jedoch irgendwelche Gefühlsregungen erkennen zu lassen.

Nachdenklich betrachtete Adrian ihr Profil. Sie sah Caroline sehr ähnlich: Makellos schön wie ihre Mutter, würde sie es nicht nötig haben, sich gewaltsam aufzuhübschen. Ein gesprächiges, aufgeschlossenes Kind allerdings war sie nie gewesen, ganz anders als ihr Bruder Otis und ihr Halbbruder Luke, die einem zeitweise von morgens bis abends Löcher in den Bauch gefragt und selbst geredet hatten, wenn sie eigentlich den Mund halten sollten wie etwa im Kino oder beim Fernsehen.

Cat, seine älteste Tochter, lag irgendwie dazwischen. Mal war sie offen und mitteilsam, mal verschlossen. Und Beau? Er war ein Bilderbuchkind. Lieb, aufgeweckt und unkompliziert. Einfach pflegeleicht. So ein Exemplar würde sich jeder bestellen, wenn es einen Katalog für Designerkinder gäbe, hatten er und Caroline früher gescherzt.

Pearl hingegen war anders. Sie war eine Prinzessin, und das nicht allein auf dem Eis. Maya hatte sie oft die Kaiserin genannt. Bereits als Baby war sie vor allzu viel Nähe zurückgewichen, als würde die Berührung ihr Schaden zufügen.

»Ich kann gar nicht glauben, dass meine Kleine schon zehn ist«, sagte er gedankenverloren.

Die Tochter zuckte gelassen die Schultern. »Ich weiß, dass es dir vorkommt, als wäre ich gerade auf die Welt oder zumindest gerade erst in den Kindergarten gekommen.«

»Kinder werden eben schnell groß.«

»Ich bin der Größte in meiner Klasse«, warf Beau ein.

»Bin ich in meiner Klasse auch«, ergänzte Pearl.

»Nein, das meine ich nicht – ihr werdet beinahe über Nacht älter und seid keine Kleinkinder mehr. Geschweige denn Babys.«

»Ich habe nicht das Gefühl, mal eins gewesen zu sein«, beschied Pearl ihn abschätzig.

»Ja.« Adrian lächelte. »Ja, das denke ich mir.«

Es war ein berührender und zugleich heiterer Film, den sie sich ansahen. Er handelte von einem alleinerziehenden Vater und seinen zwei Kindern, die einen heruntergekommenen Zoo übernehmen wollen. Die Tatsache, dass die Mutter verstorben war, bewog Beau zwischendurch zu allerlei geflüsterten Kommentaren über Mayas Tod, während Pearl mit unbeteiligter Miene selbst die traurigsten Szenen verfolgte. Vergeblich suchte Adrian darin nach Regungen, die ihre wahren Gefühle verrieten – der Blick des Mädchens blieb unergründlich und kühl.

Als sie aus dem Kino traten, dämmerte es bereits, und der Himmel war durchzogen von blutroten Streifen. Adrian nahm Beaus Hand und ging mit seinen beiden Kindern über die Upper Street hinauf zum »Strada«, einem beliebten italienischen Restaurant.

Und dort sah er sie. Sie kam ihm direkt entgegen, ging eingehakt am Arm eines gut aussehenden Mannes in Anzug und Mantel, in der rechten Hand eine einzelne Rose. Ihr blondes Haar war zu einem Knoten zusammengesteckt wie bei einer Ballerina. Und sie trug denselben hellgrauen Mantel mit dem einzelnen Knopf wie neulich, als sie ihn ein zweites Mal wegen der Katze aufgesucht hatte. Sie wirkte größer als in seiner Erinnerung, aber dann entdeckte er ihre High Heels mit den Zehn-Zentimeter-Absätzen. Wie man mit so etwas laufen konnte, war ihm unbegreiflich.

Eigentlich wollte er an ihr vorbei, ohne sie zu grüßen – schließlich schien sie ein Date zu haben. Doch sobald sie ihn erblickte, überzog ein Strahlen ihr Gesicht.

»Sieh an, Sie hier?«, sagte sie weich.

Adrian tat überrascht und vollführte eine theatralische Handbewegung. »Ja, sieh an, Sie auch.« Es klang selbst in seinen Ohren grotesk.

»Wie geht es Ihnen?«, fragte sie.

»Gut«, erwiderte er zu laut und zu forsch, während seine Kinder Jane neugierig beäugten. »Wir machen einen Geburtstagsausflug.«

»Ja natürlich! Der Geburtstag Ihrer Tochter. Dann musst du Pearl sein.«

Das Mädchen nickte stumm.

»Happy Birthday, Pearl. Hast du bekommen, was du dir gewünscht hast?«

Pearl sah sie so verdutzt an, dass Adrian sich zu einer Erklärung genötigt sah.

»Weißt du, diese Dame kam letzte Woche bei mir vorbei, um Billie kennenzulernen und sie eventuell zu sich zu nehmen. Sie heißt Jane.«

»Tut mir leid, ich hätte mich vorstellen sollen. Ja, ich bin Jane. Und das hier ist Matthew.«

Der Mann namens Matthew nickte und lächelte auf

eine Weise, die ahnen ließ, dass er sich Besseres vorstellen konnte, als hier in der Kälte herumzustehen und sich mit einem Mann samt Kindern aufzuhalten.

»Und da hat sie auf dem Whiteboard gesehen, dass du Geburtstag hast«, fuhr Adrian mit seiner Erklärung fort.

»Ja«, wandte sich Jane wieder den Kindern zu. »Ich bin schrecklich neugierig und stelle viel zu viele Fragen nach Dingen, die mich nichts angehen.«

»Ach woher, Sie sind nicht zu neugierig«, sagte er nach längerem Schweigen, als er sich wieder gefangen hatte. »Aber wir müssen jetzt weiter.«

Lächelnd nickte sie und hakte sich wieder bei Matthew unter. »Dann geht mal schön. Viel Spaß noch. Und alles Gute zum Geburtstag, Pearl.«

Adrian schickte sich gerade an weiterzugehen, als sie sich noch einmal umdrehte und Matthew am Ärmel zurückhielt. »Oh, wie kommen Sie und Billie übrigens miteinander aus?«

»Gut«, sagte er. »Ganz gut.«

Ihr Lächeln veränderte sich, spielte auf die Vertrautheit ihrer vorherigen Begegnungen an. »Das freut mich«, sagte sie herzlich. »Wunderbar. Ja, dann viel Spaß noch.«

»Ihnen beiden auch«, erwiderte Adrian.

Er spürte, wie eine leichte Röte sein Gesicht überzog. Diese Frau hatte etwas. Etwas, das ihn verunsicherte und zugleich beruhigte.

»Warum willst du Billie denn weggeben?«, erkundigte sich Pearl.

»Mache ich ja nicht.«

»Diese Frau hat doch so was gesagt.«

»Schon. Bloß habe ich es mir inzwischen anders überlegt. Und das habe ich dieser Jane zu verdanken.«

Pearl überlegte kurz. »Fein, da bin ich wirklich froh. Du kannst Mayas Katze nicht einfach weggeben. Das geht nicht.«

»Das werde ich auch nicht tun.«

»Die Frau hat mich an sie erinnert.«

»An wen – an Billie?«

»Nein!« Pearl mochte keine Witze, die nicht von ihr stammten. »An Maya.«

»Wirklich?«, hakte Adrian vorsichtig nach. »Finde ich nicht.«

Pearl sah ständig irgendwelche Frauen, die sie an Maya erinnerten. Manchmal zog sie ihn am Arm und deutete auf eine: *Sieh mal, Dad, sieh nur, da ist sie*! Und sie zeigte dann auf irgendeine rothaarige Fremde, die mit Maya überhaupt keine Ähnlichkeit hatte, nur um kurz darauf ein enttäuschtes Gesicht zu ziehen.

»Nein, es ist nicht so, wie du denkst. Nicht wie sonst, dass ich glaube, es könnte echt Maya sein. Aber sie hat irgendetwas an sich, das mich an Maya erinnert.«

Adrian legte einen Arm um Pearls Schultern und drückte sie an sich, doch seine Tochter schüttelte ihn wie erwartet ab.

»Ich vermisse Maya«, erklärte Beau mit einem tiefen Seufzer. »Ganz schrecklich arg.«

Adrian beugte sich zu seinem Sohn hinunter und sah in seine unschuldsvollen grauen Kinderaugen. »Ich auch, mein Kleiner, ich auch.«

Drei Stunden später kehrte Adrian alleine in seine Wohnung zurück, die ihn mit dunklen Schatten und bedrückender Tristesse empfing.

Er wickelte den Schal vom Hals, knöpfte den Mantel auf und ging damit zum Garderobenständer, wo seit jenem warmen Frühlingstag vor knapp einem Jahr, an dem sie nicht mehr zurückkehrte, nach wie vor Mayas Mantel hing. Ein schlichter schwarzer Daunenmantel mit einer pelzbesetzten Kapuze. Er vergegenwärtigte sich, wie ihr Gesicht an schneekalten Wintertagen darunter hervorgelugt und wie sie die Hände in den Taschen vergraben hatte, Schneeflocken auf dem kupferroten Pony, die blauen Augen geheimnisvoll leuchtend.

Und dann dachte er an Jane.

In seinem Kopf schwirrten die Bilder durcheinander – ihr strahlendes Gesicht, die Rose in ihrer Hand. Sie hatte irgendwas Glamouröses. Dabei stand er gar nicht unbedingt auf diesen Typ. Glamouröse Frauen schreckten ihn eher ab. Sie blendeten ihn und ließen ihn an rücksichtslose Autofahrer denken, die ihm mit Fernlicht entgegenkamen. Adrian bevorzugte Frauen mit einer natürlichen Sinnlichkeit – mit ausdrucksvollen Zügen, wohlgeformten Beinen, dunklen Stimmen, dichten, vollen Haaren. Wikingerinnen nannte er diesen Typ Frau, auf den er stand. Maya hatte nicht wirklich dazugehört, aber sie war ebenfalls ungezwungen und natürlich gewesen mit ihrer wuscheligen Mähne, den Jeans und Cardigans und dem weitgehenden Verzicht auf Make-up. Es reizte ihn, die zurückhaltende Schönheit solcher Frauen zu entdecken – ihr Geheimnis, das nur sie beide teilten.

Jane hingegen funkelte und leuchtete. Jeder Zentimeter ihres Körpers wirkte wie in Goldstaub getaucht. Nein, sie war keine Wikingerin, sie war eine Prinzessin.

Als er das Wohnzimmer betrat, tauchte die Katze auf. Er fütterte sie und räumte die Spülmaschine aus. Seit er allein wohnte, erschienen ihm all seine Bewegungen viel zu laut. Wie herabstürzende Felsbrocken, die ein fernes Echo erzeugten. Die Einsamkeit verunsicherte ihn, machte ihn orientierungslos.

Mit zwanzig war er mit Susie zusammengezogen. Mit vierundzwanzig heiratete er sie. Mit fünfunddreißig wurde er von ihr geschieden und kam mit Caroline zusammen – die Hochzeit fand ein Jahr später statt. Mit vierundvierzig ließ er sich von ihr scheiden, weil er Maya kennengelernt hatte, die ein Jahr später seine dritte Frau wurde. Mit siebenundvierzig wurde er Witwer. Der Roman seines Lebens hatte ein jähes Ende gefunden, und er blätterte in den Seiten auf der verzweifelten Suche nach irgendeiner Stelle, die er womöglich überlesen hatte.

Er dachte an Caroline, die sich gerade mit ihren drei gemeinsamen Kindern und seiner Tochter Cat sowie den putzigen Familienhunden auf dem Heimweg in ihr gemütliches, warmes Zuhause befand. Er stellte sich vor, wie sie die Lichter löschte, jedem Kind eine gute Nacht und süße Träume wünschte, sich ins Bett kuschelte, umgeben von vertrauten Geräuschen wie dem Knarzen der Dielen, dem Schnaufen der Hunde, dem Kichern und Flüstern der Kinder in den anderen Zimmern. Aus diesem geordneten, vertrauten Leben war er vor vier Jahren fortgegangen, um sich mit einer Frau und ihrer Katze ein neues aufzubauen.

Anfangs hatte er den Lärm und den Trubel vermisst, die knallenden Türen, die herumliegenden Schuhe, die hingeworfenen Schultaschen, das morgendliche Gezeter. Aber schnell hatte er die neuen Annehmlichkeiten zu schätzen gelernt. Niemand störte bei der Happy Hour am Nachmittag, niemand beschwerte sich, wenn er sich hinter seiner Zeitung verschanzte. Doch bevor es richtig angefangen hatte, was es schon wieder vorbei – und daran konnte er sich nicht gewöhnen. Ganz und gar nicht.

Er setzte sich auf das Sofa, zog sich ein Kissen auf den Schoß und hielt es fest umklammert. Sah zum Sessel hinüber, auf dem dieser Mantel mit dem großen Knopf gelegen hatte, der ihm auch heute wieder ins Auge gesprungen war. Er nahm sein Handy und las noch einmal die SMS, die sie in den vergangenen zwei Wochen gewechselt hatten.

Hallo, ich bin's, Jane, die Frau wegen der Katze. Bin am Samstagmorgen gegen elf Uhr bei Ihnen in der Nähe. Würde gern vorbeikommen, wenn es Ihnen passt?

Ja, klar. Meine Adresse:
Flat 2, 5 St. John's Villas, NW1 1DT. Bis dann!

Prima. Danke!

Hi Adrian, mein Kurs im Kickboxen in Highgate ist gerade aus. Könnte in einer halben Stunde bei Ihnen sein. Passt das?

Natürlich, Jane, bin um die Mittagszeit wieder zu Hause, also bis gleich.

Er legte das Handy aufs Sofa. Was war das, was er da fühlte? Ein verdrehtes Gefühl von Vorfreude, das da in seinem Bauch zu rumoren begann? Jedenfalls empfand er heiß und überwältigend zum ersten Mal seit fast einem Jahr etwas, das stärker war als seine Trauer.

Er griff erneut zum Handy, tippte eine SMS und drückte auf »Senden«, noch ehe sein Hirn an seinen Bauch gefunkt hatte, dass er gerade einen Fehler beging.

Hi Jane. Netter Zufall, Ihnen heute in die Arme gelaufen zu sein. Hoffe, Sie haben noch einen schönen Abend, und danke nochmals für Ihren Rat bezüglich der Katze. Und auch sonst für alles. Hat mich ehrlich gefreut, Sie kennenzulernen.

Er hielt das Telefon weiter in der Hand und starrte es an, hatte mit einem Mal unwillkürlich Bilder im Kopf von diesem gut aussehenden Mann namens Matthew – Bilder, wie er sich nackt mit Jane auf einem Bett räkelte, die rote Rose zwischen die Zähne geklemmt. Rasch legte er das Handy zurück auf den Tisch, rutschte unruhig auf dem Sofa herum, als er am Oberschenkel plötzlich eine Vibration spürte. Seine Hand tastete über und zwischen die einzelnen Polster und Kissen, bis er die Quelle gefunden hatte – ein Handy, das sich in den Tiefen des Sofas vergraben hatte. Er schaltete es ein, und eine SMS erschien. Seine eigene.

Es dauerte ein, zwei Sekunden, bis er kapierte. *Ihr Handy.* Klar, natürlich! Sie hatte es liegen lassen – Jane hatte ihr Handy liegen lassen.

In seiner Wohnung.

6

Am folgenden Tag traf Adrian sich mit Cat zum Mittagessen. Ihre Arbeitsplätze lagen nur ein paar Straßen voneinander entfernt in Farringdon, und so versuchten sie, sich wenigstens einmal pro Woche zum Mittagessen zu treffen. Cat arbeitete halbtags für eine Tierschutzorganisation, die restliche Zeit war sie bei Caroline Au-pair-Mädchen, bekam freie Kost und Logis sowie einhundert Pfund die Woche.

Adrian war Inhaber eines Architekturbüros mit dem schlichten Namen *Adrian Wolfe Associates*, das sich aus kleinsten Anfängen hochgearbeitet hatte. Inzwischen beschäftigte er achtunddreißig Leute, deren Büros sich auf zwei Stockwerke eines umgebauten Fabrikgebäudes verteilten. Sein Hauptgeschäft war der soziale Wohnungsbau, um das er sich allerdings nur noch insofern kümmerte, dass er Aufträge hereinholte.

Ansonsten fungierte er überwiegend als Aushängeschild der Firma, betreute ausgewählte Kunden und kniete sich bevorzugt in kleine, attraktive urbane Wohnprojekte. Doch nach mehr als einem Jahrzehnt als leicht verlotterter, koffeinabhängiger Workaholic, der oftmals im Büro schlief und die Geburtstage der Kinder vergaß, hatte ihn Mayas Tod gezwungen, beruflich etwas kürzerzutreten. Schließlich lief das meiste sowieso ohne ihn. Nein, er hatte nicht das Gefühl, dadurch entmachtet worden zu sein oder die

Kontrolle verloren zu haben. Im Moment tat es ihm sogar gut, gewissermaßen auf dem Rücksitz Platz zu nehmen und Stress und Druck den Jungen zu überlassen, die er obendrein sehr großzügig bezahlte.

Cat wartete in ihrem Stammlokal bereits auf ihn, saß an einem Tisch am Fenster. Ihre tiefschwarzen Haare waren zu zwei dicken Haarnestern über den Ohren zusammengedreht. Heutzutage eine eher extravagante Frisur. Von Weitem hatte er gedacht, sie würde Ohrenwärmer tragen, und sich verwundert gefragt, was das an einem relativ warmen Nachmittag im März wohl sollte.

Überhaupt war der Aufzug seiner älteren Tochter bisweilen dazu angetan, ihn zu beunruhigen. Alles schien darauf angelegt, Aufmerksamkeit um jeden Preis zu erregen. Egal wie. Außerdem benutzte sie für seinen Geschmack zu viel Make-up und künstliche Hilfsmittel wie falsche Wimpern. Am meisten störte ihn jedoch, wie sie ihren Körper, der nur aus beachtlichen Rundungen und Kurven zu bestehen schien, zur Schau stellte. Sie erweckte geradezu den Eindruck, als hätte sie Angst, ihre körperlichen Vorzüge könnten sonst übersehen werden.

Nicht dass sie nuttig aussah, das nicht.

Trotzdem war es ihm manchmal peinlich, in der Öffentlichkeit mit ihr gesehen zu werden. Unausdenkbar, falls die Leute sie für seine Freundin hielten. Was nicht ausgeschlossen war, weil sie sich kaum ähnelten, jedenfalls nicht auf den ersten Blick. Gleiches galt für Susie, ihre hochgewachsene, früher blonde, inzwischen ergrauende Mutter.

Nein, Cat war offenbar ihrer verrückten portugiesischen Großmutter mütterlicherseits nachgeschlagen, die Adrian nicht gerade ins Herz geschlossen hatte, weil sie ihn seinerzeit wenig taktvoll als einen »ungepflegten, zaundürren Hänfling« bezeichnet hatte.

»Hallo Liebes«, sagte er und beugte sich zu seiner Tochter hinunter, um sie zu umarmen.

»Hi Dad. Du siehst ja beschissen aus.«

»Vielen Dank.« Er zog sich einen Stuhl heran. »Charmant wie immer.«

»Du sagst es. Komm, lass uns bestellen. Ich habe einen Mordshunger.«

Cat hatte immer einen Mordshunger und aß neuerdings völlig ungehemmt am laufenden Band. Wenn sie so weitermachte, würde sie mit vierzig aussehen wie ein wandelnder Fleischberg. Als würde sie es darauf anlegen, bestellte sie ein regelrechtes Dickmacheressen und eine pappsüße Cola, während er sich mit einem Vorspeisenteller und einem Glas Wasser begnügte.

Nach einer Weile zog Adrian Janes Telefon aus seiner Jackentasche und legte es in die Mitte des Tisches.

»Was ist denn das für ein Old-school-Gerät?«, fragte sie, während sie ein Brötchen in eine Schale mit Olivenöl tunkte.

»Gehört nicht mir.«

»Aha«, sagte sie und nahm es in die Hand. »Aber nicht etwa dieser Frau …«

Adrian schwieg.

Sie stöhnte laut auf und verzog das Gesicht. »Oh Gott, Dad, nein.«

»Keine Sorge. Es handelt sich bloß um eine Bekannte. Sie kam vorbei, um sich die Katze anzuschauen. Du weißt doch, dass ich vor ein paar Wochen diesen Zettel in der Post ausgehängt habe.«

»Ja, stimmt«, sagte sie und griff nach dem zweiten Brötchen.

»Egal. Jedenfalls hat sie sich Billie angeschaut und mich dann überredet, sie zu behalten. Wir haben einen Tee getrunken, das war's. Eine wirklich nette Frau.«

»Wie alt?« In ihrem Tonfall schwang leichter Unmut mit.

»Ich weiß nicht. Um die dreißig? Vielleicht auch Mitte bis Ende dreißig. Schwer zu sagen.« Er bemühte sich, seine Antwort so neutral wie möglich zu halten, um ihrem Argwohn nicht zusätzlich Nahrung zu geben. »Ist im Übrigen egal. Gestern Abend lief sie mir rein zufällig über den Weg, als ich mit den beiden Kleinen unterwegs zum Italiener war. Wir wechselten ein paar Worte, und dann ging jeder seines Weges. Sie war in Begleitung, hatte offenbar ein Date. Vermutlich weißt du das bereits von den anderen ...« Er hielt inne und warf einen flüchtigen Blick auf das billige Telefon. »Später zu Hause fand ich dann dieses Handy zwischen den Polstern des Sofas. Es gehört eindeutig ihr. Allerdings habe ich außer meiner Nummer und den SMS, die wir einander geschrieben haben, nichts darauf gefunden. Kein Adressenverzeichnis, keine Gesprächsprotokolle oder sonst irgendetwas. Und das kann ja wohl nicht sein, oder? Also dachte ich mir, ich zeige es dir mal – junge Leute kennen sich besser mit solchen Dingen aus.«

Cat stopfte das letzte Stück Brot in den Mund und nahm sich das Handy vor.

»Schon komisch«, meinte sie nach einer Weile. »Sieht ganz so aus, als hätte sie sich dieses Museumsstück einzig und allein zugelegt, um dich zu kontaktieren. Sonst ist absolut nichts darauf zu finden. Echt krass!« Sie verdrehte die Augen. »Vielleicht ist sie ja in dich verliebt.«

Adrian schnaubte abwehrend. »Sei nicht albern! Bestimmt ist sie das nicht.«

»Weißt du eine bessere Erklärung, was das Ganze soll?«

»Keine Ahnung. Ich habe nicht den blassesten Schimmer.«

Ein Kellner servierte Cat einen riesigen Teller Pasta mit Lachs in Sahnesoße. Ihre Augen leuchteten allerdings erst richtig auf, als ihr Blick auf Adrians Platte mit den Antipasti fiel.

»Oh, das sieht ja gut aus. Kann ich was von der Salami haben?«

»Nein«, wies Adrian ihr Ansinnen zurück. »Du hast dein eigenes Essen.«

Sie sah ihn bitterböse an und schnappte sich trotzdem etwas von der pikanten Wurst und dem hauchdünnen Schinken.

Er seufzte resigniert. »Nicht zu fassen.«

»Ich weiß«, sagte sie kleinlaut und wechselte rasch das Thema. »Die große Frage lautet also: Wenn du ihr gestern Abend zufällig über den Weg gelaufen bist und sie ihr Telefon ein paar Tage zuvor in deiner Wohnung vergessen hat, wieso hat sie dich dann nicht danach gefragt?«

»Eben, die Sache ist ausgesprochen komisch.«

»Es kommt einem fast so vor, als ob …«

»Als ob sie es absichtlich bei mir gelassen hat. Ja, dieser Gedanke ist mir auch schon gekommen.«

»Was willst du jetzt tun?«

»Weiß ich nicht.« Er hielt inne und blickte konzentriert auf die Maserung der Tischplatte. »Die Sache ist die, dass sie …«

Er hätte ihr gerne erzählt, dass er zum ersten Mal seit jener schrecklichen Nacht im vergangenen April das Gefühl gehabt hatte, einen neuen Anfang machen zu können. Hätte ihr am liebsten gestanden, dass durch Jane eine versiegelte Tür in seinem Innern aufgestoßen worden war und dass ihn die Aussicht, wieder jemanden in seinem Leben zu haben, beinahe euphorisch stimmte. Doch da war etwas in Cats Miene, im Klang ihrer Stimme, das ihn davon abhielt.

»Obwohl diese Frau sicherlich nicht in mich verliebt ist«, fuhr er schließlich vorsichtig fort, »ist etwas merkwürdig an der ganzen Geschichte. Meinst du, dass ich der Sache nachgehen sollte?«

»Kommt ganz darauf an, wem oder was du da nachgehen willst.«

»Dem Geheimnis, das sich dahinter verbirgt«, erklärte er mit einem Lächeln. »Schau mal, Liebes, es ist jetzt ein Jahr her. Irgendwann muss ich mir überlegen, wie ich weitermachen will. Oder möchtest du etwa, dass ich für den Rest meines Lebens alleine bleibe?«

Seine Tochter zuckte mit den Schultern und stocherte mit einem ihrer langen Fingernägel ungeniert in den Zähnen herum.

»Darum geht es nicht – ich finde bloß, dass du dich nicht vorschnell in eine Affäre stürzen solltest. Es täte dir sicher ganz gut, eine Weile mal für dich zu sein.«

»Meinst du wirklich?«

»Ja, das tue ich«, sagte sie mit Nachdruck. »Du bist erwachsen und solltest das packen. Außerdem gibt es genug Leute, die sich um dich kümmern. Irgendwann wirst du wieder ganz der Alte sein.«

Er lachte verhalten.

»Und dazu brauchst du keine Frau. Ist zumindest meine Meinung.« Sie legte eine Pause ein, um die sahnigen Nudeln auf die Gabel zu wickeln. »Sollte es dir allerdings nur darum gehen, das Geheimnis zu lüften, und du hast ansonsten keine schmutzigen Altmännerabsichten, bin ich dabei und helfe dir, diese Frau aufzustöbern.«

»Das würdest du tun?«

»Ja. Ich liebe geheimnisvolle Geschichten.« Erneut schaltete sie das Handy ein und scrollte durch die SMS-Nachrichten. »Hier. Die hier.« Sie hielt ihm das Handy hin. »Sie sagt, sie käme gerade vom Kickboxen in Highgate. Ich könnte die Kurse dort mal checken, wenn du willst.«

»Wäre prima, Cat, vielen Dank.«

»Gern.« Sie lächelte ihn an. »Aber keine Affäre mehr, Dad. Keine neuen ruinösen Frauengeschichten. Bitte.«

Nach dem Mittagessen kehrte Adrian zurück in sein Büro. Er nahm den längeren Weg durch die Seitenstraßen und bemerkte, dass es über Nacht Frühling geworden zu sein schien. Vor den Restaurants standen zum ersten Mal wieder Tische und Stühle, auf denen bereits einige Unentwegte Platz genommen hatten. Adrian beschloss, zu Hause nach seiner Sonnenbrille zu suchen – er würde sie bald brauchen. Bloß hatte er keine Ahnung, wo sie abgeblieben war – ja, er konnte sich nicht einmal erinnern, ob er sie im vergangenen Sommer überhaupt getragen hatte.

Eine junge Frau mit einem Baby im Tragetuch ging an ihm vorbei. Das Kind schlief tief und fest. Er lächelte die Mutter an, und sie lächelte zurück. Irgendetwas begann sich in seinem Innern zu bewegen. Irgendetwas, das sich über Monate dort festgesetzt hatte und erstarrt war. Seine Trauer. Jetzt begann sie, vom Rand her langsam zu schmelzen wie ein Becher Eiscreme, der zu lange in der Wärme gestanden hatte. Innen noch gefroren, hart und kalt, außen jedoch fast schon wieder weich.

7

»Ich glaube, die Frau ist extra gekommen, um mir beim Eislaufen zuzusehen.«

Adrian drehte sich zu seiner Tochter herum. Er stand gerade am Herd und wärmte eine Tomatensuppe auf.

»Welche Frau?«

»Diese Jane, die wir an meinem Geburtstag getroffen haben.«

Er spürte, wie ihm bei der Nennung ihres Namens eine leichte Röte ins Gesicht stieg.

»Hm«, sagte er und schaltete die Herdplatte herunter, damit die Suppe nicht anbrannte.

»Ich wusste, dass du mir nicht glauben würdest.«

»Wieso denkst du das?«

»Weil du *Hm* gemacht hast.«

»Damit meinte ich bloß, ob du sicher bist. Wann soll das denn gewesen sein? Und wieso kommst du darauf?«

Pearl kratzte abwesend mit den Fingernägeln auf der Tischplatte herum.

»Nein«, gestand sie. »Ich bin nicht sicher, denn damals kannte ich sie ja noch nicht. Sie saß einfach auf der Tribüne des Eisstadions und beobachtete mich. So kam es mir jedenfalls vor, doch als ich mich das nächste Mal umdrehte, war sie weg. Als wir sie dann an meinem Geburtstag auf der Straße trafen, wusste ich gleich, dass sie es war.«

Adrian zog einen Stuhl heran und setzte sich seiner Tochter gegenüber. »Wie sicher bist du dir?«

»Ich weiß nicht. So um die fünfundsiebzig Prozent vielleicht.«

Er nickte.

»Glaubst du mir?«

»Ich weiß nicht, was ich davon halten soll. Warum kommst du erst jetzt damit an?«

»Weil Cat mir von diesem Handy erzählt hat, was ja genauso komisch ist. Und da habe ich mir gedacht, ich sollte es dir erzählen. Oder?« In ihren eisblauen Augen las er Unsicherheit und Unbehagen. »Wieso verfolgt die uns?«

»Sie verfolgt uns nicht und hat es auch nie getan«, beruhigte er sie.

Zweifelnd sah Pearl den Vater an. »Das sehe ich anders«, erklärte sie und begann, die einzelnen Punkte an ihren Fingern abzuzählen. »Erstens taucht sie bei dir auf, um sich eine Katze anzusehen, die sie gar nicht will, *zweimal* sogar. Zweitens beobachtet sie mich beim Eislauftraining, und drittens läuft sie uns seltsamerweise an meinem Geburtstag über den Weg…«

»Reiner Zufall.«

»Das war kein Zufall, Daddy. Sie hat das Datum auf dem Whiteboard entdeckt.«

Adrian sparte sich einen weiteren sinnlosen Protest, erhob sich und ging in den Flur, um sich selbst zu überzeugen. Wie konnte ihm das entgangen sein? Dort stand es unübersehbar in roter Schrift: *Strada, Upper Street, halb sieben.*

»Okay«, sagte er, als er in die Küche zurückkam. »Du hast recht. Die Sache ist wirklich seltsam.«

»Eine Stalkerin«, spekulierte Pearl und verschränkte triumphierend die Arme vor der Brust.

»Wenn, dann eine ehemalige Stalkerin«, berichtigte er.

»Mag sein«, erwiderte sie und blickte hinüber zum Herd. »Die Suppe kocht über, Daddy.«

Adrian sprang auf, nahm den Topf von der Kochplatte und schüttete die Suppe in zwei große Tassen. Dann reichte er eine davon Pearl mit einem Brötchen. Es war ein Ritual für Vater und Tochter. Einmal die Woche holte er sie vom Training ab und nahm sie mit zu sich nach Hause, wo es dann immer Tomatensuppe gab. Auch seine Söhne hatten jeder für sich so einen Vater-Kind-Abend – es war eine Idee von Maya gewesen.

»Wirst du versuchen, die Frau zu finden?«

»Ich weiß nicht«, sagte Adrian ausweichend und zerkrümelte ein Stück von seinem Brötchen. »Vielleicht. Ich habe ein Ladekabel gekauft. Für ihr Handy. Damit sie mich erreichen kann, falls sie es versucht.«

»Wie ist sie denn so? Nett?«

»Oh, ich kenne sie im Grunde kaum. Wir haben uns lediglich dreimal kurz gesprochen.«

»Vielleicht hat sie mich beobachtet, weil sie feststellen wollte, ob sie mich als Stieftochter mögen würde?«

Adrian lachte. »Das bezweifle ich sehr stark.«

Pearl schlug die Augen nieder und seufzte. »Ich weiß nicht, ob ich noch einmal eine Stiefmutter will.«

»Schätzchen, über solche Sachen musst du dir wirklich nicht den Kopf zerbrechen. Ehrlich. Drei Ehen sind genug, wie ich finde.«

Adrian ließ den Löffel in die Suppe sinken und schloss die Augen. Seit dem Mittagessen mit Cat war ihm klar, dass er dieses Thema behutsam angehen musste.

»Alle drei Frauen habe ich geheiratet, weil jede von ihnen zu der jeweiligen Zeit genau die Richtige für mich war. An keiner meiner Ehen habe ich je gezweifelt; ich bin sie allesamt mit bestem Wissen und Gewissen, voller Liebe und Zuversicht eingegangen. Und das werde ich so wohl kein weiteres Mal erleben. Ich lerne vielleicht noch Frauen kennen, die ich nett finde, aber die Richtige für mich, so wie es Susie, deine Mutter und Maya waren, das wird es kaum mehr geben.«

Pearl musterte ihn eindringlich. »Du wirst wieder heiraten, denn du bist süchtig danach, dich zu verlieben.«

Adrian unterdrückte ein Lächeln, weil Pearl diesen Ausdruck hundertprozentig bei Caroline aufgeschnappt hatte.

»Egal was passiert«, versuchte er die Diskussion zu beenden, »ich verspreche dir, nichts zu tun, was dich unglücklich macht.«

»Das ist unmöglich«, widersprach Pearl und schüttelte den Kopf. »So etwas kann niemand hundertprozentig versprechen.«

8

Das erste Maiwochenende brachte unmittelbar hintereinander gleich zwei Geburtstage mit sich: Carolines vierundvierzigsten und Cats zwanzigsten.

Mit zwei Geschenktüten in der einen Hand und einer Tragetasche mit Champagnerflaschen in der anderen machte Adrian sich auf den Weg nach Islington. Es war ein herrlicher Tag: in den Straßen leicht kühl, auf sonnenbeschienenen Plätzen dagegen sommerlich warm. So auch auf der Südterrasse des Stadthauses, in dem Caroline nach wie vor wohnte.

Susie, seine erste Ex, war ebenfalls anwesend. Adrian fand, dass sie unglaublich alt aussah für eine Frau von nicht mal fünfzig. Ihre Haut war von Wind und Wetter gegerbt wie bei vielen Küstenbewohnern, die sich bevorzugt im Freien aufhielten. Und genau das tat Susie als begeisterte Gärtnerin. Entsprechend legte sie wenig Wert auf ihre Kleidung. Zu einer schlabbrigen Leinenhose trug sie ein lockeres, kurzes Oberteil aus dünnem, fast durchsichtigem Musselin, aber ihre Figur zog ebenso wie ihre leuchtend blauen Augen nach wie vor die Blicke an.

»Hallo Susie«, begrüßte Adrian sie und hauchte ihr einen Kuss auf die Wange. »Du siehst großartig aus.«

»Nein, ich sehe schrecklich aus. Ich will gar nicht wissen, wie meine Haare aussähen, wenn ich sie nicht ständig färben würde. So, jetzt weißt du es.«

Während die jüngeren Geschwister sich auf dem großen Trampolin am hinteren Ende des Gartens vergnügten, saßen die beiden Großen auf einer Decke auf dem Rasen und waren mit Lukes Smartphone beschäftigt.

»Hallo Luke«, rief Adrian seinem Ältesten zu.

Sein Sohn schaute auf und schickte sich an aufzustehen.

»Bleib ruhig sitzen. Ist schon okay.«

Doch Luke überhörte es und trat mit ausgebreiteten Armen auf ihn zu. Im Gegensatz zu seiner figürlich recht üppigen Schwester war Luke klapperdürr, ein Strich in der Landschaft und gut fünf Zentimeter größer als sein Vater. Aus seinem Gesicht unter den dunklen Haaren stachen schmale, seltsam helle Augen hervor, deren Farbe an Gletschereis erinnerte.

»Dad«, sagte er und schlang seine überlang wirkenden Arme um Adrian. »Es ist wirklich schön, dich zu sehen.«

Adrian lächelte überrascht. Luke war zwar als Kind sehr anschmiegsam gewesen, hatte sich in den letzten Jahren dann zunehmend abgesondert, war kühler geworden, fast ablehnend.

»Die Liebe scheint mit der Entfernung zu wachsen«, antwortete er mit leisem Spott.

Luke steckte die Hände in die Hosentaschen und grinste. »Ist ja immerhin sechs Monate her, seit wir uns zuletzt gesehen haben.«

»So lange? Wann war das denn, Weihnachten?«

Luke blies sich ein paar Haarsträhnen aus der Stirn.

»Nein«, erklärte er. »Es war lange vor Weihnachten. An meinem Geburtstag.«

»Im November, sag bloß.«

Luke klopfte ihm beiläufig auf die Schulter. »Scheint so,

als würde dich die Wandtafel der Harmonie im Stich lassen«, meinte er und wandte sich zum Gehen.

»Ich glaube, ich muss sie mal aktualisieren«, gab Adrian zu und nahm kopfschüttelnd auf einem Stuhl Platz, den Caroline für ihn herangezogen hatte. »Das gibt's ja gar nicht, sechs Monate...«

Inzwischen hatten Beau und Pearl ebenfalls mitbekommen, dass er da war, sprangen vom Trampolin und stürmten auf ihn zu. Pearl setzte sich auf seinen Schoß, Beau schlang von hinten die Ärmchen um seinen Hals. Beide rochen nach erhitzter Kinderhaut und Sonnencreme.

Caroline, die ihnen gegenübersaß, beobachtete die Szene. Sie sah großartig aus. Goldblonde Haare umrahmten ihr Gesicht mit den hohen Wangenknochen. Ihre schlanken, gebräunten Beine steckten in einer knielangen Leggings, dazu trug sie eine Tunika mit Blumenmuster.

»Du siehst toll aus«, sagte er.

»Danke.« Sie nahm sein Kompliment lächelnd entgegen. »Leider kann man das von dir nicht behaupten. Du siehst ziemlich fertig aus.«

Adrian runzelte die Stirn. »Du bist wieder mal selten charmant.«

Zwischenzeitlich hatte Luke eine der Champagnerflaschen geöffnet und in bereitstehende Kelche gefüllt, die er jetzt an die Erwachsenen verteilte.

»Prost«, sagte er und erhob sein Glas. »Auf die Geburtstagskinder! Auf Cat und auf Caroline! Und«, fügte er hinzu, nachdem er mit Schwester und Stiefmutter angestoßen hatte, »auf die Familie.«

Jetzt gesellte sich auch Otis zu ihnen, ein sparsames Lächeln um die Lippen.

»Hi«, sagte er bloß kurz angebunden, was Adrian als Zeichen wertete, dass seinem zweiten Sohn eine Laus über die Leber gelaufen war oder er ihm etwas übel nahm.

»Hallo Sohn«, erwiderte er und umfasste seine Hüften.

Otis war sein hübschestes Kind. Daran war nichts zu deuteln, so sehr er sich auch bemühte, kein Gewicht auf Äußerlichkeiten zu legen. Ganz gelang ihm das nicht. Er selbst hatte als Heranwachsender eher mitleiderregend ausgesehen mit seinen schiefen Zähnen und Sommersprossen – die aus dieser Zeit erhaltenen Fotos legten beredtes Zeugnis dafür ab. Otis hingegen sah aus wie ein Girlieschwarm und könnte wie die Typen einer angesagten Boygroup als Poster jedes Mädchenzimmer zieren. Sein Gesicht war vollkommen symmetrisch und jedes einzelne Teil darin perfekt. Lippen und Grübchenkinn ebenso wie die von langen Wimpern beschatteten dunkelbraunen Augen und die hohen Wangenknochen.

Adrian nippte an seinem Champagner und schaute kurz an der rückwärtigen Hauswand hinauf. Er konnte kaum glauben, dass hier einmal sein Zuhause gewesen war – hier in diesem wunderschönen weißen Haus mit den vielen Fenstern, dem Garten mit den alten Obstbäumen und den zahlreichen Sträuchern, die gerade in voller Blüte standen. Vom Wohnzimmer im ersten Stock führte eine weiße Wendeltreppe, deren Geländer Caroline mit Lichterketten behängt hatte, direkt hinunter in den Garten. An einem Spalier rankte sich eine weiß blühende Clematis empor.

Das Haus und das ganze Ambiente waren ein Traum, und unwillkürlich fragte er sich, warum er das früher weder bemerkt noch geschätzt hatte. Er hatte sich immer nur Gedanken gemacht, wie er das alles bezahlen sollte, und ständig nach Ausflüchten gesucht, um der Idylle entfliehen zu können.

Und jetzt? Jetzt fühlte er sich, als wäre ein Nachmittag hier in diesem Haus, in diesem Garten, der Hauptgewinn in einer Tombola. Er kippte den restlichen Champagner in einem Zug hinunter und schlug die Augen nieder.

»Also, Adrian«, hörte er Carolines Stimme. »Du musst uns unbedingt von dieser mysteriösen Frau mit dem Telefon erzählen.«

Das Geheimnis um Jane zog Kreise, wurde größer und bedeutungsschwerer. Von einem klitzekleinen persönlichen Geheimnis war es mehr und mehr angeschwollen und durch seine Töchter, den ersten Mitwisserinnen, zu einer allgemeinen Familienangelegenheit aufgebauscht worden, über die sich inzwischen alle genüsslich das Maul zerrissen. Es kam ihm vor wie das Flüsterspiel »Stille Post«, das besonders seine Töchter geliebt hatten. Bei jeder Weitergabe wurde die Geschichte dramatischer oder obskurer oder lächerlicher. Genau wie die Sache mit Jane.

»Was hat es denn damit auf sich?«, erkundigte sich Luke, der gerade die Runde mit einer neuen Flasche Champagner machte, und sah Adrian mit seinen irritierend farblosen Augen an.

»Nichts«, gab sein Vater einsilbig zur Antwort.

»Eine Frau kam bei ihm vorbei, um sich Mayas Katze anzuschauen«, begann Pearl. »Kurz vor meinem Geburtstag. Und diese Frau hat mir später beim Eislauftraining zugeschaut. Und dann ….«

Adrian unterbrach sie, um weiteren Spekulationen zuvorzukommen. »Ich hatte einen Zettel in der Post ausgehängt, weil ich nach Mayas Tod überlegt hatte, für die Katze ein neues Zuhause zu suchen. Jedenfalls meldete sich diese Frau bei mir, und wir verabredeten uns. Sie kam vorbei, riet mir aber, Billie nicht wegzugeben. Ich würde sie brauchen, meinte sie. Kurz danach erzählte mir Pearl, diese Frau sei beim Eislauftraining gewesen und habe sie beobachtet …«

»Hat sie. Ganz bestimmt.«

»Gut. Vielleicht. An Pearls Geburtstag trafen wir sie dann zufällig auf der Upper Street. Auf dem Weg zum Italiener.«

»Was sie bestimmt so eingefädelt hat, weil der Termin auf Daddys Whiteboard stand.«

»Möglich, Pearl. Mag sein. Aber sie war in Begleitung eines jungen Mannes, mit dem sie offenbar ein Date hatte. Wir haben eine Weile geplaudert, und zu Hause fand ich dann zufällig ihr Telefon zwischen den Sofapolstern. Und die einzige Nummer, die sie mit diesem Gerät angewählt hatte, war meine.« Er hielt inne und holte tief Luft.

»Wie merkwürdig«, sagte Susie. »Fast, als ob sie …«

»Sie hat Daddy nachgestellt«, warf Pearl ein. »Ganz gezielt.«

»Und dann ist sie plötzlich wie vom Erdboden verschwunden?«, erkundigte sich Susie verwundert.

»Sie sah echt klasse aus«, gab wiederum Pearl zum Besten und fügte grinsend hinzu: »Richtig geil. Daddy wurde ganz rot, und seine Stimme klang ganz komisch.«

»Oh Gott«, rief Luke, »sag bloß, du hältst Ausschau nach der vierten Mrs. Wolfe. Möge der Himmel uns davor bewahren …«

»Luke«, mahnte Susie ihren Sohn.

»Was denn?«

»Das war voll daneben«, wies Cat den Bruder zurecht.

»Sorry.« Luke legte eine Hand aufs Herz und machte auf theatralisch. »Wie konnte ich nur? Allerdings nimmst du sonst ebenfalls kein Blatt vor den Mund.«

»Wie auch immer«, mischte sich Adrian ein. »Spielt alles keine Rolle. Solange Jane nicht aus heiterem Himmel auftaucht und ihr Handy zurückverlangt, werden wir nie erfahren, was hinter ihrem merkwürdigen Verhalten steckt.«

»Wir können uns jedoch deine Beweggründe vorstellen?«, meinte Luke süffisant.

»Hör endlich auf«, fegte Cat ihn an.

Adrian seufzte. »Sie war einfach eine nette Person.«

Das Läuten der Türglocke, das lediglich schwach zu hören war, setzte dem Geplänkel ein Ende.

»Das ist bestimmt Paul«, erklärte Caroline und erhob sich.

»Wer ist Paul?«, fragte Adrian.

»Mums neuer Freund.« Otis stöhnte demonstrativ.

Adrian spürte, wie sein Inneres sich verkrampfte, während er seiner Exfrau hinterherschaute, die jugendlich beschwingt davonschlenderte. Seit er sie verlassen hatte, war Caroline Single gewesen, hatte immer wieder die Freuden des männerlosen Daseins gepriesen.

»Paul ist nicht ihr Freund«, empörte sich Pearl.

»Ist er wohl«, widersprach Otis. »Ich habe gesehen, wie er ihr das Gesicht gestreichelt hat.«

Pearl streckte geziert ihre schmale Hand aus und fuhr damit leicht über Otis' Wangen.

»So«, sagte sie spöttisch. »Bin ich jetzt etwa deine Freundin?«

»Du bist echt ätzend.« Otis rieb sich das Gesicht, als müsste er etwas Ekliges wegwischen, und trollte sich missmutig zurück zum Trampolin, wobei er einen Fußball vor sich her kickte.

Neugierig wartete Adrian auf Pauls Erscheinen und erbleichte, als er ihn sah. Der Typ war mindestens zehn Jahre jünger als er selbst und damit zugleich erheblich jünger als Caroline. Um sich den Schock nicht anmerken zu lassen, schnappte er sich rasch seinen Jüngsten, der in seiner Nähe herumwuselte, und zog ihn auf seinen Schoß, als bräuchte er einen Berechtigungsnachweis für seine Anwesenheit. Als Beau sich eng an ihn schmiegte, spürte Adrian plötzlich einen Anflug von Sehnsucht nach dem Kind, das er und Maya nie bekommen hatten.

»Alle mal herhören«, rief Caroline fröhlich, »das hier ist Paul Wilson. Paul, das sind mein Exmann Adrian und Susie, seine andere Exfrau, die in Hove lebt, sowie ihr gemeinsamer Sohn Luke, Cats Bruder.«

Adrian bedachte Paul Wilson mit einem Lächeln, von dem er hoffte, dass es den Eindruck eines selbstsicheren Mannes suggerierte, der sich wohlfühlte in seiner Haut und es wegen des Kindes auf seinem Schoß nicht nötig hatte aufzustehen.

»Schön, dich kennenzulernen, Paul.«

»Das sind also alles *deine* Kinder?«, fragte Paul und klang, obwohl er sicherlich Bescheid wusste, ziemlich verwundert.

»Ich denke schon«, erwiderte Adrian nonchalant. »Hat man mir zumindest gesagt.«

Paul lachte. »Ganz schön fleißig.«

»Nun«, meinte Adrian und drückte Beau leicht an sich. »War ein Langzeitprojekt. Habe vor Urzeiten damit angefangen.«

»Du liebe Güte«, stieg Paul auf das Thema ein. »Da muss ich mich wohl ranhalten. Ich werde nächstes Jahr vierzig.«

Aha, dachte Adrian, der Typ war älter, als er geschätzt hatte. Trotzdem lag ihm ein spitzer Kommentar auf der Zunge, dass er sich zwecks Familienplanung lieber an eine jüngere Frau halten sollte.

Nachdem Carolines Neuer Platz genommen hatte und mit Champagner versorgt war, schaute er interessiert reihum.

»Ihr wirkt so harmonisch. Andere würden sich in einer solchen Situation an die Gurgel gehen.«

Caroline und Susie wechselten einen amüsierten Blick und lachten.

»Nein, im Ernst. Was ist euer Geheimnis?«

»Wir mögen uns einfach alle, denke ich mal«, erklärte Susie.

»Und alle mögen wir Adrian«, fügte Caroline hinzu.

»Wow.« Paul nickte anerkennend. »Das sind echt löbliche Worte. Ganz ehrlich, ich kenne etliche Familien, die zerbrochen sind, einschließlich meiner eigenen. Aber ich habe noch nie von einer gehört, die das unbeschadet überstanden hat. Meist gibt es schließlich ein unschönes Nachspiel, wie man weiß.« Er wiegte den Kopf von einer Seite zur anderen und lächelte Caroline an. »Wie ich gehört habe, fahrt ihr sogar regelmäßig gemeinsam in Urlaub.«

»Nun, wir versuchen es zumindest«, sagte Adrian und fühlte sich irgendwie in die Defensive gedrängt. »Wenigstens einmal pro Jahr. Der Kinder wegen. Um ihren Zusammenhalt zu fördern, wenn sie schon nicht zusammenwohnen.«

»Wow«, wiederholte Paul. »Beeindruckend. Allerdings fragt man sich, was sich unter der Oberfläche so alles versteckt. Wer etwa versucht, einem anderen mit einem Voodoopüppchen etwas Schlechtes an den Hals zu wünschen.« Als niemand lachte, fügte er hinzu: »Ihr kennt sicher diesen Zauber mit den Puppen, in die man Nadeln steckt?«

Adrian musterte ihn gelassen. »Ich denke, du wirst bei

uns keine dunklen Geheimnisse finden. Wir gehen alle sehr offen miteinander um.«

»Schön für euch«, sagte Paul lächelnd. »Wirklich schön für euch alle.«

Über Beaus Wuschelkopf hinweg musterte Adrian seine Ex und ihren Neuen. Caroline war zweifellos eine Schönheit, zu der das stilvolle, elegante Ambiente, in dem sie lebte, passte wie zu kaum jemand anderem. Zugleich hatte sie alles im Griff. Den Haushalt, die Kinder, den Garten, die Hunde.

Just, als er an die beiden Möpse dachte, tappte einer verschlafen unter dem Tisch hervor. Paul streckte die Hand nach ihm aus, doch der Hund wartete schwanzwedelnd darauf, dass Caroline ihn streichelte. Sie hatte die Hunde als Welpenpärchen vor rund zwei Jahren erstanden, nannte sie ihren Ehemannersatz und machte ein Mordstamtam um sie. Jetzt allerdings schien sie den Hund gar nicht zu bemerken, denn sie wandte den Blick nicht von Paul.

Adrian dämmerte, dass er nicht der Einzige war, der für sein Leben neue Orientierungen suchte. Und irgendwie schien es immer weiterzugehen.

Zurück in seiner Wohnung, empfing ihn nichts als Leere, Einsamkeit und Trübsinn. Die Sonne war bereits hinter dem Horizont versunken, und die vier Zimmer lagen im Dunkeln. Selbst Billie, die um seine Füße strich, wirkte wie ein finsterer Schatten. Er beugte sich zu ihr hinunter, um sie zu streicheln, was sie sichtlich genoss. Seufzend knipste er ein paar Tischlampen an und schenkte sich ein Glas Wein ein. Weil ihm die Erdgeschosswohnung nach wie vor kalt und ungemütlich vorkam, trat er hinaus auf den kleinen Hinterhof vor der Küchentür, wo sich die Wärme des Tages einigermaßen gehalten hatte. Als Garten mochte er das betonierte Geviert nicht bezeichnen, obwohl er eine Reihe Pflanztröge nach draußen gestellt hatte.

Adrian dachte an das Haus in Islington, an den sonnendurchfluteten Garten mit all dem Grün und der Blütenpracht, in dem Kinder und Hunde glücklich herumtollten, und an Susies hübsches, kleines Landhaus in Hove, das vollgestopft war mit Kunst, Krempel und alten Möbeln, die sie zu Studentenzeiten auf Flohmärkten oder in Trödelläden zusammengekauft hatten. Sachen, die heute Hunderte von Pfund wert waren.

Anschließend wanderten seine Gedanken zu seinen Kindern. Zu Luke, seinem schlaksigen, wunderlichen Ältesten, zu Otis, der mit seinen vollen, sinnlichen Lippen fast zu hübsch war für einen Jungen. Er sah die nachlässig gekleidete Susie vor sich und als Kontrast Caroline in ihrem sexy Outfit. Ob das mit ihrem neuen Lover zu tun hatte? Dann waren da noch der kleine, anschmiegsame Beau, die schwer durchschaubare Pearl und seine Älteste, Cat, die über einen geradezu ruinösen Appetit verfügte. Das alles war einmal fester Bestandteil seines Lebens gewesen: die Häuser, die Frauen, die Kinder. Und jetzt war ihm nichts geblieben außer einer erbärmlichen Wohnung und einer Katze, die nicht einmal wirklich seine war.

Durch alle Jahrzehnte seines Erwachsenendaseins hatte er sich unerschütterlich mit dem Leben, das er führte, identifiziert. War nahezu jeden Morgen aufgewacht mit dem Gedanken: *Ja, ich bin genau da, wo ich gerade sein will.* Das dachte er inzwischen nicht mehr. Er wollte nicht mehr in dieser Wohnung sein, allein mit einer Katze und diesem Gefühl trostloser Leere. Irgendwo auf seinem Weg hatte er eine falsche Entscheidung getroffen, nur wusste er nicht, wo.

Er trank einen Schluck Wein, starrte Billie an und kippte den Rest des Glases hinunter. Dann schaltete er Janes Handy, das er mit nach draußen genommen hatte, ein, um wie immer an jedem einzelnen Tag in den vergangenen zwei Monaten zu überprüfen, ob sie sich gemeldet hatte. Diesmal schrak er regelrecht zusammen, denn das Display zeigte an, dass eine Nachricht eingegangen war.

Er klickte auf das entsprechende Symbol, um sie abzurufen. *Hallo, hier ist Mama,* las er. *Wollte nur mal fragen, wie's dir geht. Lange nichts gehört. Ruf an, wenn du dazukommst.*

Das Gefühl der Leere verschwand für einen Augenblick. Er stellte das Weinglas ab und formulierte eine Antwort.

9

Die Frau hieß Jean, hatte einen starken Akzent, wie man ihn im südwestlichen England spricht, und klang, als hätte sie keine Zähne mehr im Mund. Sie wohne gleich um die Ecke von Adrian, in Tufnell Park, und würde ihn sehr gerne auf einen Kaffee treffen, hatte sie gesagt.

»Es gibt ein Lokal beim Bahnhof. Die machen ganz guten Porridge. Weiß gar nicht mehr, wie es heißt.«

Adrian drehte eine Runde um den Bahnhof, bis er das Lokal gefunden hatte – eine Spelunke, die er Tausende Male zuvor gesehen hatte, ohne dass sie ihm aufgefallen wäre. »Mr. Sandwich« hieß sie.

Die Frau saß gleich am ersten Tisch beim Eingang. Er wusste sofort, dass sie es war, denn sie aß Porridge und hatte ganz offensichtlich keine Zähne.

»Adrian?«, fragte sie und stand auf.

Sie war auffallend dünn und trug einen Strickcardigan mit indianischem Muster, der ihr bis zu den Knien reichte. Ihr Haar war hennarot gefärbt und zu einem Pferdeschwanz zusammengebunden.

»Hi«, sagte er. »Jean?«

»Ja, die bin ich. Nehmen Sie Platz. Den Porridge kann ich wärmstens empfehlen.«

»Danke, ich habe schon gefrühstückt und nehme lieber etwas anderes«, erklärte er und setzte sich auf einen der abgewetzten, vinylbezogenen Stühle, bevor er der Bedienung winkte und einen Cappuccino und ein Eiersalatsandwich bestellte.

»Bei Ihnen ist also das Handy meiner Tochter gelandet«, stellte sie fest und kratzte geräuschvoll den letzten Rest Porridge aus der Schale.

»Sieht ganz so aus.«

»Ich will nicht wirklich wissen, wie es dazu kam.«

Adrian seufzte. »Nun, es gibt auch nicht groß was zu erzählen. Ihre Tochter kam bei mir vorbei, um sich eine Katze anzuschauen, die ich weggeben wollte.«

»Was, Tiff? Eine Katze? Sind Sie sicher? Klingt so gar nicht nach meiner Tochter.«

Jean lehnte sich zurück, drückte das Kinn auf die Brust, schob die Hände tief in die Taschen ihrer Strickjacke und maß ihn mit müden braunen Augen von oben bis unten.

»Tiff?«

»Ja. Ihr Name ist Tiffy.«

»Tiffy?«

»Kurzform für Tiffany.«

»Tiffany.«

Das musste er erst mal sacken lassen. Die Frau, die in seine Wohnung gekommen war, sah nicht aus wie eine Tiff, eine Tiffy oder eine Tiffany.

»Tiffany Melanie Martin, um genau zu sein. Gut möglich allerdings, dass sie ihren Namen geändert hat, als sie heiratete.«

»Und wie heißt sie seitdem?«

Sie zuckte mit den Schultern. »Keine Ahnung. War nicht eingeladen. Was hat sie Ihnen denn erzählt, wie sie heißt?«

»Jane.«

»Jane! Genau diesen Namen würde jeder angeben, wenn er seinen richtigen nicht nennen will. Jane Doe. So nennt man doch die unbekannten Toten. Was zum Teufel führt sie bloß im Schilde?« Sie stöhnte und beugte sich nach vorn. »Hören Sie, zwischen Tiff und mir ist eine ganze Menge richtig scheiße gelaufen. Ich war nicht die beste Mutter der Welt. Um ehrlich zu sein, war ich überhaupt keine Mutter. Sie wuchs im Heim auf. Zwischen acht und sechsundzwanzig Jahren habe ich sie gar nicht gesehen.« Sie schniefte und lehnte sich wieder zurück. »So, jetzt wissen Sie Bescheid. Wir sind mehr Fremde als Mutter und Tochter.«

Adrian schwieg, bis der Kellner ihm sein Sandwich: Eischeiben auf einer dicken Weißbrotschnitte, garniert mit Gurken- und Tomatenscheiben und übergossen mit haufenweise Salatmayonnaise, serviert hatte. Erst dann ergriff er wieder das Wort.

»Wann haben Sie sie zuletzt gesehen?«

»Vor ungefähr einem Jahr. So in etwa. Sie kam zum vierten Geburtstag ihres kleinen Bruders vorbei. Muss so im Juli gewesen sein.«

Er versuchte sich nicht anmerken zu lassen, wie sehr es ihn schockierte, dass Jean offenbar noch jung genug war, um einen vierjährigen Sohn zu haben. Er hatte sie glatt auf Mitte, Ende fünfzig geschätzt.

»Und hatten Sie seither Kontakt? In letzter Zeit?«

»Nein.« Sie schüttelte den Kopf und lachte freudlos, als wäre der Gedanke völlig absurd. »So eng sind wir nicht. Diese SMS gestern Abend habe ich ihr wegen meinem schlechten Gewissen geschrieben – weil ich mich so lange nicht bei ihr gemeldet habe.«

»Wie war sie denn, als Sie sie das letzte Mal sahen? War sie verheiratet?«

Jean ließ sich Zeit mit der Antwort, um sich eine Tasse Tee zu bestellen.

»Ja, das war sie. Frisch verheiratet. Schien, als hätte sie in ihrem Leben alles richtig gemacht. Brachte Harry ein hübsches Geschenk mit, etwas für den Computer, muss eine schöne Stange Geld gekostet haben. Und sie war ganz braun gebrannt von den Flitterwochen. Wo war sie gleich gewesen? Malediven? Malta. Irgend so was …«

Sie seufzte und starrte blicklos zu ihm hinüber, ohne ihn wahrzunehmen.

»Sie machte auf mich nicht den Eindruck, als wäre sie *verheiratet*, wie Sie sagen«, tastete er sich behutsam vor. »Ich meine, sie trug keinen Ring. Nicht dass ich wirklich darauf geachtet hätte, aber ich habe zumindest keinen bemerkt. Das dritte Mal, als ich sie traf, war sie in Begleitung, doch es sah nach einem Date aus.«

Jean brach in lautes Gelächter aus, verschluckte sich fast und presste die Hand auf die Brust.

»Tschuldigung, tut mir leid. Ein blöder Husten. Also, da haben Sie es. Habe sowieso nie geglaubt, dass sie der Heiratstyp ist.«

Adrian tupfte sich die Mundwinkel ab und beendete sein Essen.

»Hätten Sie vielleicht eine Adresse für mich? Oder eine Rufnummer?«

»Nee.« Jean schüttelte den Kopf. »Nur diese Handynummer. Das war alles, was sie mir gegeben hat.« Sie schwieg einen Moment, bevor sie ihrerseits Fragen zu stellen begann. »Wie ging es ihr, als Sie sie gesehen haben? Wie sah sie aus? Was für einen Eindruck machte sie?«

»Nun, ich bin ihr, wie gesagt, lediglich wenige Male begegnet und kenne sie eigentlich gar nicht. Insofern weiß ich nicht, wie sie für gewöhnlich ist. Immerhin wirkte sie auf mich wie eine ganz normale, glückliche Person.«

»Und wie sah sie aus? Gut?«

»Oh ja, das kann man sagen. Hübsch gekleidet, gut frisiert, lange blonde Haare.«

»Nein, nein, nein. Ich denke mal, wir reden hier aneinander vorbei. Tiffy ist nicht blond. Niemals.«

»Vielleicht blond gefärbt.«

»Bestimmt nicht.« Sie schüttelte sich regelrecht bei dem Gedanken und schien echt entsetzt. »Das kann ich mir nicht vorstellen. Allein schon, weil Afrohaar zum Färben nicht sonderlich gut geeignet ist. Kriegt nämlich einen gelblichen Stich, wissen Sie.«

Adrian blinzelte ungläubig. »Afrohaar? Was meinen Sie damit?«

»Na, so krause Haare, wie Tiffy sie hat.«

»Die Frau, die ich meine, hatte kein krauses Haar, sondern langes, glattes.«

»Oh nein, auch noch geglättet. Bin gar nicht sicher, ob ich sie noch erkennen würde.«

»Sie verstehen mich falsch – die Frau, die sich bei mir gemeldet hat, war eine Weiße, keine Schwarze.«

»Tiffy ist relativ hellhäutig, eher kaffeebraun. Ihr Dad war halb und halb, weshalb sie eigentlich kaum noch schwarz ist.«

»Trotzdem. Die Frau war definitiv weiß und hatte blaue Augen. Blau mit etwas goldbraun in einem Auge.«

Jean schüttelte den Kopf und blies die Backen auf. »Nee, nee«, murmelte sie. »Nee. Wir sprechen offenbar von zwei verschiedenen Frauen. Eindeutig. Sieht ganz so aus, als wäre Ihre Frau irgendwie an das Handy meiner Tochter gekommen. Geklaut vielleicht. Höchstwahrscheinlich sogar.«

Sie schniefte, lächelte Adrian mit einem wissenden Blick an und schien mit ihrer Erklärung ganz glücklich zu sein.

Fast wollte er protestieren, sagen, dass die Frau, die er meinte, viel zu viel Klasse habe, um ein Handy zu klauen. Aber dann fielen ihm die diversen Merkwürdigkeiten ein, und er ließ es lieber.

»Ja, wahrscheinlich«, sagte er bloß und fügte, während er bereits aufstand, noch hinzu: »Können Sie mir vielleicht verraten, in welchem Heim Ihre Tochter aufgewachsen ist? War das in London?«

Sie schüttelte den Kopf. »In Southampton. Dort wurde sie geboren. Und dort habe ich auch ihren Vater kennengelernt. Sie kam mit acht ins Heim. Komisch. Kann ich mir heute gar nicht mehr vorstellen, dass ich sie alleingelassen habe. Jetzt, wo ich Harry habe.« Sie sah Adrian scharf an, als hätte er ihr gerade einen Vorwurf gemacht. »Ich war einfach viel zu jung damals. Diesmal mache ich alles richtig. Ich war vierzig, als ich Harry bekam. Deshalb mache ich jetzt alles richtig, verstehen Sie?«

Offenbar begann sie sich in Rage zu reden, und so zog Adrian es vor, sich schleunigst zu empfehlen. Er beglich die Rechnung, ihre und seine, und machte sich auf den Heimweg.

10

Cat zog sich um, schlüpfte in eine Jogginghose, kämmte ihr dunkles Haar straff nach hinten, band es zu einem Pferdeschwanz und begutachtete sich im Spiegel. Sie ballte die Fäuste und stieß sie ihrem imaginären Gegner entgegen, probierte dann an einem High-Kick. Der dilettantische Versuch brachte sie zum Lachen. Wie bescheuert sie aussah!

Angestrengt verdrehte sie den Kopf, um sich auch von hinten sehen zu können. Die Jogginghose saß tief auf der Hüfte, und exakt über dem Gesäß prangte das Wort »Hot«. Vor Jahren der letzte Schrei, jetzt mega-out, aber was anderes besaß sie nicht – und Geld für neue Sportklamotten auszugeben, das ging entschieden zu weit. Bei aller Liebe.

Insgesamt missfiel ihr, was sie da im Spiegel sah. Die Speckröllchen, die überall hervorquollen und täglich mehr zu werden schienen; ihr Bauch, der alles andere als flach war und bereits Anlass zu der dezenten Frage gegeben hatte, ob sie schwanger sei. Ihr ausladendes Hinterteil, die kräftigen Oberschenkel. Nicht mehr lange und sie würde richtig fett sein.

Cat seufzte. Entweder sie akzeptierte sich so oder machte eine Diät. Spontan beschloss sie, sich so zu lieben, wie sie war. Sonst könnte sie schließlich so heiße Teile wie ihre Jogginghose nicht mehr tragen, was sie ausgesprochen bedauerlich fände.

Heute musste sie zum Training. Kickboxen. Es war die

dritte Stunde in drei Wochen. Nicht gerade viel, aber ihr taten bereits sämtliche Knochen weh, und jede Faser ihres Körpers schien zu schmerzen. Trotzdem: Sie hatte ihrem Dad versprochen, nach der ominösen Frau zu suchen, die angeblich in Highgate boxte.

Allein in diesem Stadtviertel gab es sechs Studios, die Kurse anboten. Die letzten beiden Trainingseinheiten hatten nichts ergeben außer der Tatsache, dass sie sich im wahrsten Sinne des Wortes zerschlagen fühlte. Eine Frau mit verschiedenfarbigen Augen jedenfalls war nicht aufgetaucht. Auch keine, die sich Jane oder Tiffy nannte. Dennoch blieb sie optimistisch, weil sie mit jeder Woche ihrem Ziel ein Stückchen näher kam.

Ein letztes Mal holte sie zu einem High-Kick aus, nickte zufrieden und vervollständigte ihr Make-up, bevor sie ihre Sporttasche packte und sich auf den Weg machte.

Diesmal fand der Kurs nicht im noblen Teil von Highgate statt, sondern in einer gesichtslosen Siedlung am Rande des Stadtteils, der nicht gerade die Sonnenseite des Lebens repräsentierte. Hier war es bestimmt nicht verkehrt, eine gewisse Ahnung von den Grundlagen des Kampfsports zu haben, dachte Cat und presste ihre Tasche fest an den Körper. Als sich eine Gang halbwüchsiger Jungs in Baggyklamotten näherte, versuchte sie sich den Anschein zu geben, eine von ihnen zu sein und keine höhere Tochter aus Hove. Die vier Jungs musterten sie im Vorbeigehen lüstern, schnalzten mit der Zunge und pfiffen durch die Zähne.

»Hot«, rief einer in Anspielung auf den Schriftzug auf ihrem Hinterteil. »Ja, genau. Das bist du, eine heiße Braut.«

Sie drehte sich nach ihnen um. »Ich könnte fast eure Mutter sein«, sagte sie.

»Nur wenn dein Stecher auf kleine Mädchen gestanden hätte.«

Die Jungs lachten. Auch Cat konnte sich ein Grinsen nicht verkneifen und streckte im Vorbeigehen schnell noch den Mittelfinger in die Luft. Sie fand, dass diese ordinäre Geste in diesem Fall durchaus angebracht war. Die Jungs antworteten ihr mit Luftküssen und zotigen Kommentaren.

Na toll, jetzt freute sie sich schon darüber, wenn so kleine Möchtegernganoven sie sexy fanden, dachte sie amüsiert und prallte im gleichen Moment mit einer Blondine zusammen, die eine Sporttasche über der Schulter trug.

»Verzeihung«, sagte sie.

»Nichts passiert«, entgegnete die andere.

Cat musterte die Frau neugierig, da irgendetwas ihr Interesse weckte. Ihr Instinkt hatte sie nicht getrogen, denn plötzlich bemerkte sie die unterschiedlichen Augen: das eine durchgängig blau, das andere blau mit einem bernsteinfarbenen Fleck.

»Jane?«, stieß sie gepresst hervor.

»Wie bitte?«

»Sind Sie Jane?«

»Nein«, sagte die Frau. »Tut mir leid. Mein Name ist A-Amanda.«

»Oh, dann entschuldigen Sie bitte. Sind Sie auch auf dem Weg zum Kickboxen?«

Die Frau schaute zuerst Cat an, dann an ihr vorbei zur Halle, umfasste die Riemen ihrer Sporttasche fester und räusperte sich.

»Nein, bin ich nicht«, erklärte sie schließlich und ging weiter.

Cat blieb wie versteinert stehen, fühlte sich hin- und hergerissen. Was sollte sie tun? Der Frau nachjagen und ihr auf den Kopf zusagen, dass sie sehr wohl Jane sei und alles Leugnen nichts nutze? Oder davon ausgehen, dass sie sich getäuscht hatte, und diese angebliche Amanda ziehen lassen? Zum Glück fiel ihr ein Mittelweg ein.

Cat beschloss, der Frau unauffällig zu folgen. In gebührendem Abstand also. Sie zog ihr Handy aus der Tasche, wählte die Nummer ihres Vaters, um ihn zu informieren.

»Dad«, flüsterte sie, während sie der geheimnisvollen Fremden hinterherschlich. »Ich habe sie entdeckt und folge ihr gerade.«

»Wem?«

»Jane, wem sonst! Sie wollte gerade in die Trainingshalle zum Kickboxen, und ich bin ihr gewissermaßen direkt in die Arme gelaufen. Sie hat genau die Augen, die du beschrieben hast! Zwar behauptet sie, dass sie Amanda heißt, aber sie ist es. Da bin ich ganz sicher.«

»Wo bist du?«

»Irgendwo in Highgate.«

Als sie sich nach einem Straßenschild umdrehte, war plötzlich die Halbwüchsigengang wieder hinter ihr, und die Kids begannen erneut mit ihren schmierigen Komplimenten.

»Sie kann nicht ohne uns. Komm her, hab ein bisschen Spaß mit uns. Komm schon, Miss Hot«, riefen sie und unterstrichen ihr Gröhlen mit obszönen Gesten.

Als Cat mehr oder weniger achtlos an ihnen vorbeieilte, erntete sie laute, enttäuschte Buhrufe.

»Wer war das denn?«, hörte sie ihren Vater fragen.

»Nur ein paar Jungs.«

»Herrgott, Cat, sei bloß vorsichtig.«

»Keine Sorge, Dad, sind bloß ein paar kleine Jungs, die sich aufspielen. Hör zu, ich rufe dich wieder an, sobald ich weiß, wo sie hingeht!«

Cat folgte der blonden Frau bereits eine Weile durch monotone Straßen, als sie plötzlich zu rennen begann, wobei die Sporttasche über ihrer Schulter hin und her schwang. Zuerst dachte sie, diese Jane oder Amanda habe sie bemerkt und würde vor ihr davonrennen, doch dann merkte sie, dass sie einen Bus erwischen wollte, und drückte ebenfalls aufs Tempo. Gezwungenermaßen, denn solche Anstrengungen waren eigentlich nicht ihre Sache.

Normalerweise verpasste sie lieber eine Bahn oder einen Bus, als hinterherzurennen – jetzt holte sie das Letzte aus sich heraus und war bloß froh, dass sie einen Sport-BH trug, der ihren wogenden Busen wenigstens einigermaßen im Zaum hielt. Trotzdem gelang es ihr nicht, zu der ungleich schlankeren Läuferin vor ihr aufzuschließen. Hilflos musste sie zusehen, wie die attraktive Blondine in letzter Minute, als die Türen sich bereits zu schließen begannen, in den Bus sprang.

Vergeblich winkte sie, um den Fahrer auf sich aufmerksam zu machen. Zu spät. Die Türen blieben zu, der Bus fuhr langsam an, und bald war nichts mehr zu sehen außer der Abgaswolke, die aus dem Auspuff quoll und dem Bus eine Weile noch als dünner werdende Rauchfahne folgte.

11

Am Wochenende nach dem Treffen mit Jean erhielt Adrian einen Anruf von Susie.

»Darling«, sagte sie wie üblich – er konnte sich nicht erinnern, dass Susie ihn je bei seinem Namen genannt hätte. »Ich muss mit dir reden. Hast du heute Zeit?«

Er stellte seinen Kaffeebecher ab. »Klar. Was ist denn los?«, fragte er.

»Das will ich lieber nicht am Telefon besprechen. Kannst du herkommen? Ins Haus?«

Beide Exfrauen sprachen immer vom »Haus«, wenn sie ihr jeweiliges Zuhause meinten, das für sie offenbar ihr Fixpunkt schlechthin war.

»Gleich heute?«

»Bitte, wenn's geht. Kannst auch gerne eins der Kinder mitbringen.«

»Danke, aber die sind das Wochenende über alle unterwegs. Ich bin also frei.«

»Umso besser. Wann?«

Adrian überlegte kurz. »Ich könnte in etwa einer halben Stunde los. Eigentlich auch gleich«, fügte er hinzu.

»Perfekt. Danke, Darling. Du bist echt super. Dann sehen wir uns in ein paar Stunden.«

Kurz vor Mittag traf Adrian in Hove ein. Das Blau des Himmels wurde von keiner Wolke getrübt, und die Sonne tauchte die stuckverzierten Gebäude und den Kieselstrand in ihren hellen Schein. Hierherzuziehen war Susies Idee gewesen. Sie stammte zwar genau wie Adrian aus London, hatte jedoch im Gegensatz zu ihm nie eine emotionale Bindung an die Stadt gehabt und sich dort nach drei Jahren an der Sussex University nicht wieder eingewöhnen können.

Als sie schwanger wurde, fuhr sie zweimal pro Woche heimlich mit dem Zug nach Brighton, um intensiv nach einem neuen Heim zu suchen. Eines Tages, da war sie bereits im siebten Monat, überredete sie Adrian zu einem Mittagessen an der Küste und schleppte ihn ganz nebenbei auf einen ausgedehnten Spaziergang am Strand entlang bis nach Hove, wo sie rein zufällig vor der Haustür des kleinen Landhauses im edwardischen Stil landeten, das sie dann gemeinsam zehn Jahre lang bewohnen sollten. Nach wie vor kam Adrian mit gemischten Gefühlen hierher.

Es war der Ort, wo seine Kinder geboren wurden, wo er sie als junger Vater in einem Tragetuch am Strand entlangtrug oder sie im Buggy bei Wind und Wetter in Kinderhorte und zu Tagesmüttern brachte. Hier in Hove hatte sein Erwachsenenleben begonnen, aber hier war er ebenfalls in eine neue Phase eingetreten. Irgendwann fing es an, dass er sich eingeengt und fehl am Platz fühlte, dass er jeden Morgen mit dem Gedanken aufwachte, wann die Party wohl endlich vorbei war. Und er sich fragte, was er hier inmitten stinkender Windeln mit einer chaotischen, schlampig gekleideten Frau, die ihn Daddy nannte, eigentlich sollte.

Adrian sehnte sich in die City zurück. Überhaupt hatte er, wenn er ehrlich war, die meiste Zeit in Hove von London geträumt, ohne allerdings den Absprung zu finden. Und bis heute war er sich nicht ganz sicher, ob er sich damals in erster Linie in Caroline verliebte oder mehr in die verlockende Aussicht, in seine geliebte Stadt zurückkehren zu können.

Dennoch war es in vielerlei Hinsicht eine goldene Zeit gewesen, zumindest wenn man sich auf das Schöne konzentrierte. Inzwischen blickte er auf die ersten Jahre, die er hier mit seinen Kindern gelebt hatte, voll Staunen und Ehrfurcht zurück. Zudem war das Haus wirklich etwas Besonderes, das hübscheste Gebäude in der ganzen Straße. Er hielt inne, um Susies liebevoll angelegten Vorgarten zu bewundern, die Beete seitlich des Weges, in denen Glockenblumen und Narzissen blühten, und die üppige Blütenfülle des Goldregenstrauchs, die sich ausladend über die gesamte Hausbreite ergoss.

»Darling.«

Susie begrüßte ihn auf den Eingangsstufen in einem sackartigen Hauskleid und Sandalen, das grau melierte Haar mit einem Schal nach hinten gebunden. Damals, als er sie kennenlernte, hatte sie ausgesehen wie ein Model, und er war anfangs nie sicher gewesen, ob sie wirklich aus Fleisch und Blut oder bloß ein Traumgebilde war. Immer wieder musste er sie anfassen.

Susie selbst war nie ganz glücklich gewesen mit ihrer fast unirdischen Schönheit und begann sie irgendwann unter nachlässiger Kleidung zu verstecken. Insofern hatte es ihr auch nichts ausgemacht, dass die Schwangerschaften und Geburten Spuren an ihrem Körper zurückließen. Ebenso wenig kämpfte sie jetzt gegen die Zeichen des Alterns an und war in der Mitte ihres Lebens vermutlich sehr viel glücklicher als früher.

Sie nahm ihm die Fliederstecklinge ab, die er ihr mitgebracht hatte, dankte ihm als passionierte Hobbygärtnerin überschwänglich und führte ihn in das rückwärtige Zimmer des Hauses, das sie immer den »Sonnengarten« genannt hatten, auch wenn es dort eher dunkel war. Vielleicht deshalb, weil die Türen direkt hinaus in den Garten führten.

Damals, als Susie und er sich trennten, hatten ihm alle geraten, das Haus zu verkaufen und den Erlös zu teilen. Schließlich stünde ihm das zu, nachdem seine Frau sich gegen Ende ihrer Ehe durch halb Hove geschlafen habe. Susie schoss zurück und verteidigte sich damit, dass ihr Göttergatte sie vernachlässigt und als Erster betrogen habe. Mit einer Schaufensterdekorateurin aus Islington, die genauso statuenhaft sei wie ihre Schaufensterpuppen, pflegte sie gehässig hinzuzufügen.

Letztendlich war es der Garten gewesen, der ihn davon abhielt, das Haus zu verkaufen. Susies Garten. Den konnte er ihr unmöglich nehmen. Und so lebte er zwei Jahre lang provisorisch bei Caroline und sparte Geld für ein neues Haus an.

»Wo ist Luke?«, fragte er und nahm an dem gedeckten Tisch Platz.

»Weiß der Kuckuck.« Susie zuckte die Achseln und schenkte Tee ein. »Ich habe ihn die ganze Woche nicht gesehen. Darüber wollte ich mit dir sprechen. Und außerdem über dich. Seit Carolines Geburtstag habe ich mir eine Menge Gedanken deinetwegen gemacht. Und Sorgen.«

Adrian, der gerade Obstsalat in eine Schale füllte, stöhnte laut auf. »Gott, Susie. Bitte nicht. Ich kann so etwas nicht ausstehen.«

»Unsinn«, erwiderte sie, nahm ihm den Löffel aus der Hand und schöpfte sich selbst Obst in eine Schale. »Du magst es, wenn man sich um dich kümmert.«

»Nein, siehst du, genau damit hattest du schon immer

Unrecht. Ich hasse es. Außerdem bin ich inzwischen ziemlich erwachsen und komme sehr gut alleine zurecht.«

»Hm«, machte Susie zweifelnd. »Aber egal. Ob es dir nun gefällt oder nicht – jedenfalls mache ich mir deinetwegen Sorgen. Du bist zu dünn.«

»Ich war seit jeher dünn.«

»Und das Leuchten in deinen Augen ist verschwunden.«

Er stöhnte erneut auf. »Können wir lieber über Luke sprechen?«

»Nein«, erwiderte Susie. »Ich will über dich sprechen. Was ist los, Adrian? Offensichtlich bedrückt dich etwas. Irgendetwas Grundlegendes, etwas sehr Wichtiges, das an die Substanz geht.«

»Ich habe ehrlich gesagt keine Ahnung, wovon du sprichst, Susie.«

»Nun, du rufst nicht mehr an – was du sonst immer getan hast. Cat findet dich neuerdings zerfahren und seltsam. Luke weiß nicht einmal mehr, wie du aussiehst, wie er es ausdrückt. Ist es dieser Typ? Carolines Neuer?«

»Quatsch!«

»Ich habe gesehen, wie du reagiert hast, als er ankam. Du bist regelrecht klein geworden«, sagte sie und formte mit ihren Händen eine kleine Figur.

»Klein?«

»Ja. Richtig zusammengeschrumpft.«

»Himmelherrgott, nein!«

»Wie auch immer, Darling. Ich denke nicht, dass es ewig halten wird, wenn du mich fragst.«

»Ist mir völlig egal, ob es hält oder nicht.«

Sie musterte ihn skeptisch. »Eine solche Erfahrung hast du bislang nicht gemacht. Du musstest noch nie eine Frau abtreten. Du hast es immer geschafft, deine Frauen weiter um dich zu scharen, obwohl du sie verlassen hast. Sie in Wartestellung zu halten sozusagen. Sogar Maya.«

Beim Klang ihres Namens fuhr Adrian zusammen.

»Sorry, Darling. Aber so ist es. Du hast stets einen neuen Lebensabschnitt in dem sicheren Wissen begonnen, dass sich an den alten nichts ändert. Dass dort alles so bleibt, wie du es verlassen hast.«

»Was meinst du mit Maya? Ich hatte nie vor, mich von ihr zu trennen«, hakte er empört nach.

»Nein, das natürlich nicht. Trotzdem wurdest du der Notwendigkeit enthoben, dich weiter mit ihr abzugeben.«

»Herrgott, Susie, du hast keine Ahnung, was ich in den letzten Monaten durchgemacht habe.«

»Da hast du zweifellos recht. Ich habe noch nie einen Menschen auf so schreckliche Art und Weise verloren. Trotzdem habe ich Augen im Kopf und weiß, dass Carolines Loverboy eine völlig neue Situation für dich bedeutet. Und jetzt, wo du Mayas Verlust verarbeiten musst, trifft es dich umso härter. Zumal du nicht wirklich jemanden hast, mit dem du reden kannst. Caroline bietet sich zwangsläufig kaum an. Und bisher waren deine Ehefrauen immer zugleich deine besten Freundinnen.«

Adrian seufzte und nickte zustimmend.

»Wie auch immer«, kam Susie zum Schluss, während sie ein Ananasstückchen auf ihre Gabel spießte. »Ich wollte dir nur sagen, dass ich immer für dich da bin, wenn du jemanden zum Reden brauchst. Auch wenn ich ein wenig gluckenhaft und versponnen sein mag und wir uns über die Jahre irgendwie verloren haben.«

Als er ihr warmherziges und aufrichtiges Lächeln sah, glaubte er für einen kurzen Augenblick, wieder das junge Mädchen vor sich zu haben, mit dem er vor fast dreißig

Jahren am Strand verträumt die Sterne beobachtet oder an lauen Sommerabenden bei ein paar Bier vor einem Pub gesessen und das er schließlich in einem geliehenen Hochzeitsanzug im Rathaus von Camden geheiratet hatte, als er etwa in Lukes Alter gewesen war.

»Danke«, sagte er. »Das ist sehr lieb von dir.«

»Schon gut«, antwortete sie. »Du verdienst es. Weil du im Grunde deines Herzens ein liebenswerter Mensch bist und jemanden brauchst, der auf dich aufpasst. Und weil du allein bist.«

»Das bist du ebenfalls.«

»Ja, das ist wohl richtig. Nur bin ich richtig gut darin – und du grottenschlecht.«

Als sie lachte und dabei ihre Zähne zeigte, dachte Adrian unwillkürlich, dass sie ein paar kosmetische Reparaturen gut gebrauchen könnte. Trotzdem stimmte er in ihr Lachen ein.

»Was ist eigentlich mit dieser Frau?«, fragte Susie. »Mit der, von der du uns bei Caroline erzählt hast?«

»Eine neue Frau ist auch kein Allheilmittel.«

Sie lachte erneut. »Tut dir bestimmt gut, Darling.«

»Na ja, sie ist so ziemlich die mysteriöseste Person, die mir je begegnet ist. Wie sich herausgestellt hat, gehört das Handy, das sie bei mir in der Wohnung hat liegen lassen, einer Mulattin namens Tiffany.«

»Die, wie ich annehme, nicht die Frau ist, die …«

»Ganz recht. Cat hat sie heute Morgen in Highgate auf dem Weg zum Kickboxen aufgespürt und sie direkt mit ›Jane‹ angesprochen. Allerdings hat sie bestritten, so zu heißen, und sich schnell in einen Bus geflüchtet. Also weiß ich nach wie vor nichts von ihr.«

»Nehmen wir an, du fändest sie – würde sie dann die vierte Mrs. Wolfe?«

Adrian lehnte sich zurück in seinem Rattanstuhl und erinnerte sich an die missbilligenden Kommentare seiner beiden Töchter.

»Nein. Ich denke, davon ist nicht auszugehen. Zumindest vorerst nicht.«

Susie stellte ihre leere Schale auf den Tisch. »Na gut, die Zeit wird es zeigen. Wenn das Schicksal es will, wird sie dir wiederbegegnen. Ich frage mich bloß, warum sie sich so brennend für dich interessiert. Insofern darf man gespannt sein, wie die Geschichte weitergeht.«

»In der Tat.«

Adrian blickte an Susie vorbei in den idyllischen Garten. Schemenhaft waberten Bilder aus alten Zeiten durch seine Gedanken: Dunkel hörte er Kinderstimmen, Quietschen und Kreischen aus dem eiskalten Planschbecken, sah Cat und Luke beim Spielen mit ihrem Swingball oder beim Schneemannbauen, bei gescheiterten Handstandversuchen oder in ihrem Sandkasten, der immer übersät war mit welken Blättern und kaputtem Spielzeug. All diese Erinnerungen lebten hier noch, waren nach wie vor präsent, versteckten sich lediglich zwischen den liebevoll gehegten Büschen und Sträuchern.

»Es gibt so viele Schicksale«, sagte er und wandte sich wieder Susie zu. »Diese Tiffany beispielsweise, der das Handy gehört, ist im Heim aufgewachsen. Ich habe ihre Mutter getroffen. Sie hat ihre Tochter jahrelang nicht gesehen, von ihrem achten bis zu ihrem sechsundzwanzigsten Lebensjahr nicht. Und jetzt weiß sie nicht einmal, wie Tiffany seit ihrer Heirat mit Nachnamen heißt. Oder wo sie wohnt. Kannst du dir das vorstellen, Susie? Mal im Ernst? Kinder in die Welt zu setzen und sich dann nicht um sie zu kümmern …«

Susie sah ihn nachdenklich an, als wäre sie im Begriff, etwas Tiefgründiges, ihn Betreffendes von sich zu geben, doch dann schüttelte sie einfach den Kopf.

»Nein«, sagte sie. »Kann ich mir wirklich nicht vorstellen. Aber hör mal, wo du gerade von Kindern sprichst. Dein großer Sohn...«

»Ach ja, Luke. Was ist mit ihm?«

»Nun, das ist der Hauptgrund, warum ich dich hergebeten habe. Er tut rein gar nichts, gammelt bloß träge herum. Ohne Ziel, ohne Elan. Ohne Berufspläne. Jobbt mal hier, mal da, ohne lange genug zu bleiben, um vielleicht dauerhaft übernommen zu werden. Nicht einmal eine Freundin hat er mehr. Seit einem ganzen Jahr. Wenn's nach ihm ginge, würde er den lieben langen Tag vor dem Computer hocken. Und nachdem ich es ihm zu Hause, in meinen vier Wänden, verboten habe, treibt er sich irgendwo rum. Wahrscheinlich in einem Internetcafé....« Sie zupfte mit den Fingerspitzen an ihren Haaren. »Weißt du noch, wie wir früher immer gescherzt haben, dass er bestimmt mal Premierminister wird? Er war so zielstrebig. So motiviert. Und jetzt...« Sie stockte, überlegte, wie sie am besten fortfahren könnte. »Hör zu. Ich brauche dich. Du musst dich einschalten. Ich gebe auf, denn ich laufe nur ins Leere. Und deshalb möchte ich, dass er nach London zieht. Zu dir.«

Er hob abwehrend die Hände. »Bei mir ist ja kaum Platz. Und wenn dann noch die Kleinen kommen...«

»Hör zu. Mit Caroline habe ich bereits gesprochen. Sie sagt, du kannst deine Wochenenden mit den Kindern in Islington verbringen. Sie wird dann...« Sie sah ihn vorsichtig an. »Nun ja, sie wird dann bei ihrem Neuen bleiben, bei... Wie hieß er gleich?«

Adrian fühlte sich überrumpelt. Hinter den Kulissen waren offenbar irgendwelche Absprachen getroffen und Strippen gezogen worden, die das Bühnenbild seines Lebens auf subtile Weise veränderten. Und die er jetzt lediglich absegnen musste.

»Was also soll ich deiner Meinung nach tun?«

»Ihm als Erstes einen Ortswechsel anbieten. Und eventuell einen Job.«

»Einen Job?«

»Ja, in deiner Firma. Zum Reinschnuppern.«

Adrian fuhr sich übers Gesicht und musste daran denken, wie ihn sein Sohn bei Caroline im Garten angesehen hatte. Da war diese merkwürdige Leere in seinen Augen gewesen. Und zugleich fielen ihm die Worte der zahnlosen Jean ein, sie und ihre Tiffy, sie seien mehr Fremde als Mutter und Tochter. Plötzlich spürte Adrian große Müdigkeit.

»Okay, machen wir«, sagte er. »Und wie genau wollen wir vorgehen?«

»Schreib ihm eine E-Mail«, schlug sie vor. »Das ist die einzige Möglichkeit, wie du ihn garantiert erreichst. Wenn du willst, können wir es gleich machen.«

Adrian lächelte und sah einmal mehr die neunzehnjährige Susie vor sich, die ihn einst so verzaubert hatte.

»Okay, von mir aus«, willigte er ein. » Bringen wir es hinter uns.«

Nachdem sich der Besuch bei seiner Ex länger hingezogen hatte als geplant, beschloss er, die Gelegenheit zu nutzen und in der Gegend ein paar Erkundigungen nach dieser Tiffany anzustellen, die hier geboren und aufgewachsen war.

Also lieh er sich Susies Auto, das offiziell ohnehin ihm gehörte, da es auf seinen Namen lief, und machte sich auf den Weg nach Southampton, ausgerüstet mit einem Roastbeefsandwich und einer Biolimonade als Wegzehrung. Anfang der Woche hatte er bereits erste Recherchen angestellt und herausgefunden, dass es lediglich ein einziges Kinderheim in Southampton gab, das White Towers Castle.

Er erwartete sich nicht viel davon.

In einer Gesellschaft, die den Schutz der Kinder sehr hoch bewertete, würde man einem Fremden kaum irgendwelche Auskünfte erteilen. Trotzdem. Es war Samstag. Die Sonne schien. Und er hatte nichts Besseres zu tun – arme, einsame Seele, die er war.

Von außen betrachtet, war das Kinderheim ein echter Prachtbau, sah mit seinen Zinnen und Türmen wie eine Burg oder ein befestigtes Schloss aus. Die Mauern waren in einem satten Vanillegelb getüncht, die schweren Holztüren in einem kräftigen Satinbraun gestrichen. An allen Ecken hingen Überwachungskameras.

Eine Frau, die sich als Sian vorstellte, öffnete ihm auf sein Klingeln. Nachdem er ihr den Grund seines Besuchs erklärt hatte, führte sie ihn in ein kleines Büro am Ende des Flurs und bat ihn Platz zu nehmen. Sie selbst setzte sich ihm gegenüber hinter den Schreibtisch.

»Es geht also um Tiffy.«

»Sie erinnern sich an sie?«

»Oh ja. Ich bin hier seit meinem einundzwanzigsten Lebensjahr – manchmal denke ich, dass ich hier eine Strafe verbüße.«

»Ich kenne die junge Frau, wie gesagt, nicht persönlich, bin jedoch im Besitz ihres Handys und habe mich deswegen bereits mit ihrer Mutter getroffen.«

Sian hob die Brauen. »Ach ja? Dann haben Sie geschafft, was uns all die Jahre nicht gelungen ist.«

Adrian nickte. »Ich weiß. Mir geht es um Folgendes: Da die Mutter den derzeitigen Aufenthalt der Tochter nicht kennt, an Sie die Frage, ob ich mich über Sie mit Tiffany in Verbindung setzen kann. Vielleicht richten Sie ihr einfach aus, dass ich Ihr Handy habe. Dann kann sie selbst entscheiden, was damit passieren soll.«

Noch ehe Adrian seinen Satz beendet hatte, machte Sian sich daran, die Dateien in ihrem Computer zu durchforsten.

»Immerhin eine gute Ausrede, um mal wieder ein Schwätzchen mit einer unserer Ehemaligen zu halten«, meinte sie und lächelte zum ersten Mal. »Also, lassen Sie mich sehen. Ja, hier. Wir haben tatsächlich recht aktuelle Daten von ihr. Sie hat geheiratet… Wie schön für sie. Versuchen wir es also mit dieser Nummer hier. Mal schauen, ob es klappt.«

Im nächsten Moment nickte sie Adrian eifrig zu. »Hi Tiffy. Hier ist Sian. Vom White Towers. Wie geht es dir? Ja, mir geht es gut. Den anderen auch. Alles bestens. Habe gehört, du hast geheiratet? Toll! Das ist wirklich großartig. Eine gute Nachricht. Glückwunsch. Hör mal, ich habe hier jemanden sitzen namens Adrian. Er denkt, dass er dein Handy gefunden hat – eine Unbekannte habe es in seiner Wohnung liegen lassen, sagt er. Klingelt da was bei dir?«

Sian sah Adrian an. »Sie will wissen, wie Sie darauf kommen, dass es ihres ist?«

»Ihre Mutter rief auf diesem Handy an. Genauer gesagt, sie schrieb eine SMS. Und daraufhin habe ich sie getroffen.«

»Er sagt, deine Mutter hat sich auf dem Handy gemeldet. Ja.« Sie wandte sich an Adrian. »Welche Mutter?«, fragte sie. »Sie hat eine leibliche Mutter und eine Pflegemutter.«

»Jean«, erklärte Adrian. »Keine Zähne.«

Sian wiederholte Adrians Antwort. »Jean, keine Zähne. Richtig. Okay. Sag mir einfach, was ich jetzt tun soll, Liebes. Soll ich dir Adrians Nummer geben, damit du selbst etwas mit ihm ausmachst? Ich kann dir das Handy auch per Post schicken? Oder willst du persönlich vorbeikommen, allen Hallo sagen und es abholen?« Sie lächelte und wurde dann wieder ernst. »Nein, natürlich. Klar. Sekunde. Sie will mit Ihnen sprechen.« Sian reichte ihm das Telefon.

»Hi«, hörte er eine helle Stimme. »Mensch, ist ja ein Ding mit meinem Handy. Wobei ich nicht glaube, dass es tatsächlich meins ist. Ich bin ziemlich sicher, dass es ein Geschäftshandy ist. Von der Immobilienfirma, bei der ich mal gearbeitet habe. Ich musste es wieder abgeben, als ich dort aufhörte. Und jetzt fällt mir auch ein, dass ich die Nummer damals meiner Mutter gegeben habe, damit sie mich nicht ständig erreichen kann. Aber verraten Sie mir mal, wie sah die Frau aus, die es in Ihrer Wohnung hat liegen lassen?«

»Groß, blond, elegant gekleidet, ungewöhnliche Augenfarbe.«

»Aha. Nein, dann ist sie es nicht. Ich dachte, es könnte eventuell meine Nachfolgerin aus der Firma gewesen sein. Doch die war Asiatin.«

»Vielleicht war es wiederum deren Nachfolgerin?«

»Glaube ich nicht, denn wenn es nach wie vor als Geschäftshandy in Gebrauch wäre, hätten Sie inzwischen jede Menge Anrufe erhalten. Klingt eher, als hätte es diese Jane geklaut.«

»Oder gefunden?«

»Ja. Mag sein. Wer weiß. Hören Sie, ich hätte nichts dagegen, es zurückzubekommen, wenn das in Ordnung für Sie ist. Bloß für den Fall, dass meine Mutter noch einmal versucht, mich zu erreichen. Schätze mal, das wird sie.« Kurzes Schweigen in der Leitung. »Wie ging es ihr denn?«

»Es ging ihr ...«

»Nein, sagen Sie es nicht. Ich will es gar nicht wissen. Reicht mir zu wissen, dass sie noch lebt. Egal. Lassen Sie das Handy bei Sian? Dann kann sie es mir zuschicken.«

»Sicher. Natürlich. Wo wohnen Sie denn?«

»Im Londoner Süden, aber ehrlich gesagt, ist es mir lieber, wenn Sian es mir einfach zuschickt. Ich habe nämlich momentan fürchterlich viel zu tun.«

»Klar«, sagte Adrian. »Ich lasse Sian meine Nummer da. Falls es irgendwelche Probleme geben sollte. Äh, entschuldigen Sie, eine Frage, bevor ich auflege: Wie hieß die Firma, für die Sie gearbeitet haben?«

»Oh Gott«, seufzte Tiffany. »Die war in Acton. Soundso and Cross. Baxter and Cross. Ja genau. In der High Street. Warum wollen Sie das wissen?«

»Ich weiß nicht. Diese Frau mit dem Handy – eine Zeit lang schien es, als würde sie mich stalken, mich und meine Familie. Ich möchte einfach herausfinden, wer sie ist. Oder zumindest einen Anhaltspunkt haben, wenn Sie verstehen.«

Dann reichte er das Telefon zurück an Sian, und eine seltsam düstere Melancholie überfiel ihn. Seine letzte Verbindung zu Jane war damit praktisch gekappt.

Das war's. Aus und vorbei. Was in aller Welt *es* gewesen sein mochte. Eine vage Hoffnung, das Gefühl, dass seine Reise noch nicht zu Ende sei und sich ein neuer Weg auftun werde ... Doch jetzt war da erneut diese Mauer, die ihm alles versperrte und jeden Ausbruch verhinderte. Die ihn in der Vergangenheit festhielt, in jenem Moment von Mayas Tod, den er wieder und wieder durchlebte, bis die Gedanken seine Seele wund gerieben hatten.

12

Drei Wochen nach Adrians Besuch bei Susie in Hove zog Luke bei seinem Vater ein. Es war Anfang Juni, der erste richtig heiße Tag im Jahr. Luke stieg aus Susies Auto, trug Shorts mit einem schmalen Gürtel, ein eng anliegendes Shirt und eine verspiegelte Sonnenbrille.

»Du siehst echt… cool aus.«

»Schwul wie noch was, wolltest du wohl sagen«, meinte sein Sohn und zerrte eine Reisetasche aus dem Fond.

»Nein, nein, ich dachte mehr an diese Typen aus den Zwanzigern.«

»Heute ist das angesagt, Dad. Männer dürfen ruhig wie Softies aussehen.«

»Nun denn, Mission erfüllt.«

Luke warf ihm ein spöttisches Lächeln zu und öffnete den Kofferraum, während Susie sich in einem wogenden lila Leinenkleid vom Fahrersitz schob.

»Hallo Darling. Und danke. Im Ernst. Ich kann dir gar nicht sagen, wie sehr ich dein Entgegenkommen zu schätzen weiß.«

»Kein Problem«, murmelte er.

Luke reagierte leicht entsetzt, als er die bescheidene Wohnung betrat.

»Weißt du«, erklärte er, »jedes Mal, wenn ich hierherkomme, erinnert mich das daran, dass du doch nicht so ein Kotzbrocken bist, wie ich manchmal denke.«

»Was soll das denn heißen?«

Luke ließ die Reisetasche auf den Boden fallen und sich auf Adrians Sofa sinken.

»Nun, an deiner Stelle hätte ich Caroline wahrscheinlich längst aus dieser Scheißvilla geschmissen und mir irgendwo eine anständige Bude gekauft. Also kannst du so schlimm nicht sein.«

Susie hatte im Sessel Platz genommen, und Adrian schaute zwischen ihr und dem gemeinsamen Sohn hin und her. Er fühlte sich durch die Gegenwart der beiden leicht verunsichert und wusste nicht, was er von Lukes Bemerkung halten sollte.

»Tee, Kaffee, Wasser, Bier?«, fragte er deshalb und holte aus der Küche das Gewünschte.

»Also, wie soll das Ganze hier genau laufen?«, erkundigte sich Luke.

Adrian setzte sich auf die Sofalehne. »Nun, das Wochenende lassen wir erst einmal ruhig angehen. Heute steht Abendessen bei Cat an. Morgen schauen wir Pearl bei einem Wettkampf in Derby zu ...«

»Derby?«

»Ja, Derby. Willkommen in meiner Welt.«

»Ich muss ja nicht alles mitmachen, oder? Trotzdem danke für das Angebot«, erwiderte er spöttisch.

»Nein, so läuft das nicht«, widersprach Adrian. »Ich habe Pearl erzählt, dass du mitkommst. Also kommst du mit.«

Luke zuckte die Achseln. »Meinetwegen.«

»Am Montagmorgen begleitest du mich dann in die Firma. Ich habe für dich etwas im Archiv organisiert. Für einen Monat zunächst. Danach sehen wir weiter.«

»Großartig. Altpapier. Ganz toll.«

Adrian starrte seinen Sohn verständnislos an. Wo war

der aufgeschlossene und fröhliche Junge von einst geblieben? Luke war sogar so lebhaft gewesen, dass sie schon ADHS bei ihm vermutet hatten, doch der Arzt beruhigte sie, er sei eben ein sehr quirliges Kind. Jetzt war sein Ältester, einst das Zentrum seines Universums, zu einem desinteressierten jungen Mann mit merkwürdigen Vorlieben mutiert, der seinem Vater nicht mehr in die Augen schauen konnte.

Nachdem Susie sich verabschiedet hatte, überlegte Adrian, was sie mit dem Rest des Nachmittags anfangen sollten. Ihm fiel lediglich eine Möglichkeit ein: in einen Pub gehen.

Früher hatte Adrian sich gerne vorgestellt, wie es sein würde, mit seinem Sohn eine Kneipentour zu machen, einträchtig mit ihm an einem Tresen zu sitzen, zwei Bier vor sich, vielleicht über ein Fußballspiel zu diskutieren oder über einen neuen Job, über Frauen im Allgemeinen oder im Besonderen. Über typische Vater-Sohn-Themen eben. Nichts von alldem hatte sich erfüllt.

Nicht einmal der Pub, den Adrian für einen bierseligen Nachmittag ausgesucht hatte, entsprach Lukes Geschmack, und er benahm sich, als hätte sein Vater ihn einer unmittelbaren Gefahr für Leib und Leben ausgesetzt, als würde er jeden Moment tätlich angegriffen oder von Flöhen gebissen.

»So, mein Sohn«, sagte Adrian betont forsch und beantwortete Lukes unwillkürliches Schaudern mit einem schiefen Lächeln. »Was ist los?«

»So funktioniert das nicht«, gab Luke zurück. »Du kannst dich nicht einfach mit mir hier hinsetzen und fragen: *Wie geht's? Was gibt's?* Und ich sage dann: *Oh Daddy, wie schön, dass du fragst! Endlich kann ich dir mein Herz öffnen und mein Innerstes vor dir ausbreiten.*«

»Also gut. Wie kann es dann gehen?«

»Weiß ich nicht«, murmelte Luke. »Sag du es mir. War schließlich deine Idee.«

»Eigentlich war es die deiner Mutter.«

»Auch egal. Kam jedenfalls von euch beiden. Nicht von mir. Ich war vollkommen glücklich und zufrieden, so wie es war.«

»Diesen Eindruck hatte ich nicht nach allem, was mir deine Mutter erzählt hat.«

Luke hob schweigend die Schultern und nahm sein Glas Gin Tonic in die Hand.

»Und wenn du mich fragst«, fuhr Adrian fort, »war ich ebenfalls vollkommen zufrieden mit der Situation vorher.«

»Klar. Hört sich an, als hättest du dich in einem Zustand schrankenloser *Glückseligkeit* nach Mayas Tod befunden«, spottete Luke.

»Das ist gemein.«

»Na und? Bloß lass uns nicht so tun, als wäre ich hier der Einzige mit einem Verhaltensproblem.«

»Was soll denn das wieder heißen?«

»Ich meine dich. Du hast dich gewaltig verändert.«

Die Worte trafen Adrian wie ein Schlag in die Magengrube, und er zuckte zusammen.

»Ja«, sagte Luke. »Es tut weh. Aber es ist einfach so, als wäre dein altes Ich mit ihr gestorben.«

»Inwiefern? Ich dachte …«

»Ich weiß. Du dachtest, du kommst klar. Organisierst dein Leben mithilfe deiner Wandtafel der Harmonie. Damit du ja nichts vergisst. Sich an etwas zu erinnern ist nicht das Gleiche, wie es auch wichtig zu nehmen.«

»Herrgott, wie kannst du behaupten, dass ich das nicht

tue? Ich nehme verdammt noch mal alles und jedes wichtig. Ständig.«

Luke seufzte. »Nein, tust du nicht! Andernfalls hättest du nämlich bemerkt, dass Cat frisst, weil sie kreuzunglücklich ist, und Pearl kein Leben hat und keine Freunde, weil jeder sie komisch findet. Du hättest bemerkt, dass Otis todtraurig ist und sich immer weiter in sein Schneckenhaus zurückzieht und dass ich...« Er unterbrach sich. »Nichts.«

Er presste den Kiefer fest zusammen, und seine Wangenmuskeln zuckten.

»Wie zum Teufel soll ich all diese Dinge wissen, wenn niemand sie mir erzählt?«, beschwerte sich Adrian. »Jede Woche treffe ich mich mit Cat zum Mittagessen. Und ja, sie isst wie ein Scheunendrescher, macht jedoch einen fröhlichen Eindruck auf mich. Genau wie Otis und Pearl, die einmal die Woche bei mir sind. Gut, Pearl ist vielleicht zu sehr auf ihren Sport fixiert und Otis ein bisschen einsilbig. Okay, ich habe diese Dinge sehr wohl bemerkt, aber mir deswegen keine Sorgen gemacht. Kinder sind Kinder. Sie durchlaufen ihre Phasen. Haben ihre Launen. Das ist normal.«

»In unserer Familie ist nichts normal, Dad. Ich meine, was denkst du dir eigentlich? Wie kommst du darauf, dass alles prima laufen wird, wenn du eine Familie nach der anderen gründest und sie dann wieder verlässt? Und weißt du was. Ich sage es dir, obwohl du mich dafür hassen wirst – ich bin heilfroh, dass du und Maya nicht mehr die Möglichkeit hattet, noch ein weiteres Kind in die Welt zu setzen. Denn ganz im Ernst, Dad, das wäre geradezu lachhaft gewesen.«

Adrian saß reglos da, ließ die Worte auf sich wirken. Unwillkürlich ballten sich seine Hände zu Fäusten, doch er enthielt sich jeglichen Kommentars.

»Du weißt nichts von mir, Dad, gar nichts. Nichts von alledem, was du wissen würdest, wenn du dich nicht aus dem Staub gemacht hättest, als ich neun war. Um noch mehr Jungs in die Welt zu setzen. Bessere Jungs. Mit einer besseren Frau. Für ein besseres Leben in einem besseren Haus ...«

Adrian versuchte ihn zu unterbrechen, aber Luke wehrte ab. »Nein«, sagte er hart, »du wolltest mich, und jetzt hast du mich. Erzähl mir etwas über mich, Dad. Erzähl mir irgendwas, das nur ein Vater wissen kann.«

»Mein Gott, Luke ...«

»Nun komm schon. Kann so schwer wohl nicht sein! Zum Beispiel, wie hieß meine letzte Freundin?«

Adrian seufzte. »Keine Ahnung, Luke.«

»Charlotte. Vor einem Jahr haben wir uns getrennt. Also frag mich, was passiert ist. Frag mich, warum ich seitdem Single bin. Falls dich das überhaupt interessiert.«

»Okay«, gab Adrian nach. »Was ist passiert? Mit dir und diesem Mädchen?«

»Ich habe Schluss gemacht«, erwiderte Luke, lehnte sich auf seinem Stuhl zurück und sah Adrian triumphierend an. »Weil ich in jemand anderen verliebt war.«

»Aha. Und in wen?«

»In eine unerreichbare Frau – in die Frau eines anderen. In eine Frau, die ich mehr begehrt habe als irgendetwas sonst in meinem Leben. Bloß konnte ich sie nicht haben. Und weil ich diesen Schmerz nie verwunden habe, interessieren mich auch andere nicht mehr.«

»Ach Gott, Junge.«

»Das kannst du laut sagen.« Lukes Stimme klang bitter. »Seit einem Jahr versuche ich, mit einem gebrochenen Herzen zu funktionieren, mit einem total zertrümmerten Herzen.«

Er schlug die Augen nieder, und Adrian sah, wie es um seine Lippen zuckte. Plötzlich verspürte er den Drang, seinen Sohn zu berühren, ihn zu halten. Zumindest in diesem Punkt hatten sie Gemeinsamkeiten. Kummer, Verlustgefühl, Herzeleid. Adrian wusste, wie sich das anfühlte.

»Komm, ich bestell uns Nachschub«, sagte er und stand auf. »Noch einen Gin Tonic?«

Luke blickte auf, und seine farblosen Augen leuchteten kurz auf. »Nein, lieber ein Bier.«

»Was für eins?«

»Egal.« Luke rang sich ein Lächeln ab. »Was du nimmst.«

»Das wird wieder, Junge.« Adrian drückte sacht die knochige Schulter seines Sohnes. »Das wird schon.«

13

Am darauffolgenden Wochenende ließ Adrian Luke allein in der Wohnung, gab ihm präzise Anweisungen – Katze füttern, Anrufe entgegennehmen, Haustür absperren, Müll entsorgen –, packte eine kleine Tasche und machte sich auf zu Caroline, um das Wochenende mit seinen drei Jüngsten in Islington zu verbringen.

Es war eine seltsame Woche gewesen. Trotz ihrer Wiederannäherung im Pub blieb die Beziehung zwischen ihnen angespannt. Sie waren einfach zu unterschiedlich. In jeder Hinsicht. Vor allem hinsichtlich ihrer Sicht auf die Dinge und hinsichtlich ihres Lebensstils. Hinzu kamen Kleinigkeiten, die das Zusammenleben erschwerten. Der eine, Adrian, war ein notorischer Frühaufsteher, der andere, Luke, ein passionierter Langschläfer und Morgenmuffel, der überdies wegen allem und jedem ein Mordspalaver veranstaltete und ständig den Eindruck vermittelte, als hätte er irgendetwas zum Meckern entdeckt.

Seine übertriebene Pingeligkeit war da bloß das Tüpfelchen auf dem i. Immer wusch er irgendwelche Sachen ab, die picobello sauber in den Schubladen gelegen hatten. Oder er schnüffelte an irgendwelchen Sachen herum. An Geschirrhandtüchern, Butterdosen, Kaffeebechern.

»Warum riechst du eigentlich an allem?«, hatte Adrian ihn irgendwann gefragt.

»Ich weiß nicht«, bekam er daraufhin zur Antwort. »Es

ist dieser Geruch hier drinnen. In der ganzen Wohnung. Es *müffelt* irgendwie.«

So war das also, dachte Adrian bedrückt. Eigentlich hatte er seinen Sohn auf teure Privatschulen geschickt, um ihm den bestmöglichen Karrierestart zu ermöglichen. Und was war das Resultat? Dass Luke wie ein Hund in der Wohnung herumschnupperte und angeblich üble Gerüche entdeckte.

Es war zum Verzweifeln – er fand einfach keinen Draht mehr zu diesem Sohn. Erst vor zwei Tagen hatte er bei einem Glas Rotwein an die Unterhaltung im Pub anzuknüpfen versucht, ohne dass etwas dabei herausgekommen wäre. Insofern war das Wochenende für ihn gleichermaßen Flucht wie Befreiung.

Obwohl der Sommer nach einem verheißungsvollen Start inzwischen einer feuchten Kühle mit grauem Himmel und tief hängenden Wolken gewichen war, freute er sich auf Islington. Auf das viele Grün, auf das Lärmen seiner Kinder, wenn sie durchs Haus rannten, und sogar auf Carolines drollige Hunde.

Cat öffnete ihm und fiel ihm um den Hals. Zu seinem Schrecken schien sie schon wieder zugelegt zu haben, was sie indes nicht daran hinderte, sich in sexy Klamotten zu zwängen. Diesmal waren es Hotpants aus Jeansstoff und ein schwarzes Bandeautop, das eindeutig aus schlankeren Tagen stammte und jetzt wie die Shorts nicht mehr unbedingt vorteilhaft aussah. Und schon gar nicht *heiß*.

Nach der Begrüßung führte sie ihn nach oben, um ihm zu zeigen, wo er übernachten sollte. Natürlich hatte er nicht damit gerechnet, er würde in dem alten, gemeinsamen Schlafzimmer untergebracht, das jetzt Caroline alleine gehörte und das sie vermutlich mit ihrem jungen Lover teilte, wenn er sie besuchte, aber irgendwie komisch war es schon, im Arbeitszimmer auf einer Ausziehcouch zu schlafen. Im gleichen Stock wie Cat und Otis.

Als sie eintraten, klickte sein Sohn, der dort gerade vor dem Computer saß, schnell eine Seite weg, die offensichtlich niemand zu Gesicht bekommen sollte.

»Hallo, mein Großer«, begrüßte Adrian ihn und wuschelte ihm durchs Haar.

»Hi.« Mehr kam von Otis nicht.

Es gab einmal eine Zeit, da hätte sein Sohn vor lauter Freude Luftsprünge gemacht angesichts der Aussicht, dass sein heißgeliebter Dad ein ganzes Wochenende hier mit ihm verbringen würde. Jetzt hingegen nahm er seine Anwesenheit recht gelangweilt zur Kenntnis.

»Wo sind denn Pearl und Beau?«

»Pearl ist beim Eislaufen. Und Beau ist mit den beiden unterwegs, sie abzuholen.«

»Welchen beiden?«

»Mit Mum und Paul.«

»Aha«, sagte Adrian. »Wann kommen sie denn zurück?«

Otis zuckte mit den Schultern. »Bald, denke ich. Sie sind schon vor einer Weile los.«

»Und was treibst du die ganze Zeit?«

»Computer und so.«

Adrian nickte, wenngleich er sich leicht unbehaglich fühlte.

Cat stand in der Tür und hatte die nackten Füße überkreuzt. »Er ist süchtig, hockt nur noch vor dem Computer.«

»Nicht, wenn ich da bin«, sagte Adrian.

»Hoffentlich, damit er mal Abwechslung hat. Hier dreht sich nämlich alles ausschließlich nur ums Eislaufen, Eislaufen, Eislaufen.«

»Stimmt«, warf Otis ein, ohne sich umzudrehen. »Und um Paul, Paul, Paul.«

»Komm, lass uns runtergehen. Du kannst mir einen Kaffee machen. Und ihm einen Smoothie«, meinte Cat mit einem Blick auf Otis, der sich ein Lachen nicht verbeißen konnte und sich ausloggte.

Unten in der Küche, die sich wie in vielen englischen Häusern im Souterrain befand, setzte sich seine Tochter auf einen Hocker am Küchentresen, während er sich an der Kaffeemaschine zu schaffen machte.

»Und? Wie läuft's mit Mr. Anspruchsvoll?«, fragte sie.

»Oje«, erwiderte er mit einem Lächeln. »Früher war er immer so aufgeschlossen, lustig und unkompliziert. Ich hatte ja keine Ahnung, wie er inzwischen ist ...«

»Ja, jetzt spielt er die Diva.«

»Weißt du Genaueres?«

Sie zog die Schultern hoch. »Nicht wirklich. Irgendeine unglückliche Liebesgeschichte. Und diese piekfeine Privatschule, auf die ihr ihn geschickt habt, war wohl auch nicht das Gelbe vom Ei für ihn.«

Adrian nickte zustimmend. Die Schule war Susies Idee gewesen. Sie hatte gedacht, dass Luke dort mit seiner Hyperaktivität einerseits und seiner überdurchschnittlichen Intelligenz andererseits besser aufgehoben wäre. Cat dagegen war auf eine örtliche Gesamtschule gegangen und empfand das bis heute als ungerecht gegenüber der Vorzugsbehandlung des Bruders.

»Die Frau, die sich auf ihn einlässt, tut mir jetzt schon leid«, sagte er und füllte frischen Kaffee in die Maschine. »Ich glaube, die muss erst noch gebacken werden.«

Von der Haustür her drang Lärm herunter, die Hunde schlugen an und rannten zum Eingang.

»Ich komme gar nicht erst rein«, hörten sie Caroline durchs Treppenhaus hinunterrufen. »Hier ist für euch der Rest der Bande. Bis morgen Abend dann.«

Die Tür schlug zu, die Hunde hörten auf zu bellen. Pearl und Beau stürmten herein und warfen sich in Adrians Arme. Die Kinder bekamen Smoothies, die er wie Cats Cappuccino auf den Esstisch stellte, während er mit seinem doppelten Espresso am Küchentresen Platz nahm und die Szenerie beobachtete.

So sah es also aus, das Leben, das er die vergangenen vier Jahre jeden Samstagmorgen vermisst hatte – das Leben, das er hinter sich gelassen hatte. Pearls Wangen waren vom morgendlichen Training gerötet, Otis lief um elf Uhr noch im Schlafanzug herum, Beau verkleckerte mit seinem Smoothie alles und ließ die Füße unter dem Tisch baumeln. Ja, so sah es aus.

Er beobachtete Cat, die mit der einen Hand Zucker in ihren Cappuccino löffelte, mit der anderen irgendeine SMS in ihr Handy tippte, wobei ihr die schwarzen Haare ins olivfarbene Gesicht hingen. Dann wanderte sein Blick durch den großen Raum. Er hatte das zuvor mehrfach unterteilte dumpfig-feuchte Souterrain so umgestalten lassen, dass ein freundliches, helles Familienzimmer entstanden war. Genau richtig für faule Samstagmorgen, für Smoothies und Cappuccinos, für Eltern, Kinder und Hunde.

Alles hatte er sorgfältig geplant und entworfen, es liebevoll mit allerlei Schnickschnack eingerichtet und ihm auf diese Weise eine heimelige, gemütliche und unverwechselbare Atmosphäre verliehen. Und dann war er gegangen. Zu einem Zeitpunkt, als Beau noch ein Baby war. Er spürte einen dicken Kloß im Hals.

Wäre das mit Maya nicht passiert, würde er nach wie vor

glauben, das Richtige getan zu haben. So aber überfielen ihn mit einem Mal Zweifel.

Er öffnete den Mund, um auszusprechen, was ihm auf der Zunge lag: *Was haltet ihr davon? Soll Daddy wieder bei euch einziehen? Bei Mummy*? Doch dann sah er seine Kinder an und unterließ es lieber.

14

Luke hörte, wie die Wohnungstür hinter seinem Vater zuschlug, und sah ihm durchs Fenster nach, wie er Richtung High Street ging. Sein Anblick entlockte ihm ein hämisches Lächeln. Er sah so alt aus, so hager und eigentlich auch heruntergekommen. Zumindest verglichen mit seinem eigenen Kleidungsstil. Stünde er nur lange genug an einer Straßenecke herum, dachte Luke boshaft, würde ihm irgendwer sogar Geld hinwerfen.

Er wickelte sich enger in den seidenen Morgenmantel und ging ins Bad. Welch eine Wohltat, endlich Platz zu haben. Die Wohnung nervte ihn. Nirgendwo ein Winkel, in den er sich zurückziehen konnte. Sein Schlafzimmer war ein Witz. Doppelstockbetten. Und das mit dreiundzwanzig! Außerdem gab es keinen separaten Wohnbereich, da Küche und Wohnzimmer ineinander übergingen und das Ganze nicht gerade riesig war. Kein Vergleich jedenfalls mit dem Haus in Hove.

Luke betrachtete sich kritisch im Badezimmerspiegel, inspizierte seinen Bart, der dunkel und fast lockig spross. Was ihm eher nicht gefiel. Neulich hatte er einen Typen gesehen mit einem glatten dunkelblonden Bart, der echt cool aussah. Wie ein Hipster. Er selbst dagegen wirkte mit Bart eher wie ein Schlepperkapitän. Seufzend beschloss er, die Stoppeln noch zwei Tage stehen zu lassen und sie dann abzurasieren, falls er sich immer noch nicht damit gefiel.

Er brauchte eine geschlagene Stunde, um zu duschen, ein Hemd und eine Hose aufzubügeln und sich anzuziehen. Und weitere zwanzig Minuten, um seine Frisur zu stylen. Leider hatte er widerspenstiges Haar, das sich immer lockte, wenn er es nicht gebrauchen konnte. Wie bei seiner derzeitigen Frisur. Besonders schlimm war es bei hoher Luftfeuchtigkeit, dann war es der reinste Fluch.

Als sein Haar endlich so lag, wie er sich das vorstellte, verbrachte er die nächste Viertelstunde missgestimmt damit, Küche und Kühlschrank nach Essbarem zu durchstöbern. Er hatte Hunger, wusste jedoch nicht so recht, worauf. Ein ofenfrisches Schokoladencroissant von »Pret A Manger«, ja, das wäre es jetzt. Am besten aus der Filiale auf der North Street in Brighton, wo sein Freund Jake arbeitete.

Aber das konnte er knicken. Hier gab es nicht viel mehr als einen Laib trockenes Vollkornbrot und irgendeine uralte Marmelade. Zwar stand eine Packung Müsli im Schrank, irgendein widerliches Biozeug, allerdings fehlte dazu die frische Milch. Eier? Die gab es, doch sollte er die etwa selber kochen? Das wäre ja noch schöner. Luke entschied sich schließlich für eine Packung Kartoffelchips mit Käsegeschmack und eine überreife Banane. Beides aß er im Stehen an der Küchentheke und starrte mit leerem Blick durch das Fenster auf die Straße.

Erst jetzt wurde ihm bewusst, dass er die Wohnung für sich alleine hatte. Und dieses Gefühl hob seine Stimmung prompt, beflügelte ihn geradezu. Er schenkte sich ein Glas Traubensaft ein, schnappte sich den Laptop seines Vaters, klappte den Deckel auf und loggte sich bei Facebook ein – betrat eine Welt, die sich im Gegensatz zu seiner nicht in ihren Grundfesten verändert hatte. Da traf er all seine Freunde wieder, die genauso aussahen wie vor einer Woche, als er nach London übergesiedelt war. Sie posteten Bilder aus Pubs und Bars, in denen er ebenfalls ein und aus gegangen war, die Arme um Leute gelegt, die auch er gut kannte. Alle lächelten, als hätte sich nichts verändert, als wäre er nach wie vor mit dabei.

Sein Magen krampfte sich zusammen vor Neid. Er hatte dieses Leben nicht wirklich zu schätzen gewusst. Hatte sich oft nur widerwillig mitschleifen lassen, weil diese Freunde ihm eigentlich nicht gut genug waren. Stets war er von dem Gefühl erfüllt gewesen, es müsse irgendwo einen anderen Ort geben, an dem er lieber wäre, und andere Freunde, mit denen er lieber abhängen würde. Mit anderen Worten: Er wünschte sich ein anderes, ein tolleres Leben. Nun aber erschien ihm das, was er geringgeschätzt hatte, im Rückblick wie ein glitzernder, fahrlässig weggeworfener Diamant.

Auch Charlotte hatte sich bei ihm gemeldet. *Hey, Superheld. Wo bist du denn abgeblieben? War gestern Abend zufällig im »Austin« und habe erfahren, dass du dich in Luft aufgelöst hast???*

Luke seufzte. Von allen Leuten daheim war Charlotte die Letzte, mit der er jetzt Kontakt aufnehmen wollte. Vor längerer Zeit hatte er mit ihr mal eine Weile rumgemacht. Sie war eine heiße Braut, keine Frage, und eine Weile glaubte er auch, in sie verliebt zu sein. Bald jedoch erwies sich die Geschichte für ihn als ein Strohfeuer. Er machte Schluss, und sie machte ihm eine Szene, die er bis heute nicht vergessen hatte.

Irgendwann meldete sie sich wieder bei ihm. Sie sei über ihn weg und ob sie nicht Freunde bleiben könnten … Er willigte halbherzig ein, und man begegnete sich gelegentlich im Pub. Charlotte schickte ihm zudem alles Mögliche, sogar ziemlich gewagte Fotos, via Social Network. Dieses Mädchen gehörte zweifellos zu den Plagen des Computerzeitalters. Leute wie sie wurde man kaum noch los.

Er überlegte, ihre Nachricht einfach zu ignorieren, entschied sich dann anders. Vielleicht gab sie ja auf, wenn sie erfuhr, dass er nicht mehr für sie erreichbar war. Oder stürzte sich von einer Klippe. Also teilte er ihr kurz und knapp mit, auf Wunsch seiner Eltern werde er bis auf Weiteres in London leben.

Lustlos scrollte er eine Weile herum. Otis hatte irgendeinen beknackten You-Tube-Link gepostet. Offenbar änderte er alle paar Stunden sein Profilfoto. Diesmal war er zu sehen, wie er in die Webcam stierte, sein Gesicht aufgrund der fehlenden Tiefe leicht aufgedunsen. Irgendwie wirkte er wie ein Psycho.

Überhaupt fiel es Luke zunehmend schwer, sich in seinen kleinen Bruder hineinzuversetzen. Er war für ihn ein Buch mit sieben Siegeln, genau wie Pearl – nur dass seine Schwester seit frühesten Kindertagen undurchschaubar gewesen war, Otis hingegen nicht. Er war ihm vielmehr wie ein offenes Buch erschienen, in dem man lesen konnte. Und diese neue Verschlossenheit passte so gar nicht zu ihm.

Luke klickte auf ein paar Links und hinterließ hier und da einen Kommentar. Was jetzt? Unschlüssig schaute er sich um, und sein Blick fiel schließlich auf ein gerahmtes Foto von Maya, das in einer Ecke auf dem Küchentresen stand. Ein Stich durchfuhr ihn, vertraut und herzzerreißend, ein Zeichen tiefster Verzweiflung und bitterster Trauer.

Er starrte einen Moment lang auf das Bild, ehe er die Fotodateien seines Vaters anklickte. Schnell stieß er auf den gesuchten Ordner: Cornwall 2010. Vor zwei Jahren. Luke war dabei gewesen. Alle waren mit von der Partie gewesen. Damals hatten sie sich wie eine einzige große Familie gefühlt, wie ein riesiger, vielarmiger Oktopus.

Eine Woche lang sie alle zusammen. Bei wechselhaftem Herbstwetter, mit Regen, Sturm und Sonnenschein, mit literweise Wein, mit Koch- und Küchendienst im Turnusverfahren oder Mittagessen in Pubs. In jener Zeit hätte sein Dad Kopfstände gemacht, damit nur ja keiner die schmerzhaften Wunden der Scheidungen spürte. Und er setzte alles daran, um jedem das Gefühl zu geben, es sei von Vorteil, Teil einer zerrütteten Familie zu sein. Ja, damals hatte Luke die Kinder aus normalen Familien fast schon bedauert.

Sein Vater schoss gute Fotos, das musste ihm der Neid lassen. Er hatte eine teure Kamera und wusste damit umzugehen. Ein Lächeln huschte über Lukes Gesicht, als er die Gruppenbilder sah. Da waren sie alle, seine Eltern und die beiden Stiefmütter, er selbst, seine Schwester und die drei Halbgeschwister. Wie klein sie noch alle waren – Beau, gerade im Kindergartenalter, Otis ein fröhlicher Schuljunge mit einem breiten Lachen, das er heute kaum mehr zeigte, und Pearl ein niedliches Mädchen in einem hübschen Kleidchen. Auch das war Vergangenheit – inzwischen trug sie keine Kleider mehr. Und dort, ganz rechts am Bildrand, stand Maya.

Luke atmete tief durch. Sie trug irgendwelche Outdoorklamotten, ein leuchtend blaues Teil mit Kapuze. Das war der ungünstige Einfluss seines Vaters. Für ihn musste Kleidung vor allem funktional und praktisch sein, nicht schick und modisch. Dennoch fand er sie wunderschön. Sie hatte ihren Arm um Pearls Schulter gelegt, und Luke bildete sich fast ein, dass sie ihn anlächelte. Nur ihn. Maya gehörte zu jenen Leuten, die jedem Einzelnen das Gefühl zu geben vermochten, der allerwichtigste Mensch auf der ganzen

Welt zu sein. Etwas ganz Besonderes. Und bescheuert wie er war, hatte er geglaubt, dass er noch besonderer wäre als irgendwer sonst. Besonderer sogar als sein Dad. Genau das war sein Problem gewesen.

Der Schmerz fraß sich nach wie vor wie ein Krebsgeschwür in sein Inneres, wenn er an jenen schrecklichen Abend zurückdachte, wenige Wochen nach Cornwall, als sie ihm in einem Pub tief in die Augen geblickt und an seinen Lippen gehangen hatte, als sie mit ihren Fingerspitzen sanft über seinen Arm gefahren und es zum Austausch von Vertraulichkeiten gekommen war. Damals hatte er gedacht… Egal, es war jetzt ohnehin nicht mehr wichtig. Tatsache war, dass er sich geirrt hatte.

Gewiss, Maya war hinreißend gewesen. Fühlte sich geschmeichelt, wie sie sagte. Sogar jetzt, zwei Jahre später, spürte er eine heiße Röte aufsteigen, so peinlich war ihm die Geschichte im Nachhinein. Nach jenem Abend hatte er es vorgezogen, die Familie nicht mehr so häufig zu treffen. Von daher konnte er seinem Vater nicht die Schuld dafür geben, dass sie sich kaum mehr sahen. Für alles andere schon: dass er nie anrief, dass er keine Ferien mehr organisierte, dass er immer fahriger wurde. Und dass er Maya an jenem Tag alleine in London hatte herumlaufen lassen und sie nie mehr wiederkehrte.

Er verbrachte eine weitere Stunde damit, sich Familienfotos anzusehen. Seine Augen füllten sich mit Tränen, und er musste sich ein Taschentuch holen. Im Spiegel betrachtete er sein verheultes Gesicht – heute würde er kaum in der Lage sein auszugehen. Er schenkte sich Traubensaft nach und ging wieder zurück zum Laptop. Er wollte mehr sehen. Musste mehr sehen. Durchsuchte die gesamte Festplatte und das gesamte Netzlaufwerk unter dem Stichwort »Maya«.

Er las ihre sämtlichen Accounts, ihre sämtlichen Eintragungen, darunter ein Rezept für Hähnchen-Tajine, das sein Dad »Mayas Hühnchen« nannte, Protokolle und anderes mehr. Dann stieß er auf einen Ordner »Übertrag« sowie auf einen merkwürdig versteckten Unterordner namens »Neuer Ordner«, der wiederum eine Datei mit E-Mails barg.

Luke klickte sie an.

Ein Word-Dokument. Drei Seiten voll mit E-Mails, kopiert und eingefügt. Allesamt adressiert an Maya. Allesamt ohne Unterschrift. Datiert von Juli 2010 bis April 2011. Und allesamt begannen sie mit den Worten *Liebe Schlampe.*

Teil zwei

15

Juli 2010

Die Sonne schien hell durch das Wohnzimmerfenster, verwandelte den Bildschirm ihres Laptops in einen dunkel verglasten Spiegel. Maya drehte ihn vom Licht weg und rückte den Sessel entsprechend zurecht. Ihre Katze, die Veränderungen nicht liebte, verfolgte die Aktion mit leichter Verärgerung, bevor sie sich gelangweilt zu kratzen begann.

Maya, der noch eine Woche bis zum Ende der langen Sommerpause blieb, suchte nach einem Haus für die Herbstferien im Oktober. Adrian hatte sie darum gebeten.

Es würde nicht einfach sein, etwas Passendes zu finden, denn eine Menge Kriterien mussten erfüllt werden: fünf oder sechs Schlafzimmer und so viele Bäder wie möglich; ein Pub, der sich zu Fuß erreichen ließ; Bahnhofsnähe, damit Cat, die keinen Urlaub bekam, am Wochenende schnell herüberkommen konnte; dazu ein großer Garten für Kinder und Hunde, wenn möglich mit Trampolin oder Schaukeln, aber ohne gefährlichen Pool. Und das alles in einer »vernünftigen Ausstattung«, wie Adrian ihr erklärt hatte.

Noch vor knapp zwei Jahren hätte Maya nicht die leiseste Ahnung gehabt, was das bedeutete – nach drei großen Familienurlauben wusste sie es. Und auch, was unter keinen Umständen infrage kam, sondern von den Wolfes als absolutes No-Go betrachtet wurde. Etwa mit Teppichboden ausgelegte Badezimmer, Metalljalousien, mit Folien beklebte Scheiben, schmutzige Duschvorhänge, Spinnen im Haus und Bettdecken mit Brandlöchern. Des Weiteren war jede Art von *billigem Schick* zu vermeiden, mochte er noch so aktuell sein. »*Du weißt schon, Chrom, rotes Leder, überdimensionierte Blumenmuster auf der Tapete*«, hatte Caroline ihr eingeschärft.

Maya mochte die zweite Mrs. Wolfe, die im Londoner Nobelkaufhaus Liberty die Abteilung für Visual Merchandising leitete und entsprechend großen Wert auf Ästhetik und Design legte. Susie hingegen, die erste Mrs. Wolfe, ließ sich mehr von ihrer Nase leiten und fand so ziemlich alles okay, solange es gut roch. Zumindest anfangs, denn später entdeckte sie meist Haare in der Suppe: *Oh wie schade, die Sonne verschwindet ja so früh hinter den Bäumen.* Oder: *Ach du lieber Gott, womit sind denn diese Matratzen gefüllt?*

Insofern war Maya durchaus bewusst, dass die Sache heikel war. Sie musste jedes Angebot akribisch prüfen, jedes einzelne Foto auf ein Maximum vergrößern, um eventuelle Mängel zu erkennen, und jede Beschreibung auf verborgene Fallen abklopfen. Dazu gehörte beispielsweise, wenn nicht alle Schlafzimmer vom Flur aus zugänglich waren, wenn »der freundliche Besitzer gleich nebenan wohnte« und »jederzeit zur Verfügung« stand.

Vor zwei Jahren waren das fremde Welten für sie gewesen. Damals hätte sie sich allerdings auch nicht vorzustellen vermocht, einmal Adrians Frau zu werden. Zumindest nicht an jenem Tag, als sie den etwas nachlässig gekleideten und nachlässig schlurfenden Chef des Architekturbüros Wolfe zum ersten Mal erblickte. Sie hatte das Lehrerinnenseminar hinter sich und die erste Anstellung vor sich und brauchte einen Job, um die Zeit dazwischen zu überbrücken. Damals war die Firma noch mit sieben Mitarbeitern und mit ein paar Räumen auf einer Etage ausgekommen. Maya blieb knapp einen Monat. Lange genug für ein paar nette Feierabendrunden im Pub, der sich bequemerweise im Erdgeschoss befand, und gelegentliche Schwätzchen in der Büroküche. Lange genug also, um dazuzugehören. Und für Adrian lange genug, um sie an ihrem letzten Abend, als sie zum Abschied einen ausgab, entschlossen am Arm zu packen und zu fragen: *Was machen Sie denn heute noch? Ich würde Sie gerne zum Abendessen einladen, gewissermaßen als Dankeschön.*

Natürlich war Maya über seine persönliche Situation im Bilde. Sie wusste Bescheid über die fragile Konstruktion mit den beiden Familien. Hatte seine spätabendlichen Anrufe mitbekommen, als er sich mal wieder entschuldigte, dass es später würde, und Caroline sogar einmal getroffen. Eine große blonde Schönheit, die sie als absolut einschüchternd empfand und die in ihren Augen so gar nicht zu Adrian passte. Kurz darauf hatte sie auch Susie kennengelernt, das genaue Gegenteil, ohne jedoch groß darüber nachzudenken. Was gingen sie schließlich Adrians Frauen an?

Das kam erst, als sie sich auf eine Affäre mit ihm einließ. Während der ersten beiden Monate beteuerte Adrian immer wieder, dass es längst aus sei zwischen ihm und Caroline, dass sie kaum mehr miteinander sprächen, dass Caroline kühl und distanziert sei und ihn nicht mehr liebe. Und Maya hatte keinen Grund, ihm nicht zu glauben. Selbst später nicht, denn die Trennung verlief scheinbar harmonisch, und die Verflossene behandelte die Neue nett und freundlich wie ein Familienmitglied. Maya war erstaunt, wie wenig Wellen ihre Affäre und die Scheidung schlugen. Nichts schien den familiären Frieden trüben zu können.

Und jetzt, zwei Jahre später, lebten sie nicht nur zusammen, sondern waren sogar verheiratet. Sie hatte einen tollen Job als Lehrerin an einer privaten Mädchenschule im Nobelviertel Highgate gefunden, Adrians Architekturbüro war immens vergrößert worden und in neue Räume umgezogen, in denen annähernd vierzig Mitarbeiter so selbstständig arbeiteten, dass Adrian sich immer mehr Freiräume gönnen konnte.

Maya kam mit allen bestens aus, und alle betonten, wie vorteilhaft sich doch alles entwickelt habe, seit sie in Adrians Leben getreten sei. Alles perfekt also?

Vollkommen perfekt bis auf diese E-Mail, die sich gestern in ihrem Posteingang befunden und alles verändert hatte.

Entsetzt war sie aus dem Zimmer gestürzt, als wäre es von einem üblen Gestank verpestet worden, und in die Küche getaumelt, wo sie sich an den Tresen klammerte. Erst nachdem sie sich einigermaßen gefasst hatte, kehrte sie an den Computer zurück und öffnete die verhängnisvolle Mail erneut.

Liebe Schlampe,

ich kann nicht glauben, dass es schon zwei Jahre sind, dass du einer anderen den Ehemann ausgespannt hast. Ich hätte nicht gedacht, dass das mit dir und Big Daddy länger als ein paar Monate hält. Doch aus irgendeinem Grund bist du nach wie vor da! Hast du es immer noch nicht kapiert? Du bist nicht erwünscht. Alle tun so, als würden sie dich wahnsinnig lieben, aber das stimmt nicht. Sie hassen dich alle. Warum verziehst du dich nicht einfach? Hör auf, das reizende kleine Frauchen zu spielen, und bau dir ein eigenes Leben auf, anstatt das anderer Leute kaputt zu machen.

Als Absenderadresse war angegeben thelonevoice@hotmail.com. Ein hysterisches Lachen entfuhr ihr: *the lone voice*, die einsame Stimme – dann wurde ihr speiübel.

Ohne jeden Zweifel stammte die Mail von einem Mitglied der Familie. Von einem Insider. Von einem oder einer Wolfe. Von einem der Kinder oder einer der Exfrauen. Jedenfalls von einem der Menschen, die ihr schöntaten, die sie anlächelten, sie umarmten und zum Abschied küssten, die ihr versicherten, wie glücklich sie Adrian mache, die ihre Kochkünste priesen und sie lobten, weil sie für sie die gemeinsamen Ferien organisierte.

Maya begann zu weinen. Vor ihrem geistigen Auge ließ sie die Gesichter von Adrians Familie vorüberziehen, und sie kam sich vor wie bei einer polizeilichen Gegenüberstellung, wo es den Täter zu identifizieren galt.

Sie war drauf und dran, die Mail an Adrian weiterzuleiten, doch dann überlegte sie es sich anders. Sie wollte nicht, dass er womöglich ausrastete. Nein, bloß das nicht. Auch lag es ihr fern, ihn zu beunruhigen, indem sie seine Familie verdächtigte. Also markierte sie die Mail als Spam und verschob sie in einen anderen Ordner, damit sie ihr nicht jedes Mal, wenn sie ihren Posteingang öffnete, in die Augen sprang.

In der Schule war sie vier Jahre lang gemobbt worden von einer Mädchenclique, die aus blonden Pferdeschwanzträgerinnen bestand und die sich auf ihre taillenlangen roten Haare und ihre sommersprossige Haut eingeschossen hatte. Jeder einzelne Tag war ein einziger Albtraum gewesen. »Feuerpinsel« hatte man sie genannt. Sich nach der Farbe ihrer Schamhaare erkundigt. Ihr grausame Briefe geschrieben. Sie auf dem Schulhof in eine Ecke gedrängt und sie auf jede erdenkliche Weise terrorisiert. So war das gegangen, bis sie mit sechzehn die Schule verließ. Nicht gerade eine Erfahrung, die ihren Charakter stärkte – eher eine Lehre, den Ball immer schön flach zu halten und jedermann gefällig zu sein.

Und das galt natürlich auch und insbesondere in Bezug auf Adrians Familie. Wie leicht konnte sie hier die einzelnen Mitglieder verletzen, sie in Rage bringen, sie so weit treiben, dass sie sie ablehnten. Maya erschauerte. Sie war ihrer persönlichen Apokalypse verdammt nahe gekommen.

Zwei Tage waren seit Eingang der bedrohlichen Nachricht vergangen, und langsam wurde sie ruhiger und war bereit, das Ganze für eine zwar hässliche, aber einmalige Geschichte zu betrachten.

Sie schrieb an den Besitzer des Farmhauses in Fowey, das perfekt zu sein schien bis auf einen Ententeich, in den Beau fallen könnte, erkundigte sich, ob eine Möglichkeit bestünde, den Teich abzudecken oder einzuzäunen, und ging zum Herd, um Teewasser aufzusetzen. In diesem Moment hörte sie den Ton, der den Eingang einer neuen Mail ankündigte.

Sie kam nicht wie erhofft von dem Hausbesitzer in Fowey. Falsch gedacht. Schreckensstarr las sie die gehässigen Worte.

Liebe Schlampe,

das wird jetzt so lange weitergehen, bis du es endlich kapiert hast und aus dem Leben der Wolfes verschwindest. Also gewöhn dich schon mal dran. Oder verpiss dich.

Vor Mayas Augen begann sich alles zu drehen, und vergeblich versuchte sie, durch tiefes Durchatmen die aufsteigende Panik niederzukämpfen.

Sie war wieder ein Schulmädchen, das auf dem Pausenhof in die Ecke gedrängt wurde, umzingelt von ihren Peinigerinnen. Es war zu spät, sich dem Ansturm der Erinnerungen zu entziehen – und ohne dass sie es verhindern konnte, ergriff Dunkelheit Besitz von ihr.

16

Juni 2012

Adrian saß auf einem harten Plastikstuhl im Warteraum des Polizeireviers Kentish Town. Um Viertel nach zehn hätte er einen Termin bei Detective Ian Mickelson gehabt, jetzt war es bereits fünf vor halb elf. In der Hand hielt er seinen Laptop, der in einer Hülle steckte, sowie einen Ausdruck der E-Mails, die Luke ihm in die Hand gedrückt hatte, als er von seinem Wochenende in Islington nach Hause zurückgekehrt war.

Er hatte keine Ahnung, was es bringen sollte, sich damit an die Polizei zu wenden. Immerhin hatte keinerlei strafrechtliche Ermittlung im Zusammenhang mit Mayas Tod stattgefunden – der abschließende Bericht des Rechtsmediziners plus zwei Zeugenaussagen und eine toxikologische Untersuchung hatten keinerlei Anlass dazu gegeben. Tod durch Unachtsamkeit und zu viel Alkohol. Sie stolperte auf die Straße und wurde von einem Bus erfasst. Solche Unfälle passierten leider.

Adrian schaute auf, als der Detective in der Tür erschien. Etwa so groß wie er selbst, aber bedeutend jünger und bemerkenswert gut aussehend. Er entschuldigte sich für die Verspätung, schüttelte Adrian die Hand und führte ihn in ein kleines Besprechungszimmer, wo er einen jüngeren Zivilbeamten damit beauftragte, ihnen Tee zu bringen.

»Also«, sagte er mit Blick in die Akte, die er in seiner Hand hielt. »Es geht also um … Cybermobbing. Ja?«

»Nicht allein. Meine Frau Maya starb letztes Jahr im April. Sie wurde von einem Nachtbus an der Charing Cross Road erfasst.«

»Das tut mir leid zu hören.«

»Danke«, erwiderte Adrian. »Allerdings sind mir die Umstände ihres Todes bis heute unerklärlich, denn das alles passt nicht zu ihr. Okay, sie hatte zu viel getrunken, wie ihr Promillespiegel ergab. Genug sogar, um vielleicht ins Koma zu fallen. Sie war zierlich, wissen Sie. Und nicht nur das: Warum hat sie sich absichtsvoll ganz alleine betrunken? Niemand hat sich nämlich gemeldet, mit dem sie auf Kneipentour gewesen wäre. Deshalb ist davon auszugehen …« Seine Stimme drohte zu brechen, als er sich vorstellte, wie Maya mutterseelenallein an einem Tresen hockte und sich einen Wodka nach dem anderen hinter die Binde kippte. »Wie auch immer. Maya starb, wurde betrauert und zu Grabe getragen, und ich habe versucht, mein Leben ohne sie weiterzuleben. Dann zog vor Kurzem mein Sohn bei mir ein und stöberte in den Dateien auf meinem Laptop. Fand dort durch Zufall einen Ordner, in dem diese Seiten gespeichert waren …«

Er schob den Ausdruck über den Tisch zu dem Detective hinüber, der sich sogleich darin vertiefte. Nach einer Weile räusperte er sich, lehnte sich in seinem Stuhl zurück und atmete mehrmals tief durch, wobei er die Luft zischend durch die Zähne zog.

»Sehr unschön. Wirklich sehr unschön«, murmelte er.

»Und was denken Sie?«, fragte Adrian. »Können wir irgendetwas tun?«

»Na ja, wir können der Sache selbstverständlich nachgehen. Ich nehme an, Sie haben diese E-Mails im Original?«, erkundigte er sich und deutete auf Adrians Laptop.

»Nein, leider nicht. Wie es aussieht, hat Maya sie alle gelöscht. Ich bin kein Technikgenie, kenne mich mit so was nicht wirklich aus, doch ich kann die Originale nirgendwo finden. Lediglich diese Kopien, die sie in einen gesonderten Ordner verschoben hat. Und für mich besteht eindeutig ein Zusammenhang zwischen diesem Geschreibsel und ihrem angeblichen Unfall. Schauen Sie mal …« Er zeigte auf die letzte E-Mail. »Der 18. April, der Tag, bevor sie starb. Danach kam nichts mehr. Unmittelbar nach Mayas Tod habe ich in ihrem Postfach nach Hinweisen gesucht, aber diese Person mit den *Liebe-Schlampe*-Mails hat sich nie wieder gemeldet. Ein klarer Beweis, dass sie auf irgendeine Art in Mayas Tod verwickelt ist.«

»Ja«, erwiderte Detective Mickelson und spielte nachdenklich mit einem Knopf seines strahlend weißen Poloshirts. »Ich bin geneigt, hier ebenfalls einen Zusammenhang zu erkennen. Bloß konnte ich trotz neuerlicher Durchsicht der Akten niemanden ausmachen, der für den Tod Ihrer Frau unmittelbar verantwortlich sein könnte. Zwei Personen haben unabhängig voneinander ausgesagt, sie hätten Ihre Frau direkt vor den Bus laufen sehen. Um halb vier Uhr morgens, als die Straßen praktisch leer waren. Wäre eine weitere Person involviert gewesen, hätten die Zeugen sie gesehen. Und der Busfahrer desgleichen. Irgendjemandem wäre etwas aufgefallen. Trotzdem kann ich gerne eine neue Akte anlegen und versuchen, den Absender dieser E-Mails ausfindig zu machen. Allerdings bin ich nicht sicher, ob es ausreichen wird, eine neuerliche Untersuchung zu dem Unfallgeschehen einzuleiten. Es sei denn«, er sah Adrian eindringlich an, »es gelingt uns, irgendetwas aus Ihrem Laptop herauszuholen, das ein neues Licht auf die Sache wirft. Andernfalls beweisen diese Texte gar nichts und können die kranken Ergüsse eines Perverslings sein«, fügte er seufzend hinzu.

Adrian sank sichtlich in sich zusammen.

»Lassen Sie mir den Laptop auf jeden Fall mal hier, damit wir es zumindest probieren. Dann sehen wir weiter.« Mickelson erhob sich, um zu signalisieren, dass es vorerst nichts weiter zu besprechen gab. »Ich werde einen Spezialisten beauftragen, sich alles genau anzusehen – vermutlich können Sie den Laptop schon morgen zurückhaben. Wir rufen Sie an.«

»Okay.« Adrian nickte und stand schwerfällig auf, um sich zu verabschieden.

»Ach ja«, hielt der Detective ihn zurück. »Wir brauchen Ihr Passwort, wenn Sie so freundlich wären – das spart uns Zeit.«

»Klar, natürlich, sonst müssten Sie sich ja als Hacker betätigen.«

Ian Mickelson blickte amüsiert auf. »Wohl wahr«, meinte er und notierte den Code.

Damit war Adrian entlassen.

Als er in die pralle Sonne hinaustrat, fühlte er sich seltsam euphorisch. Irgendetwas passierte hier gerade, und die Ereignisse vom 19. April 2011 schienen Gestalt anzunehmen. Endlich. Nachdem sich so lange alles angefühlt hatte wie ein schlechter Witz, wie ein Ereignis, das aus der realen Zeit herausgefallen war, hoffte er jetzt mehr zu erfahren. Eine Erklärung zu bekommen, warum das alles passiert war. Irgendwo gab es eine Verbindung, und vielleicht fand sie sich ja jetzt und die Einzelteile fügten sich zu einem Bild zusammen.

Nach wie vor war er überzeugt, dass diese schöne, schillernde und geheimnisvolle Jane irgendetwas damit zu tun hatte. Er wusste es einfach.

17

Nach seinem Treffen mit Detective Mickelson kehrte Adrian zurück in sein Büro. Er ignorierte die Mails in seinem Posteingang, die gelben Post-its, die leicht flatternd an seinem Bildschirm klebten, die Unterlagen, die akkurat und übersichtlich für eine anstehende Besprechung in eine Klarsichtmappe einsortiert waren. Er schob alles beiseite und tippte die Stichwörter »Baxter and Cross Acton« in die Suchmaschine ein, während er an einer viel zu heißen Tasse Tee nippte.

Er fand die Website der Immobilienfirma, wählte die angegebene Nummer und bat, mit dem Geschäftsführer verbunden zu werden. Doch der war nicht zu sprechen.

»Wie lange arbeiten Sie schon in der Firma?«, fragte Adrian den Mann am anderen Ende der Leitung.

»Acht Jahre«, bekam er zur Antwort.

»Großartig! Hören Sie, erinnern Sie sich an eine Frau namens Tiffy oder Tiffany?«

»Na klar erinnere ich mich an sie.«

»Entschuldigen Sie, mein Name ist Adrian Wolfe. Es geht um ein Handy, das eine Frau vor einiger Zeit in meiner Wohnung liegen ließ. Sie hat sich seither nicht gemeldet, um es abzuholen. Ich habe versucht, sie ausfindig zu machen, und stieß dabei auf Tiffany Martin, Ihre frühere Kollegin. Sie erzählte mir, sie habe das Handy lediglich für diese Firma benutzt und es entsprechend an ihre Nachfolgerin weitergegeben. So wie sich die Sache darstellt, könnte die Frau, die das Handy später in Gebrauch hatte, etwas über den....« Er unterbrach sich. »Verzeihung, wie war gleich Ihr Name?«

»Mein Name ist Abdullah.«

»Gut. Danke schön. Und Verzeihung, wenn ich so weit aushole, aber es geht um den Tod meiner Frau vor einem Jahr. Angeblich ein Unfall, doch da sind ein paar merkwürdige, unerklärliche Umstände, auf die ich mir keinen Reim zu machen vermag. Deshalb gehe ich allen Spuren nach, und diese Frau und das Handy gehören dazu. Sie können sich sicher vorstellen, dass ich mich an jeden Strohhalm klammere. Ich bin verzweifelt. Und...«

Am anderen Ende der Leitung folgte ein langes Schweigen, und Adrian wusste nicht recht, wie er das deuten sollte.

»Mein Gott«, sagte der Mann vom Immobilienbüro schließlich. »Und das ist alles wahr?«

»Ja, ich fürchte, das ist es.«

»Hören Sie, der Chef ist außer Haus, und ich bin nicht sicher, wie viele Informationen ich weitergeben darf. Eines verrate ich Ihnen aber: dass Tiffs Handy mit ziemlicher Sicherheit an Dolly ging.«

»Dolly?«

»Ja. Bevor ich mehr sage, muss ich mit dem Chef sprechen. Ich möchte Ihnen wirklich helfen, kann jedoch keine Schwierigkeiten riskieren. Wissen Sie, heutzutage mit dem Datenschutz und allem – da weiß man nie so genau, was erlaubt ist und was nicht.«

»Verstehe«, versicherte Adrian, obwohl er felsenfest davon überzeugt war, dass Abdullah ihm sogar Dollys BH-Größe verraten hätte, wäre er ein potenzieller Immobilienkäufer gewesen.

»Lassen Sie mir auf jeden Fall Ihre Nummer da. Ich verspreche, Sie umgehend zurückzurufen, sobald ich grünes Licht habe. In Ordnung?«

»Okay«, stimmte Adrian zu. »Und vorab schon mal besten Dank.«

Eigentlich hätte er jede Menge zu erledigen gehabt: Besprechungsunterlagen durchgehen, Entwürfe für in Planung befindliche Eigentumswohnungen überprüfen, die Etats für das vergangene Quartal abzeichnen und bei einem Mitarbeiter vorbeischauen, der um ein kurzes Gespräch gebeten hatte. Stattdessen las er erneut die *Liebe-Schlampe*-Mails. Drei Seiten, die er inzwischen mindestens sechsmal akribisch nach irgendwelchen Hinweisen abgeklopft hatte. Nach einer Bemerkung, die den Absender verriet oder bei der ihm ein Licht aufging, um wen und was es sich handeln könnte. Die Sätze tanzten vor seinen Augen, und die Konturen begannen zu verschwimmen.

Erbärmliche Versagerin

Zerstörerin einer Familie

Egoistin bis zum Gehtnichtmehr

Schlechteste Lehrerin im ganzen Land

Du glaubst, alle würden dich lieben,
aber das stimmt nicht. Kapiert?

Selbst deine eigenen Eltern hassen dich.

Keine Ahnung, was er in dir sieht, denn nichts davon bist du.

Der letzte Satz schmerzte ihn am meisten. Seine süße Maya. Sie war so unsicher gewesen, was ihr Aussehen betraf. *Ich sehe nicht besonders aus*, hatte sie des Öfteren mit einem Schulterzucken gesagt, als müsste sie sich dafür entschuldigen, nicht schön genug für ihn zu sein. Sie löschte Fotos von sich auf seinem Handy, die ihr nicht gefielen, und seufzte beim Anblick von Frauen, die sie attraktiver fand als sich selbst. Adrian erinnerte sich, dass ihre Augen oft bewundernd Caroline gefolgt waren, als wollte sie bei ihr irgendwelche Schönheitstricks abschauen. Und er durfte gar nicht daran denken, wie sehr diese gemeinen E-Mails ihr Selbstbewusstsein zusätzlich untergraben haben mussten. Die Vorstellung, dass Maya in der festen Überzeugung gestorben war, nicht schön genug zu sein, trieb ihm Tränen in die Augen.

Er nahm einen Stift und begann, seine Gedanken niederzuschreiben.

Schreiber weiß, dass noch beide Eltern von Maya leben. Weiß, dass sie Lehrerin und meine dritte Ehefrau war. Weiß, wann sie nach Hause kam und wie sie aussah. Weiß über die Familie Bescheid.

Der Satz: »Du glaubst, alle würden dich lieben, aber das stimmt nicht«, deutet auf jemanden im familiären Umfeld hin. Anspielungen auf das körperliche Erscheinungsbild klingen gehässig. Vermutlich von einer Frau geschrieben.

Er hielt inne und blickte auf. »Jane« hatte sicherlich nicht so viel über Maya gewusst. Wer aber dann? Adrian kannte jeden aus ihrem Lebenskreis: ihre Schulleiterin, ihre seltsame beste Freundin; ihre Cousins in Maidstone, ein paar Freunde aus dem Lehrerseminar, die neue Kollegin von der Schule, wie war gleich ihr Name? Holly. Ja, Holly Patch. Alle hatte er kennengelernt, jeden Einzelnen. Da war er sich ganz sicher. Maya war nicht der Typ, der Heerscharen von Freunden um sich versammelte. Sie war wählerisch, genau wie er. Bloß wer zum Teufel wusste dermaßen viel über Maya? Eine seiner Exfrauen? Nein. Keinesfalls. Unmöglich. Susie und Caroline waren viel zu clever, viel zu gefestigt, viel zu sehr in Anspruch genommen von ihrem eigenen Leben, als dass sie ihre Zeit mit derart gehässigen Elaboraten verschwenden würden. Cat? Pearl? Könnte es sein, dass diese Mails von einer seiner Töchter stammten? War das wirklich denkbar?

»Nein.« Er sprach das Wort laut aus, als wollte er sichergehen, dass es in sein Unterbewusstsein drang. »Nein.« Der Gedanke war ihm unerträglich. Seine Mädchen. Seine Engel.

Als das Handy klingelte, legte er seufzend Papier und Stift beiseite. »Ja bitte?«

»Spreche ich mit Adrian Wolfe?«

»Ja, am Apparat.«

»Hallo, mein Name ist Dolly Patel. Ich habe gerade mit meinem Kollegen gesprochen. Mit Abdullah, wegen der Sache mit dem Handy. Ich bin nicht sicher, inwieweit ich weiterhelfen kann. Aber vielleicht habe ich etwas für Sie, wer weiß …«

»Das wäre schön. Prima. Danke.«

Adrian setzte sich aufrecht hin, griff erneut nach Stift und Zettel.

»Man hat mir vor etwa zwei Monaten die Handtasche gestohlen. Ich hatte sie, während ich in einem zum Verkauf stehenden Haus auf meine Kunden wartete, auf den Wohnzimmertisch gelegt. Die Haustür war nur angelehnt … Später habe ich dann gemerkt, dass die Handtasche weg war. Ich bin ziemlich sicher, dass ich das Handy dabeihatte, obwohl ich meistens mein Smartphone benutze. Die Tasche fand sich später gleich an der nächsten Ecke, doch Geldbörse und Handy waren weg. Das Smartphone hatte ich zum Glück in der Jackentasche. Also ...«

»Also was?« Adrian fuhr mit dem Stift durch die Luft und hielt den Atem an.

»Das war's schon. Das Handy ist nie wieder aufgetaucht. Dabei hat die Polizei sogar versucht, es über die SIM-Karte zu orten. Angeblich wurde es nicht benutzt.«

»Die Polizei kannte die Nummer der SIM-Karte?«

»Ja, offenbar.«

Er blätterte in den Papieren auf seinem Schreibtisch und suchte nach Detective Mickelsons Telefonnummer.

»Danke schön, Dolly. Sie haben mir tatsächlich weitergeholfen. Oder sagen wir, möglicherweise.«

»Viel Glück«, erwiderte sie. »Und das mit Ihrer Frau tut mir echt leid.«

Nach dem Gespräch mit Dolly Patel dauerte es keine Minute, bis der nächste Anruf kam. Caroline.

»Hallo«, meldete er sich abwesend.

»Hör zu. Die Schule hat eben angerufen. Otis' Schule. Er ist nicht zum Unterricht erschienen und geht nicht an sein Handy.« Ihre Stimme klang zittrig. »Ich mache mir echt Sorgen.«

Adrian glaubte, sein Herz würde stehen bleiben. »Was? Wann war das?«

»Ich weiß nicht. Vor einer Stunde oder so. Seitdem habe ich ihn zigmal anzurufen versucht. Zuerst dachte ich, er würde schwänzen. Also habe ich ihm eine SMS geschrieben, dass er keinen Ärger bekommt, wenn er sich auf der Stelle zur Schule begibt. Das war vor ungefähr einer halben Stunde. Keine Antwort. Und in der Schule ist er nach wie vor nicht aufgetaucht. Ich habe wirklich Angst. Was soll ich bloß machen? Was kann ich unternehmen?«

»Inzwischen ist es fast Mittag«, rekapitulierte Adrian. »Das heißt, er war den ganzen Morgen nicht in der Schule.«

»Okay, ich weiß, worauf du hinauswillst. Ich hatte einen Termin, und mein Handy ausgeschaltet. Deshalb konnten sie mich nicht früher erreichen. Außerdem wäre es nicht das erste Mal, dass er die Schule geschwänzt hätte.«

»Ach so?«

»Ja! Nicht oft, bloß ein paarmal. Vor einem Jahr etwa war das. Nach Mayas Tod. Damals habe ich mir nichts dabei gedacht, diesmal schon. Jetzt denke ich… Himmel, er ist so ein hübscher Kerl. Und dann die vielen Stunden vor dem Computer. Vielleicht hat er mit jemandem gechattet. Jemanden kennengelernt. Sich mit jemandem getroffen. Mit irgendwem, der sich als eine süße Vierzehnjährige ausgegeben hat. Ich könnte mich in den Hintern treten, dass ich nicht früher auf so was gekommen bin.«

»Wo bist du gerade?«

»Auf dem Weg nach Hause.«

Ihre Stimme hatte inzwischen einen schrillen Klang angenommen, der von Panik zeugte.

»Warte dort. Ich komme. Bin schon unterwegs.«

18

Als Adrian in Islington eintraf, saß Otis im Sessel in der Küche, einen Hund auf dem Schoß und schämte sich offenbar in Grund und Boden.

»Tut mir leid«, sagte er, noch bevor Adrian den Mund aufmachen konnte.

Seine Finger waren im Hundefell vergraben, seine Augen stierten Löcher in den Boden.

»Junge, wie kannst du nur?«, sagte Adrian.

Caroline lehnte an der Küchentheke und schnipste die Nägel von Daumen und Mittelfinger gegeneinander.

Er beugte sich über seinen Sohn, um ihn zu umarmen. Otis ließ ihn gewähren, blieb selbst aber stocksteif sitzen.

Sein Vater setzte sich ihm gegenüber. »Also, was ist passiert?«

Otis zuckte mit den Achseln. »Ich wollte einfach nicht in die Schule.«

»Und warum bist du nicht an dein Handy gegangen?«

»Ich hatte es zu Hause vergessen.«

Adrian seufzte. »Ist dir nicht die Idee gekommen, dass wir, deine Mutter und ich, vor Angst und Sorge ganz verrückt werden?«

Erneut hob Otis gleichgültig die Schultern und warf mit einer leichten Kopfbewegung seine Popstartolle aus der Stirn.

»Ich sagte doch, es tut mir leid«, wiederholte er ungehalten. »Wird nicht wieder vorkommen.«

Adrian sah zu Caroline hinüber. »Wo haben sie ihn überhaupt gefunden?«

»Ich war es, die ihn rein zufällig aufgesammelt hat, auf dem Heimweg, da vorne bei der U-Bahn-Station. Er saß auf einer Bank wie ein Penner.«

»Was hast du da gesucht?« Er wandte sich wieder an Otis. »Warum bist du nicht nach Hause gegangen um Himmels willen?«

»Ich habe nachgedacht.« Seine Finger verkrallten sich in dem weichen Hundefell. »Das ist alles. Daheim kann ich das ja nie.«

»Du lieber Himmel.« Adrian fuhr sich durch die Haare. »Hör mal, Kumpel ...«

»Nenn mich nicht Kumpel. Das ist uncool.«

»Wie auch immer: Wenn du dich mit jemandem triffst, dann kannst du uns das ruhig sagen. Okay? Solltest uns das sogar sagen.«

Otis runzelte die Stirn und verfiel in diesen schrecklich distanzierten Tonfall, den alle seine Kinder außer Beau draufhatten, wenn sie mit ihm sprachen.

»*Treffen*? Wieso sollte ich mich mit jemandem *treffen*? Ich wüsste gar nicht, mit wem.«

»Dann ist es ja gut. Aber so abwegig finde ich meine Frage nicht. Immerhin verbringst du jede Menge Zeit im Internet, und dort tummeln sich Menschen ...«

»Ja. Weiß ich. Alte Männer, die vorgeben, junge Typen zu sein, um mir ihren Schwanz in den Arsch zu stecken. Weiß ich alles. Keine Sorge: Ich habe mich mit niemandem getroffen – bin schließlich nicht bescheuert.«

Wenigstens das nicht. Adrian atmete erleichtert auf und wechselte einen Blick mit Caroline.

»Und worüber hast du nachgedacht?«

»Über so Sachen eben.«

»Was für Sachen?«

Otis schob den Hund von seinem Schoß und stand auf. »Lasst es gut sein, ich gehe jetzt zur Schule«, erklärte er, und es klang nicht im Geringsten reuevoll, sondern patzig und genervt.

»Na schön«, sagte Caroline mit Blick auf ihre Armbanduhr. »Ich begleite dich bis ans Schultor.«

»Mir egal.« Otis hob zum wiederholten Mal gleichmütig die Schultern.

»Ich komme auch mit«, erklärte Adrian.

Auf dem zehnminütigen Fußweg zur Schule sprach Otis so gut wie kein Wort.

»Dir ist klar, dass das nicht ohne Folgen bleibt, hörst du?«, versuchte Adrian ihn aus der Reserve zu locken.

»Und wenn schon«, sagte er und verschwand schnell auf dem Schulhof.

Sie sahen ihm nach, bis sich die schweren Türen hinter ihm schlossen.

»Hast du Zeit für einen schnellen Kaffee?«, fragte Adrian.

Caroline schaute erneut auf ihre Armbanduhr. »Okay, aber wirklich nur einen schnellen. Um zwei habe ich einen Termin.«

Sie gingen in ein Starbucks, wo sie gerade noch zwei freie Plätze fanden: zwei einander gegenüberstehende Sessel an einem niedrigen Tisch. Caroline nahm einen Earl Grey, Adrian einen Caffè Americano. Er beobachtete Caroline, wie sie ihren Teebeutel elegant mit den Fingerspitzen auspresste. Ihr hübsches Gesicht war noch immer faltenfrei, und sie sah nicht viel anders aus als bei ihrer ersten Begegnung. Sie strich die leicht feuchten Finger an ihrer Jacke ab, wobei sie unwillkürlich über die Konturen ihres Busens fuhr und in Adrian sexuelle Gedanken weckte. Er schloss die Augen, fühlte sich auf dem falschen Fuß erwischt und schämte sich über diese Anwandlung.

So lange hatte er nicht mehr mit einer Frau geschlafen. Das war selbst in Zeiten von Schwangerschaften und ersten Babywochen nicht vorgekommen. Vierzehn Monate lebte er inzwischen abstinent. Wobei auch in den letzten Wochen mit Maya kaum noch was gelaufen war. Egal. Vorher aber hatten sie so ziemlich jede Nacht Sex gehabt. Kein Wunder, wenn er langsam unter Entzugserscheinungen litt.

»Also«, sagte Caroline und hob ihre Tasse zum Mund. »Irgendwelche Theorien?«

»Was meinst du?«

»Theorien, die Otis betreffen.«

»Nein, keine. Du sagtest, er hat schon öfters geschwänzt. Und zwar nach Mayas Tod?«

Caroline nickte. »Ja, zweimal. Ich habe ihm ziemlich viel durchgehen lassen damals.« Sie blickte ihn an und las die Frage, die in seinem Gesicht stand. »Ich habe es dir nicht erzählt, weil du ohnehin genug um die Ohren hattest. Warum sollte ich dir zusätzliche Sorgen aufhalsen?«

Adrian nickte schweigend.

»Bloß war es damals anders«, fuhr sie fort. »Er hing mit Freunden ab. Tat, was Jungs so tun. Alberte herum. Du weißt schon. Nichts von wegen auf irgendwelchen Bänken herumlungern und Löcher in die Luft starren. Wenn ich ihn nicht zufällig entdeckt hätte, würde er vielleicht noch immer dort sitzen. Nicht auszudenken!«

Eine Weile saßen sie da, jeder in seine eigenen Gedanken versunken, bis Adrian das Wort ergriff.

»Wie macht er sich überhaupt in der Schule? Alles im grünen Bereich?«, fragte er, obwohl er die Antwort kannte.

»Ja. Seine schulischen Leistungen sind einwandfrei. Außerdem schreibt er recht kreativ. Ich denke, dass er in dieser Hinsicht Potenzial hat.«

»Das ist mir irgendwann bei einem seiner Aufsätze aufgefallen – bei dem über ein Mädchen, das durch die Zeit reist …«

»Unglaublich, nicht wahr? So fantasievoll … Und darüber hinaus durchdacht und richtig gut aufgebaut, findest du nicht? All die komplexen Handlungsstränge zusammenzubringen und sich in die Gedankenwelt eines Mädchens hineinzuversetzen, das ist schon ungewöhnlich für einen Jungen seines Alters.«

»Ich weiß, ich weiß«, erwiderte er mit einem milden Lächeln.

Caroline rieb sich die Arme. »Unsere Kinder sind wirklich gut gelungen.«

»Ich weiß«, wiederholte er. »Danke.«

Sie sah ihn fragend an. »Wofür?«

»Dafür, dass du sie großziehst.« Er schluckte, um die aufwallende Rührung zu unterdrücken. »Und danke, weil du eine so tolle Mutter bist.«

Sie musterte ihn mit unbewegter Miene, bevor sie auf ihre Armbanduhr schaute. »Ich muss langsam los – aber trink du in aller Ruhe deinen Kaffee aus.«

»Nein, nein«, sagte er. »Ich muss auch los. Müsste noch …« Er unterbrach sich, weil er keine Idee hatte, was er vorschieben sollte.

»Okay.« Caroline zog den Reißverschluss ihrer Handtasche zu. »Was hat sich eigentlich mit den E-Mails ergeben? Habe gar nicht mehr gefragt. Bist du weitergekommen?«

»Nein«, antwortete er und schichtete die Zuckerpapierchen in seine leere Kaffeetasse. »Habe den Laptop dem Dezernat für Computerkriminalität überlassen. Die rufen mich an, falls sie was finden.« Er hob die Schultern. »Was vermutlich eher nicht geschehen wird.«

»Ist schon merkwürdig«, meinte sie. »Echt krass. All die persönlichen Dinge, die im Grunde nur jemand aus der Familie wissen kann.« Sie schüttelte sich, als wollte sie den Gedanken ein für alle Mal aus ihrem Kopf verbannen. »Unheimlich.«

»Ja, das ist es weiß Gott.«

»Gut. Ich rufe dich später an, vielleicht weißt du dann mehr. Außerdem halte ich dich über unseren Schulschwänzer auf dem Laufenden. Dann reden wir ausführlicher.«

»Gut, das wäre sicher sinnvoll.« Er winkte ihr lächelnd nach, als ihm plötzlich noch etwas einfiel. »Dein Termin heute Morgen? Hat alles geklappt?«

Sie sah ihn überrascht an. »Ja, war alles prima.« Dann hob sie zum Abschied die Hand, drehte sich um und ging.

19

Luke betrat suchend das Architekturbüro. »Wo ist denn mein Vater?«, erkundigte er sich im Vorzimmer.

Er hatte Adrian nicht mehr gesehen, seit dieser sich nach dem Frühstück auf den Weg zum Polizeirevier gemacht hatte. Von der Empfangsdame erfuhr er nun, dass er gegen halb zwölf kurz da gewesen, aber gleich wieder gegangen sei. Wohin, wusste sie nicht.

Er fragte bei seiner Sekretärin nach, die nicht einmal den Kopf hob und weiter geschäftig Unterlagen sortierte.

»Keine Ahnung«, erklärte sie kurz angebunden. »Er sagte, er sei für eine Stunde außer Haus, aber soviel ich weiß, war er seither nicht mehr hier. Haben Sie versucht, ihn anzurufen?«

Luke verneinte, bedankte sich für die Auskunft und verließ das Büro. Allein, ohne seinen Vater, fühlte er sich unbehaglich. Doch es half nichts – er sollte sich hier nützlich machen. Also lief er die Treppen hinunter zum Erdgeschoss, wo die Archive untergebracht waren, sein Wirkungsbereich für die nächsten Wochen. Bevor er sich allerdings Arbeit zuweisen ließ, rief er erst mal Adrian an.

»Wo bist du?«

»Ich bin zu Hause.«

»Wieso das?«, fragte er und hörte im gleichen Moment am anderen Ende der Leitung einen schweren Seufzer.

»Caroline hatte mich angerufen, weil Otis verschwunden war.«

»Was?!«

»Keine Panik, er ist inzwischen wieder aufgetaucht und sitzt jetzt in der Schule. Alles also paletti.«

»Oh Gott, wo war er denn? Was hat er getrieben?«

»Hockte offenbar auf einer Bank beim Ausgang der U-Bahn-Station Angel. Um nachzudenken, wie er behauptet.«

»Ich hab's dir gesagt«, rief Luke aufgebracht ins Telefon. »Habe ich es dir nicht prophezeit, dass mit dem Burschen etwas nicht stimmt? Im Ernst, Dad, ich wusste, dass so was kommen musste.«

»Ist ja nichts passiert.«

»Nein, noch nicht. Aber es hätte etwas passieren können. Wer weiß schon, was in ihm vorgeht? Vielleicht experimentiert er ja mit Drogen, weiß man's?«

Als sein Vater diese Möglichkeit lachend abtat, stöhnte Luke auf. »Du wirst wirklich nicht gescheit. Nur weil du in der besten aller denkbaren Welten zu leben glaubst, setzt du automatisch voraus, dass schlimme Dinge in dieser Welt nicht vorkommen und ganz bestimmt nicht deinen Lieben zustoßen. Hast du wirklich vergessen, dass deine eigene Frau von irgendwem in den Tod getrieben wurde? Sie sprang vor einen Bus, weil sie aufs Hinterhältigste gemobbt wurde. Solche Dinge kommen sehr wohl vor in deiner Welt. Wach auf, Dad! Du solltest mit Otis reden, ihn beobachten, seine Internetaktivitäten kontrollieren. Ihn einfach zurück in die Schule zu schicken und zu denken, alles sei wieder in bester Ordnung, das ist grundfalsch – die Welt ist nämlich nicht so schön, wie du dir gerne einredest.«

»Ja, ja! Du hast ja recht«, räumte Adrian ein. »Völlig recht. Aber er wird sich mir gegenüber nicht öffnen, seit Längerem geht er bereits auf Distanz.« Adrian hielt kurz inne. »Könntest du nicht mal mit ihm reden?«

Die unerwartete Bitte des Vaters, dieser Vertrauensbeweis, erfüllte Luke mit einem warmen Gefühl, rührte ihn geradezu.

»Ich kann es versuchen«, erwiderte er mit belegter Stimme.

»Er übernachtet Ende der Woche bei uns. Dann holst du ihn einfach an meiner Stelle von der Schule ab und unternimmst was mit ihm«, schlug Adrian vor. »Bestimmt würde es ihm gefallen, ein bisschen anzugeben mit seinem großen Bruder.«

»Ich arbeite doch.«

Adrian lachte. »Dann werde ich eben mit dem Chef reden, damit er dich früher gehen lässt.«

»Okay«, willigte Luke ein, dem die Aussicht auf einen freien Nachmittag sichtlich gefiel. »Kann ich machen. Vielleicht sollte ich mit ihm was essen gehen.«

»Gute Idee. Er mag den Italiener um die Ecke. Ist bloß ein kleiner Laden, nichts Großartiges, aber Otis liebt die Carbonara dort.«

»Geht klar, mache ich. Nur …«

Sein Vater verstand auf Anhieb. »Ich gebe dir natürlich Geld mit.«

»Super«, erklärte Luke. »Dann wäre ja alles geklärt.«

Als er auflegte, fühlte er sich auf eigenartige Weise wichtig.

Als Luke um fünf Uhr das Bürogebäude verließ, fiel ihm eine Blondine auf, die ein gutes Stück entfernt auf einer Mauer saß. Obwohl er lediglich ihr Profil sah, konnte man erkennen, dass sie hübsch war. Ebenmäßige Konturen, schwungvoll geföntes weizenblondes Haar, das bis über die Schultern reichte, schlanke, wohlgeformte Beine. Sie trug ein zart gemustertes Sommerkleid, rosa Ballerinas und hielt eine farblich passende Umhängetasche auf dem Schoß. Neugierig spähte er zu ihr hinüber, und dann erkannte er sie. Nein, bloß das nicht, dachte er und wollte sich rasch verdrücken.

Zu spät, denn sie hatte ihn bereits gesehen. »Luke!«

»Charlotte!« Er bemühte sich, überrascht zu tun, und küsste sie flüchtig auf beide Wangen. »Was machst du denn hier?«

»Bin für einen Tag in der Stadt«, erwiderte sie, »und da dachte ich mir, ich komme mal vorbei und schaue nach, wie es dir so geht.«

Luke rang sich ein Lächeln ab. »Du siehst großartig aus.« Er deutete auf ihr Kleid, unter dem sich verführerisch ihr Busen abzeichnete, auf ihre sonnengebräunte, makellose Haut. »Aber woher wusstest du denn, wo ich ...?«

Sie strahlte ihn an. »Google. Ich habe einfach nach der Adresse deines Vaters gesucht.«

Luke fühlte sich rundum unbehaglich. Immerhin hatte er Charlotte längst abgehakt, sie in seinem Kopf abgelegt unter der Rubrik »Verflossene«, in die er jene Auserwählten steckte, mit denen er geschlafen hatte und an die er sich bei Bedarf hin und wieder erinnerte.

»Also, was ist?« Charlotte sah ihn erwartungsvoll an. »Lust auf ein schnelles Bier an diesem schönen Nachmittag? Bevor mein Zug geht.«

Zug klang gut, dachte Luke erleichtert. Sie hatte nicht vor, ihn festzunageln. Bald würde es heißen: *Leb wohl, Charlotte. War schön, dich gesehen zu haben. Gute Heimreise.* Also konnte es nicht schaden, vorher noch ein Bier mit ihr irgendwo im Freien zu trinken. Es nicht zu tun, wäre fast schon ein Verbrechen.

»Okay«, meinte er betont gleichgültig, um ja keine Hoffnungen zu säen. »Warum nicht?«

Sie bogen in die nächste Straße ein, wo sich, wie Luke wusste, ein Pub mit einem kleinen Innenhof befand, aus dem bereits bierseliges Grölen drang. Schützend legte Luke eine Hand auf Charlottes Rücken, zuckte jedoch zurück, als er spürte, wie sie reagierte, wie sie ihren Rücken leicht durchdrückte, ihm den Kopf zuwandte und ihn verführerisch anlächelte. *Vergiss es*, dachte er bei sich, *das kannst du dir abschminken*.

»Also erzähl«, forderte er sie auf, nachdem sie einen halbwegs ruhigen Platz an einem der Stehtische gefunden hatten. »Was führt dich nach London?«

»Nichts eigentlich. Ein paar Termine und außerdem wollte ich nach Brautjungfernkleidern schauen.«

»Wow!« Lukes Miene hellte sich auf bei der Vorstellung, dass Charlotte heiraten würde und er damit endgültig von der Angel wäre. »Dann bist du …«

»Nein, nicht was du denkst.« Sie lachte. »Meine Cousine Nicky heiratet – erinnerst du dich an sie? An die Hübsche mit den schwarzen Haaren?«

Luke schüttelte den Kopf. Charlottes Familie war riesig, so viel wusste er noch. Ständig hatte sie von ihrer ausgedehnten Sippschaft gequatscht und, schlimmer noch, erwartet, dass er sich nicht nur sämtliche Namen und Verwandtschaftsgrade merkte, sondern auch körperliche Merkmale und Charaktereigenschaften.

»Na ja, jedenfalls heiratet sie im August und hat mich als erste Brautjungfer auserkoren – als die, die sich um alles kümmern muss. Und nun hält sie mir ständig irgendwelche schmalen, eleganten Seidenkleider, bevorzugt grau, vor die Nase, die null zu mir passen. Um in so was nämlich eine gute Figur zu machen, muss man ein echtes Klappergestell sein. Und das bin ich ja nun wirklich nicht«, fügte sie kokett hinzu. »Ich habe Kurven. Und in meinem Alter weiß man schließlich so langsam, was einem steht und was nicht. Also dachte ich mir, bevor Nicky loszieht und Geld für irgendeinen Fummel ausgibt, in dem ich am Ende aussehe wie eine Presswurst in einem Kondom, halte ich lieber selbst Ausschau …«

Gut, dachte Luke, sehr gut. Klamotten waren ein neutrales Terrain. Außerdem unterhielt er sich gerne über Mode.

»Und?«, fragte er. »Schon was gefunden?«

»Ja«, sagte sie. »Allerdings ist es ein Designerkleid. Von Miu Miu. So in die Richtung soll es gehen. Ich habe in der Umkleidekabine ein paar Fotos gemacht. Willst du mal sehen? Sie zog ihr Handy aus der Tasche und wischte mit dem Daumen suchend darauf herum. »Vielleicht finde ich jemanden, der es nachschneidert. Hier.«

Sie reichte Luke ihr Handy und wartete gespannt auf seine Reaktion.

Er hob die Brauen, nickte und gab es ihr zurück.

»Was meinst du?«

»Ich denke, dass du Gefahr läufst, die Braut zu toppen, wenn du dieses Kleid trägst.«

Charlotte lachte. »Ich wusste, dass du das sagst, und hatte bereits den gleichen Gedanken. Vielleicht könnte ich beim Dekolleté etwas mehr Stoff unterlegen, damit es nicht gar so ein Hingucker ist.«

Fragend waren ihre großen, porzellanblauen Augen auf ihn gerichtet, während seine Augen auf ihrer weichen Haut und ihren verlockenden Rundungen ruhten und vergessen geglaubte Gefühle sich aufs Neue in ihm regten.

Luke trank einen kräftigen Schluck Bier. Nein, mahnte er sich. Nein, nein, nein und nochmals nein.

»Gute Idee«, sagte er bloß knapp.

Sie steckte das Handy zurück in ihre Tasche. »Nun zu dir: Was hat es mit deinem Umzug nach London beziehungsweise dem Wunsch deiner Eltern auf sich?«

Der abrupte Themenwechsel brachte ihn völlig aus dem Konzept. »Oh«, stotterte er. »Das. Keine Ahnung. Schätze, meine Mum hatte langsam genug von mir. Weil ich nichts aus meinem Leben mache, wie sie sagt. Und mein Dad findet wahrscheinlich, dass er für das viele Geld, das er in meine Ausbildung gesteckt hat, mehr zurückbekommen sollte.«

Sie nickte, enthielt sich jedoch eines Kommentars.

»Fragt sich bloß, ob es wirklich eine so tolle Verbesserung darstellt, den ganzen Tag irgendwo in den Untiefen eines Archivs herumzuhocken und Akten zu ordnen, statt in einem Klamottenladen zu arbeiten. Aber so ist es jetzt eben. Und vielleicht ist es sogar gut so …« Er hielt inne und überlegte, ob er sich überhaupt Charlotte weiter öffnen wollte, doch das Bedürfnis, sich jemandem mitzuteilen, war übermächtig. »Ich habe nämlich auf dem Computer meines Vaters etwas gefunden«, fuhr er fort. »Irgendwelche alten E-Mails an Maya.«

»Ja und?«

»Es handelt sich um gemeine Beschimpfungen. Beleidigungen. Drohungen. Da steht zum Beispiel, dass jeder sie hasst und dass sie aus dem Leben meines Vaters verschwinden soll.«

Charlotte riss die Augen auf und schlug entsetzt die Hand vor den Mund.

»Was! Das gibt's nicht! Oh mein Gott. Von wem sind die denn?«

»Das weiß keiner. Sie sind anonym. Allerdings ist da so eine komische Frau, die meinen Dad eine Zeit lang regelrecht gestalkt hat. Und Pearl ebenfalls. Anfangs dachten wir uns nicht groß was dabei, aber das hat sich geändert.«

»Luke, das ist ja schrecklich. Wer tut denn so etwas? Dazu mit einer so netten Person wie Maya.«

»Das ergibt alles eigentlich keinen Sinn. Trotzdem scheint ihr Tod irgendwie mit diesem Schmutz zusammenzuhängen und war kein dummer Zufall. Ich bin fast sicher, dass mehr dahintersteckt.«

»Du glaubst also, dass da irgendein Zusammenhang besteht?«

»Hundertpro. Die letzte Mail kam einen Tag vor ihrem Tod. Ich denke, das hat ihr den Rest gegeben und sie in den Tod getrieben.«

»Oh mein Gott, dann wäre es ja Mord gewesen.«

»Ich bin nicht sicher, ob es das rein juristisch wäre, obwohl man es eigentlich so sehen müsste. Bloß ist Mobbing beinahe zu einem Sport geworden, einem Spaß. Niemand denkt daran, dass er jemanden damit in den Tod treiben kann, wenn er brutal genug vorgeht. Und weißt du, Maya war so sensibel, so weich – und so anständig. Ich kann mir total gut vorstellen, wie sehr ihr das zugesetzt haben muss.«

Charlotte nickte unter Tränen.

»He«, sagte er. »Was ist denn los mit dir?«

»Tut mir leid. Die Geschichte macht mich einfach tieftraurig. Maya war immer so lieb zu mir, hatte eine so nette Art. Und der Gedanke, dass sie ....« Sie schniefte und wischte sich die Tränen weg. »Was passiert denn jetzt mit den E-Mails? Und der Stalkerin?«

»Keine Ahnung.« Luke zuckte die Achseln. »Mein Dad

hat seinen Laptop zur Polizei gebracht, damit sie ihn genau untersuchen. Falls nichts dabei herauskommt, müssen wir wohl versuchen, die Stalkerin auf eigene Faust ausfindig zu machen. Mal sehen, ob die etwas damit zu tun hat.«

»Krass, echt krass«, meinte Charlotte nach einer kurzen Pause. »Und gruselig dazu.«

»Ja, das ist es wirklich«, sagte Luke.

»Wer war das bloß? Wer hat Maya das angetan?«

»Genau das ist die Frage«, sagte Luke. »Exakt darum geht es.«

20

August 2010

Liebe Schlampe,

du und Big Daddy, ihr wollt jetzt also ein Baby. Wie süß. Bis auf die Tatsache, meine liebe Schlampe, dass Big Daddy schon ein paar Babys hat. Viele Babys. Ist dir das noch nicht aufgefallen? Unter anderem hat er ein echt niedliches Baby namens Beau. Wahnsinnig süß. Und die anderen? Gut, die sind nicht ganz so süß, aber immer noch seine Babys.

Weißt du, was es für eine Familie heißt, wenn ein neues Baby kommt? Alles gerät durcheinander, alle spüren die Veränderung. Meinst du nicht, dass die Familie von Big Daddy genug Durcheinander und Veränderungen mitgemacht hat? Meinst du nicht, dass Beau gerne das süße Baby bleiben will? Meinst du nicht, dass du bereits genug Probleme verursacht hast? Meinst du nicht, dass du einfach verschwinden solltest? Nein, halt, scher dich besser gleich zum Teufel! Ernsthaft, Schlampe. Du bist nichts. Nichts als eine dumme Tusse, die den Hals nicht voll genug kriegt. Wie kommst du bloß auf die Idee, dass du je ein vollwertiger Teil der Familie sein könntest? Nicht dein Ernst! Schau dir doch deine Vorgängerinnen an: tolle Frauen, richtige Frauen. Im Vergleich mit denen erscheinst du wie eine mickrige Kröte.

Also, Schlampe, nimm weiter schön die Pille und komm

bloß nicht angeschissen mit irgendeinem Baby, das du allen vor die Nase setzt. Niemand will das. NIEMAND!

Maya drückte auf »Markieren« und »Kopieren«, dann auf »Shift« und »Entfernen«, um diese giftige Mail vom Server zu löschen und sie wie die anderen in einem gut versteckten Unterordner zu vergraben. In diesem Mülleimer des Grauens, der sie ein wenig an die Abfallbehälter in Damentoiletten erinnerte, wo man ebenfalls diskret entsorgte, was niemand zu Gesicht bekommen sollte.

Allerdings wusste sie selbst nicht wirklich, warum sie das Zeug überhaupt aufhob. Ihr Bauchgefühl riet ihr davon ab, ihr Verstand hingegen flüsterte ihr ein, diese hasserfüllten, kalkuliert eingesetzten Botschaften aufzubewahren für den Fall, dass sie den Verstand oder die Nerven verlor und etwas Dummes anstellte. Denn nichts anderes bezweckten diese Mails. Der Absender würde sich selbst nicht die Hände schmutzig machen. Nein, er drängte sie, aus dem Leben der Familie ein für alle Mal zu verschwinden, und das war in letzter Konsequenz nichts anderes als eine Aufforderung zum Selbstmord.

Maya mochte Adrian noch immer nicht von den grässlichen Mails erzählen. Er hatte gerade ein lukratives Projekt an Land gezogen, plante einen weiteren Ausbau seiner Firma und hatte neue Mitarbeiter eingestellt. Und da sollte sie ihn zusätzlich mit ihren Sorgen belasten?

Um sich gegen die unerträgliche Wahrheit abzuschotten, dass die E-Mails aus ihrem engsten Umfeld stammen mussten, hatte sie sich eine Fantasiefigur als Buhmann ausgedacht: eine Frau mittleren Alters, zum Schießen komisch mit harlekinartiger Seidenbluse, verschmiertem orangerotem Lippenstift und ulkigem Kopfputz. Dazu ein Papagei oder ein anderer Vogel auf der Schulter, mit dem sie beim Schreiben wie eine Wahnwitzige um die Wette kicherte. Das half ein bisschen.

Zumindest bis heute. Das hier aber war einen Zacken unheimlicher. Woher wusste diese Verrückte – dass es sich um eine Frau handelte, davon ging Maya fest aus – von ihrer und Adrians Familienplanung? Wie konnte das sein? Wem hatte sie davon erzählt?

Während sie sich einen Tee aufbrühte, ging sie sämtliche Namen durch. Da war zum einen Cat, der sie es am vergangenen Wochenende bei einem Besuch in Hove anvertraut hatte. Ihre Stieftochter hatte gequietscht vor Freude und Luftsprünge gemacht. *Oh, bitte ein Mädchen. Bitte ein Mädchen,* hatte sie gesagt.

Außerdem wusste Holly davon. Ihre Kollegin und ihr Mann planten ebenfalls ein Baby. Wer sonst? Ach ja, ihrer besten Freundin aus Jugendtagen gegenüber hatte sie es ebenfalls erwähnt. Vorbeugend sozusagen, denn Sara reagierte schnell pikiert, wenn man sie nicht ins Vertrauen zog. Doch so war sie einfach, Punkt. Eine von der Sorte »beste Freundinnen«, die längst das Verfallsdatum erreicht hatte, von der man sich aber dennoch nicht trennen mochte.

Und dann war noch Caroline eingeweiht, der sie es kürzlich bei einem Glas Weißwein gestanden hatte. Adrians Ex schien nicht im Mindesten überrascht, rieb sich in der für sie typischen ruhigen Art die Arme und sagte bloß: *Wie schön, noch ein Baby.* Und das war's. Sonst wusste niemand davon.

Maya warf den Teebeutel in den Abfalleimer, nahm ihren Becher und trat hinaus in den Hof. In zehn Tagen begann wieder die Schule. Es war ein langer, öder Sommer gewesen. Adrian die ganze Zeit im Büro, mieses Wetter, dazu diese bescheuerten E-Mails. Sie vermisste ihre Schülerinnen und ihre Kollegen. Vermisste es, morgens aus dem Haus gehen zu können und abends müde nach Hause zu kommen und sich das, wie sie fand, verdiente Gläschen Wein zu genehmigen. Sie vermisste einfach alles: den Schulalltag, den Klatsch und Tratsch und die Freude auf die Wochenenden.

Ihr Handy klingelte. Sie warf einen Blick auf das Display. *Er* war es. Lächelnd nahm sie den Anruf entgegen, und sogleich hellte sich ihre Stimmung auf.

»Hallo.«

»Hi, du.«

»Ich bin in London.«

Ein Glücksgefühl durchströmte sie, erfasste all ihre Sinne. »Gott sei Dank. Ich sterbe gerade vor Langeweile. Kannst du vorbeikommen? Jetzt gleich?«

»Bin schon unterwegs und spätestens in einer halben Stunde bei dir.«

Sie schaltete ihr Handy aus, legte es auf den Tisch und lächelte still vor sich hin.

21

Juni 2012

Wohnt an der Strecke der Buslinie 214.
Macht Kickboxen.
Hat Dates mit einem Mann namens Matthew.
Könnte eine Taschendiebin sein.
Wohnt/arbeitet möglicherweise unweit vom Postamt.
Nennt sich eventuell unter anderem Amanda
(aber wohl eher nicht).
Spricht mit Londoner Akzent.
Ist zwischen dreißig und vierzig.

Adrian schrieb jede Erkenntnis, die er und Cat gewonnen hatten, einzeln auf quadratische Zettel, die er dann auf seinem Schreibtisch hin und her schob und sie immer wieder neu zusammensetzte in der Hoffnung, dass sie, um im Denkschema des Architekten zu bleiben, irgendwann ein Gebäude ergaben, dessen Mauern nicht wieder einstürzten.

Als ihn das nicht weiterbrachte, versuchte er es anders und skizzierte auf einem gesonderten Blatt Papier ein geografisch geordnetes Diagramm, das die Bewegungsmuster der geheimnisvollen Fremden zu rekonstruieren versuchte und die Postionen auflistete, wo »Jane« zweifelsfrei gesehen worden war.

Dazu gehörten neben seiner Wohnung das Postamt, wo

er den Zettel wegen der Katze ausgehängt hatte, und die Straße vor dem Italiener, wo sie sich vermutlich gar nicht so zufällig begegnet waren. Ferner das Eisstadion, wo sie Pearl beim Training zugeschaut hatte. Ferner das Gemeindezentrum in Highgate, wo der Kickboxkurs stattfand sowie die nahe gelegene Haltestelle der Linie 214, wo sie Cat entwischte, sowie das Haus in Südlondon, wo Dollys Tasche mit dem Handy entwendet wurde.

Anschließend legte er die einzelnen Blätter rund um das Diagramm, stützte sein Kinn in die Hände und studierte das Ganze. Der brauchbarste Hinweis schien die Buslinie zu sein, es sei denn, sie war einfach in den nächstbesten Bus gesprungen, um Cat zu entfliehen. Wenn sie nämlich tatsächlich irgendwo entlang dieser Strecke wohnte, wäre sie kaum im Postamt an der Archway Road aufgetaucht.

Das Klingeln des Telefons riss ihn aus seinen Gedanken. Es war Detective Mickelson.

»Wir haben Ihren Laptop genauestens unter die Lupe genommen, aber wie befürchtet war nichts zu finden. Alle Spuren dieser E-Mails wurden entfernt. Nicht einmal der Absender ließ sich genau orten. Allerdings können wir definitiv sagen, dass die E-Mails aus dem Südosten kamen, also von irgendwo zwischen hier und der Südküste.«

Adrian seufzte, wartete darauf, dass der Detective noch etwas hinzufügen würde, eine gute Nachricht nach der schlechten vielleicht, doch es folgte nichts.

»Das ist alles?«

»Ja, sieht so aus. Tut mir wirklich sehr leid.«

»Trotzdem danke, dass Sie es versucht haben.«

»Keine Ursache, Mr. Wolfe. Ich weiß, es ist schwer, im Dunkeln zu tappen, wenn man einen geliebten Menschen verloren hat. Wäre schön gewesen, etwas Licht in die Sache zu bringen.«

»Etwas beschäftigt mich noch«, sagte Adrian. »Vielleicht können Sie mir da weiterhelfen – es geht um gestohlene Handys.«

»Bitte, fragen Sie.«

»Inzwischen habe ich herausgefunden, dass das Handy, das diese geheimnisvolle Frau in meiner Wohnung zurückgelassen hat, vermutlich gestohlen war. Ein gestohlenes Handy, in dem noch die originale SIM-Karte steckte. Seltsam, oder? Können Sie sich einen Reim darauf machen?«

»Hm«, sagte Mickelson nach kurzem Schweigen. »Das ist in der Tat merkwürdig. Woher wissen Sie denn, dass es gestohlen war?«

»Ich habe die Frau ausfindig gemacht, der es entwendet wurde. Sie arbeitet für eine Immobilienfirma und hat es als Geschäftshandy übernommen. Vor ein paar Monaten kam es ihr abhanden, und zwar im Londoner Süden.«

»Okay. Dann bringen Sie das Gerät mal mit, wenn Sie den Laptop abholen, und wir schauen es uns an.«

»Dafür ist es leider zu spät. Ich habe es inzwischen zurückgegeben.«

»Besteht irgendeine Chance, dass Sie es noch mal in die Hände bekommen?«

»Ich weiß nicht, die Leute waren ohnehin bereits genervt durch meine Fragerei.«

»Nun, die Sache ist wirklich merkwürdig. Im Normalfall werden die SIM-Karten herausgenommen und vernichtet, bevor man die gestohlenen Handys weiterverkauft, weiterverwendet oder sonst etwas damit anstellt. Andernfalls lassen sie sich schließlich orten. Hinzu kommt außerdem, dass der neue Nutzer ständig lästige Anrufe von Freunden des alten Besitzers erhält. Ich lasse mir die Sache durch den Kopf gehen und überlege, was sich tun lässt.«

»Danke vielmals. Ich komme am Spätnachmittag vorbei, um den Laptop abzuholen, wenn es Ihnen recht ist.«

»Sicher, ich werde nicht da sein, aber ich lege ihn bei der Anmeldung für Sie bereit.«

Nachdem er das Telefonat beendet hatte, betrachtete Adrian noch einmal die Zettel auf seinem Schreibtisch, legte den mit der Aufschrift *wohnt/arbeitet unweit vom Postamt* neben das Stichwort *Postamt* auf seinem Diagramm, schob ihn langsam hin und her, und plötzlich sprang er wie elektrisiert auf. Natürlich! Wieso war er nicht längst darauf gekommen? Eine zweite Anzeige. Er musste einfach erneut einen Aushang machen.

Nachdem er seinen Laptop auf dem Polizeirevier abgeholt hatte, machte er sich auf den Weg zum Postamt, kam dort fünf Minuten vor Geschäftsschluss an.

Er nahm eine leere Zettelkarte vom Stapel neben dem Schwarzen Brett und schrieb folgende Nachricht:

Jane – verzweifelt gesucht
Mein Sofa hat Ihr Handy verschluckt!
Bitte melden Sie sich!
Adrian (und Billie)

22

Pearl nahm zum fünften Mal Anlauf und schaffte endlich den Doppelaxel, den sie immer und immer wieder geübt hatte. Sie blickte hoch zu Polly, ihrer Trainerin, die am Rand der Eisbahn stand, ihr ein aufmunterndes Lächeln zuwarf und kräftig applaudierte. Oben auf der Tribüne pfiff Cat laut durch die Finger und reckte anerkennend beide Daumen in die Luft.

Alle freuten sich über diesen Erfolg, das Resultat langer Arbeit. Insbesondere natürlich Pearl selbst. Trotzdem tat ihr die Anerkennung der anderen gut. Sie brauchte das. Mit einem leichten Lächeln um die Lippen verließ sie die Eisfläche und griff nach einem Handtuch und einer Flasche Wasser.

»Super, Pearl«, lobte Polly und drückte sie an sich. »Gut gemacht. Ich wusste, dass du es heute packst. Das war hervorragend. Morgen bauen wir darauf auf, ja?«

Pearl nickte, löste sich aus Pollys Umarmung und winkte Cat zu, die Kaugummi kauend in einer der hinteren Reihen stand und ihr zulachte, die Hände in den Taschen ihres Cardigans vergraben, den Reißverschluss bis zum Hals zugezogen. Jetzt stieg sie die Stufen herunter und begleitete die kleine Schwester in die Umkleidekabine.

»Der absolute Wahnsinn«, sagte sie. »Ich kann manchmal gar nicht glauben, dass wir verwandt sein sollen. Im Ernst.«

»Wo ist Mum?«, erkundigte sich Pearl, ohne auf Cats Bemerkung einzugehen.

»Sie geht heute Abend aus und wollte vorher noch in aller Ruhe ein Schaumbad nehmen.« Cat zuckte mit den Schultern, setzte sich auf eine Bank und reichte Pearl ihre Sporttasche.

Die Jüngere nickte. Schaumbäder, neue Frisuren, jede Woche ein Waxing, romantische Dinner, Taxifahrten, Reizwäsche – alles für Paul Wilson. Sie fühlte sich vernachlässigt. Früher waren Schaumbäder etwas gewesen, das sie und ihre Mutter ganz allein zu zweit genossen hatten. Etwas ganz Besonderes, etwas zum Verwöhnen. So wie Eiscreme.

Ich weiß was Schönes, pflegte Mum zu sagen. *Wollen wir beide uns ein Schaumbad gönnen?* Sie war dann zu ihr in die Wanne gestiegen, hatte den nackten Körper ihrer Mutter in allen Details bestaunt und über ihre eigene flache Brust gelacht. Dann hatten sie sich gegenseitig eingeseift und abgerubbelt, während feuchter Dampf sie umhüllte und kleine Tropfen leise aus dem Hahn in das Badewasser fielen. Nur sie und ihre Mum.

»Was machen wir? Gehen wir heim?«, wandte sie sich an ihre Schwester.

»Ja, oder wollen wir noch irgendwo was trinken und was essen?«

»Okay.« Pearl stopfte ihre verschwitzten Trainingsklamotten in die Sporttasche und schlüpfte in Jeans und Weste.

»Es ist frisch draußen«, warnte Cat und zog die Kapuze hoch, bevor sie das Eisstadion verließen und zu Carolines Auto gingen.

Pearl fuhr nicht gerne mit Cat, hielt sie für die schlechteste Autofahrerin der Welt. Sie schrammte immer viel zu knapp an parkenden Autos vorbei und lief ständig Gefahr, sämtliche Außenspiegel abzurasieren. Und wenn man mal entsetzt aufschrie, kam von Cat nur ein genervtes *Was denn*, bevor sie den Wagen wiederum viel zu dicht zur Mittellinie lenkte. Außerdem verfiel sie öfter auf die Idee, spontane Ausflugsfahrten ins Blaue zu unternehmen, hielt dann mitten auf der Straße an, um nach Straßennamen oder Abzweigungen zu suchen, ohne sich um den Stau zu scheren, der sich hinter ihr bildete. Ging dann ein Hupkonzert los, flippte sie erst richtig aus. Am meisten allerdings störte Pearl, dass Cat sie bei jedem Wort, das sie zu ihr sagte, anschaute, statt auf die Straße zu achten. Ein Grund mehr, sich möglichst wenig mit ihr zu unterhalten, wenn sie am Steuer saß.

Jetzt kramte sie ihr Handy aus ihrer riesigen Tasche und rief Otis an. »Hi, mein Schatz, ich bin's. Wir gehen zu einem Mackie. Sollen wir dir etwas zum Essen mitbringen?«

Das Handy zwischen Schulter und Ohr geklemmt, begann Cat das Auto aus der Parklücke zu manövrieren, während sie mit Otis über Big Macs und Pepsi Max diskutierte. Plötzlich stieg sie hart auf die Bremse, weil hinter ihnen ein Fußgänger vorbeiging.

Pearl schrie laut auf. Ihre Mutter sollte sie einfach nicht fahren lassen, dachte sie und machte Caroline insgeheim Vorwürfe, dass sie ihre Tochter Cats Fahrstil auslieferte, damit sie ganz allein gemütlich im Schaumbad liegen und von Paul Wilson träumen konnte. Immerhin schafften sie es ohne Zwischenfall zu dem anvisierten McDonald's.

»Ich war heute mit Dad zum Mittagessen.« Cat beugte sich zu ihrer Schwester hinüber, während sie genüsslich einen Big Mac verschlang. »Er hat im Postamt noch einmal eine Anzeige ausgehängt. *Jane – verzweifelt gesucht!*«

Sie lachte. »Nicht dass es lustig wäre, aber das bringt doch nichts. Diese Frau weiß schließlich, wo Dad wohnt, und hätte sich längst melden können. Und sie ist sicherlich nicht ohne Grund vor mir davongelaufen.« Sie schüttelte den Kopf und stopfte sich mehrere Pommes gleichzeitig in den Mund. »Er erzählte außerdem, dass er mit der Polizei gesprochen hat und dass sich die E-Mails nicht zurückverfolgen lassen. Sie wissen lediglich, dass sie von einem Ort zwischen London und der Südküste gesendet wurden, mehr kam dabei nicht heraus. Nicht sonderlich hilfreich.«

Pearl zog die Gurke aus ihrem Burger, ließ sie mit spitzen Fingern fallen, als wäre sie Abfall, und biss kleine Stücke von dem lappigen Brötchen ab. Eigentlich mochte sie McDonald's nicht, aber es war besser als die Würstchen, von denen ihre Mutter am Morgen gesprochen hatte.

»Was glaubst du, wer die Mails geschrieben hat?« Cat schielte begehrlich nach den Pommes der Schwester.

»Ich denke, es war diese Frau«, meinte Pearl. »Diese Jane.«

»Bloß warum?« Cat nahm sich schnell ein paar der fettigen Kartoffelstifte und stopfte sie in den Mund. »Warum zum Teufel hätte eine völlig Unbekannte, die mit der Familie nichts zu schaffen hat, Maya etwas antun wollen?«

»Wir wissen nicht alles über Maya«, orakelte Pearl düster. »Wenn man es recht bedenkt, hätte sie sonst wer sein können.«

Cat starrte die Jüngere einen Moment lang an und nickte dann. »Ja. Stimmt schon. Jedenfalls tauchte sie ziemlich aus dem Nichts auf. Eben noch die kleine Aushilfe und kurz darauf unsere Stiefmutter. Und ihre Eltern haben auf mich sowieso einen seltsamen Eindruck gemacht. Genauso diese komische Freundin. Wie hieß die gleich?«

»Sara.«

»Ja, genau. Sara. Dad hat sie gehasst, weil sie auf ihn und auf die ganze Familie irgendwie eifersüchtig war. Vielleicht sind die Mails ja von ihr, wer weiß.«

Cat schüttelte sich und schob sich zur Beruhigung noch ein paar Pommes in den Mund.

» Nein«, widersprach Pearl. »Wieso sollte sie Maya so gemeine Sachen schreiben, wenn es Daddy ist, den sie hasst?«

»Um sie von ihm wegzubekommen?«, spekulierte Cat. »Damit sie ihn verlässt? Keine Ahnung.«

Pearl schüttelte den Kopf. »Ich glaube, es war diese Frau. Diese Jane. Bestimmt war sie es. Sie wirkte einfach nicht normal.«

»Ich fand sie sehr hübsch – hübscher jedenfalls als Maya.«

»Hübsch sein ist nicht alles, wie du weißt«, gab Pearl anzüglich zurück, ließ ihre zerknüllte Serviette auf den halb aufgegessenen Burger fallen und drehte die Tüte mit den restlichen Pommes zu Cat. »Willst du sie haben? Ich bin satt.«

»Wie kannst du schon satt sein? Du hast anderthalb Stunden hartes Training hinter dir und müsstest einen Mordshunger haben.«

»Ich habe ein Sandwich vor dem Training gegessen, das reicht mir.«

»Herrgott, Pearl, du wirst noch magersüchtig, wenn du so weitermachst.«

Die zehnjährige Eisprinzessin zog eine Grimasse.

»Du weißt, dass dein Körper absolut perfekt ist, oder etwa nicht? Ich wünschte, ich hätte Sport getrieben, als ich in deinem Alter war. Man sagt, Muskeln haben ein Gedächtnis. Wenn du also in der Jugend deinen Körper ordentlich trainierst, kannst du deine Figur später leichter halten. Das hätte ich mir besser rechtzeitig hinter die Ohren geschrieben …«

Pearl nickte, interessierte sich indes wenig für solche Themen. In ihrer Klasse gab es Mädchen, die ausschließlich über Gewichtsprobleme und Essstörungen redeten, was sie beim besten Willen nicht verstehen konnte.

Nachdem sie für Otis noch ein Take-away gekauft hatten, machten sie sich auf den Heimweg.

Während der Bruder sich am Küchentisch gleich über das Fast-Food-Essen hermachte, trat Pearl ans Fenster und blickte in den Garten hinaus, wo ihre Mutter und Paul nebeneinander in der Sonne saßen. Eine Flasche Wein auf dem Tisch vor ihnen, ein Glas in der Hand, badeten sie im goldenen Licht der untergehenden Sonne. Caroline trug ein blass goldfarbenes Strickkleid mit Flügelärmeln, das ihr bis knapp zum Knie reichte und beinahe die gleiche Farbe hatte wie ihre Haare, ihre Ohrringe und ihre Riemchensandalen. Eine vom Abendlicht vergoldete Göttin, fast unwirklich schön. Ihr Anblick tat Pearl irgendwie weh.

Paul Wilson redete leise auf sie ein, den Mund dicht an ihrem Ohr. Pearl konnte nicht hören, was er sagte, doch ihrer Mutter schien es zu gefallen. Sie warf den Kopf in den Nacken und lachte, worüber Paul wiederum höchst erfreut zu sein schien, denn spielerisch kniff er sie ins Knie. Die beiden sahen aus wie Filmstars. Pearl kam sich dagegen mit ihren verschwitzten Haaren und ihrer alten Jeans wie ein Schmuddelkind vor, das durch die Fenster eines Palasts späht. Sie wollte sich gerade verziehen, als ihre Mutter sie bemerkte und zu sich rief.

»Hallo Schätzchen«, sagte sie, winkte sie mit ausgestreckten Armen zu sich, fasste sie um die Hüften und zog sie eng an sich. »Tut mir echt leid, dass ich dich nicht abholen konnte, aber Paul hat mich zum Abendessen eingeladen, und außerdem ging es in der Firma heute ziemlich rund, sodass ich fix und fertig war und erst mal ein Entspannungsbad brauchte.«

»Hi Pearl«, begrüßte Paul sie mit einem ungezwungenen Lächeln, das so typisch für ihn war. »Hattest du einen schönen Tag?«

Sie zuckte die Achseln. »War okay.«

»Wie lief das Training?«

»Ganz gut.«

Eigentlich hätte sie ihrer Mum gern vom geglückten Doppelaxel berichtet, doch die Situation war nicht danach. Mit so etwas behelligte man keine goldfarbene Göttin, so etwas erzählte man einer Mutter, die in der Küche in Jeans und T-Shirt am Herd stand und Bratwürstchen in der Pfanne fürs gemeinsame Abendessen briet.

»Hast du schon zu Abend gegessen?«

»Ja, einen Burger. Bei McDonald's.«

»Aha«, sagte Caroline. »Gut.«

»Nein, gut war der nicht«, entfuhr es Pearl. »Er war Scheiße.«

Caroline lachte, als hätte ihre Tochter gerade den besten Witz überhaupt gerissen.

»Oh mein Gott«, wandte sie sich an Paul, »ich habe kleine spießbürgerliche Monster in die Welt gesetzt.«

»Ich bin kein Monster.«

Ihre Mutter lachte erneut. »Nein, natürlich nicht, mein Schatz. War bloß ein Spaß. Hast du Hausaufgaben auf?«

Pearl seufzte. »Ich glaube schon.«

»Vielleicht kann Cat dir dabei helfen – Paul und ich müssen nämlich bald los, oder?«

Paul Wilson schaute erst auf die Uhr und wandte sich dann an Pearl.

»Zwanzig Minuten haben wir noch. Was sind das denn für Hausaufgaben?«

»Mathe. Und irgendwas für Englisch.«

Paul lächelte. »Wenn du magst, hol alles her. Mal sehen, ob ich dir helfen kann.«

Pearl schaute zu ihrer goldenen Mum, sog ihren Jasminduft ein und registrierte die frisch lackierten Zehennägel.

»Nein«, sagte sie. »Danke.«

»Bist du sicher?«, fragte Paul lächelnd.

»Komm schon«, drängte Caroline sie, aber Pearl wusste, dass sie es nur sagte, um Paul einen Gefallen zu tun. »Ihr erledigt schnell deine Hausaufgaben, und ich gehe inzwischen rein und brate dir ein paar Würstchen.«

»Was für welche denn?«

»Chipolatas.«

Pearl stellte sich vor, wie ihre Mum in der Küche stand, sich eine Schürze vor das leuchtend goldene Kleid band und nach fettigen Würstchen roch. Und dann stellte sie sich vor, wie sie hier draußen alleine mit Paul sitzen würde. Sie mochte ihn, wollte allerdings nicht alleine mit ihm sein. Andererseits war Cat keine Alternative, wenn es um Hausaufgaben ging. Sie machte ständig was anderes, tippte oder wischte auf ihrem Smartphone herum. Es war ein echtes Dilemma. Letztendlich schüttelte sie einfach den Kopf und ging ins Haus.

»Pearl«, versuchte ihre Mutter sie zurückzuhalten.

»Schon gut«, rief sie und tauschte im Vorbeigehen einen Blick mit Otis. »Keine Sorge.«

Normalerweise liebte Pearl es, nach dem harten Training in der kalten Eishalle zurückzukehren in die Wärme und Geborgenheit ihres Zuhauses. Sie brauchte diesen Ausgleich. Heute jedoch war es nicht wie sonst. Beau war bei Daddy, und ihre Mutter war mit Paul beschäftigt. Nirgendwo lag Spielzeug herum, niemand kochte, kein heimeliger Duft nach Essen erfüllte die Küche, nirgendwo standen halb ausgepackte Einkaufstüten herum. Alles wirkte steril, irgendwie leblos. Pearl schaltete den Fernseher ein und blieb bei einer hirnlosen Sendung auf Disney Channel hängen. Dann holte sie sich einen Stapel Reiswaffeln, öffnete ihre Schultasche und nahm ihre Hausaufgaben heraus.

23

Oktober 2010

Als kinderlose dritte Ehefrau, so viel begriff Maya mit der Zeit, stand man in der Hierarchie ziemlich weit unten. War Mädchen für alles, tat dieses und jenes, half überall aus und war vor allem dafür zuständig, Familienfotos zu schießen. Wen sonst hätte man fragen können an einem plätschernden Bach mitten im Nirgendwo von Cornwall? Niemanden außer ihr, die lediglich zum erweiterten Familienverband zählte. Also stand Maya einmal mehr mit Adrians riesiger Kamera da, dirigierte die lieben Kleinen in die optimale Position und forderte alle auf zu lächeln.

»Noch mal das Ganze, Beau war hinter Otis versteckt«, rief sie.

Nach getaner Arbeit reichte sie Adrian die Kamera, der die Fotos sogleich prüfend in Augenschein nahm.

»Schön geworden«, sagte er lächelnd, legte den Arm um Mayas Schulter und führte sie wieder mitten hinein in seine Welt.

Mit dem Ferienhaus in Fowey hatte sie voll ins Schwarze getroffen. Gott sei Dank. Selbst Susie fand nichts zu meckern. Die Kinder hatten Platz zum Toben und genossen das bis auf Pearl, die einige Tage vor der Abreise zu Hause eine Treppe heruntergefallen war, sich den Arm gebrochen hatte und jetzt mit einem Gipsverband herumlief.

Mit Training war also nichts gewesen, was ihr jedoch gutzutun schien, fand Maya. Sie wirkte freier und zugänglicher, durfte einfach Kind sein. Eine ganz neue Pearl war zum Vorschein gekommen, die sich nichts vergab, wenn sie sich auf den Schoß der Eltern setzte und bereitwillig Hilfe annahm. Die »Kaiserin«, wie Maya sie bisweilen zu nennen pflegte, entpuppte sich zunehmend als liebenswertes Mädchen.

Während sie über das abgemähte Kornfeld Richtung Parkplatz gingen, tauchte plötzlich Beau neben ihr auf und sah sie bittend an. »Kannst du mich tragen, Maya?«

Sie lächelte zu ihm herunter. Es war ein langer Spaziergang gewesen für einen so kleinen Jungen. Caroline hatte sich geweigert, den Buggy mitzunehmen, dabei wäre der, geländegängig und robust wie er war, für so einen Querfeldeinfußmarsch genau richtig gewesen. Vermutlich hatte Beau bereits bei seiner Mutter gebettelt und war abgewiesen worden. *Nein, du bist jetzt ein großer Junge und brauchst nicht mehr getragen werden* – so oder so ähnlich dürfte es gelaufen sein.

Vielleicht war man bei den eigenen Kindern ja strenger – oder hatte beim dritten Kind einfach keine Lust mehr dazu, überlegte Maya. Aber wie sie den braunlockigen, pausbäckigen kleinen Beau so vor sich stehen sah in seinem gestreiften Strickpulli, die kleinen Füßchen in geschnürten Lederstiefeln, ging ihr das Herz über, und sie hob ihn auf ihre Arme.

»Natürlich kann ich dich tragen, mein Süßer.«

Ein paar Meter voraus war Caroline bereits dabei, ihr Auto aufzuschließen. Sie rief Otis etwas zu, der gelangweilt hinterherschlurfte. So hübsch und so undurchdringlich. Irgendwie gelang es ihr nicht zu erraten, was er fühlte und dachte, doch vermutete sie in ihm eine verwandte Seele.

Sie setzte Beau auf dem geschotterten Parkplatz ab, zog ihm den hochgerutschten Pulli nach unten und schaute ihm nach, wie er in Richtung seiner Mutter davonflitzte.

»Du hast da ein Blatt kleben«, sagte Luke, der von hinten herankam und ihr etwas von der Jacke zupfte.

»Oh«, sagte sie. »Danke.«

Er nickte ihr zu, einen seltsamen, gleichwohl sanften Ausdruck in den fahlen Augen.

Schon als sie ihm zum ersten Mal begegnete, war Maya von Luke recht angetan gewesen. Er war ganz und gar nicht so, wie sie ihn sich vorgestellt hatte. Wirkte erheblich weniger robust und handfest als seine Schwester und war auch völlig anders als die Machotypen von der Küste. Mit seiner sorgfältig gestylten Haartolle, dem dicken Brillengestell mit nicht korrigierten Gläsern, seinem geschmäcklerischen Outfit hatte Maya ihn anfangs für schwul gehalten. Gleichzeitig war sie sich bei der ersten Begegnung mit ihrer rein zweckmäßigen Kleidung unter seinen prüfenden Blicken wie ein hässliches Entlein vorgekommen. Ganz unbewusst hatte sie sich beim nächsten Mal besondere Mühe gegeben und sich seltsam gut gefühlt, als er sie mit leiser Bewunderung betrachtete.

Er war nicht schwul, wie sich herausstellte. Nicht im Entferntesten. Sie hörte ihn mal von dieser, mal von jener Freundin erzählen, aber erst achtzehn Monate nach ihrer ersten Begegnung bekam sie den realen Beweis geliefert. Charlotte. Sehr attraktiv, lebhaft und umtriebig, dazu mit Rundungen genau an den richtigen Stellen, war sie der Typ Frau, der den Männern den Kopf verdrehte und großes Selbstbewusstsein ausstrahlte. Sie lachte wie ein Schulmädchen, roch nach frischem Gras und Rosenlaube, ihre Augen waren so blau wie der Sommerhimmel, ihre Kleidung schien wie gemacht für sie, selbst wenn sie abfällig von *alten Fetzen* sprach. Maya mochte sie recht gern – sie war lustig, süß, und sie schien gut für Luke zu sein, wenngleich sie ihm intellektuell nicht das Wasser reichen konnte.

Nach Cornwall hatte er sie nicht eingeladen, angeblich musste sie arbeiten und bekam keinen Urlaub. Maya freute sich, Luke gewissermaßen für sich zu haben. Von allen Kindern Adrians war er nämlich derjenige, dem Maya sich am meisten verbunden fühlte. Irgendwie seelenverwandt. Während der Sommerferien hatte er sie an seinen freien Tagen regelmäßig besucht, sie zum Einkaufen begleitet und mit ihr geplaudert. Jedenfalls schien es, als würde zwischen ihnen und dem Rest der Familie eine unsichtbare Grenze verlaufen.

Mit Adrian sprach Maya nicht über diese enge Bindung. Warum, das wusste sie selbst nicht so recht. Ein- oder zweimal hatte sie ihn sogar angeschwindelt, wenn sie sich freitagnachmittags mit Luke in der Stadt zum Einkaufen oder auf einen Drink traf und er wissen wollte, wo sie hinging.

Sie fand, dass ihre Situation als dritte Ehefrau schwierig genug war und sie einfach jemanden brauchte, bei dem sie Dampf ablassen konnte. Wer sonst hätte sich angeboten? Die Exfrauen schieden ebenso aus wie ihre Freundin Sara, die bloß gesagt hätte: *Ja, was hast du denn erwartet, wenn du einen Mann mit so vielen Altlasten heiratest*? Cat vielleicht? Nein, die war ganz die Tochter ihres Vaters und redete sich alles schön, sodass Maya es nie und nimmer gewagt hätte, ihr den großen, rosaroten Luftballon zu zerstechen. Blieb also lediglich Luke. Niemand wusste so gut wie er, auf welch heiklem Terrain sie sich bewegte. Niemand verstand sie so gut wie er.

Inzwischen hatte Caroline die drei Kleinen in ihren großen schwarzen Audi-Kombi gepackt und die zwei Hunde, die vor Schmutz starrten, hinter die Rücksitze gesperrt, von wo aus sie durch die Heckscheibe äugten. Der Rest der Familie drängte sich bis auf Cat, die nur an den Wochenenden kam, in Susies Auto. Maya saß neben Luke auf der Rückbank, Adrian vorne auf dem Beifahrersitz.

»Die Kinder hinten«, sagte Susie spöttisch.

»Ja, die großen Kinder – die so schrecklich mutiert und so riesig geworden sind, dass sie sogar in der Familienkutsche den Kopf einziehen müssen«, konterte Luke.

Wie immer war er topmodisch gekleidet und trug einen der angesagten Sarah-Lund-Pullover mit Norwegermuster, darunter ein rosafarbenes Hemd. Seine langen Beine steckten in hautengen Jeans und seine Füße in teuren, handgenähten Budapestern.

Maya grinste, betrachtete angelegentlich die Hinterköpfe von Adrian und Susie, die angegrauten Haare und die Furchen an ihren Hälsen. *Mum und Dad*. Dann richtete sie den Blick auf Lukes Hände, die auf der abgewetzten Polsterung lagen: junge Hände, weich und zart, vom Leben noch nicht gezeichnet.

Plötzlich spürte sie ein Verlangen, sie mit ihren Händen zu umschließen. Doch abrupt drehte sie den Kopf zur Seite, schaute angelegentlich zum Fenster hinaus auf die vorbeiziehende Landschaft und die große goldene Sonne, die bereits tief am Horizont stand. Schlussakkorde eines perfekten Herbsttags, der langsam ausklang.

24

Juni 2012

Luke säbelte ein Stück aus seiner Pizza Prosciutto, während er kritisch zu dem riesigen Berg Spaghetti Carbonara auf dem Tellers seines Bruders hinüberschielte.

»Und das isst du alles auf?«

»Wahrscheinlich nicht«, meinte Otis und schlürfte, den Mund fast auf dem Tellerrand, eine riesige Ladung Spaghetti in sich hinein.

Sein kleiner Bruder.

Wie mit seinem Vater ausgemacht, hatte er Otis um halb fünf vor der Schule abgeholt, wo er mit einem etwa gleichaltrigen Mädchen herumhing. Nicht ganz sein Geschmack, aber so weit okay. Von der anderen Straßenseite aus beobachtete er die beiden, wie sie sich verabschiedeten. Ihm schien, dass *sie* mehr auf ihn stand als *er* auf sie, denn ihre Blicke folgten ihm noch eine ganze Weile sehnsüchtig.

Otis begrüßte seinen Bruder eher verhalten, und Luke wusste nicht so recht, wie er den Zwölfjährigen aus der Reserve locken sollte. Mit dem Resultat, dass sie zunächst so gut wie gar nicht miteinander redeten.

»Schmeckt's?«, fragte Luke, als sein Bruder den Kopf wieder hob, den Mund verschmiert von Parmesan und Sahnesauce.

Otis nickte und griff nach seiner Cola. »Möchtest du probieren?«

»Nein. Iss du mal erst.«

»Sicher? Schmeckt wirklich gut.«

»Ehrlich. Ich habe mehr als genug mit meiner Pizza.«

Otis nickte erneut und grub seine Gabel tief in den Pastahaufen.

»Hier gehst du also immer mit Dad hin?«

»Mhm.«

»Übernachtest du eigentlich gerne bei Dad? Findest du das schön oder eher nicht?«

»Doch.« Otis nickte. »Ich mag es. War Mayas Idee.«

»Wie alle guten Ideen.« Schweigend aßen sie weiter. »Vermisst du sie? Maya, meine ich?«, hakte Luke schließlich nach.

Otis zuckte mit den Schultern. »Irgendwie schon. Halb, halb.«

»Halb, halb? Was heißt das?«

»Ich weiß nicht. Na ja, manche Dinge waren besser, als Maya noch da war. Und manche waren schlechter. Eigentlich hat sie doch überhaupt erst alles kaputt gemacht ...«

Luke sah Otis überrascht an. »Alles kaputt gemacht?«

»Ja. Wegen ihr ist Dad weggegangen. Insofern ist es ehrlich gesagt irgendwie egal, ob und wie nett sie war.«

»So siehst du das also«, erwiderte Luke. »Interessant.«

»Warum ist das interessant?«, erkundigte Otis sich misstrauisch.

»Ach nichts. Ich dachte nur, dass ihr drei damit ganz gut klarkommt. Ihr habt alle extrem cool gewirkt, als es passierte.«

Luke spürte, dass er ein heikles Thema angeschnitten

hatte und sich auf einem schmalen Grat bewegte. Auf keinen Fall durfte er den Jungen vergraulen.

Otis nickte, sah auf, suchte den direkten Blickkontakt. »Damals waren wir alle noch sehr klein und haben schätzungsweise nicht groß darüber nachgedacht, wie wir uns dabei fühlten. In dem Alter glaubt man wahrscheinlich, man würde eines Morgens aufwachen und alles wäre ein schlechter Traum gewesen. Erst mit der Zeit, wenn Tag um Tag vergeht, wenn man jeden Morgen aufwacht und es kein Traum war, begreift man langsam, was wirklich geschehen ist. Bloß ist es dann bereits zu spät.«

Luke starrte seinen Bruder einen Moment lang schweigend an, überlegte, was er darauf erwidern sollte.

»Und du? Wie war es für dich, als Dad *euch* verließ?«, kam Otis ihm zuvor.

Luke schluckte. »Oh Gott«, seufzte er, »das ist für mich inzwischen weit weg. Wie aus einem anderen Leben. Aber ja, wahrscheinlich habe ich mich ein bisschen gefühlt wie du und gehofft, es würde sich als schlechter Traum herausstellen. Einerseits gab ich mir die Schuld, dass Dad wegging – weil ich so nervig war –, andererseits betrachtete ich Caroline als die Böse, weil sie ihn uns wegnahm. Ich denke mal, ich habe alles Mögliche gefühlt. Genau wie du jetzt.«

»Und was fühlst du heute, wo du erwachsen bist?«

Luke überlegte, ob er ihn anschwindeln sollte. Doch dann betrachtete er seinen Bruder und registrierte Dinge, die er bislang nie wahrgenommen hatte: die veränderte Form seiner Nase, die leichten Vertiefungen in den Wangen; die dunkle Bartlinie entlang der Kieferpartie, die großen Hände. Alles Kindliche war verschwunden. Sein kleiner Bruder wurde erwachsen, war fast schon ein junger Mann.

»Ehrlich gesagt, bin ich immer noch stinksauer, dass er uns im Stich gelassen hat«, fuhr Luke fort. »Allerdings ist es schwierig, ihm böse zu sein. Dazu ist er zu nett. Also sucht man die Schuld bei anderen. Jahrelang habe ich sie meiner Mutter gegeben. Und später euch dreien.«

»Uns?« Otis riss vor lauter Schreck die Augen weit auf. »Uns Kindern?«

»Ja. Ich weiß, es ist lächerlich. Ich dachte einfach, wenn ihr nicht wärt, käme er vielleicht zu uns zurück. Es erschien mir alles so ungerecht. Weißt du, wenn wir das Wochenende bei euch verbracht hatten, waren wir diejenigen, die am Ende gehen mussten, während ihr bleiben konntet. Bei Dad. Ganz zu schweigen von dem tollen Haus, in dem ihr wohnt. Mitten in London. Ihr wart Teil einer wunderschönen Fantasiewelt – und wir waren nichts als klägliche Anhängsel.«

»Schiebst du uns immer noch die Schuld in die Schuhe?«, erkundigte sich Otis, den Blick unverwandt auf Luke geheftet.

»Nein. Oder besser gesagt: Ich versuche, es nicht zu tun. Darf es nicht tun. Denn es ist ja nicht eure Schuld. Manchmal allerdings fühle ich mich nach wie vor…« Luke hielt inne und setzte sich aufrecht hin. »Nein«, sagte er nach einer kurzen Pause. »Vergiss es. Ich mache euch keinen Vorwurf mehr. Definitiv nicht.«

Otis nickte und widmete sich wieder seinen Spaghetti.

»Jetzt mal was anderes«, wechselte Luke das Thema. »Was war das denn neulich? Schule schwänzen? Auf einer Bank hocken, um nachzudenken? Hatte es was mit diesem Mädchen zu tun?«

Obwohl er sich um einen lockeren Ton bemühte, klang es eher wie ein Verhör.

»Mit was für einem Mädchen?«, fragte Otis völlig entgeistert und ließ seinen Löffel fallen.

»Na, das Mädchen, mit dem ich dich vorhin gesehen habe, nach der Schule.«

»Wen? Was?«

»Braune Haare. Hübsche Beine.«

Otis runzelte die Stirn. »Sienna?«

Luke lachte. »Keine Ahnung, wie sie heißt – jedenfalls schien sie ziemlich auf dich zu stehen.«

Sein Bruder stöhnte laut auf. »Nein«, sagte er. »Ganz bestimmt nicht.«

»Aha. Und was war dann los?«

»Was soll los gewesen sein?«

»Na, mit dir. Mit dem Schwänzen? Wenn es nichts mit einem Mädchen zu tun hatte, womit dann?«

Offenbar wollte Otis nicht mit der Sprache raus, denn er stocherte angelegentlich mit der Gabel auf den Schinkenstreifen in der Sahnesauce herum.

»Mit gar nichts«, gab er schließlich leicht patzig zur Antwort. »Ich hatte einfach keinen Bock auf Schule.«

»Dad sagt, du bist ein echt guter Schüler, stimmt das?«

»Ja, bin ich. Was trotzdem nicht heißt, dass ich gerne in die Schule gehe. Tagein, tagaus.«

»Hast du nette Freunde?«

Der Gesichtsausdruck des Jungen veränderte sich, wirkte jetzt genervt und abweisend. Luke spürte, dass er ihm zu entgleiten begann.

»Denke schon.«

Luke seufzte und legte sein Besteck zur Seite. »Hör mal, Otis«, sagte er. »Ich weiß, dass ich ein beschissener Bruder war, insbesondere seit Mayas Tod. Und ich weiß auch, dass wir irgendwie den Kontakt zueinander verloren haben.

Aber jetzt bin ich hier, bei dir, und du kannst mit mir reden. Sofern du jemanden zum Reden brauchst. Ich meine, wir können uns gerne öfter treffen – wo und wann immer du möchtest.«

Otis hob die Schultern und gab einen verächtlichen, kehligen Laut von sich.

»Okay«, murmelte er und lehnte sich in seinem Stuhl zurück. »Wer, denkst du, hat diese E-Mails an Maya geschrieben?«

Luke erschrak. Dass auch die jüngeren Geschwister von dieser Sache wussten, war ihm neu.

»Keine Ahnung«, erwiderte er vorsichtig. »Irgendein Irrer vielleicht.«

»Glaubst du…« Otis zögerte. »Glaubst du, dass es jemand war, den wir kennen?«

»Nein«, gab Luke entschieden zurück und senkte den Blick, damit Otis nicht die Zweifel in seinen Augen sah. »Nein, keinesfalls.«

25

Wieder einmal war Daddy-Wochenende. Diesmal war Adrian bereits einen Tag früher nach Islington gekommen, damit sie alle gemeinsam die Eröffnungsfeier der Olympischen Spiele im Fernsehen verfolgen konnten, die unter dem Motto »Die Inseln der Wunder« stand und durch Geschichte, Kultur sowie die wirtschaftliche und soziale Entwicklung des Vereinigten Königreichs führte.

Adrian, Pearl, Otis und Beau lagen auf dem Sofa, Cat, Caroline und die Hunde belegten die Sessel, Luke saß im Schneidersitz auf dem Boden, einen Gin Tonic in der Hand.

Wenn Maya noch leben würde, überlegte Adrian, wären sie jetzt wahrscheinlich in ihrer kleinen Wohnung, nur sie beide. Luke und Cat würden die Fernsehübertragung vermutlich mit Susie anschauen und die drei Jüngsten allein mit Caroline.

Unwillkürlich dachte er, dass er es so schöner fand und es unbeschreiblich genoss, alle seine Kinder um sich zu haben. Wie um alles in der Welt war er je auf die Idee gekommen, es könnte eine größere Freude im Leben geben. Gleichzeitig schmerzte der Gedanke, dass erst Mayas Tod das ermöglicht hatte. Eine verstörende Einsicht.

Dennoch kam es ihm mit einem Mal so vor, als seien die vergangenen Jahre eine Auszeit von seinem wirklichen Leben gewesen – ein Traumurlaub mit Maya, aus dem er wieder nach Hause zurückgekehrt war.

»Warum sind die denn alle als Krankenschwestern verkleidet?« Beau sah seinen Vater fragend an.

Adrian lächelte, strich ihm über die Haare. »Es sind, glaube ich, echte Schwestern und repräsentieren den Nationalen Gesundheitsdienst.«

»Warum?«

»Weil die Briten sehr stolz darauf sind, dass sich bei uns jeder kostenlos beim Arzt und im Krankenhaus behandeln lassen kann, ohne einen Penny draufzulegen. In fast allen anderen Ländern gibt es das nicht. Da braucht man eine Krankenversicherung, und wer sich keine leisten kann, muss selbst bezahlen.«

»Verrückt«, sagte Otis und starrte wieder auf die Mattscheibe. »Das ist wirklich verrückt.«

»Ja, es ist grotesk«, stimmte Adrian zu.

»Was heißt *grotesk*?«, fragte Beau.

»Das heißt …«, setzte Adrian an, doch Otis schnitt ihm das Wort ab.

»Es bedeutet verrückt.«

»Allerdings sieht der Rest der Welt das anders und denkt, dass wir diejenigen sind, die nicht ganz gut im Kopf sind«, warf Caroline ein.

»Wir haben ja auch einen an der Klatsche«, gab Cat ihren Senf dazu.

»Du sprichst wohl von dir«, spottete Luke. »Aber mal was anderes: Das hier ist die tollste Show, die ich je gesehen habe.«

Adrian sah seinen Ältesten lächelnd an, freute sich, dass sie mal einer Meinung waren, was selten genug vorkam, und erhob sich.

»Ich muss mal kurz verschwinden. Soll ich jemandem auf dem Rückweg etwas mitbringen?«

Luke schwenkte wortlos sein leeres Glas, sonst meldete sich niemand. Abgesehen von Beau, der seinen Vater begleiten wollte.

»Ich muss auch. Kann ich mitkommen?«

»Klar.« Er streckte dem Kleinen die Hand entgegen und steuerte die Toilette im Erdgeschoss an.

»Nein, nicht die«, sträubte sich Beau. »Ich will nach oben in Mummys Bad.«

»Und warum?«

»Weil da keine Spinnen sind. Unten schon. Die wohnen dort nämlich.«

»Komm schon, Sportsfreund«, drängte Adrian und zog ihn von der Treppe weg. »Lass die Spinnen mal meine Sorge sein. Wir nehmen die Toilette hier unten.«

»Nein«, schrie Beau entsetzt.

Resigniert gab Adrian, der ohnehin sehr nachgiebig bei seinem Jüngsten war, auf. »Okay, dann geh du vor.«

Dieses separate Bad ging wie so vieles in diesem Haus auf seine eigenen Pläne zurück. Ursprünglich war es ein winziger Raum gewesen, höchstens brauchbar, um ein Baby neben dem Schlafraum der Eltern unterzubringen, doch dann hatte er eine Wand durchbrechen lassen und Platz für ein luxuriöses Badezimmer mit zwei Waschbecken, einer Zwillingsdusche und einer extra großen Badewanne für zwei Personen geschaffen. Konzipiert ausschließlich für ihn und Caroline. Es war ihr gemeinsames Badezimmer gewesen, jetzt war es allein ihres. Er setzte sich auf eine mit Leinen bezogene Truhe und sah seinem Sohn zu, wie er da vor der Kloschüssel stand, die Pobacken fest zusammengepresst, den Rücken leicht gebeugt, den Blick starr nach unten gerichtet.

Sein kleiner Junge.

Eine plötzliche Gefühlswallung erfasste Adrian.

Wenn es bei Maya mit einer Schwangerschaft geklappt hätte, wäre das Unglück nicht geschehen. Dann hätte sie nämlich an jenem 19. April 2011 zu Hause ihren Babybauch gestreichelt oder im Bett ihr Neugeborenes gestillt. Jedenfalls wäre sie bestimmt nicht im Londoner West End herumgeirrt, um ihren Kummer in Wodka zu ertränken.

Allerdings würde er Beau jetzt nicht mehr als sein Baby betrachten, weil es ein neues gäbe. Eine neue Familie, die alles legitimiert hätte. Und ohne Kind wäre Adrian in den Augen der anderen ein selbstsüchtiger Arsch geblieben, der ein Haus voller Kinder verlassen und eingetauscht hatte gegen so angenehme Freuden wie Ausschlafen und lauten Sex mit einer Frau ohne Schwangerschaftsstreifen.

Wäre es so gekommen? Wenn Maya am Leben geblieben und nie schwanger geworden wäre? Nur sie beide, älter und älter werdend – insbesondere er –, mehr und mehr festgefahren in ihren Gewohnheiten? Während Caroline und Susie seine Kinder für ihn großzogen.

Adrian seufzte und lächelte Beau zu, der fertig war und sich zu ihm umdrehte. »Wasch dir noch die Hände, mein Kleiner«, sagte er, und Beau nickte und gehorchte aufs Wort.

Hätte es überhaupt mit Maya ein süßeres Baby geben können, fragte er sich unwillkürlich. Er bezweifelte es. Plötzlich verspürte er eine bleierne Müdigkeit, während er sich zum Pinkeln auf die Klobrille setzte.

»Glaubst du, wir gewinnen?«, hörte er seinen Sohn fragen, der sich gerade die Hände abtrocknete.

»Was?« Adrian sah ihn verdutzt an.

»Die Olympischen Spiele. Glaubst du, wir werden sie gewinnen?«

»Na ja, weißt du, es werden dort viele Wettkämpfe ausgetragen. Einige davon gewinnen wir bestimmt.«

»Gibt es auch Eislaufen?«

»Nein, nicht bei den Sommerspielen. Nur bei den Winterspielen, und die finden extra statt.«

»Dann muss Pearl unbedingt mitmachen. Sie ist die beste Eisläuferin auf der ganzen Welt.«

Adrian nickte. »Das ist wahr, allerdings ist sie noch ein bisschen jung. Eines Tages vielleicht …«

»Ich geh wieder runter«, erklärte Beau und sprang davon. »Damit ich das Eislaufen nicht verpasse.«

»Da wirst du leider Pech haben«, rief sein Vater ihm hinterher, aber der Junge war schon weg, hopste mit seinen kleinen Füßen laut hörbar die Treppe hinunter, zwei Stufen auf einmal nehmend.

Allein mit seinen Gedanken starrte Adrian den gekachelten Boden, das Muster der Fugen an. Er brauchte Gewissheit. Musste endlich wissen, wer diese E-Mails geschrieben hatte und was es mit all diesen dunklen Anspielungen auf sich hatte. Und was vor allem Maya an diesem schicksalhaften Tag durch den Kopf gegangen war. Und dann war da noch diese faszinierende Frau mit den verschiedenfarbigen Augen, die irgendeine Rolle zu spielen schien. Bloß welche?

Adrian wollte Antworten – brauchte sie, denn ohne Antworten war er verloren, blieb weiterhin gefangen zwischen Trauer und Hoffnung, zwischen Schuld und Absolution, zwischen dem Anfang und dem Ende.

Als er zum Waschbecken ging, benutzte er aus alter Gewohnheit jenes, das früher seines gewesen war. Sein Blick fiel auf sein Spiegelbild. Wann hatte er sich zuletzt in einem Spiegel betrachtet? Damals im März, vor Janes Besuch. Adrian erinnerte sich, wie er sich mit duftenden Essenzen gewaschen und eingecremt hatte. Mit Dingen, die noch von Maya stammten. Neugierig öffnete er den Badezimmerschrank, um vielleicht etwas zu entdecken, das er jetzt benutzen konnte.

Er erschrak. Auf das, was er dort vorfand, war er nicht gefasst gewesen. Es handelte sich um das ganze Arsenal einer Frau, die schwanger werden wollte. Teststreifen für den Eisprung und für eine eingetretene Schwangerschaft, dazu allerlei Mittelchen, die das günstig beeinflussen sollen. Leise schloss er die Tür des Schränkchens wieder und verließ das Bad mit einem flauen Gefühl im Magen.

Im angrenzenden Schlafzimmer blieb er kurz stehen, den Blick unverwandt auf das große Bett gerichtet, die leicht zerknautschte Bettdecke, die verstreut darauf liegenden Kissen, und stellte sich vor, wie Caroline, langgliedrig und nackt, hier zusammen mit Paul Wilson lag und wie sie versuchten, ein Kind zu machen.

Wusste Paul Wilson überhaupt, dass Caroline vorhatte, von ihm schwanger zu werden? Wusste er überhaupt, wie alt sie war?

Es versetzte ihm einen schmerzlichen Stich, wenn er daran dachte, wie er in früheren Jahren, als Caroline noch *seine* Frau gewesen war, hier gestanden und zugeschaut hatte, wie sie in diesem Bett, ihrem *gemeinsamen* Bett, seine Kinder gestillt hatte. Und jetzt würde sie vielleicht ein neues Baby bekommen. Eines von einem anderen Mann, das mit Otis, Pearl und Beau lediglich teilweise blutsverwandt sein würde und mit Luke und Cat überhaupt nicht. Ein fremdes Baby. Er konnte sich das absolut nicht vorstellen, nicht im Geringsten. Es schien ihm wider alle Naturgesetze zu sein.

Dann rief er sich zur Ordnung. Schließlich war er derjenige, der diese Entwicklung erst ermöglicht hatte, indem er seine Familie verließ. Und wenn es tatsächlich so kommen sollte, hatte er sich das ganz alleine zuzuschreiben.

Er zog die Tür hinter sich zu, ging hinunter in die Küche, um den Gin Tonic für Luke zu mixen, und kam gerade rechtzeitig zurück ins Wohnzimmer, um den Einspielfilm zu sehen, der das Eintreffen der Queen ankündigte. Darin sprangen »Her Majesty« und James Bond, respektive Doubles von Elizabeth II. und Daniel Craig, aus einem Helikopter und schwebten mit dem Fallschirm im Olympiastadion ein.

26

November 2010

Adrian war geschäftlich unterwegs, und Luke hatte es so eingerichtet, dass er Maya am zweiten Abend, den sie allein war, in London besuchte. Sie bemühte sich, dem keine besondere Bedeutung beizumessen.

Bereits im Oktober in Cornwall hatten sie von Adrians bevorstehender Abwesenheit erfahren. Allein schon deshalb, weil Adrian nicht müde geworden war, ihnen lang und breit darzulegen, welch unerwartete Ehre und Auszeichnung es darstelle, dass er als einer der Hauptredner zu einem Kongress eingeladen sei, der den sozialen Wohnungsbau zum Thema habe. Stundenlang hatte er im Ferienhaus an seiner Rede gefeilt und ihnen die Einladung mit den Fotos des noblen Fünf-Sterne-Hotels gezeigt, wo das Meeting stattfinden würde. Schade nur, dass Maya arbeiten müsse und nicht mitkommen könne. Insofern war allseits bestens bekannt, dass Adrian an diesen Tagen nicht zu Hause sein würde.

Ich kann dich nach der Schule abholen, hatte in Lukes SMS gestanden. *Wir könnten in einen Pub gehen, ins »Flask« vielleicht*?

Sie hatte Ja gesagt. Natürlich, warum auch nicht? Er war ein guter Freund und dazu ihr Stiefsohn. Sie waren verwandt. Wieso hätte sie Nein sagen sollen? Sie fragte nicht, was er in London machte. Sie fragte nicht, wie lange er bleiben würde. Sie fragte nicht, wo er zu übernachten gedachte.

Er wartete wie verabredet vor der Schule auf sie, saß auf einer Bank auf dem Highgate Hill – Wachsjacke, Sarah-Lund-Pullover, eng anliegende rote Hose, schwarz gerahmte Brille und Haartolle. Wenn sie ihn nicht gekannt hätte, hätte sie sich bei seinem Anblick bestimmt gefragt, wer der hübsche, stylisch gekleidete junge Mann auf der Bank wohl sein mochte.

Sie spürte, dass er sie prüfend von Kopf bis Fuß maß, und betete inständig, dass sie ihm gefallen möge, obwohl ihre Kleidung notgedrungen konservativ-zweckmäßig war. Sie trug einen dunkelgrünen Bleistiftrock, dazu einen grünlich gelben Pullover mit cremefarbenem Spitzenkragen, Tweedjacke und Kitten Heels, Pumps mit kleinem Pfennigabsatz. Das Haar hatte sie aufgesteckt und ihre Brille in die Haare geschoben. Ganz Schullehrerin. Ganz anders als er. Als sie dieses Outfit am Morgen zusammenstellte, hatte sie sich einzureden versucht, dass sie es spontan gewählt hatte.

»Hi!« Ihre Stimme klang hoch und spitz, angestrengt um einen fröhlichen, neutralen Ton bemüht.

Er gab ihr zur Begrüßung zwei Wangenküsse, einen links, einen rechts, die so fest waren, dass sie den Abdruck seiner Lippen auf ihrer Haut spürte.

»Du siehst großartig aus«, sagte er und betrachtete sie erneut von oben bis unten. »Wie eine richtige Lehrerin. Im positiven Sinne«, fügte er lächelnd hinzu.

Es war bereits dunkel, und im Schein der alten viktorianischen Straßenlaternen bewegten sich schattenhafte Gestalten durch den leichten Nebel. Maya folgte Luke die High Street hinauf, vorbei an der Ladenzeile mit ihren vielen winzigen Geschäften, individuellen Boutiquen, bon-

bonrosa Confiserien, und dann eine dunkle Seitengasse hinunter, die auf eine kleine Grünanlage zuführte.

»Hier war ich vor ein paar Jahren gelegentlich«, erklärte Luke ihr, als sie sich dem alten, historischen Pub näherten, der eine Londoner Institution darstellte.

»Wirklich?«, fragte Maya. »Wie kommt's?«

»Oh, ich hatte mal eine Freundin aus Highgate. Ist Ewigkeiten her. Sie war die Schwester eines Klassenkameraden. Wenn ich sie besuchte, gingen wir oft hierher. Wir saßen dann immer mit ihren stinkreichen, piekfeinen Freunden aus den Nobelvierteln im Londoner Norden beisammen. Als wären wir der Nabel der Welt.« Er hielt ihr die Tür auf, und sie duckten sich unter dem niedrigen Türbalken hindurch. »Wenn ich ehrlich bin«, fuhr er fort, »war ich eifersüchtig auf sie und auf all die anderen. Ein bisschen zumindest.«

Das »Flask« bestand aus einem Labyrinth winziger Räumen mit niedrigen, nikotingelben Decken, unebenen Böden und wackeligen Treppen, die von einem Bereich in einen anderen führten. Sie holten sich an der Bar eine Flasche Wein und zwei Gläser und setzten sich an einen kleinen, kerzenbeleuchteten Tisch, der versteckt hinter einer Wand an der vorderen Fensterfront stand. Maya blickte verlegen vor sich hin auf die Tischplatte, während Luke den Wein einschenkte, und versuchte ihr Zittern zu verbergen.

Einmal mehr versuchte sie, ihr Tun nicht zu hinterfragen, nicht allzu sehr nachzudenken. Luke war gerade mal dreiundzwanzig. Er war ihr Stiefsohn. Sie dachte an Charlotte mit ihren porzellanblauen Augen, den blonden Haaren, der weichen Stimme – Lukes Freundin, die ihre Reize mühelos selbst in einem schlichten Jerseykleid zur Geltung bringen konnte. Und sie stellte sich Lukes Hände auf Charlottes Körper vor, Lukes Mund auf Charlottes Mund, und sie spürte, wie sie sich entspannte. Gut so. Alles war gut. Das hier hatte nichts zu bedeuten.

»Wie ist es denn alleine in der Wohnung?«, fragte Luke. »Vermisst du den alten Sack?«

Maya lachte. »Ja, sehr sogar.«

Adrian hatte am Sonntagabend alle Kinder, die das Wochenende über bei ihm gewesen waren, bei Caroline abgesetzt und sich dann auf den Weg in die City gemacht, wo am Abend der Kongress eröffnet würde. Normalerweise hätten sie gemeinsam einen Film angeschaut, dabei ein paar belegte Toasts gegessen und sich früh schlafen gelegt. Doch ohne Adrian war ihr die Wohnung kalt und leer vorgekommen. Sie hatte sich verloren und ängstlich gefühlt und war am Morgen froh gewesen, dass sie zur Arbeit gehen konnte.

»Es ist komisch, wenn er nicht da ist«, fügte sie nach einer Weile hinzu.

»Ja«, sagte Luke und legte einen Arm so hinter ihr auf die Rückenlehne der Bank, dass seine Fingerspitzen beinahe Mayas Hals berührten. »Das Gefühl kenne ich.«

Maya lächelte unsicher. Luke hatte nie ein Blatt vor den Mund genommen, wenn es darum ging, Maya begreiflich zu machen, wie es ihm ergangen war in all den Jahren, als er unter dem Weggang des Vaters gelitten hatte.

»Wann kommt er denn wieder?«

»Donnerstag«, antwortete Maya gepresst, und ihr Atem ging plötzlich schneller. Sie trank einen kräftigen Schluck, um ihre Verlegenheit zu verbergen.

Luke nickte. »Ich könnte … Nun ja, ich hätte Zeit, falls dir langweilig ist«, druckste er herum und warf ihr einen merkwürdigen Blick zu. »Im Klartext: Ich könnte ein paar

Tage in London bleiben … Es würde niemandem groß auffallen und niemanden kümmern.«

Maya legte den Kopf schräg und lächelte ihn an. »Hm, ich denke mal, Charlotte schon.«

»Charlotte«, wiederholte Luke. »Nein, mit ihr hat das nichts zu tun.« In seiner Stimme schwang ein seltsam nervöser Unterton, der Maya überraschte, den er aber mit einem charmanten Lächeln überspielte. »Charlotte sehe ich ohnehin lediglich an den Wochenenden, ansonsten vermisst sie mich nicht.« Er zuckte die Achseln. »War bloß so eine Idee. Falls dir der Sinn nach Gesellschaft steht. Nach einem großen, starken Mann im Haus, der dir all die Einbrecher und Vergewaltiger vom Leib hält. Es liegt ganz bei dir.« Er legte die flache Hand auf den Tisch und spreizte die Finger. »Ich wollte es einfach mal angesprochen haben.«

»Das ist wirklich lieb von dir. Ich werde es mir überlegen.«

Luke lächelte. »Sieh mal«, sagte er und deutete mit einem Kopfnicken über den Tisch zu der anderen Seite des kleinen Raumes, wo sich gerade lärmend ein ganzer Schwarm Teenager niederließ, deren Outfit die Zugehörigkeit zur wohlhabenden Schicht dieser Gegend verriet. »Hat sich nichts geändert. So sind sie, die Kiddies hier. In den teuersten, wenngleich meiner Meinung nach nicht immer in den geschmackvollsten Klamotten. Und sie krakeelen herum, damit auch ja jeder Notiz von ihnen nimmt.«

Maya nickte lächelnd – sie erlebte solche Sprösslinge aus der Oberschicht schließlich Tag für Tag im Klassenzimmer. Vielleicht waren einige von denen da drüben sogar noch vor Kurzem ihre Schüler gewesen.

»Und heute, Luke? Bist du nach wie vor eifersüchtig auf die?«, scherzte sie.

Sie erwartete, dass er diese Unterstellung mit einem spöttischen Lachen beiseitewischen würde – stattdessen zuckte er die Achseln.

»Ein bisschen schon«, erwiderte er nachdenklich, während seine Finger mit den Wachstropfen spielten, die an der Kerze herabrannen.

»Wirklich? Und warum?«

»Ich weiß nicht.« Er seufzte, »Ich denke mal, sie sind alle… Was weiß ich, was sie sind. Sie wissen einfach nicht, wie's wirklich läuft.«

In seiner Stimme lag ein Hauch von Verzweiflung, sodass Maya ihn betreten ansah.

»Die wurden immer in Watte gepackt. Zu Hause und auf ihren Privatschulen hat man ihnen Zucker in den Arsch geblasen, und jetzt glauben sie, dass es auf goldenen Leitern immer weiter steil nach oben geht. Und sie benehmen sich, als würde ihnen die ganze Welt gehören. Aber wenn man, nun ja, einfach ein *normales* Kind ist, dessen Eltern nicht zu den oberen Zehntausend gehören und dir weder eine tolle Wohnung kaufen noch dir einen tollen Job verschaffen können, dann schlägst du dich mehr schlecht als recht durch. Hast nichts außer einer verqueren Anspruchshaltung und einem vornehmen Akzent. Dir fehlt das Ansehen, die Souveränität.«

Maya sagte zuerst nichts, war leicht schockiert. Immerhin hatte Luke als Einziger in der Geschwisterriege das Privileg genossen, eine teure Privatschule zu besuchen, was innerhalb der Familie immer mal wieder für Diskussionen sorgte und Adrian weitgehend als schrecklicher Fehler angelastet wurde. Wie konnte er nur? Maya wusste, dass insbesondere Cat nach wie vor unter dieser Ungerechtigkeit litt. Mit Recht vielleicht, denn Luke hatte offenbar die ihm gebotene Chance weder erkannt noch genutzt.

»Meinst du nicht, dass alles im Leben darauf ankommt, ob und was man aus den gebotenen Möglichkeiten macht?«, fragte sie vorsichtig.

»Ja, ja, natürlich meine ich das. Ich wollte eigentlich vor allem sagen, dass Privatschulen dir ein falsches Bild vom wirklichen Leben vermitteln. Davon, wie es ist, wenn man nicht in einem Schloss wohnt. Wenn sich dein Dad aus dem Staub macht und dich finanziell am langen Arm verhungern lässt. Wenn du eben aus stinknormalen Verhältnissen kommst.« Er zuckte mit den Schultern. »Klingt, als sei ich der geborene Loser, ich weiß.«

Maya lachte. »Oh Luke. Du bist kein Loser, du bist ein ...« Sie streckte ihre Hand aus, um die seine zu berühren, zog sie dann aber zurück und schlug einen sachlichen Ton an. »Egal, ich denke, dass du es in der Hand hast, etwas aus deinem Leben zu machen, und das auch schaffst. Vor allem halte ich es für falsch zu glauben, irgendjemand würde dir irgendetwas schulden. Das ist meine Meinung zu diesem Thema.«

»Und du? Auf was für eine Schule bist du gegangen?«

»Auf eine öffentliche Gesamtschule«, gab sie zurück. »In Maidstone. Verdammt rohe Sitten.«

»Und heute bist du Lehrerin für die feinen jungen Ladys aus Highgate.«

»Ich weiß – und genau das meinte ich gerade. Dass alles möglich ist.«

Er lächelte fast zärtlich, und Maya spürte ein leises Ziehen in der Magengegend. Sein Blick war vieldeutig, erfüllt von geheimen, faszinierenden Gedanken.

»Was ist?«, fragte sie und wusste im gleichen Moment, dass sie damit den Grad der Intimität gefährlich steigerte.

»Nichts. Nur, hast du je…« Er unterbrach sich, weil die reichen Kids gerade in lautes Gejohle ausbrachen. »Wie war es«, setzte er neu an und schaute zur Seite, »wie war es mit meinem Dad? Als du ihn kennenlerntest? Wie war das?«

Maya atmete hörbar aus. »Nichts Besonderes zunächst. Er war mein Chef, weiter habe ich nicht gedacht.« Ihre Augen bekamen einen träumerischen Blick, als sie sich daran erinnerte. »Abends ging ich nach Hause und erzählte meiner Mitbewohnerin, dass er der netteste Chef sei, den ich jemals hatte. So gingen die Tage dahin, ich lernte ihn immer besser kennen. Und dann eines Tages lief er zufällig direkt vor mir her in einem langen grauen Mantel, seine Haare völlig zerzaust vom Wind, blieb ganz kurz stehen. So ungefähr.« Sie legte den Kopf in den Nacken und blickte in die Luft. »In dieser Haltung blieb er ungefähr zehn Sekunden lang stehen, ganz hingegeben an den Wind. Da war es um mich geschehen. Ich dachte, wenn er den Wind lieben kann, was liebt er noch?«

Sie sah Luke an, erwartete ein hämisches Lachen, ein spöttisches Grinsen, aber er nickte nur.

»Ja, und danach begann ich, andere liebenswerte Dinge an ihm zu entdecken. Die Art, wie er am Telefon mit den Anrufern sprach, immer mit Respekt, selbst wenn es penetrante Typen waren, die ihm etwas andrehen wollten. Wie er allen Leuten die Tür aufhielt. Jedes Lächeln erwiderte. Aus Besprechungen ging, damit er sich um seine Kinder kümmern konnte. Und glaub mir, ich habe in vielen Büros gejobbt, bevor ich zu deinem Vater kam. Ich hatte schon eine Menge Chefs. So einer wie er ist wahrlich selten.«

Luke nickte erneut. »Dann hast du dich also in ihn verliebt, weil er den Wind liebt und den Leuten die Tür aufhält.«

Sie lachte. »Ja. So ungefähr.«

»Ich liebe Schnee«, sagte er. »Ich liebe es, für stressgeplagte Mütter Kinderwagen die Treppen hinaufzutragen. Warum verlieben sich Frauen wie du dann nicht in mich?«

Es war scherzhaft gemeint, und trotzdem schwang da noch etwas anderes mit.

»Frauen wie ich verlieben sich sehr wohl in dich. Ich glaube, es gibt sogar derzeit eine in Hove …«

»Sie ist nicht wie du.«

Die Worte kamen ihm wie aus der Pistole geschossen und fast schroff über die Lippen.

Maya senkte die flatternden Lider und starrte auf ihre Finger, die den Stiel ihres Weinglases umklammerten. »Sie ist sehr hübsch«, murmelte sie leise.

»Na und? Für wie oberflächlich hältst du mich?«

»Gar nicht, ich finde sie wirklich nett und süß.«

Er seufzte, als würde sie absolut nicht begreifen, worum es ihm ging.

»Mag ja alles sein«, räumte er ein, doch es war nicht das, was er wirklich dachte.

Ein Junge und ein Mädchen aus der Teeniegruppe hatten sich abgesondert und saßen nun in einer kleinen Nische ihnen gegenüber. Sie hörte ihm mit großen Augen zu, stach mit dem Ende ihres Strohhalms auf die Eiswürfel in ihrer Cola ein und fuhr sich mit den Fingern durch ihre auf unordentlich gestylte Mähne. Er flüsterte ihr etwas ins Ohr, woraufhin sie schallend lachte. Mit dem Resultat, dass er seinen Arm um sie schlang, sie an sich zog und sie zu küssen begann, was sie bereitwillig beantwortete und, und, und …

Luke und Maya beobachteten die beiden, waren wie hypnotisiert und blickten einander an.

»Die sollten sich ein Zimmer nehmen«, raunte Luke ihr mit belegter Stimme zu, und beide lachten sie nervös.

Maya schaffte es danach nicht mehr, die Unterhaltung wieder auf neutrales Terrain zu lenken. Es hatte mit diesem Pärchen zu tun, mit seiner völlig hemmungslosen Art. Und hier saß sie nun. War dreiunddreißig und verheiratet mit einem älteren Mann. Eine Stiefmutter, die schwanger zu werden versuchte.

Aber genau jene Zeit, jene alberne, chaotische, herrliche, faszinierende Zeit ihres Lebens, als eine Woche wie ein Monat zu sein schien, als die Jungs ihr ihre Zunge in den Mund schoben, einfach so, aus purem Spaß, als sie berührt, umschwärmt und benutzt wurde und mir nichts, dir nichts Herzen brach – jene vergangene Zeit stand ihr plötzlich vor Augen, als wäre all das erst gestern gewesen. War es wirklich vorbei? Für immer und ewig? Sie spürte, wie eine Woge nostalgischer Sehnsucht, verbunden mit wehmütiger Trauer sie erfasste, und mit einem Mal sah sie Luke mit ganz anderen Augen – sah ihn als einen Mann in ihrem Alter, nicht als ihren zehn Jahre jüngeren Stiefsohn.

»Wie sieht sie denn aus, deine Traumfrau?«, fragte sie ein wenig hektisch, nahm die Weinflasche aus dem Tischkühler und schenkte die Gläser randvoll, um ihre Nervosität zu überspielen. »Wenn es nicht die wunderschöne, reizende Charlotte ist?«

Sie erkannte es an seinem Gesichtsausdruck, dass Dutzende Gedanken durch seinen Kopf schossen. Seine fahlen Augen flackerten leicht. Er nahm sein Weinglas, hob es an und stellte es wieder hin.

»So wie du«, erklärte er und zuckte scheinbar gelassen mit den Schultern. »Im Prinzip.«

Ihr Lachen wirkte gekünstelt, wenngleich sie mit dieser

Antwort gerechnet hatte. »Sei nicht albern, ich bin alt genug, um deine …«

»Nein, bist du nicht.« Er schnitt ihr das Wort ab, als hätte er sich alles bereits zurechtgelegt. »Nicht einmal annähernd.«

»Na gut.« Maya griff sich an die Kehle, die sich plötzlich zu verengen schien »Jedenfalls bin ich deine Stiefmutter.«

»Ja.« Er schob das Weinglas auf der Tischplatte hin und her. »Das stimmt.«

Der Junge und das Mädchen gegenüber hatten sich inzwischen voneinander gelöst, sahen sich bloß tief in die Augen, und Maya kam der Gedanke, dass sich später vielleicht keiner der beiden mehr an diesen Abend erinnern würde, an diesen Moment, an diese kleine Nische, in der sie so leidenschaftlich Zärtlichkeiten ausgetauscht hatten. Sie würden sich vielleicht nicht einmal mehr an den Namen des anderen erinnern. Und gewiss nicht mehr an das Gefühl, den Geruch, an die Stimmung, in der sie sich genau hier, genau jetzt befanden. Sie atmete tief durch, um wieder zu sich zu kommen und die eigene Erregung zu unterdrücken.

»Eines Tages wirst du ein großartiger Ehemann sein«, sagte sie und merkte selbst, wie albern das klang. Und wie unpassend.

»Ja«, erwiderte er traurig und wandte ihr abrupt den Kopf zu. »Glaubst du, du wirst für immer mit ihm zusammenbleiben?«

»Mit Adrian?«

»Ja, mit Adrian.«

»Natürlich«, antwortete sie rasch. »Ich liebe ihn.«

Obwohl er nickte, signalisierte seine Körpersprache etwas anderes. Zärtlichkeit, daneben Verzweiflung und Verletzlichkeit. Und sie hatte den Eindruck, er werde gleich zu weinen beginnen.

Der Junge gegenüber streichelte den Nacken seiner Freundin, seine Finger gruben sich in ihre Haare, sein Daumen rieb die Haut an ihrem Hals. Sie drückte sich ihm entgegen, sah ihm in die Augen, verführerisch, erwartungsvoll, sinnlich. Maya verkniff sich einen sehnsuchtsvollen Seufzer, legte ihre Hand, unbewusst und tröstlich fast, auf Lukes Rechte. Sofort umschloss er sie mit seiner Linken, sein Blick begegnete dem ihren, verlor sich darin, und Maya spürte, wie ihr Herz pochte, wie es brannte vor Angst, als sein Gesicht näher und näher kam. *Ich will es. Bitte, bitte.* Seine Lippen legten sich auf die ihren, und im nächsten Moment küssten sie sich wild, ungeniert, feucht, heiß und lüstern – und es hatte nichts, rein gar nichts mit Adrian zu tun.

Waren es Sekunden oder Minuten? Jedenfalls wehrte Maya sich plötzlich, löste sich und sank zurück in ihr wirkliches Leben.

»Du meine Güte.« Sie drückte ihn sanft von sich, während unter ihrer Hand sein Herz wild klopfte. »Oh Gott, Luke. Nein!«

Er wich zurück, rieb sich mit den Fingerspitzen über die Lippen. »Tut mir leid«, sagte er und rückte von ihr ab. »Tut mir sehr leid. Ich wollte nicht …«

»Schon gut, Luke. Schon gut …«

»Nein. Verdammt. Nichts ist gut. Das war … Ich bin so ein Vollidiot. Herrgott. Ich kann nicht glauben …«

»Luke. Hör auf. Ist okay.«

»Bitte.« Er ergriff ihre Hand. »Bitte, sag niemandem etwas. Sag niemandem, was ich getan habe. Bitte.«

Sie schüttelte den Kopf. »Natürlich nicht …«

»Auch nicht meinem Dad.«

»Mein Gott, nein.«

Er ließ den Kopf auf ihre Hand sinken, rieb die Stirn an

ihrer Haut. Sie schlug die Augen nieder und legte zögernd ihre freie Hand auf seinen Kopf. Sie wünschte so sehr, dass er den Kopf hob und sie noch einmal küsste. Doch sie ermunterte ihn nicht, weder mit Berührungen noch mit Worten, sah bloß traurig durch das Fenster hinaus in die neblige, silberweiße Nacht.

27

Juli 2012

Adrian ließ den Vorhang los, als er Carolines Schritte auf den Stufen vor der Haustür hörte. Er hatte soeben zugesehen, wie Paul Wilson, hinterm Steuer seines weißen Kleintransporters sitzend, gut zehn Minuten lang seine Exfrau küsste. Wie Adrian inzwischen wusste, war Paul Anbieter von Biopilzen und Biotrüffeln, was ihn vermutlich zu einer der gefragtesten Personen in Islington machte. Auf den Hecktüren seines Wagens stand in immer kleiner werdenden Buchstaben das Wort *Shroooom*, eine Verkürzung von *magic mushroom*, was so viel bedeutete wie Zauberpilze – Pilze also, deren Verzehr eine rauschhafte Wirkung entfaltete. Offensichtlich hatten die beiden Turteltauben am Wochenende zu viel davon gegessen, dachte Adrian mit einem unverhohlenen Anflug von Zynismus.

Er hörte, wie die Kinder von oben die Treppe heruntergerannt kamen, um ihre Mutter zu begrüßen, und sah, wie die Hunde auf dem glatten Fliesenboden vor lauter Freude und Übermut ins Schlittern gerieten. Als ob Caroline wochenlang weg gewesen wäre und nicht erst seit Freitagabend.

Kurz darauf erschien seine Ex in der Tür, einen der zappelnden Hunde im Arm und einen Stoß Briefe in der Hand und erweckte tatsächlich den Eindruck einer Frau, die ununterbrochen Sex gehabt hatte. Nächtelang. Tagelang. Ihre Lippen waren angeschwollen und gerötet, ihre Haare hingen ihr ein wenig wild ins Gesicht, und ihre blauen Augen strahlten wie ein perfekter Sommerhimmel. *Hast du gerade deinen Eisprung*, hätte er sie am liebsten gefragt.

So oft wie möglich – das war früher ihr Prinzip gewesen, wenn sie versucht hatten, ein Kind zu zeugen. Man wusste ja nie, zu welchem Zeitpunkt genau der Eisprung stattfand – und deshalb hatten sie vorsichtshalber auf verschärften Sex gesetzt.

»Hallo.« Caroline ließ den Hund zu Boden gleiten und sah die Post durch. »Schönes Wochenende gehabt?«

»Ja«, erwiderte er gelassen. »War ein wirklich schönes Wochenende.«

Sie hatte sich gerade aufs Sofa gesetzt und die Sandalen ausgezogen, als Beau hereinkam und mit einer Urkunde wedelte, die er bei einem Workshop für Kinder am Business Design Centre bekommen hatte.

»Ich habe einen Feuerwerkskörper gebastelt«, rief er und kletterte auf Carolines Schoß, damit sie die Urkunde bestaunte.

Sie musterte sie über seine Schulter hinweg, gab anerkennende, bewundernde Laute von sich, um ihren Jüngsten nicht zu enttäuschen. Adrian hingegen hatte ein ganz anderes Bild vor Augen: Carolines vierundvierzigjährige Reproduktionsorgane bis Oberkante gefüllt mit Paul Wilsons achtunddreißig Jahre altem Sperma.

Herrje, dachte er bei sich, war es genauso, als er und Maya es auf eine Schwangerschaft angelegt hatten? Fühlte sich der Rest der Familie damals genauso wie er jetzt? Hatten die anderen sich gar darüber lustig gemacht? Er war immer davon ausgegangen, dass jeder sich freuen würde. Ein neuer Bruder. Oder eine neue Schwester. Eine willkommene Erweiterung seiner großen und wunderbaren Familie. Einer Familie, die er erschaffen hatte. Jetzt fragte er sich mit einem Mal, ob er nicht schrecklich blauäugig gewesen war.

Mayas Tod und die bestürzend gehässigen E-Mails, die ihn möglicherweise überhaupt erst herbeiführten, hatten Zweifel in ihm gesät, ob sein ganzes »Familienunternehmen« nicht ein einziger Fehlschlag war. Eine Illusion. Ihm dämmerte mehr und mehr, wie viel Hass und Eifersucht sich hinter der glatten Fassade verbargen. Einer aus diesem Kreis musste schließlich mit den verhängnisvollen Mails zu tun haben.

Wen hatte er insbesondere verletzt? Caroline oder Susie? Cat oder Luke? Eines der jüngeren Kinder? Er versuchte, sich zu erinnern, wie jeder Einzelne auf seine Ankündigungen reagiert hatte, ihn beziehungsweise sie zu verlassen, um eine neue Familie zu gründen. Aber es fiel ihm nicht ein. Konnte es sein, dass er mit keinem groß darüber gesprochen hatte?

»So ein Sauwetter«, sagte Caroline, während sie einen der Briefe überflog und ihn dann zurück in den Umschlag steckte. »Ich kann mich an keinen Juli erinnern, der trister gewesen wäre als dieser. Würde am liebsten auswandern.«

»Was heißt *auswandern*?«, wollte Beau wissen.

»Das heißt, man geht in ein anderes Land, um dort für immer zu leben«, erklärte Adrian.

»Ich will nicht auswandern.«

Caroline lächelte und drückte ihn an sich. »Nein, keine Sorge, das machen wir nicht«, beruhigte sie ihren Sohn und wandte sich an Adrian. »Hast du dir die Ruderregatta angeschaut?«

»Nein, war es denn interessant?«

Rudern interessierte ihn generell nicht sonderlich. Schon gar nicht jetzt, wo ihn Carolines und Pauls Liebesspiel über die Maßen beschäftigte. Er bekam einfach das Bild von Caroline und Paul und einem Wochenende mit exzessivem Sex nicht aus dem Kopf. Hatten sie etwa in den kurzen Verschnaufpausen tatsächlich Rudern angeschaut!? Es schien so.

»War super. Toll, diese Männer, richtige Hünen mit Rücken so breit wie ein Schrank«, erklärte sie nämlich begeistert, und ihm kam es vor, als würden ihre Augen lüstern funkeln.

»Könnten wir uns demnächst mal auf einen Drink treffen?«, wechselte Adrian das Thema. »Nur wir zwei?«

Caroline sah ihn fragend an. »Klar. Müsste mich allerdings mit Cat absprechen, damit sie …«

»Luke könnte auch zum Aufpassen kommen.«

»Okay, dann ist es kein Problem. Aber nicht am Dienstag, da habe ich schon was vor.«

Adrian nickte zustimmend, erhob sich und streichelte seinem Jüngsten im Vorbeigehen die weichen, runden Wangen. Wie lange würde Beau noch sein Baby sein, dachte er wehmütig, ging dann hinauf ins Arbeitszimmer und packte seine Sachen. Dann gab er seinen Kindern einen Abschiedskuss, schwang sich den Rucksack über die Schulter und verließ das Haus, um zur Bushaltestelle zu gehen. Draußen war es düster und feucht. Fröstelnd schlug er den Jackenkragen hoch.

In seiner Wohnung empfing ihn ein unbekannter Geruch. Eine Frau musste hier gewesen sein. Adrian konnte es riechen, kaum dass er die Tür aufgesperrt hatte. Ein süßer, blumiger Duft, nicht so würzig und herb wie das Zeug, das Luke reichlich benutzte.

Und dann fiel sein Blick auf seinen Sohn, der auf einem der Barhocker am Küchentresen saß und irgendwie verändert wirkte. Nicht nur, weil er weniger gestylt aussah als sonst. Nein, da war noch etwas anders. Adrian musterte ihn. Sein Bart, der sich ohnehin im Experimentierstadium befunden hatte, war weg, was Lukes Gesicht weicher und kindlicher erscheinen ließ. Unwillkürlich fiel ihm Beau ein, dessen Wangen er soeben gestreichelt hatte. Wann war Luke zum letzten Mal von ihm gestreichelt worden?

Adrian seufzte. Für alles, auch für Zärtlichkeiten zwischen Eltern und Kindern, kam irgendwann das allerletzte Mal, ohne dass man sich dessen bewusst war. Er konnte sich kaum erinnern, Cat oder Otis auf seinem Schoß gehabt, sie geknuddelt und abgeküsst zu haben, wie er das nach wie vor mit Beau machte und manchmal mit Pearl.

Allerdings fiel ihm wieder ein, dass er auf den Schulabschlussfeiern seiner beiden Ältesten geweint hatte, weil er sie nie wieder in Schuluniform sehen würde und sie ihre Kindheit hinter sich gelassen hatten. Aber für all die anderen »letzten Male« gab es keine Zeremonien, die ihm bewusst gemacht hätten, dass etwas Kostbares gerade seinem Ende entgegenging.

»Alles klar?«, fragte er, während er seine Jacke auszog. »Wie war dein Wochenende?«

Luke gähnte. »War okay.«

»Was Schönes gemacht?«

Adrian zog die getragene Wäsche aus dem Rucksack und

warf sie direkt in die Waschmaschine, wobei er flüchtig registrierte, dass die Trommel noch warm war. Sein Sohn hatte offenbar gewaschen.

»Nicht wirklich.«

Da Luke sich wieder dem Laptop zuwandte, ging Adrian hinüber in sein Schlafzimmer und stellte fest, dass sein Bett frisch bezogen war. Allerdings nicht mit dem neuen hellblauen Leinentuch, das er der Putzfrau zum Wechseln herausgelegt hatte, sondern mit einem dunkelblauen. Er zog eine Schublade auf und fand dort das neue Laken, das am Freitag noch originalverpackt gewesen war, gewaschen, gebügelt und ordentlich auf Kante zusammengelegt vor.

Er stutzte. Seine Putzfrau bügelte nie Betttücher. Und er selbst sowieso nicht. Als er das Kopfkissen hochhob und daran schnupperte, war da wieder dieser süße Duft, der durch die ganze Wohnung wehte. Adrian rang sich ein gequältes Lächeln ab. Okay, dachte er bei sich. Mit dreiundzwanzig und einer Länge von fast ein Meter neunzig musste man Luke als ausreichend erwachsen betrachten. Alt genug also, um eine Freundin zu haben. Oder einen One-Night-Stand. Bloß musste es in seinem Bett sein, das seit Mayas Tod gewissermaßen mönchisch rein war?

Irgendwie war ihm das alles zu viel. Sex bei Luke. Sex bei Caroline und Paul. Alle hatten Sex, alle außer ihm. Adrian fuhr sich mit der Hand übers Gesicht, ließ sich schwer auf sein Bett sinken, und durch einen düsteren Nebel der Bitterkeit tauchte Mayas Bild auf. Seine perfekte, bezaubernde junge Frau mit ihrem schönen, gepflegten Körper. Mit ihren wohlproportionierten Rundungen, den Grübchen auf den Pobacken und den goldenen Sommersprossen. Er dachte an ihre von langen Wimpern beschatteten Augen. An ihren weißen Nacken, dessen Makellosigkeit er immer bestaunte, wenn er ihr sanft die rotgoldenen Haare beiseiteschob.

»Oh Gott, Maya«, stöhnte er.

Und dann erinnerte er sich an den letzten Sex. Überhaupt an den Sex in jenen letzten Monaten. Sie war manchmal so abwesend gewesen, und mehr als einmal hatte er sich gefragt, wo sie wohl gerade mit ihren Gedanken war. Natürlich war sie körperlich anwesend gewesen, lag unter oder auf ihm, gab lustvolle Geräusche von sich, aber dennoch schien sie weit weg zu sein. Damals hatte er sich eingeredet, es liege daran, dass es nicht klappen wollte mit der Schwangerschaft. Oder dass er nicht einfühlsam genug sei und der Sex mit ihm ihr keinen Spaß mache. Dann hatte er sich schuldig gefühlt, sogar während des Liebesakts selbst. Schuldig, weil er zu alt und es mit seiner Manneskraft offensichtlich nicht mehr allzu weit her war. Und je schuldiger er sich fühlte, desto mitleidiger war ihr Blick geworden.

Seltsam, bislang waren ihm diese Gedanken noch gar nicht in dieser Deutlichkeit gekommen. Vor allem seit Mayas Tod hatte er sie verdrängt und lieber an die Zeiten zurückgedacht, als alles so perfekt gewesen war.

Aber war vorher wirklich alles in Ordnung gewesen? War der Tod wirklich *wie ein Blitz aus heiterem Himmel* gekommen?

Dagegen sprachen die E-Mails, die seit Monaten in ihrem Postfach eingegangen waren. Und wenn er sich alles schonungslos ehrlich vergegenwärtigte, dann hatte sie seit Langem diesen Ausdruck entrückter Abwesenheit in den Augen gehabt. Nein, schon in den Monaten vor dem 19. April war offenbar alles schiefgelaufen. Und vielleicht sogar bereits die Jahre vorher.

Adrian rieb sich die Augen, kämpfte mit den Tränen.

Wieso hatte er zweimal eine Familie verlassen? Woran hatte es gelegen? An ihm? An ihr? An beiden? Am Sex? Oder an einer Midlifecrisis seinerseits? Wozu das Ganze? Für nichts anderes als für einen Jugendlichkeitswahn? Für die Freude an einem unverbrauchten Lächeln und einem unverbrauchten Körper?

Langsam schien sich die Geschichte seines Lebens zu einem Ganzen zu fügen, nachdem er sie jahrelang quasi kapitelweise betrachtet hatte, ohne je einen Zusammenhang herzustellen. Ereignisse, die sich scheinbar unverbunden aneinanderreihten. Jetzt kam es ihm vor, als wäre alles durcheinandergeschüttelt und auf dem Boden ausgekippt worden. Ja, da lag sie nun: seine Geschichte. Ein einziges Kuddelmuddel. Und er wusste nicht, wo zum Henker er mit Ordnen anfangen sollte.

Teil drei

28

Januar 2011

Liebe Schlampe,

ein frohes neues Jahr! Habe gehört, ihr hattet alle eine wunderbare Zeit bei der großen Familienweihnacht. Wie sagenhaft muss es für die Kinder deines Ehemanns gewesen sein, dass auch du dabei warst – das Ersatzteil, das dumme Weibchen, das meint, es könnte einfach so in eine Familie hineinspazieren und die Bienenkönigin spielen. Anscheinend hast du einen selbst gemachten Christmaspudding zum Festessen beigesteuert. Und jeder tat so, als ob er geschmeckt habe – dabei war er laut meinen Quellen ungenießbar. Ich vermute, du wolltest nur mal wieder angeben. Wie immer. Du scheinst ganz ernstlich zu glauben, dass du bloß einen Kuchen zu backen brauchst, dich an eine Lieblingssendung von einem Familienmitglied erinnern, den Kleinen Huckepack nehmen oder dem Mädchen die Haare flechten musst, damit alle dich lieben. Aber das werden sie nicht tun. Die sind nämlich nicht so blöd wie dein Ehemann. Ich kann dich ganz leicht durchschauen, und die können das auch. Es ist nur eine Frage der Zeit, Schlampe, und jeder wird deinen wahren Kern erkennen. In der Zwischenzeit kannst du dich verpissen!

Maya drückte auf »Kopieren«, »Einfügen«, »Löschen«. Sie las diese E-Mails kaum mehr. Das ging jetzt seit Monaten so. Mal kamen zwei pro Woche, mal ein paar Wochen lang gar keine. Für eine hochsensible Person wie sie war Maya inzwischen recht abgestumpft gegen diese immer neuen Kränkungen und Drohungen. *Ja, ja,* dachte sie, *ungenießbarer Christmaspudding. Dass ich nicht lache. Du kannst mich mal, du mieser Schreiberling.*

Trotzdem waren die Worte wie vergiftete Pfeile. Wenngleich sie nicht sofort ins Schwarze, in ihr Herz, trafen, so hinterließen sie doch überall Schrammen und Wunden in ihrer Seele, die ihr in den folgenden Stunden und Tagen dumpfe Schmerzen bereiteten und sie lähmten. Da konnte sie sich noch so sehr einreden, daran seien Überarbeitung oder irgendwelche grassierenden Infekte schuld. An dunklen Wintertagen war es besonders schlimm, dann drückte sie alles bedrohlich nieder, und mehr und mehr beschlich sie das Gefühl, vergiftet zu werden.

Sie hatte sich vorgenommen, es irgendwem zu erzählen, falls die E-Mails bis Neujahr nicht aufhörten. Jetzt war er da, der erste Januar, und ihr war bereits klar, dass sie es niemandem je anvertrauen würde.

Sie klappte ihren Laptop zu und inspizierte ihren Kleiderschrank. Um halb zwei sollten sie in Hove bei Susie zur alljährlichen Neujahrsparty sein. Sie schlüpfte in ein schwarzes Strickkleid mit einem weißen Seidenkragen und begutachtete sich, tätschelte die kleine Rundung, wo früher ein flacher Bauch gewesen war. Weihnachtspolster. Dennoch wollte sie sich auf gar keinen Fall so zeigen, um keine Spekulationen zu provozieren und nicht mit abschätzigen Blicken von oben bis unten taxiert zu werden.

Stattdessen griff sie nach einem weiten grauen Pulli und

einer engen Jeans. Um das schlichte Outfit ein wenig aufzupeppen, zog sie hochhackige Stiefel an, steckte die Haare auf und kramte ein Paar Diamantohrringe heraus.

Kritisch betrachtete sie sich anschließend im Spiegel, versuchte ein objektives Bild zu gewinnen. Wer war sie? Was würde sie in diesem Augenblick wohl tun, wenn sie 2008 den Aushilfsjob im Architekturbüro nicht angetreten und sich nicht in ihren Chef verliebt hätte? Oder hatte es so kommen sollen, dass sie jetzt hier stand in diesem bescheidenen Schlafzimmer einer bescheidenen Wohnung im Londoner Stadtteil Archway und sich für eine ziemlich öde Party im Haus der Exfrau ihres Ehemanns herrichtete? Für ein Familientreffen, auf dem sie ihren Stiefsohn wiedersehen würde, und zwar zum ersten Mal, seit sie sich im Pub geküsst hatten. War das der normale Gang der Ereignisse? Oder war irgendwo etwas aus dem Ruder gelaufen? Mit starrem Blick und verbissenem Lächeln betrachtete sie sich im Spiegel, sah eine fremde Frau, wandte sich resigniert ab und verließ das Zimmer.

London kam ihr wie ausgestorben vor, als sie sich auf den Weg zum Bahnhof machten. Die U-Bahnen waren halb leer, und den Zug von der Victoria Station nach Brighton hatten sie praktisch für sich allein. Dumpfe Eintönigkeit lag in der Luft, als wären alle interessanten Leute zu Hause geblieben.

Am Abend zuvor, an Silvester, waren sie nicht ausgegangen; Adrian hatte einen Hummer zubereitet, sie hatten eine Show im Fernsehen angeschaut und zum mitternächtlichen Feuerwerk hatten sie mit Champagner angestoßen. Gegen eins waren sie ins Bett gegangen, und zum Dessert gewissermaßen hatte es ziemlich langweiligen Sex gegeben. Genauso wie im Jahr zuvor.

Maya sah kurz hinüber zu Adrian, der sich, die langen Beine übereinandergeschlagen, in eine Zeitung vertieft hatte. Sie nutzte die Gelegenheit, sein Gesicht einer eingehenden Musterung zu unterziehen. Wie üblich hatte er einen Dreitagebart, der zunehmend ergraute, und unter den Augen Tränensäcke, die zunehmend den Gesetzen der Schwerkraft folgten. Sie rief in sich Erinnerungen an zärtliche Gefühle für ihn wach und redete sich ein, dass nichts sich verändert habe. *Adrian war toll.* Wer könnte so einem Mann widerstehen?

Vom Bahnhof zu Susies Haus nahmen sie ein Taxi. Der Himmel über Hove zeigte sich im besten winterlichen Blau, der lange Kiesstrand war voller Menschen, die den Silvesterkater mit einem Spaziergang an der frischen Luft zu vertreiben suchten. Vor der Haustür stellte sich Maya bewusst gerade und aufrecht hin, prüfte tastend ihre Frisur und zwang sich zu einem Lächeln.

Cat öffnete ihnen. In der einen Hand hielt sie ein Glas Rosé, in der anderen die Hand eines Jungen mit tätowierten Armen, der sich allerdings sogleich in Richtung Küche verzog, während sie die Neuankömmlinge überschwänglich umarmte.

»Hallo, ihr Lieben«, sagte sie. »Kommt rein! Schnell. Es ist eiskalt draußen.«

Adrians Tochter trug ein schwarzes T-Shirt mit Paillettentotenkopf und dazu einen extrem kurzen Schottenrock, der kaum über ihre Oberschenkel reichte. Das schwarze Haar hatte sie zu einem Knoten hochtoupiert, der fast so groß war wie ihr Kopf.

»Wer war denn das?«, erkundigte sich Maya und deutete mit einer leichten Kopfbewegung in Richtung des Jungen mit dem Tattoo.

»Oh, das war Duke, mein Freund. Na ja, zumindest denke ich, dass er mein Freund ist. Er hat es zwar nicht ausdrücklich so formuliert, aber ich gehe mal davon aus. Immerhin ist er zu dieser Party gekommen, ohne Druck wohlgemerkt – also hält er sich wohl ebenfalls für meinen Freund. Oder sehe ich das falsch?« Nach einem kurzen Winken ins Wohnzimmer, wo Susies betagte Eltern nebeneinander auf dem Sofa saßen und Teller mit Sandwiches in der Hand hielten, gingen sie weiter in die Küche, wo Duke gerade dabei war, sich einen Gin Tonic zu mixen. Auch Cats beste Freundin Bonny trafen sie dort an sowie Lukes Freundin Charlotte.

Nach dem allgemeinen Händeschütteln und den obligatorischen Wangenküsschen links und rechts wünschte Maya sich plötzlich von hier weg. Von dieser Familie, aus diesem Haus, aus ganz Hove. Gleichwohl war sie froh, dass Cat ihr ein großes Glas Wein reichte, denn einen kräftigen Schluck konnte sie jetzt gut gebrauchen. Um sich Mut anzutrinken für die Begegnung mit Luke.

Die jungen Leute, zu denen sie trotz ihres Alters irgendwie nicht gehörte, johlten, lachten, drückten auf ihren Handys herum. Cat, Bonny und Charlotte schossen ein Selfie, den Kopf leicht in den Nacken gelegt, den Kussmund nach oben in die Kamera gereckt. Wann hatte der Kussmund beim Fotografieren das breite Lächeln abgelöst, fragte sich Maya.

Bevor sie weiter darüber nachdachte, kam Susie herein. Sie trug ein zeltartiges Blumenkleid, ausgebleichte Leggings, UGG-Stiefel, die Haare waren zurückgebunden. Sie sah ein bisschen aus wie ein Klinikpatient auf Tagesurlaub.

»War mir doch so, als hätte ich eure Stimmen gehört«, rief sie, umarmte Maya und Adrian und küsste sie. »Toll, dass ihr gekommen seid. Habt ihr schon Getränke? Gut! Essen gibt's im Wohnzimmer. Tonnenweise. Irgendwie scheint keiner was zu essen. Keine Ahnung, warum. Normalerweise schieben am Neujahrstag alle einen Mordskohldampf. Ich hoffe, wenigstens ihr beide habt Hunger mitgebracht, andernfalls wird aus dem ganzen Zeug teurer Kompost. Habt ihr Duke schon kennengelernt?«

Als Adrian und Maya bejahten, zog sie ihn an der Hand heran. »Ist er nicht ein Knaller? Schaut mal, was für schöne Tattoos! Ich liebe Männer mit Tattoos«, rief Susie. »Und jetzt kommt ins Wohnzimmer.«

Luke saß auf dem Klavierhocker und unterhielt sich angeregt mit einem Mann, den Maya nicht kannte. Es dauerte etwas, bis er sie bemerkte. Ein schiefes Grinsen trat auf sein Gesicht – es verriet, dass er ebenfalls nicht so recht wusste, wie er sich verhalten sollte. Maya zwang sich, möglichst unbefangen zu tun und ihn mit einem heiter-unverbindlichen Hallo zu begrüßen. Luke gelang das wesentlich schlechter. Er wirkte schlagartig gehemmt, verlor den Gesprächsfaden, und an seinem Hals zeigten sich hektische rote Flecken.

Maya wandte den Blick von ihm ab und dem Buffet im hinteren Bereich des Zimmers zu. Dabei hatte sie gar keinen Hunger, weil sie am Bahnhof schnell noch ein Baguettesandwich gegessen hatten. Aber sie musste sich irgendwie beschäftigen. Also nahm sie einen der Pappteller und häufte ihn mit irgendwelchen Sachen voll. Als sie sich wieder umdrehte, war Luke verschwunden.

Mangels einer besseren Alternative schlenderte sie zu Adrian hinüber, der gerade in eine Unterhaltung mit »einem alten Freund«, wie er sagte, vertieft war. Der Mann, ein hagerer Mittfünfziger, wollte offenbar hipp wirken und war gekleidet wie ein Punk, nur dass die ihre große Zeit in den Achtzigern des vergangenen Jahrhunderts hatten. Maya fand ihn schlicht albern und verspürte keine Lust, sich mit ihm zu unterhalten. Worüber denn auch?

Bestimmt würde er nichts anderes von sich geben außer irgendwelchen Anekdoten aus guten alten Jugendzeiten, über die lediglich er und Adrian lachen würden. Maya kannte das bereits. Die in die Jahre und in die Midlifecrisis gekommenen Altpunks würden sich gegenseitig zu übertrumpfen versuchen, um sie, das *kleine Mädchen*, gebührend zu beeindrucken, damit sie nur ja merkte, welch geile Typen sie in längst vergangenen Glanzzeiten gewesen waren. Dabei überrissen diese Fossilien nicht, wie weit entfernt sie von den Repräsentanten der heutigen Jugendkultur waren.

Maya dachte an Cat und ihre Entourage mit ihren Tattoos, ihren Piercings, ihren Smartphones, ihren Selfies und ihren Kussmündern, und wie sie so dastand mitten im Zimmer, den Pappteller fest umklammert, fühlte sie sich wie auf einem anderen Planeten. Sie gehörte nirgendwohin, weder zu den Jungen noch zu den Alten, sosehr sie alles bewundert hatte: die selbstbewussten Frauen, die wohlgeratenen Kinder, das charmante Landhaus in Hove und das elegante Stadthaus in Islington, die gemeinsamen Familienwochenenden und Familienurlaube, die Familienpartys und Familienlegenden und all die glanzvollen Heldengeschichten, die es über jedes Familienmitglied zu erzählen gab. Das alles hatte in ihr den Wunsch geweckt, genauso zu sein und in diesen Kreis aufgenommen zu werden. Doch mit einem Mal hatte es seinen Zauber verloren und seinen Glanz.

Sie atmete tief durch, lächelte Adrian zu und signalisierte ihm mit einer Handbewegung, dass es sie in Richtung Küche zog, und übersah dabei geflissentlich das leicht enttäuschte Gesicht seines alten Freundes, der nun kein Publikum für seine Geschichten mehr hatte. An der Tür zur Küche, aus der nach wie vor fröhliches Lachen drang, hielt sie kurz inne und ging dann weiter zu einem kleinen Zimmer am Ende des Flurs. Susies privatem Rückzugsraum, in dem es einen Schreibtisch, ein Sofa und jede Menge Regale für die riesige Schallplattensammlung der Hausherrin gab.

Vorsichtig spähte sie hinein, setzte sich in den Lehnstuhl und schaute sich um. An den Wänden hingen Unmengen von Fotos in allen Größen, so dicht, dass zwischen den unterschiedlichen Rahmen kaum ein freies Stück Wand blieb. Lauter Erinnerungen, an denen sie keinen Anteil hatte. Und eine jede schien ihr zuzurufen, dass sie ein Eindringling war in dieser Welt, dass es eine Zeit vor ihr gegeben hatte, die ohne sie gelebt worden war, mit Kindern, die geboren wurden und heranwuchsen, mit Ferien, Geburtstagen und Weihnachtsfesten, die man ohne sie gefeiert hatte. Alles ohne sie.

Und das Einzige, was sie möglicherweise zu einem vollwertigen Teil dieser Welt machen könnte, wäre ein eigenes Kind. Aber das wollte nicht kommen, schien sich zu weigern. Es war fast so, als wüsste dieses nicht existente Baby, dass es nur als goldene Eintrittskarte dienen sollte. Außerdem mochte Maya eigentlich gar nicht schwanger werden. Sie verspürte keinen Kinderwunsch, nicht einmal das Ticken ihrer biologischen Uhr. Was sie umtrieb, war lediglich das verzweifelte Verlangen, zu diesem Club dazuzugehören, von dem sie sich ausgeschlossen fühlte. Der E-Mail-Schreiber hatte recht. Sie war ein Nichts und führte ein Schattendasein.

Sie fuhr mit den Fingern um einen der Fotorahmen der

vier. Susie, Adrian, Luke und Cat. Susie war als junge Frau eine kalifornische Schönheit gewesen, Typ kalifornisches Model, wenngleich ihre eher nachlässige Kleidung auf den Bildern bereits signalisierte, dass sie diesem Schönheitsideal abgeschworen hatte. Adrian, damals im besten Alter und ein attraktiver Mann, hatte die Arme um die Schultern seiner Tochter gelegt. Die Kinder, beide pummelig, mochten vier und sechs gewesen sein und sahen sich wesentlich ähnlicher als heute. Den Hintergrund bildeten goldfarbene Dünen, über denen sich ein blauer Himmel mit einzelnen weißen Wattewölkchen wölbte.

Als das Foto aufgenommen wurde, war sie selbst noch ein Schulmädchen mit Zahnspange gewesen und hatte nicht die geringste Ahnung von der Existenz dieser Familie gehabt. Sie schreckte auf, als die Tür leise knarrte.

»Hi.« Es war Luke.

»Hi.« Sie spürte, wie ihr eine Röte ins Gesicht stieg.

Er trat neben sie. »Norfolk«, sagte er und deutete auf das Foto, das sie so angelegentlich betrachtet hatte.

»Aha, da war ich noch nie.«

»Wir waren viele Sommer dort. Im Ferienhaus meines Onkels.«

»Ich wusste gar nicht, dass du einen Onkel hast.«

»Pete, der Bruder meiner Mutter. Er hat Selbstmord begangen – ein paar Jahre, nachdem dieses Foto entstand.«

»Ach du lieber Gott.« Sie verzog das Gesicht. »Wie schrecklich.«

Wieso wusste sie nichts von einem Onkel Pete, fragte sie sich. Aber was wusste sie überhaupt? Bescheiden wenig, gab sie sich selbst die Antwort.

»Ja. Und ein Jahr nach seinem Tod ist Dad gegangen, da war es dann endgültig vorbei mit Ferien in Norfolk.«

Maya sah ihn an und dachte einmal mehr, dass er manchmal wie eine einzige große Wunde war.

»War es schlimm für deine Mutter, als er euch verließ?«

Adrian hatte den fliegenden Wechsel von Ehefrau eins zu Ehefrau zwei immer als recht unproblematisch bezeichnet. Fast so, als wäre es eine glückliche Fügung gewesen, die ihn von Susie zu Caroline, von Hove nach London geführt hatte.

Luke schaute sie an, als hielte er sie für beispiellos begriffsstutzig oder naiv.

»*Natürlich* war es schwer für sie«, sagte er. »Ganz schrecklich sogar.« Er deutete erneut auf das Foto. »Schau doch, wie glücklich wir damals waren. Und etwa drei Jahre später war alles aus und vorbei. Ich war neun.«

»Und deine Mum? Dein Dad sagt, für sie sei es okay gewesen.«

»Na ja, sie hat sich darauf eingestellt, weil sie sonst völlig kaputtgegangen wäre.«

»Susie?«

»Sie wusste über seine Affäre Bescheid, lange bevor er ihr von Caroline erzählte. Daraufhin begann sie, häufiger auszugehen, Bekanntschaften zu schließen, sich zu amüsieren. Ich denke, sie wollte sich damit beweisen, dass es ihr nichts ausmachte. Aber das stimmte nicht.« Er ließ den Blick über die Fotowand gleiten. »Was soll's. Aber sag, wie es dir geht.«

»Gut. Und dir?«

»So weit okay. Tut mir leid, dass ich mich nicht gemeldet habe. Es war alles ein bisschen ...«

»Schon in Ordnung«, antwortete sie hastig. »Verstehe ich.«

»Ich muss mich wirklich entschuldigen«, begann er erneut. »Für das, was passiert ist. Das war … das war absolut daneben.«

»Macht nichts«, sagte sie, schielte nervös zur Tür und horchte angestrengt. »Um ehrlich zu sein, Luke. Ich fühlte mich geschmeichelt.«

Er gab einen trockenen, kehligen Laut von sich. »Es ging mir nicht darum, dir zu schmeicheln, Maya. Ich war … Oh Gott, ich hätte nicht davon anfangen sollen. Lass uns …«

»Ja«, unterbrach ihn Maya. »Lass uns einfach vergessen, was passiert ist.«

»Okay«, stimmte Luke zu und klang erleichtert.

Maya lächelte betrübt, denn sie fühlte sich eher tieftraurig und verunsichert. Als ob sie etwas Zartes, etwas Kostbares im Keim ersticken würde, das kaum seinen Anfang genommen hatte. Sie griff nach seiner Hand, drückte sie und ließ sie schnell los, als ein Geräusch von der Tür zu hören war.

»Hier seid ihr also.« Charlotte schaute von Maya zu Luke und wieder zu Maya. »Was macht ihr denn da?«

»Ich habe Maya ein paar Familienfotos gezeigt«, log Luke geistesgegenwärtig, fasste Charlotte um die Taille und küsste sie auf die Wange.

Maya versuchte, nicht hinzusehen, nichts zu fühlen. »Schau mal, die beiden Süßen«, sagte sie mit einem gezwungenen Lächeln und deutete auf ein Foto von Luke und Cat, die auf einer Wippe saßen, beide in einem knallbunten Anorak mit Wollmütze auf dem Kopf.

»Zuckersüß, wirklich«, meinte Charlotte spöttisch und lehnte demonstrativ den Kopf gegen Lukes Brust.

Maya nahm ihren Pappteller mit dem unangetasteten Essen, den sie auf dem Schreibtisch abgestellt hatte, und schickte sich an, das Zimmer zu verlassen. Das Letzte, was sie sah, waren Lukes fahle, fast farblose Augen, die sie über Charlottes Kopf hinweg vielsagend und verzweifelt fixierten.

29

Juli 2012

Adrian hörte die Nachricht einer unbekannten Nummer auf seinem Anrufbeantworter erst am Montagabend ab, als er von der Arbeit nach Hause kam. Am Morgen hatte er es eilig gehabt, in die Firma zu kommen, denn im Augenblick blieb viel Arbeit an ihm hängen. Als netter Chef hatte er nämlich seinen Mitarbeitern gestattet, während der Olympischen Spiele Überstunden abzubummeln. Mit dem Erfolg, dass er vom Nachmittag bis zum späten Abend allein in seinem Büro saß und das Wichtigste zu erledigen versuchte, während alle anderen mit einem Bier vor dem Fernseher hockten.

Als er schließlich nach Hause kam, zeigte die Uhr kurz vor zehn. Luke schaute sich gerade eine Zusammenfassung der Highlights des Tages an und begrüßte seinen Vater wie üblich eher nebenbei. Adrian seufzte und setzte sich mit einem Bier neben seinen Sohn, hörte dabei seinen Anrufbeantworter ab.

Hallo Adrian, hier spricht Dolly Patel. Wir haben uns vor einiger Zeit gesprochen wegen des Handys. Hören Sie. Witzige Sache. Ich habe mein Handy gefunden. Besser gesagt, meine kleine Tochter hat es gefunden. Es lag in ihrer Spielzeugkiste. Ganz unten. Der Akku war natürlich kom-

plett leer. Es befand sich also gar nicht in meiner Handtasche, als die gestohlen wurde. Das heißt, es kann sich nicht um das Handy handeln, das die Frau in Ihrer Wohnung hat liegen lassen. Hören Sie, ich habe mit meinem Chef darüber gesprochen, und er glaubt zu wissen, was mit Tiffanys Handy passiert ist. Ich habe ihm von Ihrer Frau erzählt, und er möchte Ihnen gerne weiterhelfen. Vielleicht rufen Sie ihn einfach mal an? Sein Name ist Jonathan Baxter. Hier seine Nummer: 07988033460. Alles Gute. Bye.

Adrian starrte auf sein Telefon, als hätte es gerade mit ihm gesprochen.

»Alles klar?«, fragte Luke.

»Warte kurz, ich muss schnell einen Anruf erledigen.« Er hielt inne, warf einen Blick auf die Zeitanzeige des Displays. »Ist zehn Uhr zu spät, was meinst du?«

»Zu spät wofür?«

»Um jemanden anzurufen.«

»Kommt drauf an, wen du anrufen willst.«

»Einen Immobilienmakler.«

Luke hob eine Augenbraue.

»Nein, nicht was du denkst. Es geht um das Handy. Du weißt schon, um das Handy dieser ›Jane‹. Es gibt einen Mann, der angeblich etwas darüber weiß. Er ist der Immobilienmakler.«

Gespannt setzte Luke sich kerzengerade auf. »Nein, nein, dafür ist es nicht zu spät. Ruf ihn an«, drängte er. »Worauf wartest du? Wenn es ihm zu spät ist, wird er nicht rangehen.«

Adrian atmete tief durch, damit man ihm nicht die aufsteigende Nervosität anmerkte, und wählte die Nummer.

»Hallo?« Eine verhaltene Stimme meldete sich.

»Hi, spreche ich mit Jonathan Baxter?«

»Ja, am Apparat.«

»Entschuldigen Sie, dass ich so spät noch anrufe. Mein Name ist Adrian Wolfe und ...«

»Oh hallo, ich habe Ihren Anruf erwartet.«

»Störe ich Sie wirklich nicht? Ich kann mich sonst gerne morgen noch mal melden.«

»Nein, gar nicht. Ich schaue gerade Sport. Besser jetzt als morgen, wenn ich Termine habe. Es geht also um dieses Handy?«

»Ja, um Tiffanys Handy.«

»Ich habe es meinem Sohn gegeben. Vor ungefähr vier Monaten. Er sagte, er brauche es geschäftlich. Er macht irgendwas mit Internet, ich kenne mich da nicht so genau aus. Egal. Jedenfalls benötigte er ein paar billige Handys, und da bei mir zufällig jede Menge in der Schublade herumlagen, nachdem wir unsere Mitarbeiter mit Smartphones ausgestattet hatten, gab ich sie Matthew ...«

»Ihr Sohn heißt Matthew?«, unterbrach Adrian ihn.

»Ja. Warum? Kennen Sie ihn?«

»Nein, eigentlich nicht. Es ist nur so: Als ich der Frau, die ihr Handy in meiner Wohnung liegen ließ, ein drittes Mal begegnete, war sie in Begleitung eines Mannes namens Matthew. Sie hatte ein Date.«

»Dann dürfte es kaum mein Matthew gewesen sein – der ist nämlich schwul«, brummte Baxter.

»Vielleicht war es ja kein Date. Ich habe das vermutet, weil sie eine Rose in der Hand hielt. Aber sagen Sie, ist Ihr Sohn groß und dunkelhaarig? Kurzes Haar? Sehr gut aussehend?«

»Ja, ich denke das beschreibt ihn ziemlich genau.«

»Und jung, um die dreißig?«

»Er ist einunddreißig.«

»Wohnt er im Londoner Norden?«

»Ja, in Highgate.«

Eine kurze Pause entstand. »Hat Ihr Sohn eine Freundin namens Jane?«

»Nicht dass ich wüsste.«

»Oder Amanda?«

»Wüsste ich auch nicht. Er hat jede Menge Freundinnen und teilt sich sogar die Wohnung mit einer jungen Frau. Außerdem arbeiten viele Mädchen für ihn, die für mich alle gleich aussehen.«

»Die, um die es geht«, startete Adrian einen weiteren Versuch, »ist auffallend schön.«

Adrian hörte Baxter seufzen. »Unter diese Kategorie fallen alle Freundinnen von Matthew.«

»Hören Sie, diese eine, die ich suche, hat verschiedenfarbige Augen. Das eine ist rein blau, das andere blau mit einem bernsteinfarbenen Fleck.«

Jonathan Baxter atmete tief durch. »Leider sagt mir das ebenfalls nichts. Gut möglich, dass ich diese Frau einmal getroffen habe – erinnern kann ich mich beim besten Willen nicht. Dafür schwirren in seiner Umgebung zu viele herum, und eine ist für mich wie die andere.«

»Könnten Sie mir denn die Nummer Ihres Sohnes geben?«, hakte Adrian, der seine Felle bereits davonschwimmen sah, nach. Damit ich ihn direkt fragen kann?«

»Oh, ich weiß nicht …«

»Oder Sie geben ihm meine Nummer mit der Bitte, mich zurückzurufen?«

»Ja, das werde ich gerne machen. Bloß verraten Sie mir kurz, was es mit dieser mysteriösen Frau, dieser Jane, auf sich hat. Warum suchen Sie nach ihr?«

»Es ist alles sehr merkwürdig«, erklärte Adrian ihm. »Sie hat mir und einer meiner Töchter aus unbekanntem Grund nachgespürt und verschwand genauso plötzlich, wie sie aufgetaucht war. Das Einzige, was ich von ihr weiß, ist die Nummer des Handys, das sie bei mir in der Wohnung ließ. Alles sehr mysteriös. Eigentlich war ich schon so weit, die Sache auf sich beruhen zu lassen, aber seit wir ausgesprochen gehässige E-Mails auf dem Laptop meiner tödlich verunglückten Frau gefunden haben, werde ich das Gefühl nicht los, diese Unbekannte könnte etwas damit zu tun haben.«

»Wenn etwas Unseriöses hinter dieser Sache steckt, dürfte mein Sohn kaum scharf darauf sein, da hineingezogen zu werden. Ich mache Ihnen einen Vorschlag: Bevor ich ihn anspreche, rede ich erst mal mit meiner Exfrau und meinen Töchtern. Die haben eher einen Blick fürs Detail und würden sich vermutlich an verschiedenfarbige Augen erinnern. Ich melde mich dann wieder«, versprach der Immobilienmakler, bevor sie das Gespräch beendeten.

»Was war das denn?«, erkundigte sich Luke.

»Ich glaube«, sagte Adrian, »dass dieser Mann mir tatsächlich helfen könnte, diese mysteriöse Jane aufzuspüren.«

30

Adrian betrachtete angespannt die Speisekarte und warf immer wieder einen Blick auf die Zeitanzeige seines Handys. Bereits zehn Minuten über der Zeit. Caroline kam immer zehn Minuten zu spät. Eine von vielen Angewohnheiten, die er anfangs an ihr liebte, bis ihm aufging, was sie bedeutete. Sie gab ihm mit ihrem ewigen Zuspätkommen zu verstehen, dass sie entweder zu beschäftigt war oder einfach Besseres zu tun hatte, als sich mit ihm zu treffen.

Diese Einstellung kränkte ihn und hatte ihn zeitweilig richtiggehend auf die Palme gebracht. Was fiel ihr eigentlich ein? Glaubte sie etwa, *er* habe nichts Besseres zu tun, als auf sie zu warten? Dennoch spürte er nach wie vor jedes Mal wieder diese eigenartige, erwartungsvolle Spannung aus den frühen Tagen ihrer Beziehung, diese Wird-sie-oder-wird-sie-nicht-kommen-Nervosität, die ihn dreizehn Jahre zuvor so ungemein fasziniert hatte.

Schließlich und endlich, um elf Minuten nach acht, erschien Caroline in der Tür, schüttelte ihren Regenschirm aus und entledigte sich eines marineblauen Regencapes. Der Anblick versetzte Adrian einen Stich. Wenn sie mit Paul Wilson ausging, würde sie sich nie im Leben in Plastik hüllen. Und sie hätte auch ihre zweckmäßige Arbeitskleidung gewechselt, die Jeans und die Hemdbluse mit den hochgekrempelten Ärmeln.

Als sie an den Tisch trat, roch sie nach Straße, nach Londoner Regen und nassem Schirm. Kein Duft von frisch gewaschenem Haar oder eben versprühtem Parfum.

»Entschuldige, dass ich mich verspätet habe«, sagte sie, hängte ihre Tasche über die Stuhllehne und nahm schwungvoll Platz. »Cat war heute unpünktlich.«

Adrian wusste, dass sie log, denn seine Tochter war nie unpünktlich.

»Du musst mal wieder zum Friseur«, wechselte sie das Thema, legte ihr Smartphone auf den Tisch und zog ihre Lesebrille aus der Tasche.

»Ja, ich weiß.« Er fuhr sich mit der Hand übers Haar, das er inzwischen fast zu einem Zopf zusammenbinden konnte.

»Ich muss mich langsam auch mit der Tatsache abfinden«, fuhr sie fort, »dass man mit zunehmendem Alter auf eine ordentliche Frisur achten muss. Ein Strubbelkopf wie frisch aus dem Bett sieht nur sexy aus, wenn man unter vierzig ist. Jenseits dieser Grenze wirkt er einfach hässlich und ungepflegt.« Sie nahm die Speisekarte und klappte sie auf. »Susie ist dafür das beste Beispiel«, fügte sie hinzu und sah Adrian über den Rand ihrer Lesebrille an.

Er nickte bloß seufzend, denn er wusste, dass diese Äußerung nicht böse gemeint war.

»Trotzdem ist es bewundernswert«, fuhr Caroline fort, »dass sie sich nicht die Bohne um solche Dinge schert. Ich wünschte, ich hätte ihr Selbstbewusstsein.« Sie richtete den Blick erneut auf die Speisekarte. »Weißt du schon, was sie heute als Tagesgericht anbieten?«

»Mehr oder weniger«, erwiderte Adrian. »Ich habe es zufällig vom Tisch hinter uns aufgeschnappt. Irgendetwas mit Seebarsch, dazu Risotto Primavera. Oder Rib-Eye-Steak. Ich meine mich zu erinnern, dass das Steak hier ganz ausgezeichnet ist.«

In den ersten Jahren ihrer Ehe waren sie oft hergekommen. In ihr Stammlokal. Adrian lächelte wehmütig.

Caroline legte die Speisekarte beiseite und steckte die Brille ein. »Rib-Eye, klingt gut. Enthält viel Eisen, was ich gut gebrauchen könnte. Mir ist neuerdings öfter mal schwindelig.«

»Kein Wunder bei so viel Sex«, sagte Adrian – es war ihm einfach so herausgerutscht.

Seine Exfrau verdrehte die Augen, ersparte sich aber einen Kommentar. Als sie dann auch noch seinen Vorschlag ausschlug, eine Flasche Wein zum Essen zu bestellen, um sich mit einem einzigen Glas zu begnügen, meinte Adrian genug zu wissen. Entweder war es ein weiterer Hinweis auf ihre Schwangerschaftspläne, oder sie hatte keine Lust, mit ihrem Verflossenen einen netten Abend zu verbringen. Wie auch immer: Beides war nicht gerade erhebend.

»Also«, kam Caroline auf den Grund des von ihm erbetenen Treffens, »was verschafft mir die Ehre?«

»Nichts Besonderes.« Adrian hob die Schultern. Er hatte nicht vor, gleich mit der Tür ins Haus zu fallen. Caroline neigte nämlich dazu, sich sofort zu verabschieden, wenn ihr etwas gegen den Strich ging. »Wollte ganz allgemein über die Kinder reden – über Otis natürlich im Besonderen, damit ich auf dem neuesten Stand bin. Luke klang so, als gäbe es ein paar Probleme.«

»Probleme?«, fragte sie und verschanzte sich sogleich hinter einer unsichtbaren Mauer, um den vermuteten Angriff auf ihre erzieherischen Fähigkeiten abzuwehren.

»Konkret hat er bereits vor einiger Zeit gesagt, dass er Pearl einsam und komisch findet und dass er Cats Essverhalten für unnormal hält.«

Caroline warf den Kopf in den Nacken und lachte ein bisschen zu laut und zu gekünstelt. »Was für ein Quatsch.«

»Ja, dachte ich auch. Ich ging davon aus, dass Luke übertreibt, um mir ein schlechtes Gewissen zu machen. Aber nach der Sache mit Otis bin ich da nicht mehr so ganz sicher.«

»Ich versichere dir hoch und heilig«, sagte Caroline und schob energisch die Ärmel ihrer Bluse hoch, »dass es allen ganz ausgezeichnet geht. Unter den gegebenen Umständen.«

Er sah sie fragend an. »Welche Umstände?«

»Na, unsere Trennung. Mayas Tod. Die Kinder mussten in den letzten Jahren einiges verarbeiten. Und Otis ist gerade in einem schwierigen Alter. Trotzdem denke ich, dass er genauso okay ist wie die anderen.«

Adrian nickte wenig überzeugt. »Allerdings hat Cat unverhältnismäßig zugelegt.«

»Na, ja. Das ist wahr. Ich denke, es liegt daran, dass sie momentan viel Zeit mit den Kindern verbringt und dadurch zu viel Chips und Ähnliches in sich hineinstopft. Okay, sie isst zu viel, doch irgendwann wird sie erkennen, dass sie gegensteuern muss. In dem Alter läuft das nun mal so.«

»Und Otis? Bist du inzwischen dahintergekommen, was er neulich morgens an der U-Bahn-Station wollte?«

»Nein.« Caroline seufzte. »Leider bin ich kein bisschen schlauer. Ich werde es als einmaligen Ausrutscher abhaken, zumal er seitdem recht anhänglich, fast schmusebedürftig ist. Er verbringt viel Zeit bei mir in der Küche, fragt ständig, ob ich ihn liebhabe und wie sehr – und ob ich ihn immer lieben werde. Beinahe kommt es mir vor, als würde er hören wollen, dass ich ihn selbst dann liebe, wenn er etwas echt Schlimmes angestellt hätte. Außerdem will er mit seinen zwölf Jahren plötzlich jeden Abend wieder eine Gutenachtgeschichte vorgelesen bekommen.« Sie zuckte mit den Achseln. »Irgendwie scheint er gerade eine Rolle rückwärts zu machen. Aber so was kommt bei Kindern vor, also kein Grund zur Beunruhigung.«

»Und was ist mit Paul?«, erkundigte sich Adrian und bemühte sich um einen neutralen Ton. »Sind alle einverstanden mit ihm?«

Caroline sah ihn mit großen Augen an. »Paul«, sagte sie, »Paul hat keine Auswirkung auf die Kinder. Da bin ich mir ganz sicher. Er ist für sie ein Freund, mehr nicht, den sie überdies kaum sehen.«

Adrian biss sich auf die Lippe. Es war noch immer zu früh, zum eigentlichen Punkt zu kommen. Obwohl sie ihm mit dieser letzten, gänzlich unzutreffenden Bemerkung die perfekte Steilvorlage geliefert hatte.

»Ich kann dir versichern«, fügte sie beschwichtigend hinzu, »dass ich nichts tun würde, was die Kinder aus dem Lot bringen könnte. Sie mussten bereits genug bewältigen.«

»Wo wohnt er denn, Paul, meine ich?«

»Highbury.«

»Allein?«

»Ja, allein.«

»In einer Wohnung oder in einem Haus?«

»In einer Maisonettewohnung, zwei Stockwerke, Garten.«

Adrian nickte.

»Was?«

»Ach nichts. Ich bin bloß neugierig. Denkst du, dass es eine langfristige Sache werden könnte? Mit Paul?«

»Oh Gott, ich habe keine Ahnung«, wich Caroline aus. »Allerdings hoffe ich es.«

Adrian lachte trocken. »Na dann«, sagte er und unterdrückte den Unmut in seiner Stimme. »Du scheinst deinen Geschmack hinsichtlich der Schnarcher, mit denen du dich umgibst, geändert zu haben.«

Indigniert hob sie eine Braue. »Paul schnarcht nicht.«

»Unsinn. Alle Männer schnarchen.«

»Paul nicht«, insistierte sie leicht gekränkt.

Eifersucht nagte an Adrian und trieb ihn dazu, immer weiter auf dem Thema herumzureiten, statt den Mund zu halten.

»Du hoffst also auf eine langfristige Geschichte. Wie werden die Kinder darin Platz haben?«

Carolines Nasenflügel begannen zu beben. »Wie bitte?«

»Ich meine, habt ihr vor zusammenzuziehen? Zu heiraten?«

»Gütiger Gott, Adrian, das weiß ich wirklich nicht. Wir sind erst seit wenigen Monaten zusammen. Er ist jung. Na ja, *jünger*. Über so etwas haben wir bislang gar nicht gesprochen.«

Empörung loderte in Adrian auf wie ein alles verzehrendes Feuer. Unsägliche Bitterkeit erfüllte ihn, und nur das Hinzutreten der Kellnerin, die das Essen servierte, verhinderte einen unkontrollierten Ausbruch.

»Wow!« Caroline bekam große Augen. »Das sieht ja großartig aus.«

Adrian bat um Senf. Caroline bestellte doch noch ein weiteres Glas Wein. Heiter plauderten sie jetzt über gemeinsame Freunde, den bevorstehenden Urlaub in Frankreich, die Olympischen Spiele, das Wetter. Und während Caroline sprach, wandte Adrian den Blick nicht von ihr. Sie war eine großartige Frau. Ein Superweib. Eine Göttin.

Sie waren sich begegnet, als er in einem Einkaufszentrum an der King's Road, das umgebaut werden sollte, einen Ortstermin hatte. Sie stand im Schaufenster eines Modegeschäfts und dekorierte es weihnachtlich, während er mit dem Manager der Shopping Mall ein paar Änderungen besprach. Doch anstatt sich auf das Gespräch mit seinem Kunden zu konzentrieren, hatte er nur Augen für die hinreißende Blondine, die gerade im Alleingang eine ziemlich große Spanplatte ins Schaufenster schleifte und dann eine Leiter hochstieg, um eine wuchtige Discokugel anzubringen, und danach mit geübten Griffen eine Schaufensterpuppe zusammenbaute. Er war wie gebannt von ihr, von ihrer Kraft, ihrer Geschicklichkeit, von der Eleganz ihrer Bewegungen und der Natürlichkeit, mit der sie das alles tat.

Irgendwann bemerkte der Manager nicht allein die mangelnde Aufmerksamkeit seines Architekten, sondern auch den Grund dafür. *Eine Göttin*, seufzte er bloß.

Ja, so sah er sie manchmal noch immer, wenngleich er inzwischen längst festgestellt hatte, dass sie keineswegs auf einem hohen Podest stand, sondern ein Mensch mit allerlei Fehlern und Marotten war. Außerdem konnte sie herzlos, unduldsam, egoistisch und arrogant sein und neigte dazu, sich selbst zu überschätzen.

Dass sie ausgiebig Dessertkarten mit Ausrufen des Entzückens zu studieren pflegte und am Ende bloß einen Kaffee nahm, gehörte zu den kleineren Lässlichkeiten. Ebenso wie die Tatsache, dass sie im Schlaf redete, was ihn allerdings inzwischen wirklich nichts mehr anging.

»Wo waren wir stehen geblieben?«, fragte Adrian. »Paul. Will er eigentlich Kinder?«

Caroline stöhnte und verdrehte ein weiteres Mal die Augen. »Keine Ahnung«, erklärte sie schließlich gereizt.

»Nun, er ist achtunddreißig.«

»Neununddreißig. Er hatte gestern Geburtstag.«

»Was? Schon so alt? Fast vierzig. Da wird er sicherlich bald eine Familie wollen.«

»Möglich, wahrscheinlich.«

»Und? Wie soll das gehen?«

»Adrian, kannst du bitte damit aufhören? Im Ernst. Paul ist mein Freund, mein Lover. Okay? Wir mögen uns. Wir haben Spaß zusammen. Ende der Geschichte.«

Adrian indes stichelte weiter, er konnte es einfach nicht lassen, selbst auf die Gefahr hin, dass der Schuss nach hinten losging.

»Ach ja? Ist es das? Das Ende der Geschichte? Caroline, ich habe jede Menge Kram in deinem Badezimmerschrank gesehen. Teststreifen und so.«

»Was?! Das darf ja wohl nicht wahr sein, dass du in meinem Badezimmerschrank herumschnüffelst.«

»Ich habe nicht herumgeschnüffelt. Ich habe nach einer Hautcreme gesucht.«

»Wozu das?«

»Während Beau auf der Toilette war, habe ich in den Spiegel geschaut und meine faltige, vertrocknete Haut gesehen. Da dachte ich mir, du hast vielleicht irgendeine Wundercreme, die ich mal benutzen könnte«, meinte er augenzwinkernd und fügte entschuldigend hinzu: »Und dabei habe ich eben das ganze Zeug gesehen. Du weißt schon, Folsäure und homöopathische Kapseln, die du früher schon genommen hast, wenn wir es mit einer Schwangerschaft probiert haben.«

»Himmelherrgott!« Caroline verschränkte die Arme. »Das heißt gar nichts. Absolut nichts.«

»Wie? Gar nichts?«

Er spürte, dass er die Tür zu ihr ein klein wenig aufgestoßen hatte.

»Okay, ich gebe es zu«, seufzte sie. »Paul wünscht sich offenbar ein Kind. So, jetzt weißt du Bescheid. Er hat zwar nicht direkt gesagt, dass er eins *mit mir* haben will, aber er lässt sich die ganze Zeit über das Baby von jenem Freund oder jener Freundin aus, und ich denke mal, dass ...«

Adrian hörte ihr mit unbewegter Miene zu, ohne etwas zu sagen oder zu tun, was sie unterbrechen könnte.

»Er denkt, ich bin vierzig«, gestand sie schließlich, »und geht davon aus, dass eine Schwangerschaft kein Problem wäre. Egal ...« Sie unterbrach sich, rief die Bedienung und bestellte einen doppelten Brandy für sie beide. »Eine Arbeitskollegin, die zweiundvierzig und kinderlos ist, hat wegen ihres neuen Freunds in einem Institut für Reproduktionsmedizin ihre Fruchtbarkeit testen lassen. Sie wollte wissen, wie die Chancen stehen, überhaupt schwanger zu werden, und hat mich gebeten, sie zu begleiten ... Na ja, und da habe ich mich gleich selbst testen lassen. Übrigens war das an jenem Morgen, als Otis die Schule schwänzte. Das Testergebnis war nebenbei gesagt hervorragend, denn es attestierte mir die Fruchtbarkeit einer Fünfunddreißigjährigen. Ich könnte also locker noch mal schwanger werden«, schloss sie mit sichtlichem Stolz.

»Alle Achtung! Und was sagt Paul dazu?«

»Ich habe ihm weder von dem Test noch von dem Ergebnis erzählt«, erwiderte sie. »Wollte zunächst alleine darüber nachdenken. Wenn man allerdings den Gedanken an ein Baby erst mal im Kopf hat, kriegt man ihn nur schwer wieder raus. Deshalb habe ich mir im Drogeriemarkt das ganze Zeug gekauft. Für alle Fälle. Ich überlege mir sogar Namen. Oder spiele durch, wie ich die Schlafzimmer umgestalten kann. Verrückt, ich weiß. Alles völliger Quatsch.«

»Hast du womöglich schon die Pille abgesetzt?«

Sie warf ihm einen zerknirschten Blick zu und stellte ihr Brandyglas, das sie in den Händen gedreht hatte, abrupt auf die Tischplatte.

»Herrje, Caroline.«

»Schau mal«, sagte sie. »Ich habe die Pille jahrzehntelang genommen«, verteidigte sie sich. »Und du weißt, wie lange bei mir nach dem Absetzen die Umstellung gedauert hat. Ich denke …«

»Caroline, nein!« Er schüttelte entsetzt den Kopf.

»Ach komm. Ich bin vierundvierzig, habe also nicht mehr viel Zeit. Sehr wahrscheinlich ist es ohnehin nicht, dass ich schwanger werde.«

»Dieser Test sagt das Gegenteil.«

»Mag sein, doch denk mal dran, dass es ganze dreizehn Monate gedauert hat, bis ich mit Beau schwanger wurde. Und damals war ich erst achtunddreißig.«

»Das hat nichts zu sagen, überhaupt nichts.«

Sie atmete tief aus und neigte den Kopf. »Du hast ja recht«, flüsterte sie leise.

»Wenn du noch ein Kind möchtest«, riet Adrian ihr daraufhin weich, »dann sag es deinem Paul wenigstens.«

»Nein, das ist es ja gerade. Ich bezweifle, dass ich ernstlich ein weiteres Kind möchte. Nicht wirklich. Ich will nicht mit fünfzig auf einem Spielplatz herumstehen und für die Großmutter gehalten werden. Und vor allem will ich am Abend keinen Babybrei mehr zubereiten und Schlaflieder singen müssen und was weiß ich alles. Es ist paradox: Zwar reizt mich der Gedanke, aber es darf sich nichts verändern in meinem Leben, verstehst du? Alles soll bleiben, wie es ist.«

»Klingt nicht gerade, als hättest du dir die Sache reiflich überlegt, um es vorsichtig auszudrücken.«

»Nein, habe ich nicht. Es ist eher so eine Art Bauchgefühl, ein Instinkt. Vom Kopf her weiß ich, dass es verrückt wäre. Adrian, du kennst das doch. Du hast mit Maya schließlich Ähnliches erlebt. Wie hast du dich denn damit arrangiert?«

»Womit genau?«

»Na, mit dem ganzen Schlamassel, den so eine Bauchentscheidung mit sich bringt.«

Ihre Worte schienen zu gefrieren und wie Eiskristalle in der Luft zu hängen.

»Ich habe es nie als Schlamassel betrachtet«, erwiderte er. »Kinder sind kein Schlamassel.«

»Nein, so meine ich das nicht. Mich hat vermutlich geprägt, dass ich alleine mit meiner Mutter aufgewachsen bin und nie eine intakte, vollständige Familie erlebt habe. Eltern und Kinder, die zusammenleben, das ist trotz allem meine Definition von Familie geblieben. Und deshalb fühle ich mich heute noch, als hätte ich ein Naturgesetz gebrochen, weil ich eine Familie gegründet habe mit einem Mann, der bereits eine Familie hatte. Ich weiß nicht, ob ich zu so etwas noch einmal in der Lage wäre. Noch einmal Schwierigkeiten heraufbeschwören, noch einmal Menschen traurig zu machen, diesmal sogar meine eigenen Kinder. Wie schaffst du das eigentlich, dich gut bei so etwas zu fühlen? Dabei mit dir im Reinen zu sein?«

Adrian starrte sie an. Solche Gedanken waren ihm fremd. Er war nie auf die Idee gekommen, dass er sich irgendwelche Vorwürfe machen müsste. Nein, das Leben hatte ihn zu diesen Frauen hingeführt, das Schicksal hatte ihm diese Kinder geschenkt. Liebe hieß das Spiel. Man wachte auf, man aß, man arbeitete, man liebte, man schlief. Und wachte man eines Morgens auf und stellte fest, dass man die falsche Person liebte, dann korrigierte man dies, indem man sich in jemand anderen verliebte. Katholische Moral und Schuldgefühle waren ihm fremd. Seine Exfrauen mochten ihn nach wie vor, seine Kinder liebten ihn. Was um alles in der Welt war schlimm daran?

»Warum sollte ich nicht mit mir im Reinen sein? Wohl niemand würde sich schlecht fühlen, der so wunderbare Familien hat«, wandte er verständnislos ein.

Caroline blinzelte ihn ungläubig an, und erneut schienen ihre Worte eine Mauer aus Eis zwischen ihnen zu errichten.

»So denkst du ernsthaft?«

»Ja. Natürlich. Es gibt keinen richtigen Weg, und es gibt keinen falschen Weg. Solange niemand verletzt wird oder daran zugrunde geht, ist alles in Ordnung, oder?«

Caroline beugte sich vor. »Aber genau das ist geschehen, Adrian«, sagte sie mit fester Stimme. »Maya ist gestorben.«

Adrian holte zischend Luft. »Das war nicht meine Schuld.«

Sie lehnte sich auf ihrem Stuhl zurück, ohne den Blick von ihm zu wenden. Sah aus, als ob ihr tausend Worte auf der Zunge lagen und sie innerlich fast verbrannten, doch kein einziges kam ihr über die Lippen.

31

Luke hämmerte mit den Fäusten so heftig auf die Armlehnen seines Stuhls ein, dass Billie auf dem Sofa neben ihm erschrocken aufsprang. Was für ein Idiot er doch war! Ein absoluter Vollidiot! Er warf sein Handy auf den Couchtisch und stöhnte laut auf.

Warum hatte er das zugelassen? Warum bloß? Jetzt ließ es sich nicht mehr ändern. Er hatte wieder etwas mit Charlotte angefangen. Sie war in seinem Bett gelandet, genauer in dem seines Vaters – Samstagnacht, als Adrian übers Wochenende in Islington gewesen war. Dabei hatte er es weder gewollt noch darauf angelegt, er war einfach reingeschlittert. Ein Zugeständnis, dann noch eins und noch eins – und der Rest passierte nahezu zwangsläufig. Freitagabend hatte sie ihm eine Nachricht auf Facebook geschickt, dass sie am folgenden Tag noch einmal nach London komme und sich gerne mit ihm treffen würde. Um das Ganze von vornherein abzuwürgen, hatte er spontan abgelehnt und familiäre Verpflichtungen vorgeschoben. Und das war's. Dachte er zumindest, doch Samstagmittag gegen halb eins, er war gerade erst aufgestanden, klingelte es an der Tür. Und da stand sie mit ihrem leuchtend blonden Haar, frisch und munter und zu allem entschlossen.

Natürlich ließ sie sich nicht abweisen, sondern kam herein, hatte Diverses zu essen und eine gekühlte Flasche

Weißwein dabei, und während sie ihre Basttasche auspackte, quatschte sie ihm die Ohren voll mit dem neuesten Klatsch und Tratsch und den neuesten Neuigkeiten aus ihrem Leben. Sie schien sich kein bisschen darüber zu wundern, dass er zu Hause und nicht irgendwo bei seiner Familie war, wie er schließlich behauptet hatte. Und es schien sie kein bisschen zu interessieren, ob ihr Besuch unerwünscht war oder ungelegen kam.

Nein, stattdessen schickte sie ihn erst mal ins Bad, damit er sich duschte und anzog – und wie ein abgerichteter Hund befolgte er ihre Befehle. In der Zwischenzeit deckte sie draußen in dem kleinen Hof den Tisch fürs Mittagessen, und als er auftauchte, saß Mayas Katze schnurrend auf ihrem Schoß. Und während des Essens floss ein Wortschwall nach dem anderen über ihre weichen, sinnlichen Lippen.

Lauter Sachen, die ihn nicht interessierten, weshalb er seine Ohren auf Durchzug stellte. Dem wenigen, was dennoch zu ihm durchdrang, entnahm er, dass sie wegen dieses fabelhaften Brautjungfernkleids erneut nach London gekommen war, dass sie wegen der Hochzeit im Dauerstress sei und deshalb fürchte, zu viel abzunehmen, sodass dieses Kleid oder ein anderes am Tag aller Tage wie ein Sack an ihr herunterhängen werde.

Nach dem zweiten Glas Wein wurde Luke langsam schwach. Sein Widerstand begann zu schwinden, zumal der Träger an ihrem leichten Sommerkleid ihr permanent über die Schulter rutschte. Jedes Mal, wenn sie ihn mit ihren schmalen Fingern wieder hochschob, schlug sein Puls ein wenig schneller. Alles an ihr war weich und weiblich – und seine Reaktion auf diese derart feminine Frau mit einem rutschenden Träger und einer schnurrenden Katze auf dem Schoß blieb nicht aus. Nicht gerade etwas, worauf er im Nachhinein sonderlich stolz gewesen wäre.

Im Klartext: Sie verbrachten den Nachmittag, den Abend und die Nacht im Bett. Mitgefangen, mitgehangen! Seit der Trennung von Charlotte im Jahr zuvor hatte er keinen Sex mehr gehabt und es deshalb besonders genossen. Hinzu kam, dass sie ihm nach wie vor vertraut war. Aber das war's dann schon, denn alles andere war ganz und gar nicht gut gewesen.

Jetzt würde sie ihn nämlich erst recht nicht mehr vom Haken lassen. Würde ihn auf Facebook verlinken und ihn mit Textnachrichten bombardieren. Und er konnte so gut wie nichts dagegen unternehmen. Ein schwerer Nachteil der sozialen Netzwerke, zumal Charlotte diese Form der Kommunikation geradezu exzessiv nutzte. Zudem langweilten ihn ihre verbalen Ergüsse, was ihn vor allem anderen seinerzeit bewogen hatte, den Kontakt zu ihr abzubrechen und ihn jedes Mal genervt aufstöhnen ließ, wenn er ihren Namen in seinem Posteingang las oder ihr zufällig im Pub begegnete. Über ein Jahr hatte er es geschafft, sie auf Abstand zu halten, doch nun war der Damm gebrochen, und eine Flut von Banalitäten würde auf ihn zukommen.

Allein heute hatte er bereits fünf SMS von ihr erhalten. In der letzten stand bloß: *Langweile mich. Langweile mich. Langweile mich.* Er hatte auf keine ihrer Mitteilungen geantwortet, und trotzdem kam eine nach der anderen.

Allerdings war da eine Sache, die Luke im Nachhinein noch mehr plagte. Etwas, das Charlotte gesagt hatte um ein Uhr nachts, als sie nach der dritten Runde nackt in den Laken lagen. Luke hatte sie gefragt, warum sie ausgerechnet jetzt, nach so vielen Monaten, die Beziehung zu erneuern suche.

Weil sie darauf gewartet habe, dass er irgendwann aufhöre zu trauern, war ihre Antwort gewesen.

»Was meinst du damit?«, hatte er gefragt, sich zu ihr umgedreht und sich auf einen Ellbogen gestützt.

»Du weißt genau, was ich meine.«

»Nein. Weiß ich nicht.«

»Maya«, erwiderte sie bitter. »Ich habe darauf gewartet, dass du aufhörst, um Maya zu trauern.«

»Wie kommst du darauf, dass ich um Maya getrauert habe?«, fragte er zögerlich.

Sie zuckte die Schultern. »Ich weiß es einfach. Ich kenne deine Gefühle für sie. Ich weiß, dass du …« Sie zog das Laken hoch, um ihre Nacktheit zu bedecken. »Mir ist nicht entgangen, dass ihr beide mehr wart als nur Stiefsohn und Stiefmutter. Mehr als nur Freunde.«

Er lachte gequält. »Was in aller Welt redest du da?«

»Ich rede von den Blicken, die ihr gewechselt habt, von euren fast intim wirkenden Gesprächen und dem hastigen Auseinanderweichen, wenn ich ins Zimmer gekommen bin. Meine weibliche Intuition hat mir gesagt, dass da etwas lief.«

»Himmelherrgott! Was für ein Haufen Scheiße. Da war nichts zwischen mir und Maya. Nichts, absolut nichts.«

»Eine Freundin von mir hat euch irgendwann in der Oxford Street gesehen. Als du angeblich in Brighton warst und arbeiten musstest und behauptet hast, mich deshalb nicht treffen zu können.«

»Und wenn schon. Ich hatte den Tag frei, und Maya hatte Langeweile. Da sind wir gemeinsam shoppen gegangen. Ist das ein Verbrechen?«

»Meine Freundin meinte, ihr hättet verliebt ausgesehen.«

Er lachte gekünstelt auf und erhob sich. »Maya war eine

Freundin für mich«, sagte er. »Eine gute Freundin. Das ist alles.«

»Wie auch immer«, erwiderte sie daraufhin mit einem Schulterzucken.

»Ganz genau«, bestätigte Luke. »Wie auch immer.«

Und damit war die Diskussion beendet gewesen.

Sein Handy piepste. Schon wieder. Die nächste SMS. Er beugte sich genervt nach vorn, nahm es in die Hand und las: *Ich geh jetzt ins Bett. Schlaf gut xxxxxxx.*

Er schaltete es aus und dachte über Charlotte nach. Für seine Begriffe war sie seit jeher völlig unverhältnismäßig auf sämtliche Wolfes fixiert gewesen. Ständig erkundigte sie sich nach seinen Geschwistern, seinem Vater, gab Kommentare ab über dieses oder jenes aktuelle Ereignis in der Familie, als ob sie dazugehören würde. Und nun stellte sich zu allem Überfluss heraus, dass sie sich eine heimliche Beziehung zwischen ihm und Maya zusammengereimt hatte. Dass sie misstrauisch gewesen war, eifersüchtig sogar.

Was genau wollte sie ihm damit eigentlich zu verstehen geben? Dass irgendwer ihn und Maya zusammen in der Stadt gesehen hatte, konnte kaum als sensationell gelten. Nein, das allein ergab keinen Sinn. Allerdings gab ihm eines zu denken: Es war jener Sommer gewesen, als die Sache mit den gemeinen E-Mails angefangen hatte. Luke schüttelte ungläubig den Kopf.

War etwa Charlotte die Urheberin dieses Geschmiers? Die süße, langweilige Charlotte, die er bei sich für leicht dämlich gehalten hatte? Wenn ja, dann hätte er sie gewaltig unterschätzt und, schlimmer noch, ausgerechnet mit der Person geschlafen, die für Mayas Tod verantwortlich war. Eine grauenvolle Vorstellung und eine quälende dazu. War es wirklich denkbar, dass Charlotte zu solchen Mitteln gegriffen hatte, um eine Rivalin auszuschalten?

Er war erleichtert, als er hörte, wie die Tür aufgesperrt wurde. Sein Vater kam vom Essen mit Caroline heim.

»Hallo Sohn«, begrüßte ihn Adrian, der irgendwie erschöpft aussah. » Alles klar?«

»Ja«, sagte er. »Und bei dir? Schönen Abend gehabt?«

»Einen schönen Abend würde ich es nicht gerade nennen. Nein. Eher einen *interessanten* Abend.«

»Aha.«

Adrian ließ sich schwerfällig auf das Sofa sinken. »Denkst du eigentlich, dass ich schuld bin an Mayas Tod?«

Die Worte tropften zäh aus seinem Mund, als könnte er es kaum ertragen, sie über die Lippen zu bringen.

»Was?«, rief Luke erschrocken aus.

»Es ist mir völlig ernst, und ich frage *dich*, weil du mich immer am ehrlichsten kritisiert und dich nie gescheut hast, mir unangenehme Dinge an den Kopf zu knallen. Deshalb möchte ich wissen, ob du mir die Schuld für das gibst, was Maya getan hat.«

Luke nahm sich Zeit für seine Antwort. »Nun, ich denke mal, wenn du dir Mayas Lebenslinie anschaust und an allen Stellen ein Kreuzchen machen würdest, die in irgendeinem Zusammenhang mit dem Geschehen an jenem Abend stehen könnten, dann würden eine Menge Kreuzchen zusammenkommen.«

Adrian blies die Wangen auf und atmete hörbar aus, während er Lukes Worte auf sich wirken ließ.

»Aber ich hatte keine Ahnung, dass sich da etwas Unheilvolles anbahnte«, erklärte er nach einer Weile. »Sie hat nie etwas gesagt, das darauf hindeutete. Also, was hätte ich tun können?«

»Es geht nicht darum, was du *hättest* tun können, Dad. Es geht um das, was du getan *hast*. Letztlich geht es immer darum, was man tut. Du hast Maya als schönes, neues Spielzeug in deine Welt gebracht, und irgendwann wusstest du nichts mehr mit ihr anzufangen. Also hast du sie einfach sich selbst überlassen. Es war wirklich hart für sie, mit uns allen klarzukommen. Sie war doch noch so jung. *So jung*, Dad.«

»Na ja, so jung nun auch wieder nicht, Luke.«

»Jung für ihr Alter, meine ich damit. Nicht reif für das Ganze.« Er schlang die Arme um seinen Oberkörper. »Weißt du, wir standen uns sehr nahe, Maya und ich.«

Adrian sah ihn überrascht an.

»Ja, ich habe sie manchmal besucht, wenn du in der Firma warst. Wir sind zusammen einkaufen oder etwas trinken gegangen.«

Er zuckte mit den Schultern, als wollte er sagen: *So, jetzt weißt du es, sieh zu, wie du damit fertig wirst.*

»Wann war das?« Alle Farbe war aus Adrians Gesicht gewichen.

»Hin und wieder eben. Außerdem haben wir uns viele SMS geschrieben. Uns darüber ausgetauscht, was wir denken und fühlen.«

»Und wie kommt es, dass Maya mir nichts davon erzählt hat?«, hakte Adrian sichtlich verletzt nach.

Erneut zog Luke die Schultern hoch. »Weiß ich doch nicht. Vermutlich aus dem gleichen Grund, warum sie dir diese gemeinen E-Mails nicht gezeigt hat. Und dir nicht anvertrauen mochte, wie ungemein schwierig sie es fand, in deinem großen Familienverband das fünfte Rad am Wagen zu sein. Offenbar glaubte sie, mit dir nicht darüber reden zu können.«

»Aber wir haben geredet. Ständig sogar.«

»Mag sein«, erwiderte Luke. »jedoch nicht über die Dinge, die wirklich wichtig waren.«

»Außerdem war sie keineswegs das fünfte Rad, im Gegenteil. Als meiner Ehefrau kam ihr besondere Bedeutung zu.«

»Mach dir nichts vor, Dad. In einer Familie wie unserer, die den Nachwuchs über alles stellt, steht eine Frau ohne Kind zwangsläufig am untersten Ende der Pyramide. Jeder andere geht vor. Jeder.«

Adrian schwieg eine Weile, starrte ihn stumm an, als müsste er die Worte seines Sohnes erst mal verarbeiten.

»Hat sie dir das so dargestellt?«, fragte er schließlich, »Und dir gesagt, was es für sie bedeutete, nicht schwanger zu werden?«

Luke nickte. »Mehr oder weniger. Ich weiß, dass es ihr zu schaffen machte.«

»Warum nur hat sie *mir* nichts davon gesagt?«

»Weil sie sich nicht in den Vordergrund spielen wollte – und vor allem weil sie sich die Schuld dafür gab, dass du nicht mehr mit deinen Kindern zusammenleben konntest. Sie hatte Angst, dass du deine Entscheidung für sie irgendwann bereuen würdest. Das hätte sie umgebracht.«

Eine lähmende Stille folgte seinen Worten.

»Wenn du recht hast, war das vielleicht sogar der Fall. Dabei habe ich meinen Schritt nie bereut«, murmelte Adrian leise. »Keine Sekunde habe ich es bereut. Nicht damals, als sie…« Er verstummte.

»Und heute?«

Adrian seufzte. »Ich weiß es nicht. All die E-Mails. All die Wendungen, die die Geschichte genommen hat. Wenn ich das Ganze von heute aus betrachte, dann frage ich mich…«

»Du hättest bei Caroline bleiben sollen«, unterbrach Luke ihn. »Das hättest du tun sollen, Dad. Mit ihr zusammenbleiben. Ganz einfach.«

32

März 2011

Da war sie wieder, ihre Periode. Die vierzehnte, seit sie und Adrian das Projekt Schwangerschaft gestartet hatten. Keine Überraschung. Seit Tagen war es zu spüren gewesen. Trotzdem war die Enttäuschung groß. Maya fühlte sich mal wieder, als hätte ein Maulesel ihrer Seele einen Tritt verpasst und sie völlig aus dem ohnehin fragilen Gleichgewicht gebracht.

Gleichzeitig rückte das, was sie lange als Inhalt und Aufgabe ihres Lebens zu sehen gelernt hatte, immer weiter weg, wurde mit jedem einzelnen Tag unbedeutender. Ihre Gefühle veränderten sich ebenso wie ihr ganzer Daseinsgrund. Oder was sie dafür gehalten hatte. Ihre Welt war nebulöser, diffuser geworden. Unheimlicher.

Sie hatte sich für den heutigen Abend mit ihrer alten Freundin Sara verabredet, die sie schon endlos lange vertröstet hatte. Inzwischen waren die Ausreden ziemlich aufgebraucht. Aber vielleicht war es ja in Anbetracht ihrer düsteren Stimmung ganz gut, jemanden aus alten Zeiten zu treffen – jemanden, der sie von früher kannte, als sie noch eine normale junge Frau war. Sie wollten sich in Soho auf ein paar Drinks treffen.

Als Maya nach der letzten Unterrichtsstunde gehetzt zu Hause ankam, blieben ihr exakt achtzehn Minuten, bis sie wieder losmusste: gerade genug, um ihre E-Mails abzurufen und die neueste Tirade ihres unbekannten Intimfeinds zu lesen.

Liebe Schlampe,

noch immer kein Baby? Muss qualvoll sein. Und eine bittere Enttäuschung festzustellen, dass man weniger fruchtbar ist als die ersten beiden Ehefrauen, die ihre Kinder ausgespuckt haben wie Kirschkerne. Sieht also ganz so aus, als würdet ihr beide zu zweit bleiben, für immer, nur ihr beide, du und der alte Mann. Freust du dich auf die dahinschwindenden Jahre? Darauf, dass er immer älter und du immer verbitterter und verschrobener wirst? Oh, ich wette, du freust dich. Nein? Dann verpiss dich doch! Am besten sofort. Jetzt, wo du noch jung bist. Niemand wird dich vermissen. Es wird sein, als wärst du nie da gewesen …

Übrigens deine neue Frisur. Sie gefällt keinem. Caroline sagt, sie lässt dich maskulin erscheinen, und Cat meint, du siehst aus wie der Hässlichste von allen in einer Boy-Band. Noch so ein Fehlgriff, Schlampe …

Maya fuhr sich spontan mit der Hand durch ihre Haare. Die Mädchen in der Schule fanden ihre neue Frisur toll. Super Frisur, hatten sie gesagt und hinzugefügt, dass sie aussehe wie Emma Watson.

Auch Adrian war angetan gewesen und hatte sie angesehen, als wäre sie das schönste Wesen, das ihm je begegnet war. Sie stand auf, betrachtete sich im Spiegel, richtete den Pony und lächelte sich zu. Nein, die Frisur war nicht bloß okay, sie stand ihr richtig gut. Ganz sicher. Caroline hatte sich darüber eindeutig positiv geäußert, als sie sie am

Wochenende gesehen hatte. Und Cat? Woher wusste die überhaupt von ihrer neuen Frisur? Ach ja, sie hatte ihr ein Foto per SMS geschickt. Maya griff nach ihrem Handy und suchte danach.

Da war es zusammen mit Cats Antwort: *Du siehst umwerfend aus, Baby! Wünschte, mir würde so ein Schnitt stehen. Was sagt denn Dad dazu?*

Daraufhin hatte sie zurückgesimst: *Gefällt ihm!*

Dann wieder Cat: *Natürlich gefällt es ihm. Du bist so wunderschön. Er kann sich glücklich schätzen xxxxx.*

Maya zog die Stirn in Falten. War es möglich, dass die gleiche Person, die so nette Zeilen schrieb, hinter ihrem Rücken derlei schreckliche Dinge über sie sagte? Von allen Kindern Adrians hatte sie mit Cat die wenigsten Probleme gehabt. Von Anfang an war sie ihr offen und freundlich entgegengekommen. Selbst bei dem kleinen, gutmütigen Beau hatte es einiger Überzeugungsversuche bedurft, bis er sie an sich heranließ, und gelegentlich kam es noch vor, dass er sie seltsam distanziert ansah.

Der Ton der hasserfüllten Mails wurde zunehmend persönlicher; jedes Mal waren sie mit immer mehr und immer neuen Details gespickt, die lediglich Insider wissen konnten. Und jetzt das. Diese Nachricht verfolgte eindeutig den Zweck, Misstrauen zu säen und sie Cat zu entfremden. Maya fürchtete, dass die böse Saat bereits aufging. Rasch verschob sie die E-Mail in ihren geheimen Dokumentenordner und schickte Cat kurzerhand eine SMS, bevor sie groß überlegen konnte, ob das klug von ihr war oder nicht.

Hi. Frage mich gerade, ob du das Foto von meinem neuen Haarschnitt irgendwem gezeigt hast? Habe es mir nämlich noch mal angeschaut und finde, ich sehe richtig hässlich aus. Bitte lösch es!

Dann drückte sie auf »Senden«, steckte das Handy in ihre Handtasche und machte sich auf, um Sara zu treffen.

»Meine Güte, deine Frisur«, waren Saras erste Worte, kaum dass sie die Bar betreten hatte.

Maya griff sich in die Haare und lächelte zerknirscht. »War wohl keine so gute Idee.«

»Nein! Nein! Sie gefällt mir. Wirklich. Steht dir.«

»Na ja, ich bin mir nicht ganz so sicher«, erwiderte sie schon wieder einigermaßen beruhigt. »Aber was dich betrifft, du siehst großartig aus. Wir haben uns ewig nicht gesehen.«

»Danke für das Kompliment. Und ja, stimmt, unser letztes Treffen ist so lange her, dass es kaum noch wahr ist. Allerdings lag das sicherlich nicht an mir.«

»Tut mir leid. Die Tage in der Schule sind so lang …«

»Wie die Ferien«, unterbrach Sara sie und zog die linke Braue spöttisch nach oben.

»Okay, okay, du hast ja recht. Ich bin schlimm.« Maya hob lächelnd, wie um Verzeihung bittend, die Hände.

Sie bestellten Cocktails, die in dieser Bar, die Sara vorgeschlagen hatte, sündhaft teuer waren. Für die Freundin, die gut verdiente, kein Problem. Man sah ihr an, dass sie es sich leisten konnte. Sie war der Typ »erfolgreiche Businessfrau«, gekleidet im trendigen Cityschick, die Haare streng nach hinten gekämmt und hochgesteckt, das Make-up dezent und frisch. In der Schule waren sie die besten Freundinnen gewesen, hatten sich auf dem College auseinandergelebt, und heute war ihre Freundschaft mehr eine Pflichtübung, an der sie jedoch zäh festhielten.

»Und?«, fragte Sara, während sie ihren seidengefütterten Blazer ablegte. »Wie läuft es so bei dir?«

»Gut. Alles prima«, sagte Maya.

»Und wie geht es Adrian?«

»Super. Er hat zwar viel zu tun, aber sonst läuft alles bestens.«

Sara sah sie durchdringend an. Sie hatte noch nie einen Hehl daraus gemacht, dass sie Mayas Heirat mit Adrian für eine unverzeihliche Dummheit hielt. *Warum sich mit dem dritten Platz begnügen, wenn man den ersten haben konnte,* hatte sie die Entscheidung der Freundin kommentiert.

Damals verstand Maya nicht, was Sara damit meinte, heute hingegen vermochte sie zu erkennen, wie scharfsichtig, wie vorausschauend diese Worte gewesen waren.

»Und wie geht es dir?«, lenkte sie von sich ab.

»Das Übliche. Gestresst. Krank. Einsam. Und noch immer geistere ich in dieser riesigen Wohnung in Clapham herum, die viel zu groß für mich ist. Zudem frisst der Job mich auf. Ich komme nicht einmal dazu, mir ein neues Sofa zu kaufen. Nicht dass ich eins bräuchte. So selten wie ich zu Hause bin, hätte ich sowieso kaum Zeit, es mir darauf gemütlich zu machen.«

»Wieso trittst du nicht kürzer? Könntest du doch?«

»Das werde ich auch tun«, erklärte sie. »Ich gebe mir noch bis zu meinem Fünfunddreißigsten, dann steige ich aus und suche mir einen tollen, verständnisvollen Ehemann, der gerne Hausmann spielt und sich um die Kinder kümmert – und währenddessen werde ich es machen wie du und auf Lehrerin umschulen.«

Mayas Kinnlade klappte herunter.

Sara lächelte süffisant. »Ja, da staunst du.«

»Wundert dich das? Du warst in meinen Augen nie der Typ fürs Heiraten, Kinderkriegen oder Schullehrerdasein. Ist echt der Hammer.«

»Nun, ich kann nicht ewig so weitermachen. Was nützt mir das viele Geld, das ungenutzt auf der Bank liegt. Wenn ich mir etwas ältere Kolleginnen ansehe, die alles für die Karriere geopfert haben oder, schlimmer noch, versuchten, beides unter einen Hut zu kriegen – traurig, kann ich bloß sagen. Am Ende kam dabei heraus, dass sie ihre Kinder kaum sahen und ihre Ehemänner kaum mehr kannten. Nein, ich beneide keine von ihnen. Für mich nicht erstrebenswert. Ich will normal bleiben. Ich will so sein wie du.«

Maya lächelte unsicher. Sie rief die Bedienung und bestellte eine Flasche weißen Hauswein, bevor Sara auf die Idee kam, eine weitere Runde teurer Cocktails zu ordern. Erwartungsgemäß warf Sara ihr einen entsetzten Blick zu, den Maya sogleich mit einer spöttischen Bemerkung konterte.

»Besser du gewöhnst dich schon mal daran, kleinere Brötchen zu backen, falls du ernstlich mit Familie von einem Lehrergehalt leben willst.«

»Wo du recht hast, hast du recht«, gab die Freundin lachend zu und wirkte so ganz anders als die kühle, humorlose Person, zu der sie im Laufe der Jahre geworden war.

Eine tröstliche Erkenntnis für Maya, gab es ihr doch Hoffnung, dass auch ihr Leben sich wieder zum Besseren wenden konnte. Und mit jeder Minute, die an jenem Abend in der Bar verstrich, mit jedem Glas Wein spürte sie das seltsam gute Gefühl, sich langsam wieder ihrem alten Ich zu nähern. Die neue Maya dagegen begann zu verblassen – jene junge Frau, die einen zweimal verheiratet gewesenen und zweimal geschiedenen Mann geheiratet und für ihn ihr Leben völlig umgekrempelt hatte, damit künftig anderer Frauen Kinder darin Platz fanden.

Maya, die nur noch aus Pflichtgefühl mit ihrem Mann schlief, die nachts von ihrem Stiefsohn träumte und morgens enttäuscht aufwachte, weil der Traum sich in Luft auflöste und neben ihr ein Mann mittleren Alters mit lichter werdenden Haaren schnarchte. Maya, die hämische Mails von einem Unbekannten erhielt, der viel zu viel von ihr wusste, um wirklich ein Unbekannter zu sein. Maya, die so sehr das Gefühl für sich selbst verloren hatte, dass sie einem neuen Friseur freie Hand ließ, damit er ihre Haare nach seinen und nicht ihren Vorstellungen gestaltete.

Aber jetzt, hier in dieser Bar in Soho, überkam sie unerwartet ein unbeschreibliches Glücksgefühl, weil diese neue Maya bereit schien, das Feld für die Originalversion zu räumen – für die Maya, die sie einmal gewesen war: jung, kess, naiv und frei.

Die beiden Freundinnen ließen die alten Zeiten wieder lebendig werden: die Schulzeit, den Jugendschwarm, die erste Liebe. Nachdem die Flasche Wein leer war, bestellten sie eine zweite, und dann brachte ihnen die Bedienung noch zwei Gläser Champagner mit einem Gruß von zwei Herren an der Bar, die ihnen vielsagend zunickten.

»Glaubst du, irgendeiner von denen möchte Hausmann sein?«, fragte Sara kichernd hinter vorgehaltener Hand.

Maya musterte die beiden. »Keine Ahnung – fragen wir sie einfach.« Sie wandte den Kopf in Richtung Bar. »Entschuldigen Sie, will einer von Ihnen gerne den Hausmann spielen?«

Die Männer sahen einander lachend an und gesellten sich zu ihnen.

»Was meint ihr denn mit Hausmann?«, fragte der große Blonde mit einem kleinen, nicht störenden Bauchansatz.

»Stellt ihr euch darunter einen Mann vor, der nicht aus

dem Haus geht?«, fügte der kleinere Dunkelhaarige mit der athletischen Figur hinzu.

»Nein«, erläuterte Sara. »Wir meinen einen Mann, der das Haus sauber hält, die Einkäufe erledigt und für alle, die im Haushalt wohnen, kocht.«

»Auch für Babys«, warf Maya ein. »Einen Mann also, der sich um die Kinder kümmert.«

»Während seine Frau arbeiten geht.«

»Und sich darüber nicht beschwert.«

»Oder deshalb Minderwertigkeitskomplexe kriegt.«

»Und was bekommen wir dafür?«, fragte der Blonde.

»Eine dankbare Ehefrau. Arbeitsplatzzufriedenheit. Eine glückliche Familie.«

»Blowjobs?«

»Okay, wenn's sein muss.«

Sara und Maya hoben die Hände, und alle vier lachten.

Sie saßen noch eine gute Stunde mit den beiden Männern zusammen, alberten ungezwungen herum und tauschten Telefonnummern aus, die Maya allerdings sofort wieder wegwarf.

»Ich nehme an, du musst als braves, verheiratetes Mädchen bald nach Hause«, meinte Sara um halb zwölf mit vom vielen Wein und vom vielen Lachen geröteten Gesicht.

Maya schüttelte energisch den Kopf. »Auf keinen Fall. Die Nacht ist noch jung. Wie wär's mit einem Absacker?«

Und so blieben sie eine weitere Stunde bei weiteren Gläsern Wein, obwohl sie längst mehr als genug hatten. Mit dem Resultat, dass Fassaden und Schutzwälle, hinter denen sich Maya verschanzt hatte, ins Wanken gerieten und eine ehrliche Sicht auf die Realität möglich wurde.

Als Sara sich ganz dicht zu Maya beugte und sie fragte,

ob sie wirklich glücklich sei, zögerte Maya keine Sekunde mit ihrer Antwort.

»Nein. Bin ich nicht«, gab sie zu. »Nicht wirklich. Eigentlich geht es mir hundsmiserabel.«

»Ich wusste es«, erwiderte Sara und trommelte etwas zu fest auf die Tischplatte. »Ich wusste, dass du nicht glücklich bist. Was ist los? Willst du es mir erzählen?«

»Oh, du hattest ja so recht, von Anfang an hattest du recht«, brach es aus Maya heraus. »Sie hassen mich alle. Die ganze Familie. Dabei gebe ich mir solche Mühe. Ich strenge mich wie verrückt an, aber es reicht nie. Adrian ist zwar lieb und nett, richtig süß, bloß kapiert er einfach nichts und denkt, jeder müsse glücklich sein, weil er glücklich ist. Und …« Sie zögerte, war drauf und dran, die E-Mails zu erwähnen, riss dann im letzten Moment das Steuer herum und gab ein anderes Geheimnis preis. »Es ist noch viel schlimmer, Sara … Ich glaube, ich habe mich in einen anderen verliebt.«

Die Freundin schlug die Hand vor den Mund. »Oh Gott. In wen denn?«

»In Luke«, flüsterte sie. »In Adrians Sohn.«

»Sag nicht, in diesen baumlangen Snob, diesen Yuppie oder diesen Graf Koks, wie unsere Eltern früher sagten.«

»Doch, genau den meine ich.«

»Maya! Der ist noch ein Kind.«

»Na ja, er ist dreiundzwanzig.«

»Dreiundzwanzig. Grundgütiger!«

»Und er ist nicht versnobt, zumindest nicht so versnobt wie er aussieht. Er ist völlig anders, als man auf den ersten Blick denkt.«

Sara sah sie skeptisch an. »Habt ihr …«

»Nein! Um Gott willen! Wo denkst du hin? Wir haben uns gerade mal geküsst.«

»Und?«

»Was, und? Ich weiß es nicht. Er hat eine Freundin und ist zehn Jahre jünger als ich. Und vor allem bin ich mit seinem Vater verheiratet. Es ist lächerlich.«

»Würde ich so sagen.«

»Sara, im Ernst, was immer passiert, du musst mir schwören, dass du das nie weitererzählen wirst. Schwörst du es?«

»Natürlich. Kein Wort davon wird je über meine Lippen kommen. Aber was willst du jetzt tun?«

»Nichts. Ich werde gar nichts tun, sondern weitermachen wie bisher, meine Pflichten brav erfüllen, bis ich vollkommen empfindungslos bin.«

Gegen eins in der Nacht kam Maya nach Hause. Adrian war noch wach, saß im Schein der Lampe an seinem kleinen Schreibtisch, um sich herum ein paar Pläne ausgebreitet, neben ihm eine Tasse mit grünem Tee und der aufgeklappte Laptop.

»Ach du liebe Güte«, sagte er schmunzelnd. »Voll wie eine Haubitze.«

Gerührt und ein wenig schuldbewusst schlang sie die Arme um seinen Hals.

»Schönen Abend gehabt?«

Sie stieg aus ihren Stiefeln, ließ sie mitten im Wohnzimmer stehen und hob die Katze hoch, sog den Duft ihres sauberen Fells ein.

»Ja. Es war wirklich lustig«, antwortete sie.

»Das glaube ich dir gerne.« Er sah sie liebevoll an. »Wie geht es Sara?«

»Sie will in den nächsten zwei Jahren ihren Job hinschmeißen und sich zur Lehrerin umschulen lassen, weil sie das für weniger stressig hält.«

Adrian zog erstaunt die Brauen hoch. »Wer hätte das gedacht?«

»Meine Periode ist heute gekommen«, verkündete Maya unvermittelt.

Sie konnte sehen, wie es in ihm arbeitete, wie er überlegte, welche Miene zu dieser Nachricht passte. Er entschied sich für Mitleid. Falsch, ganz falsch, dachte Maya. Bestürzung wäre richtig gewesen, weil es ihn ja genauso betraf wie sie. So aber klang es, als müsste allein sie bedauert werden.

»Oh«, sagte er sanft, »Liebling, das tut mir so leid.«

»Was machen wir jetzt?«, hakte sie nach, und ihre Stimme klang dramatischer als beabsichtigt. »Ich meine, was machen wir, wenn wir nie ein Kind bekommen?«

»Irgendwann wird es schon klappen.«

»Wie kannst du so sicher sein«, widersprach sie entschieden. »Das ist überhaupt nicht gesagt. Ich war noch nie schwanger, obwohl ich nie konsequent verhütet habe. Vielleicht stimmt etwas nicht mit mir.«

»Na gut«, räumte Adrian ein, nahm seine Lesebrille ab und rieb sich die Nasenwurzel. »So etwas kann man ja heutzutage feststellen und behandeln. Jedenfalls sollten wir nichts unversucht lassen.«

»Willst du das wirklich? Wünschst du dir so dringend ein weiteres Kind, dass du eine aufwendige Behandlung in Kauf nehmen würdest? Wärst du allen Ernstes bereit, dafür Tausende von Pfund auszugeben? Ohne die Gewissheit zu haben, dass es funktioniert? Und mal angenommen, ich werde schwanger. Was dann? Wie soll das gehen? Übernachtungsbesuche deiner Kinder kannst du dir dann abschminken …«

Adrian unterbrach sie. »Warum?«

»Wo bitte sollten sie denn schlafen? Wir haben so ja kaum Platz. Und die drei finden das bestimmt nicht toll. Fühlen sich vernachlässigt und um ihre Rechte betrogen. Weil ihren Platz dann jemand anders einnehmen würde. Ein neuer Prinz oder eine neue Prinzessin, die sie ins zweite Glied verweist. Ich denke einfach … dass ein Baby vielleicht keine so gute Idee ist.«

Adrian knipste die Schreibtischlampe mit dem schwenkbaren Arm aus und setzte sich zu ihr aufs Sofa. Nahm ihre Hände in die seinen und schaute sie mit diesem für ihn so typischen Blick an, mit dem er ihr seine volle Aufmerksamkeit signalisieren wollte, den sie jedoch ätzend fand. Irgendwie war er von oben herab.

Er wirkte so sanft, so verständnisvoll und zwang ihr trotzdem seinen Willen auf. Und schlagartig begriff sie, dass sie ihn nicht mehr liebte. Eine Erkenntnis, die sie mit voller Wucht bis tief ins Herz traf. Maya rang stumm nach Luft, während Adrian weiter auf sie einredete. Sie hörte nicht wirklich zu, nur Wortfetzen drangen an ihr Ohr.

Lass uns abwarten, wie du dich in einem Monat oder so fühlst – Wir können darüber reden, wann immer du möchtest – Wir finden einen Weg, wenn es sein muss …

Maya nickte bloß, weil sie versuchte, das Chaos in ihrem Innern in den Griff zu kriegen. Bestimmt war der Alkohol schuld. Oder die Hormone, vielleicht auch diese E-Mails, die sie dermaßen durcheinanderbrachten. Doch je länger sie darüber nachdachte, desto mehr wuchs die Gewissheit, dass ihre Gefühle sie nicht trogen.

Es war vorbei. Sie wollte kein Kind mit diesem Mann, wollte den familiären Ballast, den er mit sich herumschleppte, nicht zusätzlich vergrößern. Aber das war es nicht allein. Sie wollte nicht ewig in einem Gästehaus für anderer Leute Kinder wohnen und nicht länger der Grund sein für noch mehr Konflikte und noch mehr Umstellungen und Neuorganisation. Sie wollte nicht, dass man hinter ihrem Rücken über sie lästerte, dass man über ihre Frisur und ihren Weihnachtspudding herzog. Und, das gehörte ebenfalls zu ihrer Bis-hierher-und-nicht-weiter-Liste, sie wollte definitiv nicht länger auf dem Rücksitz des Familienautos sitzen.

Sie drehte an ihrem Ehering und spürte, dass seine Worte sie nicht mehr erreichten. Adrenalin schoss durch ihren Körper, als sie seine Hände nahm und seinen Blick suchte.

»Weißt du was«, erklärte sie mit einer Bestimmtheit, die sie selbst überraschte, »wir sollten es gar nicht mehr versuchen. Weil …«, sie hielt inne und drückte seine Hand, »… weil ich mir gar nicht mehr sicher bin, ob das mit uns weiterhin funktioniert.«

Die Stille, die auf diese Eröffnung folgte, schien Zeit und Raum zu transzendieren, jeden Winkel des Universums zu durchdringen und sie aus der vertrauten Welt herauszuheben. Im Scheinwerferlicht eines draußen vorbeifahrenden Autos sah Maya Adrians Augen, die ungläubig und starr auf sie gerichtet waren, und sie begann sich zu fragen, ob sie die Worte tatsächlich laut ausgesprochen hatte.

Schließlich, ganz langsam und ohne Groll, zog Adrian seine Hand zurück, stand auf und küsste sie auf den Scheitel.

»Ich gehe schlafen, Liebes. Wir sehen uns morgen früh. Ich liebe dich.«

Und als wäre nichts geschehen, wiederholte Maya gedankenlos: »Ich dich auch.«

Ihre Blicke folgten ihm, als er die Sachen auf dem Schreibtisch zusammenräumte, sich ein Glas Wasser holte und schweigend das Zimmer verließ. Sie hingegen musste sich erst einmal klar werden, was da gerade passiert war oder nicht passiert war. Sie machte sich einen Kaffee, schenkte sich ein Glas Wasser ein und setzte sich wieder aufs Sofa. Als sie ihr Handy aus der Handtasche nahm, sah sie, dass eine neue Nachricht eingegangen war. Von Cat.

Spinnst du jetzt? Hör auf, so was Blödes zu sagen – du siehst grandios aus. Trotzdem lösche ich das Foto, wenn du willst. Und keine Sorge, niemand hat es zu Gesicht bekommen außer mir und Luke!☺

Luke. Sie konnte sich gut vorstellen, was er zu der ganzen Sache sagen würde, wenn er Kenntnis davon hätte. Als vorsätzliche Grausamkeit würde er es bezeichnen, als einen gemeinen Versuch, ihr ein schlechtes Gewissen einzureden. Sie unterdrückte ein Schluchzen und schickte sich an, ins Schlafzimmer zu gehen.

Vor der Tür verharrte sie eine Weile, die Türklinke bereits in der Hand, weil ein Schwindel sie packte, und atmete tief durch. Dann drehte sie sich um, ging hinüber in das Zimmer, in dem Carolines Kinder zu schlafen pflegten, und legte sich in das untere Stockbett, in dessen Kissen sie schwach Beaus sauberen Kleinkindduft wahrnahm.

33

August 2012

»Wo ist denn die Wandtafel der Harmonie hingekommen?«, fragte Otis, während er hinter ein paar Haarsträhnen, die ihm in die Stirn fielen, die leere weiße Wand betrachtete.

»Ich habe sie abmontiert«, sagte Adrian und stellte schwungvoll ein paar Einkaufstüten auf der Küchentheke ab.

»Und warum?«

Otis war seinem Vater gefolgt, Beau hingegen stand noch im Flur und starrte mit offenem Mund auf die Stelle, wo das Whiteboard gehangen hatte. Nun schien es wie durch Zauberwerk verschwunden zu sein.

»Weil der Anblick mich traurig gemacht hat. Es war Mayas Idee gewesen: Sie wünschte so sehr, dass jeder sie mochte, und deshalb hat sie alles Wichtige auf dieser Tafel festgehalten. Leider hat es nicht geklappt.«

»*Ich* mochte sie«, rief Beau aus dem Flur.

»Das weiß ich«, versicherte Adrian.

»Na ja, meistens zumindest«, fuhr Beau fort. »Nur manchmal, da mochte ich sie nicht.«

»Wieso das?« Adrian warf seinem Jüngsten einen neugierigen Blick zu. »Und in welchen Situationen?«

»Wenn sie zum Beispiel sagte: *Mach das richtig*. Als ob

sie meine Lehrerin oder meine Mum gewesen wäre. Dann mochte ich sie nicht. Aber meistens schon.«

»Schön«, sagte Adrian und schüttete die Mandarinen aus dem Netz in die Obstschale.

»Also ich bin froh, dass das Ding weg ist«, meinte Otis und wühlte in den Tüten nach den Maoams, die Adrian ihm widerstrebend gekauft hatte. »Ich fand die Wandtafel der Harmonie eine bescheuerte Idee.«

Sein Vater streifte ihn mit einem verwunderten Blick.

»Okay, du hast vorher öfter was vergessen, doch was du getan hast, ging von dir aus. Später hat Maya alles an sich gerissen. War es nicht so? Auch wenn deine Geschenke manchmal echt beschissen waren, hattest du sie wenigstens selbst ausgesucht.«

Adrian legte ein paar Bananen auf die Mandarinen und runzelte die Stirn. »Und ihr habt garantiert daran herumgemeckert.«

»Nein, ich nicht«, widersprach Otis. »Weil du immerhin dein Bestes gegeben hast im Rahmen deiner Möglichkeiten.«

»Eben. Und das war nicht gut genug. Diesen Eindruck habt ihr mir jedenfalls überdeutlich vermittelt.«

Otis schüttelte den Kopf und riss ein Päckchen Maoam auf. »Für mich war es vorher voll okay. Und ich habe nie kapiert, warum jemand daherkommen und alles über den Haufen werfen musste.«

»Das ist unfair. Maya wollte es besser machen und nicht alles über den Haufen werfen – das war nie ihre Absicht.«

»Egal. Hauptsache, das Ding ist weg. Ich habe es gehasst.«

Adrian zuckte zusammen. Wie Otis redete, das klang so finster und pessimistisch, als hätte er alle Lebensfreude verloren. Sein Sohn hatte sich in letzter Zeit dermaßen verändert, dass er in ihm kaum noch den fröhlichen Jungen von einst erkannte. Mal schien er gar keine Meinung zu haben, mal äußerte er sich mit einer fast schon aggressiv zu nennenden Vehemenz.

Ein schrecklicher Gedanke durchzuckte ihn. War es möglicherweise Otis, der Maya die E-Mails geschrieben hatte? Nein, das konnte nicht sein. Unmöglich. Diese Vorstellung war absurd und durfte in seinem Kopf erst gar keine Wurzeln schlagen. Um den entsetzlichen Verdacht nicht weiter an sich heranzulassen, machte Adrian sich daran, das Essen für seine Jungs zuzubereiten, unterhielt sich mit ihnen über alles Mögliche und bemühte sich, heikle Themen wohlweislich zu meiden.

Nach dem Essen verzogen sich die Söhne vor den Fernseher, und Adrian war gerade dabei, die Spülmaschine einzuräumen, als sein Telefon klingelte. Es war Jonathan Baxter.

»Hi Adrian. Hören Sie, ich habe gute Neuigkeiten. Glaube ich zumindest. Laut meiner Exfrau und einer Tochter hat Matthew eine Mitbewohnerin, die zwei verschiedenfarbige Augen hat. Und nicht nur das, sie arbeitet sogar für ihn. Insofern ist es durchaus möglich, dass sie an eins meiner alten Handys gekommen sein könnte.«

»Wie heißt sie denn?« Adrian war wie elektrisiert.

»Abby. Sie sind scheinbar sehr eng befreundet.«

»Aha, okay. Und was machen wir jetzt? Ich meine, weiß sie, dass ich nach ihr suche?«

»Nein. Wir haben weder Matthew noch der Frau etwas gesagt. Ich wollte als Erstes Sie informieren und mit Ihnen besprechen, wie Sie weiter vorgehen wollen.«

»Nun, ich würde am liebsten mit ihr persönlich reden. So bald wie möglich. Können Sie mir ihre Nummer geben?«

Jonathan seufzte. »Ich persönlich hätte nichts dagegen – meine Frau hingegen ist da sehr eigen. Fast schon paranoid. Ihr wäre es lieber, Sie würden zunächst Matthew eine E-Mail schreiben. Wie klingt das für Sie?«

»Okay, ist jedenfalls ein Anfang«, meinte er und suchte nach Stift und Zettel, um die E-Mail-Adresse zu notieren.

»Ich hoffe, Sie verstehen das. Man hört schließlich so allerhand von Stalkern oder Identitätsdiebstahl, wissen Sie. Immerhin könnten Sie ja ein nachtragender Exfreund mit bösen Absichten sein, meint meine Frau.«

Adrian lachte. »Nein, nein, das bin ich definitiv nicht. Trotzdem verstehe ich Ihre Bedenken. Kein Problem. Das geht in Ordnung. Schießen Sie los!«

»Okay. Seine E-Mail-Adresse lautet wie folgt: matthew.baxter@retrotech.co.uk. Haben Sie es?«

»Ja, ich danke Ihnen vielmals.«

Er legte auf und lächelte zufrieden. Auf keinen Fall würde er Jonathan Baxters Sohn eine E-Mail schreiben, die ihm nichts brachte. Denn dafür würde diese Abby alias Jane mit Sicherheit sorgen. Das Letzte nämlich, wonach ihr der Sinn stand, dürfte eine neuerliche Begegnung mit ihm sein. Nein, insofern kam es nicht infrage, diesem Matthew darzulegen, was er wollte. Er hatte eine bessere Idee – immerhin wusste er jetzt, wo der Mann und »Jane« zu finden waren.

»Wer war das?«, erkundigte sich Otis.

»Das«, erwiderte Adrian triumphierend, »war ein Mann, der mir dabei hilft, Jane zu finden.«

»Die Frau, die hier war, um Mayas Katze zu sich zu nehmen?«

»Ja. Genau die. Nur dass sie nicht Jane heißt, sondern Abby. Und ich werde sie morgen aufsuchen. Jetzt bin ich an der Reihe«, sagte er und machte sich daran, die Adresse von Matthews Firma zu googeln.

Am folgenden Nachmittag stand Adrian vor einem etwas maroden Art-déco-Gebäude in der City Road, in dem die Firma Retrotech ihre Büros hatte. Er drückte den Summer.

»Ist Abby da?«, rief er in die Gegensprechanlage.

»Im Moment ist sie leider nicht im Haus. Wer spricht denn?«

»Ein Freund. Bin zufällig in der Gegend und dachte, ich erwische sie vielleicht in ihrer Mittagspause. Wann kommt sie zurück?«

»Sie hat einen Termin bei einem Kunden in Soho. Etwa in einer Stunde dürfte sie wieder da sein. Kann ich ihr etwas ausrichten?«

»Nein, nein, machen Sie sich keine Mühe. Ich versuche es später noch mal. Danke für die Auskunft.«

»Keine Ursache.«

Adrian überlegte noch, wie er die Zeit totschlagen sollte, als er schräg gegenüber eine Bank entdeckte. Er überquerte die Straße, ließ sich nieder, rief sein Büro an und bat seine Vorzimmerdame, das für fünfzehn Uhr anberaumte Projektmeeting zu verschieben. Dann setzte er seine Sonnenbrille auf und wartete.

34

Cat war erleichtert, als sie an jenem Nachmittag die Haustür öffnete und Luke vor ihr stand. Es war die zweite Woche der Sommerferien, und sie hatte die Nase voll. Von allem: von den Kindern, die sie ebenso nervten wie der Regen, von den Hundehaufen, die sie ständig beseitigen, und von den Fischstäbchen, die sie ständig braten musste. Und nicht zuletzt von Caroline, die immer öfter immer später von der Arbeit nach Hause kam. Cat hatte seit ungefähr drei Tagen nicht einmal Zeit gehabt, sich ordentlich die Haare zu richten. Schön langsam mussten sie vor Dreck stehen, dachte sie.

»Du siehst zum Wegschmeißen aus«, konstatierte Luke wenig charmant und musterte sie von Kopf bis Fuß.

»Und du siehst schwul aus«, konterte sie boshaft, und es klang ausgesprochen abfällig und nicht wie sonst liebevoll-spöttisch. »Ich will dich mal sehen«, fuhr sie aufgebracht fort, »nach zwei Wochen mit drei Kindern, zwei Hunden und einem Haus, und das rund um die Uhr.« Verbittert hielt sie inne, bis ihr an ihrem Bruder etwas auffiel. »Was ist denn mit deinem Bart passiert?«

»Habe ich abrasiert«, gab er grinsend zurück. »Sah mir nicht schwul genug aus.«

»Ich fand ihn cool«, meinte sie. »Und jetzt komm endlich rein, damit die Hunde deine hübsche helle Designerjeans ein bisschen einsauen können.«

Er bedachte sie mit einem säuerlichen Blick. »Spiel bitte nicht den Stilberater, das steht dir kaum zu. Und bevor ich deinen Empfehlungen folge, kann ich mich gleich aufhängen. «

Er lief hinunter ins Souterrain, wo ihn die Hunde stürmisch begrüßten, als hätten sie ihn schrecklich vermisst.

»Oh mein Gott«, sagte er, als er die Unordnung sah. »Irgendwie scheinst du zur Haushaltsführung nicht sonderlich geeignet zu sein.«

Cat nickte. Ihnen bot sich wirklich ein chaotisches Bild, das sie nun mit den Augen eines neutralen Beobachters zu sehen versuchte. Überall stand schmutziges Geschirr vom Mittagessen herum. Ein Kind saß mit schokoladeverschmiertem Gesicht auf dem Boden vor dem Fernseher, hatte sich mit allen verfügbaren Kissen ein Lager gebaut und schaute Olympiade. Ein anderes Kind fläzte sich, ebenfalls mit schokoladeverschmiertem Gesicht, auf dem nunmehr kissenlosen Sofa und löffelte einen Joghurt, während ein weiteres Kind draußen im Schlafanzug unablässig Tennisbälle gegen die Hauswand donnerte, als befände es sich in einem akut-psychotischen Zustand.

»Ich stimme dir zu«, sagte Cat betreten. »War auch nicht meine bevorzugte Berufswahl, das kann ich dir versichern. Und nächsten Sommer werde ich das bestimmt nicht mehr machen.«

»Ich wette hundert Pfund dagegen. Hallo, ihr lieben, süßen Kleinen«, rief er durch den Raum, ohne dass eine große Reaktion erfolgte. Aus den Kissenbergen hob sich lediglich müde eine Hand zum Gruß.

»Was willst du eigentlich hier?«, erkundigte sich Cat. »Musst du nicht arbeiten?«

»Das kann man so oder so auslegen. Wegen der Olympiade lässt Dad alle früher nach Hause gehen, er selbst glänzte heute ebenfalls durch Abwesenheit, und da dachte ich mir, Scheiß drauf, mach ich ebenfalls blau und besuch euch mal wieder.«

»Du bist ein echter Goldjunge«, erwiderte Cat süffisant. »Kaffee?«

Er schüttelte den Kopf.

»Wein?«

»Wie spät ist es denn?«

»Müsste gerade Happy Hour sein, genau richtig für den ersten Schluck.« Sie grinste und holte eine Flasche Wein aus dem Kühlschrank, der immer gut bestückt war – eine Tatsache, die sie halbwegs mit ihrem Job versöhnte. »Das habe ich mir absolut verdient«, sagte sie. »Und ich werde mir niemals Kinder anschaffen. Und falls doch, wandere ich nach Hawaii oder so aus, irgendwohin, wo es nie regnet. Hier ist alles dermaßen ätzend.« Sie verzog genervt den Mund. »Im Ernst, ich kann vorschlagen, was ich will, irgendwer schießt garantiert quer. Und dann darf ich mir überlegen, ob ich mich um den Spielverderber kümmere und ihn zu überreden versuche – oder ob ich lieber die anderen bei Laune halte. Was ich auch tue, am Ende hängen wir bei Regenwetter alle gelangweilt herum und bauen zum tausendsten Mal irgendwelche Kissenburgen.«

Sie verdrehte die Augen und bot Luke einen Teller leicht missratener, selbst gebackener Kekse an, die sie mit einem »Team-Great-Britain«-Motiv aus Reispapier dekoriert hatte. »Olympiakekse?«

Luke schüttelte den Kopf – er aß niemals etwas Selbstgebackenes. Zumindest hatte Cat es noch nie beobachtet. Sie maß ihn über den Rand ihres Glases hinweg mit kritischem Blick. Er sah nachdenklich aus, wirkte bedrückt.

»Und?«, fragte sie. »Wieso bist du wirklich hier?«

»Habe ich doch gesagt. Um euch zu besuchen.«

»Bestimmt nicht«, sagte sie entschieden und neigte den Kopf zur Seite. »Bist du nicht.«

»Okay. Ja und Nein«, räumte er ein. »Ich habe etwas wirklich Dummes angestellt.«

»Ach du meine Fresse!«

»Ja, die halt mal besser«, erwiderte er brüsk und zog eine Grimasse. »Egal, erinnerst du dich an Charlotte?«

»Klar, erinnere ich mich an Charlotte. Wir waren mal ziemlich dicke miteinander, wie du weißt.«

»Na, jedenfalls habe ich mit ihr geschlafen«, flüsterte er ihr zu, damit die Kinder es nicht mitbekamen.

Cat wusste nicht recht, ob das jetzt gut oder schlecht sein sollte, und sah den Bruder fragend an.

»Ich Idiot bin mit ihr wieder ins Bett gegangen, obwohl ich mir damals den Arsch aufgerissen habe, um sie loszuwerden. Und jetzt denkt sie …«

»Dass alles wieder beim Alten ist und ihr wieder zusammen seid?«

»So ist es«, seufzte er.

»Und das willst du nicht, wenn ich dich recht verstehe.«

Sie schielte nach dem Teller mit den Olympiakeksen. Sie hatte erst zwei davon gegessen, und obwohl sie nicht besonders schmeckten, stellten sie für Cat eine Versuchung dar, der sie nicht mehr lange widerstehen würde.

»Natürlich will ich das nicht. Sie ist eine Psychopathin.«

»Warum hast du dich dann aufs Neue mit ihr eingelassen?«

»Warum? Warum? Ich weiß, dass es blöd war. Saublöd sogar, denn jetzt redet sie davon, nach London zu kommen und mit mir zusammenzuziehen.«

»Du bist wirklich ein Volltrottel.«

»Danke, aber kannst du mir vielleicht etwas Hilfreicheres sagen. Mir beispielsweise raten, was ich tun soll?«

»Was fragst du mich das?«

»Weil du eine Frau bist und weil du mal mit ihr befreundet warst. Ich hoffte, du hättest vielleicht eine Idee.«

Sie angelte sich einen der Kekse und schüttelte bedauernd den Kopf. »Tut mir leid, Kumpel. Null Plan. Aber wie wäre es mit der Wahrheit? Sag ihr einfach, wie es ist. Besser ein Ende mit Schrecken als ein Schrecken ohne Ende. Ist doch so, oder?«

»Habe ich schon versucht, bloß zieht die Wahrheit bei ihr nicht.«

»Dann musst du es immer wieder tun. Und zwar ganz brutal. Sag ihr beispielsweise: Sorry, Charlotte, dass ich meinen Schwanz nicht unter Kontrolle hatte und mit dir geschlafen habe. Obwohl du zugegebenermaßen eine echt heiße Braut bist, möchte ich, bei Tageslicht betrachtet, trotzdem nichts Festes mehr mit dir anfangen. Tut mir leid, dass ich so ein triebgesteuertes Arschloch war.«

»Rede nicht so daher – da komme ich mir ja erst recht wie ein Schwein vor.«

»Na, dann vögele gefälligst nicht durch die Gegend oder frag mich zumindest nicht hinterher, was du machen sollst«, beschied sie ihn brüsk und stopfte sich einen weiteren Keks in den Mund.

Luke maß sie mit einem seltsamen Blick, den sie zunächst als Abscheu vor ihrem ungezügelten Appetit deutete. Aber es war etwas anderes.

»Hör mal«, setzte er schließlich an. »Da ist noch etwas. Charlotte hat etwas äußerst Merkwürdiges gesagt. Über Maya. Es klang, als hätte sie sie irgendwie auf dem Kieker gehabt. Ihr die Pest an den Hals gewünscht oder so. Deshalb frage ich mich, ob möglicherweise sie die E-Mails geschrieben hat?«

»Wer? Wen meinst du damit?«, mischte sich Otis, der soeben die Küche betreten hatte, ein.

Cat drehte sich um. »Nichts«, sagte sie rasch und wedelte beschwichtigend mit ihrer Hand. »Gar nichts. Im Übrigen solltest du dich langsam mal anziehen.«

»Lohnt sich nicht mehr, ist ja bald schon wieder Schlafenszeit.« Er zuckte mit den Achseln. »Über wen habt ihr gesprochen?«

»Über niemanden, den du kennst. Über eine Frau aus Dads Büro.«

Sie warf Luke einen warnenden Blick zu und formte mit den Lippen unhörbar das Wörtchen *später*.

»Hi Otis.«

»Hi Luke.«

»Genießt du die Ferien?«

Otis lächelte, wich aber den Blicken des Bruders aus. »Ist ganz okay, allerdings ziemlich langweilig.«

Luke sah erst Cat an, dann nacheinander Otis, Pearl und Beau und klatschte in die Hände. »Alle mal herhören! Sollen wir essen gehen?«

»Wohin?«, erkundigte sich Otis argwöhnisch.

»Ich weiß nicht«, sagte Luke. »Denkt euch was aus.«

»Ins Nando«, antwortete Otis.

»Nein, Sushi«, schlug Pearl vor.

»Ich will Pizza«, rief Beau.

Cat verdrehte die Augen und sah Luke vielsagend an. »Siehst du? So geht das ständig. Jedes Mal, wenn ich etwas vorschlage. Echt ätzend.«

Luke riss daraufhin ein Blatt Papier in drei Streifen,

schrieb jeweils auf eines den Namen eines Restaurants, knüllte sie auf der Küchentheke zusammen und forderte Cat auf, eines der Papierknäuel herauszugreifen.

Als seine jüngeren Geschwister prompt zu maulen begannen, tat er so, als würde er die Papierbällchen in den Mülleimer schnippen, und sofort herrschte Ruhe.

»Nando«, verkündete Cat. »Also los, zieht euch an.«

Kurz darauf saßen sie friedlich alle um einen Tisch in dem von Otis vorgeschlagenen Restaurant. Cat fragte sich, ob sich wohl irgendwer, der sie hier sitzen sah, überlegte, wie sie wohl zusammengehörten. Vom Aussehen her wiesen sie wenig Ähnlichkeit auf, sodass man sie nicht unbedingt für Geschwister hielt, höchstens für eine Patchworkfamilie.

»Alle zufrieden?«, erkundigte sie sich.

Beau nickte heftig. Pearl lächelte versonnen. Otis brummte etwas vor sich hin. Alle waren mit ihrem Essen beschäftigt, die meisten mit Hähnchenteilen und Pommes.

»Und wie läuft es so mit dir und Dad unter einem Dach?«, wandte Cat sich an ihren großen Bruder.

»Gar nicht mal so schlecht«, erwiderte Luke und biss in seinen Chickenwrap. »Er ist weniger schlimm, als ich dachte.«

»Ich weiß«, belehrte ihn seine Schwester. »Das predige ich dir seit Jahren.«

»Ein bisschen kauzig ist er geworden, und dabei ist er eigentlich noch zu jung dafür.«

»Was meinst du damit?«

»Er ist merkwürdig. Versponnen. Irgendwie abgedreht. Läuft immer in den gleichen Uraltklamotten herum, die außer ihm keiner mehr anzieht, steht voll auf Bio. Und was er sich immer im Radio anhört! Ich krieg manchmal die

Krise. Andere Achtundvierzigjährige hören coole Musik und tragen coole Klamotten. Er sollte mehr an seine wilden Jugendzeiten denken.«

»Sag nicht, dass du einen Altpunker oder Altrocker zum Vater haben möchtest?« Sie kippte Ketchup auf Beaus Teller. »Das Problem«, fuhr sie fort, »besteht darin, dass Dad es dir nie recht machen kann, egal was er tut. Du hast schon als Kind an ihm herumgemeckert. Als ob …« Sie hielt inne und sah ihn nachdenklich an. »Als ob du dir einen anderen Vater gewünscht hättest. Du hast dich nie damit abgefunden, dass er nun mal nicht aus seiner Haut kann.«

Otis horchte auf und beäugte seine Geschwister neugierig. »Sprecht ihr über Dad?«

»Nein«, behauptete Cat.

»Doch«, widersprach Luke.

Verwirrt sah Otis von einem zum anderen.

»Okay«, gab Cat seufzend zu. »Wir reden über ihn.«

»Und was habt ihr gerade gesagt?«

»Dass wir alle ihn völlig unterschiedlich sehen.«

»Ich sehe ihn so wie Luke«, erklärte Otis spontan.

»Oh«, meinte Cat leicht erstaunt. »Gut.«

»Nein, nicht gut – ich denke nämlich, er ist ein Idiot.«

»So etwas habe ich nie über ihn gesagt«, verteidigte sich Luke.

»Nein, aber du denkst es. Das ist offensichtlich.«

»Inwiefern?«

»Man merkt es an der Art, wie du mit ihm sprichst und wie du über ihn sprichst.«

»Glückwunsch, Luke«, murmelte Cat vor sich hin.

»Und all seine beschissenen Entscheidungen. Er hat Susie wegen Mum verlassen und Mum wegen Maya. Ohne irgendeinen ersichtlichen Grund. Und dann hat er Maya so unglücklich gemacht, dass sie absichtlich vor einen Bus gelaufen ist.«

Cat fuhr empört auf. »Jetzt mal halblang, Otis. Wir wissen gar nicht, ob es Absicht war. Mit einiger Wahrscheinlichkeit handelte es sich um einen Unfall. Und Dad die Schuld in die Schuhe zu schieben, das ist unfair und überdies ausgesprochen gemein.«

»Warum? Er war mit ihr verheiratet und hätte dafür sorgen müssen, dass sie glücklich war.«

»Dass sie es nicht war, das lag nicht an Dad. Du kennst scließlich genau wie wir alle den Grund, oder?«

»Ich glaube nicht, dass es die E-Mails waren«, tat er geheimnisvoll. »Die waren bestimmt nur ein Ablenkungsmanöver. Ganz sicher gab es einen anderen Grund, warum sie unglücklich war. So sehr, dass sie nicht einmal mehr mit Dad zusammenbleiben wollte.«

Das Gerede des Jungen machte Cat nervös. Vor allem war es nichts für die Ohren der Kleinen.

»Beau, mein Süßer, vergiss nicht, auf die Toilette zu gehen? Pearl, würdest du ihn vielleicht begleiten?«

Zu ihrer Erleichterung zogen die beiden ohne Protest ab, und sobald sie außer Hörweite waren, nahm sie sich den Ältesten aus der Riege der Halbgeschwister vor.

»Otis«, fuhr sie ihn wutentbrannt an, »was soll das? Hör sofort auf, solchen Unsinn zu reden. Was willst du damit beweisen?«

»Ich sage bloß die Wahrheit. Es wird Zeit, dass jemand das endlich wagt. Maya hasste es, mit Dad verheiratet zu sein. Weil sie sich in einen anderen verliebt hatte. In jemanden, in den sie sich nicht hätte verlieben dürfen. Und *darum* hat sie sich umgebracht.«

»Jetzt halt mal die Luft an. Im Ernst...«

»Aber es ist wahr, absolut wahr.«

»Und woher willst du das alles wissen?«, hakte Luke mit ruhiger Stimme nach.

»Von einer Frau.«

»Und wer ist diese Frau?«

Dem Jungen wurde die Hartnäckigkeit der beiden Großen langsam zu bunt, und er reagierte zunehmend aufgebracht.

»Sie kennt den Mann, in den Maya verliebt war.«

Noch immer nannte er nicht Ross und Reiter, noch immer orakelte er herum, fühlte sich jedoch sichtlich in die Enge getrieben. Oder ging er davon aus, dass inzwischen jeder kapieren musste, worauf er anspielte?

»Schön und gut«, versuchte Cat es erneut. »Und diese Frau, hat sie einen Namen?«

Otis wand sich sichtlich angesichts des wachsenden Drucks. »Das kann ich euch nicht sagen – ich habe es versprochen.«

Cat und Luke starrten einander über den Tisch hinweg wortlos und zugleich alarmiert an.

Alle schwiegen, nur die restauranttypischen Geräusche waren zu hören: Besteckgeklapper, Gläserklirren, leises Geplauder.

»Hast du Dad davon erzählt?«, fragte Luke, dessen Gesicht weiß wie die Wand geworden war. »Weiß er, was die Frau gesagt hat?«

»Nein«, flüsterte Otis. »Wie könnte ich?« Seine Augen waren ängstlich auf die Geschwister gerichtet. »Versprecht mir, dass ihr ihm nichts sagt! Versprecht ihr es?«

Cat sah Luke verzweifelt und ratlos zugleich an. Natürlich mussten sie Adrian davon erzählen und würden das auch tun. Otis, der ihre stumme Zwiesprache bemerkte, sprang auf. »Nein«, rief er mit lauter, schriller Stimme, und seine weit aufgerissenen braunen Augen verrieten seine Panik. »Nein. Versprecht es. Ihr müsst es versprechen.«

»Gut …«, sagte Luke schließlich behutsam.

»Scheiße«, rief Otis. »Scheiße!«

Und urplötzlich stürmte er los, rannte zur Tür hinaus und verschwand auf der High Street. Luke spurtete hinterher.

»Wir sehen uns bei Caroline«, rief er seiner Schwester über die Schulter zu. »Warte dort auf mich.«

Als Beau und Pearl von der Toilette zurückkamen, zwang Cat sich zu einem Lächeln.

»Wo sind denn Luke und Otis?«, erkundigte sich Pearl verwundert.

»Oh, die sind schon vorgegangen, hatten wohl was zu bereden. Wir sehen sie später zu Hause«, antwortete Cat und fügte nach einem Blick auf Pearls skeptische Miene schnell hinzu: »Alles in Ordnung. Wir können, wenn ihr wollt, später noch auf eine heiße Schokolade in einen Coffeeshop gehen.«

Pearl schüttelte den Kopf. »Nein, ich möchte lieber nach Hause.«

»Auch gut. Dann esst auf.«

Cat betrachtete ihren Teller, auf dem noch jede Menge Pommes und knusprige Hähnchenteile lagen, aber es hatte ihr den Appetit verschlagen. Resigniert begann sie, die Sachen der Kinder zusammenzupacken, und entdeckte dabei, versteckt unter einer zerknüllten Serviette, Otis' Handy, das er normalerweise wie seinen Augapfel hütete und es freiwillig nicht aus der Hand gab. Sie steckte es in ihre Tasche und machte sich mit den Geschwistern auf den Heimweg.

35

Da war sie. Großer Gott, sie war es tatsächlich. Nach all den Monaten.

Sie trug ein hautenges weißes Baumwollkleid, schwarze Sandalen mit Keilabsatz und eine Jeansjacke. Ihr halblanges blondes Haar war glatt geföhnt und wurde von einer übergroßen schwarzen Sonnenbrille aus dem Gesicht gehalten. Mit beschwingtem Schritt kam sie auf das Bürogebäude zu, lachend, das Handy am Ohr. Eindeutig handelte es sich um ein privates Gespräch, kein geschäftliches.

Adrian erhob sich von seiner Bank und schlängelte sich zwischen den Autos hindurch auf die andere Straßenseite. Sie sah ihn zunächst nicht, lehnte sich neben dem Eingang gegen die Hauswand, um ihr Gespräch zu beenden. Da die Sonne sie gerade blendete, schob sie sich die Sonnenbrille auf die Nase. Adrian wandte sich ab, wartete, bis sie ihr Gespräch beendet hatte, und trat dann auf sie zu.

»Hallo Jane«, sagte er lächelnd.

Überrascht schlug sie die Hand vor die Brust. »Grundgütiger, haben Sie mich erschreckt«, erwiderte sie und setzte die Sonnenbrille ab.

Kein Zweifel war mehr möglich – da waren sie, diese außergewöhnlichen, unverwechselbaren Augen.

»Entschuldigen Sie«, sagte er. »Ich wollte Sie nicht erschrecken.«

»Was in aller Welt machen Sie denn hier?«

»Ich habe die Spur Ihres Handys verfolgt, das Sie in meiner Wohnung haben liegen lassen.«

»Ach so, das brauche ich nicht mehr. Es war sowieso nicht meins. Ich hatte es mir lediglich ausgeliehen und muss es auch nicht zurückgeben.«

»Ja, so etwas Ähnliches habe ich mir gedacht – inzwischen bin ich nämlich auf drei Vorbesitzerinnen gestoßen. Der dritten habe ich es zurückgegeben.«

Sie lächelte nervös, war sichtlich bemüht, sich einen Reim auf das Ganze zu machen, und hatte nichts anderes im Sinn, als ihn so schnell wie möglich abzuhängen.

»Also, was kann ich …«

»Ich möchte mit Ihnen sprechen«, unterbrach er sie. »Über Maya.«

Er beobachtete sie, suchte nach Zeichen, dass sie wusste, wovon er sprach. Und er entdeckte sie: ein leichtes Flackern in den Augen, ein Zucken um den Mund, fahrige Bewegungen. Ganz offensichtlich stand sie unter Druck, die neue Situation der alten Geschichte anzupassen. Oder umgekehrt.

»Über wen?«, fragte sie mit schwacher Stimme.

»Über Maya«, wiederholte er. »Erinnern sie sich? Maya war meine Frau. Meine verstorbene Frau.«

»Ach ja«, sagte sie gespielt irritiert.

»Haben Sie kurz Zeit? Ich lade Sie auf einen Drink ein. Oder auf einen Kaffee.«

»Hören Sie, ich verstehe nicht ganz, was Sie wollen. Schließlich kannte ich Ihre Frau gar nicht …«

»Auch darüber will ich mit Ihnen reden. Wir könnten uns dort drüben kurz hinsetzen.« Er deutete auf die Bank auf der anderen Straßenseite.

Ihr Blick folgte seiner Handbewegung. Hektisch fingerte sie in ihrer Handtasche herum, suchte ihre Zigaretten.

Adrian erkannte, dass sie hin- und hergerissen war und nicht wusste, was in dieser Situation für sie das Vorteilhafteste wäre. Er sah sie unverwandt an und zwang sich zur Ruhe, um sie auf keinen Fall zu verprellen.

»Nur fünf Minuten«, bat er.

Sie gab sich einen Ruck und stemmte die Hände in die Hüften. »Nein, tut mir leid. Ich muss wirklich zurück ins Büro. Aber verraten Sie mir noch schnell, wie es Ihrer Familie geht, Ihren bezaubernden Kindern?«

»Es geht ihnen gut«, erwiderte er und hatte das dumpfe Gefühl, dass es auf diese Frage sowohl eine richtige als auch eine falsche Antwort gab und dass der Schlüssel zum Geheimnis dieser Frau darin lag, die richtige zu treffen. »Allerdings gibt es einige beunruhigende Entwicklungen, was Maya anbelangt. Und ich denke, wir sind alle etwas, na ja, etwas verunsichert.«

Bingo. Ihre Hände sanken von der Hüfte, hingen jetzt schlaff herunter. Ihre Schultern sackten nach vorne. Ihre beherrschte, abweisende Miene verschwand.

Sie seufzte. »Ich könnte Sie später treffen, wenn Sie möchten.«

»Und woher weiß ich, dass Sie tatsächlich kommen werden?«

»Ich verspreche es.«

»Also wissen Sie etwas über Maya?«, fragte er.

»Das habe ich nicht gesagt.«

»Immerhin wollen Sie sich mit mir treffen. Dafür muss es doch einen Grund geben?«

»Nun, zunächst einmal wollen *Sie* mit *mir* sprechen. Also treffen wir uns, und dann sehen wir weiter. Okay?«

Ihre Stimme war weich, ihre Hand ruhte auf seinem Ärmel. Er fühlte sich daran erinnert, wie fasziniert er von ihr gewesen war, als er sie vor Monaten zum ersten Mal gesehen hatte. Sie war so warmherzig gewesen, so freundlich, so lebensklug und so schön.

»Ja«, willigte er ein und drückte leicht ihren Oberarm. »Ja, natürlich.«

»Um sieben. Im ›Blue Posts‹ auf der Rupert Street. Kennen Sie den Pub?«

Adrian nickte. »Ich glaube, ich war schon einmal dort, werde es aber so oder so finden.«

»Bis später dann.«

»Danke. Vielen Dank.«

Ihr Lächeln verflog. »Vielleicht sollten Sie erst abwarten, was ich Ihnen zu sagen habe, bevor Sie mir allzu dankbar sind.«

Mit diesen Worten drehte sie sich um und steuerte auf den Firmeneingang zu. Ein Summen und Klicken ertönte, und sie war im Inneren des Gebäudes verschwunden.

36

Otis war weg. Eine Zeit lang gelang es Luke, ihm auf den Fersen zu bleiben, den dunklen Haarschopf fest im Blick. Auch als Otis Tempo zulegte, hielt Luke mit, folgte unbeirrt dem Bruder, doch dann begann der, ständig um Ecken zu rennen – und war plötzlich verschwunden. Einfach so.

Panik stieg in Luke auf. Charlotte. Es war Charlotte, mit der Otis gesprochen hatte. Auf der Bank beim Ausgang der U-Bahn-Station. An jenem Tag hatte Charlotte ihn vor dem Architekturbüro abgefangen, völlig unverhofft, und ihn anschließend in einen Pub geschleppt, um ihm die Ohren vollzuquatschen von wegen Brautjungfernkleid und so. Und nur einige Stunden zuvor hatte sie seinem kleinen Bruder erzählt, dass Maya in einen anderen Mann verliebt sei. Aber warum erzählte sie das einem zwölfjährigen Jungen? Warum? Und, weit wichtiger noch, warum hatte sie ihm zudem erzählt, wer dieser andere Mann war?

Luke bog in eine Straße ein, in der sich ein Reihenhaus an das andere reihte. Er blieb an einer Kreuzung stehen und schaute in alle Richtungen. Überall Kinder wie immer in den Sommerferien. Von Otis jedoch keine Spur.

Er kehrte zur High Street zurück, weil er davon ausging, dass Otis sich in einer unbekannten Gegend nicht in das Gewirr der Seitenstraßen wagen würde. Nach einer Weile rief er Cat an, um ihr vom Misserfolg seiner Suche zu berichten. Dass er sein Handy im Restaurant vergessen hatte, war für ihn ein zusätzlicher Schock. Sie solle sich auf Facebook einloggen, ihm eine Nachricht auf seiner Pinnwand hinterlassen und all seine Freunde mobilisieren, schlug er ihr vor. Und an jede in seinem Handy gespeicherte Adresse eine SMS senden.

»Soll ich Caroline anrufen?«, fragte sie zögernd.

»Nein, lass uns noch ein bisschen warten. Er wird früher oder später bei einem Freund auftauchen oder zu Hause. Mal sehen, was passiert, nachdem du die Nachrichten losgeschickt hast. Wir würden sie nur panisch machen.«

In der nächsten Dreiviertelstunde legte Luke knapp vier Kilometer zurück. Er lief so lange, bis er sich die nackten Füße in seinen Leinenmokassins wund gescheuert und er sich überdies endgültig verirrt hatte. Als er schließlich unverrichteter Dinge in Islington ankam, war er fix und fertig.

»Und?«, fiel er mit der Tür ins Haus. »Hat sich etwas getan?«

Cat schüttelte den Kopf und fing an zu weinen.

Luke legte ihr den Arm um die Schultern und führte sie ins Souterrain zum Sofa. »Komm. Wein nicht. Alles wird gut. Er ist zwölf und wird sich zurechtfinden.«

»Ja, aber er war wirklich komplett durch den Wind. Was, wenn er eine Dummheit macht?«

»Das wird er nicht tun. Er ist ein cleveres Kerlchen und reif für sein Alter. Er beruhigt sich schon wieder.«

»Ich denke, wir sollten trotzdem Caroline anrufen«, schluchzte sie. »Er ist jetzt eine Stunde weg. Oh Gott, mir wird ganz schlecht.«

Sie griff nach ihrem Handy, informierte Caroline und hatte gerade aufgelegt, als Beau und Pearl mit lautem Gepolter die Treppe heruntergestürmt kamen.

»Wir haben versucht, uns auf seiner Facebookseite einzuloggen, aber es klappt nicht«, verkündete Pearl.

»Wir haben ungefähr hundert verschiedene Passwörter probiert«, ergänzte Beau aufgeregt.

»Immerhin habe jede Menge Leute auf deinen Post auf seiner Pinnwand geantwortet«, fügte Pearl hinzu. »Alle machen sich Sorgen um ihn.«

»Bloß weiß niemand, wo er steckt.«

»Eine Freundin aus seiner Klasse, Hannah, meint, ihn vor etwa einer Stunde in Swanage gesehen zu haben.«

»Unsinn, vor einer Stunde saß er noch mit uns im ›Nando‹.«

Pearl nickte. »Swanage ist etwa drei Zugstunden von hier entfernt, ich habe nachgeschaut.«

»Super gemacht! Weiter so!« Cat kniff Beau ins Bein. »Ab mit euch und sagt mir Bescheid, sobald jemand Hilfreiches zu vermelden hat.«

Sie nickten und rannten wieder nach oben.

»Dad!« Cat wandte sich erschrocken Luke zu. »Ich habe vergessen, Dad zu informieren.«

»Ich rufe ihn an«, erbot sich Luke, und Cat nickte dankbar.

Sein Vater nahm beim ersten Klingeln ab.

»Dad, ich bin's. Hör zu, Cat und ich waren mit den Kindern essen. Otis hat ein bisschen Stress gemacht und ist plötzlich abgehauen. Ich bin hinterher, habe ihn aber verloren. Mit einem Mal war er wie vom Erdboden verschluckt. Seit einer Stunde ist er inzwischen weg. Und sein Handy hat er leider im Restaurant vergessen, sodass wir ihn nicht erreichen können.«

In der Leitung herrschte Totenstille.

»Dad?«

»Schöner Mist! Weiß Caroline Bescheid?«

»Ja, sie ist auf dem Nachhauseweg.«

»Herrje! Worüber habt ihr euch denn gestritten?«

»Eigentlich haben wir uns nicht wirklich gestritten.«

»Was dann?«

»Darüber sollten wir lieber persönlich reden.« Luke zögerte einen Moment. »Wo bist du? Kannst du herkommen?«

Adrian zögerte. »Ich bin gerade unterwegs«, erklärte er ausweichend.

»Na, dann komm doch her!«

Erneut schwieg sein Vater. »Würde ich ja gerne …«

»Dann tu es, verdammt noch mal«, unterbrach Luke ihn heftig. »Wenn es keine Umstände macht«, fügte er zynisch hinzu.

»Es geht um diese Jane«, begann Adrian mit seiner Erklärung. »Ich habe sie ausfindig gemacht. Und wir sind in einer Stunde verabredet. Sie will mir erzählen, was sie über Maya weiß.«

»Kannst du nicht umdisponieren?«

»Nein. Leider habe ich ihre Nummer nicht.«

»Na ja, da kann man wohl nichts machen. Aber stell bitte sicher, dass du erreichbar bist, okay? Wenn ich dich anrufe und du gehst nicht ran, breche ich dir sämtliche Knochen. Im Ernst, Dad.«

»Natürlich«, versprach Adrian mit Nachdruck. »Ist klar. Und falls es sich um einen Treffpunkt handelt, wo es kein Netz gibt, werde ich auf einem Ortswechsel bestehen. Okay? Halt mich auf dem Laufenden.«

Bevor er auflegte, fiel Luke noch etwas ein. »Dad, hast du irgendeine Idee, wo Otis sein könnte? Ich meine, er ist dein Sohn. Fällt dir irgendetwas ein?«

Ein resigniertes Seufzen drang an sein Ohr. »Nein, ich habe ehrlich gesagt keinen Schimmer.«

»Macht nichts«, sagte Luke. »Ich hatte auch nicht wirklich damit gerechnet.«

37

April 2011

Wieder Ferien. Wieder ein sorgfältig ausgesuchtes Landhaus in einer idyllischen Postkartenlandschaft. Allerdings herrschte diesmal für England ungewohntes Traumwetter. Sie kamen sich vor wie im Sommer und ließen sich von der Sonne bräunen, denn seit Tagen kletterte das Thermometer auf über zwanzig Grad.

Die Fahrt nach Suffolk war eine Erlösung für sie gewesen. Je weiter sie sich von London entfernten, desto befreiter fühlte sie sich. Der Gedanke, nicht mehr in dieser Wohnung ausharren zu müssen, nicht mehr der unerträglichen Spannung ausgesetzt zu sein, die seit jenem denkwürdigen Abend vor ein paar Wochen, als sie im alkoholisierten Zustand ihre Ehe infrage gestellt hatte, die häusliche Atmosphäre bestimmte – dieser Gedanke beflügelte sie geradezu.

Allerdings hatte sie nicht darüber nachgedacht, dass sie Luke wiedersehen würde und dass man sie womöglich mit Argusaugen beäugte, auf den nächsten Fehler wartete. Sofern die große Unbekannte mit ihren Mails recht hatte. Zunächst war sie einfach nur froh gewesen rauszukommen.

Nun saß sie auf dem Rasen vor den französischen Fenstern des ebenerdigen Schlafzimmers, in dem sie und Adrian einquartiert waren, und las ein Buch. Sie trug ein schwarzes Neckholder-Bikini-Top und schwarze Shorts. In der Ferne hörte sie die Kinder mit den Hunden herumtollen, und vor dem Haus wurden Autotüren zugeschlagen. Irgendwer näherte sich. Sie legte ihr Buch aus der Hand, richtete sich auf und lauschte. Lukes Stimme, betäubend und betörend zugleich, die sie lange nicht gehört hatte. Außerdem Susies und dann noch eine. Eine unbekümmerte, sorglose Mädchenstimme. Sie erkannte sie sofort, stand auf, schlüpfte in die sonnenwarmen Flipflops, zog sich ein T-Shirt über und ging um das verwinkelte Haus herum zur Haustür. Adrian und Susie begrüßten einander gerade und drehten sich dann mit einem Lächeln auf den Lippen zu Luke um: *Mum und Dad*.

Es überraschte Maya immer wieder, wie gut und richtig es wirkte, wenn ihr Mann neben einer seiner Exfrauen stand, wie er mit jeder dieser unverwechselbaren Persönlichkeiten gewissermaßen eine Einheit bildete, wie sie ihn ergänzten und komplettierten. Susie, die herzlich wenig auf ihr Äußeres gab, genauso wie die elegante, stets topgepflegte Caroline. Beide waren sie Typen. Und was stellte sie dar? Sie hatte zwei Arme und zwei Beine, doch das war auch so ziemlich alles.

»Hallo!« Sie bemühte sich, ihr Unbehagen zu verbergen und ging auf Luke zu, begrüßte nach ihm auch seine Begleitung. »Hi Charlotte«, sagte sie und küsste sie flüchtig auf beide Wangen. »Wie schön. Wir haben dich gar nicht erwartet.«

Das hatten sie in der Tat nicht, denn dem neuesten Familienklatsch zufolge hatten Luke und Charlotte sich im vergangenen Monat getrennt. Wieder einmal. Angeblich war es von Luke ausgegangen und diesmal endgültig, hieß es. Trotzdem tauchte Charlotte hier auf und tat, als wäre das die normalste Sache der Welt.

»Ja, war ein ziemlich spontaner Entschluss«, erklärte sie fröhlich. »Eine Last-Minute-Aktion sozusagen. Ich kam gestern Abend in den Pub und traf dort völlig überraschend Luke, und da hat er mich nach Suffolk eingeladen. So war das.«

»Wunderbar«, sagte Adrian. »Das ist ja großartig. Wirklich schön, dass du da bist, Charlotte.«

»Ich verspreche, niemandem zur Last zu fallen, sondern mich überall nützlich zu machen. Abwaschen, Kochen und so was alles. Wenn ich schon mit euch Urlaub machen darf …«

»Ach was«, erwiderte Adrian. »Und wenn schon. Wir sehen das ziemlich locker.«

»Ja, ich denke, anders geht es in einer Großfamilie auch nicht«, gab sie altklug von sich. »Schwierig genug, den Laden am Laufen zu halten, wo ihr in alle Winde verstreut seid – und wahrscheinlich erst recht, wenn ihr plötzlich alle aufeinanderhockt.« Sie verzog das Gesicht. »Entschuldigung, geht mich ja nichts an.«

Adrian und Susie lachten. »Nein, nein, lass nur, du hast ja völlig recht«, erklärte Susie.

Maya sah den Auftritt weniger entspannt und musterte Charlotte, die knappe Shorts und ein nicht weniger knappes Shirt trug, die blonden Haaren mit kleinen Spangen zurückgesteckt. Unbestritten war sie ein hübsches Mädchen und sexy dazu, aber was hatte sie hier zu suchen? Wo würde sie schlafen? Luke war bei Otis und Beau einquartiert. Das einzige Gästebett stand im Vorraum vor ihrem und Adrians Schlafzimmer. Dort konnte Charlotte unmöglich schlafen und bei den Jungs genauso wenig. Was hatte sich Luke bloß dabei gedacht, sie mitzubringen? Wollte er tatsächlich wieder etwas mit ihr anfangen? Und wenn ja, wo? Warum hatte er nicht zumindest vorher angerufen?

»Wo willst du eigentlich schlafen?«, fragte Maya betont forsch.

»Egal! Auf dem Sofa. In der Badewanne. Irgendwo, wo ich keinem im Weg bin.«

»Ich bin sicher, wir können das irgendwie organisieren«, warf Susie ein. »Mach dir keine Gedanken. Wir freuen uns jedenfalls, dass du da bist.«

Adrian nickte zustimmend, Maya hingegen rang sich lediglich ein gequältes Lächeln ab.

Zwei Stunden später, Charlotte spielte im Garten mit Pearl eine Partie Krockett, gelang es ihr endlich, Luke alleine zu erwischen. Er war gerade dabei, eine Matratze ins obere Stockwerk zu zerren.

Sie packte mit an und half ihm. »Wo soll die hin?«

»Ins Mädchenzimmer. Es ist die, auf der Beau geschlafen hat – er wird jetzt bei seiner Mutter einquartiert.«

»Hat er nicht protestiert? Sonst ist er doch so versessen darauf, bei dir und Otis zu schlafen.«

»Schon, aber am Ende gibt er nach … Du kennst ihn ja.«

»Du und Charlotte, ihr seid also nicht …«

Als Luke lediglich die Schultern zuckte, wusste sie Bescheid.

»Oh Luke«, war alles, was sie sagte.

»Lass gut sein«, erwiderte er und drückte die Tür zum Mädchenzimmer auf, wo sie die Matratze neben Cats Bett schoben. »Ich hatte mir an dem Abend ziemlich die Kante gegeben und konnte weder klar denken noch geradeaus gehen. Im Ernst, ich war sturzbetrunken. Sie musste mich nach Hause bringen – allerdings landeten wir bei ihr. Von da an verschwimmt alles …«

»Ist ja alles schön und gut und deine Sache«, wandte Maya ein. »Aber warum zum Teufel musstest du sie hierher einladen?«

»Habe ich nicht«, seufzte er. »Sie hat sich selbst eingeladen. Heute Morgen erst. Da fragte sie mich, was ich vorhätte, und ich war zu verpeilt, um misstrauisch zu werden. Außerdem wäre ich ehrlich gesagt nie auf die Idee gekommen, dass sie so was bringt. Sich in einen *Familienurlaub* zu drängen.«

»Die traut sich echt was«, stimmte Maya zu.

Luke richtete sich auf und schob die Hände in die Hosentaschen. Seine Haare waren gewachsen, seit sie ihn das letzte Mal gesehen hatte, sodass seine Tolle mehr in die Stirn fiel. Er hatte wie immer seine Brille mit Fensterglas auf, trug ein graues T-Shirt und hellblaue Shorts. So stand er vor ihr, ein junger Mann, der gerade erst erwachsen geworden war – und den sie geküsst hatte. Sie erkannte, dass auch er gerade daran dachte und senkte errötend den Kopf.

Er musterte sie. »Du hast deine Haare abgeschnitten. Gefällt mir.«

Maya lachte heiser. »Wirklich? Findest du nicht, ich sehe damit aus wie der hässlichste Typ in einer Boyband?«

»Wer hat dir denn den Floh ins Ohr gesetzt?« Luke betrachtete das offensichtlich als Witz. »Nein, ganz im Gegenteil. Du siehst richtig heiß aus. Total sexy.«

Erleichtert lächelte sie ihn an. Der gemeine Kommentar zu ihrer neuen Frisur stammte also nicht von ihm. Wer aber hatte das Foto sonst gesehen?

»Ich weiß nicht so recht«, entgegnete sie zögernd. »Wahrscheinlich lasse ich sie wieder wachsen. War eine

Schnapsidee. Keine Ahnung, welcher Teufel mich da geritten hat.«

»Manchmal muss man verrückte Dinge tun. Einfach spontanen Ideen nachgeben. Gerade was Klamotten und Frisuren betrifft. Wie willst du sonst herausfinden, was dir steht?«

Er sprach über Mode, über Haare. Ihr ging es um ihr Leben – darum, was diesbezüglich zu ihr passte. Sie starrte ihn einen Moment lang an, bewunderte einmal mehr sein Aussehen, fand ihn einfach hinreißend, begehrenswert. Doch würde er zu ihr passen? Ihr »stehen«?

Bei Adrian verneinte sie diese Fragen inzwischen, nachdem sie sich anfangs das Gegenteil einzureden versucht hatte. Sie erinnerte sich an Momente der Ignoranz, wenn sie die Augen vor der Realität verschlossen und alles ausgeblendet hatte, was gegen ihre Beziehung sprach. Damals war sie einfach spontan gewesen und einer verrückten Idee gefolgt. Um den Preis, dass sie grundlegende Probleme verdrängte.

Er schleppt zu viele Altlasten mit sich herum.
Er ist viel zu alt für mich.
Seine Familie wird mir nie wirklich verzeihen.
Seine Exfrauen haben die Sahne abgeschöpft,
ich kriege nur den Bodensatz.
Er scheint durch mich hindurchzusehen,
wenn er mich anschaut.
Ich bin nicht sicher, ob ich ihn wirklich liebe.

All diese Dinge hatte sie erwogen und am Ende beschlossen, sie seien nicht relevant. Entscheidend war etwas anderes gewesen: dass sie seit zwei Jahren ein Singledasein führte und das ändern wollte. Und sie wünschte sich eine gewisse Sicherheit. Da kam Adrian gerade recht. Lieb und nett, wie er war, vermittelte er ihr vom ersten Augenblick an das Gefühl von Geborgenheit. Obwohl sie wusste, dass er sie anlog, als er behauptete, für seine Kinder sei ihre Beziehung völlig in Ordnung und alle würden es verstehen. Sie war bereit gewesen, das Risiko einzugehen. Schließlich hatte sie sich einen Masterplan zurechtgelegt. Wenn sie alles daransetzte, sich den anderen gegenüber immer nett und hilfsbereit und nie fordernd und anmaßend zu verhalten, dann musste es doch gelingen, dass man sie akzeptierte, oder? Und wenn sie sich zudem um den Zusammenhalt der Familie bemühte, würde man ihr sogar dankbar sein und sie irgendwann für unentbehrlich halten.

Wie hatte sie bloß derartig naiv sein können? Im Grunde genommen war sie mit der gleichen Einstellung in ihre Ehe gegangen wie neulich in den Friseursalon, um ihre Haare radikal abschneiden zu lassen. Allerdings mit dem Unterschied, dass sich die Entscheidung für eine falsche Frisur leicht korrigieren ließ, die für eine falsche Beziehung nicht. Wie dumm von ihr!

Sie fuhr sich erneut durch die viel zu kurzen Haare. »Nun, ich finde trotzdem, dass mir die Frisur nicht steht.«

»Da bin ich anderer Meinung«, erklärte Luke und sah sie eindringlich an. »Übrigens habe ich dich sehr vermisst.«

Maya nickte. »Wir haben uns lange nicht gesehen.«

»Drei Monate und neun Tage«, sagte er und fügte hinzu, als sie ihn verwundert ansah: »Es war der erste Januar, also leicht auszurechnen.«

Sie lächelte. »Ist alles wieder okay zwischen uns?«

»Ich dachte, das war es immer.«

»Nein. Du weißt, was ich meine.«

»Klar weiß ich, was du meinst. Und ja, alles läuft normal zwischen uns. Wenn du das so willst?«

Wollte sie das?

Nein, ich will nicht, dass alles normal weitergeht. Ich will, dass alles wunderbar unnormal, geheimnisvoll und verboten ist. Und ein bisschen unanständig. Ich will, dass wir übereinander herfallen und dass unsere nackten Körper miteinander verschmelzen, während mein alternder Ehemann, dein Vater, im Zimmer nebenan selig schlummert. Ich will der Familie verkünden, dass wir ineinander verliebt sind, und beobachten, wie sich ihre Gesichter vor Unverständnis und Schmerz verzerren. Ich will, dass wir unsere Lust ausleben, uns bis auf den letzten Tropfen verausgaben, bis wir leer sind und es nichts mehr zu erleben gibt, sodass ich weiterziehen kann, um mich der nächsten verrückten Idee hinzugeben.

Sie konnte ihn nicht ansehen. Sie kannte sich selbst nicht mehr. Sie fühlte sich wie das Biest in einer Seifenoper, die Bitch, die aus einer Laune heraus Familien zerstört und sich in attraktive junge Stiefsöhne verliebt, die tut, als könnte sie kein Wässerchen trüben, es in Wirklichkeit aber faustdick hinter den Ohren hat. *Liebe Schlampe.* Dieser giftspritzende E-Mail-Schreiber hatte ja so recht. Mehr noch: Er hatte sie durchschaut, bevor sie selbst es tat.

»Ja, ich möchte eine ganz normale Beziehung«, sagte sie völlig gegen ihre Überzeugung und hoffte, dass er es nicht bemerkte.

»Normal?«, ertönte es von der Tür her.

Sie fuhren beide herum, Luke erschrocken, Maya schuldbewusst. Es war Charlotte.

Sie lächelte unsicher, ihre Blicke wanderten misstrauisch

von einem zum anderen. »Worüber sprecht ihr denn gerade?«

»Ach, über nichts Besonderes«, sagte Luke und schaute hilfesuchend zu Maya.

»Wir haben über Adrians Firma geredet«, stieß sie hastig hervor. »Über die neuen Mitarbeiter und diverse Veränderungen, die anstehen.«

»Na dann«, meinte Charlotte und heftete ihre Blicke so eindringlich auf Luke, als ob sie ihn durchbohren wollte.

»Dein Bett!« Mit einer fahrigen Handbewegung deutete er in Richtung Matratze. »Geht das so für dich?«

Charlotte nickte. »Sicher, kein Problem. Danke.« Sie sah noch einmal von Luke zu Maya und verließ dann langsam das Zimmer.

Als Maya nach unten kam, saß Adrian am Küchentisch und spielte mit Beau Schnipp Schnapp. Der Junge hatte ein verheultes Gesicht.

»Alles okay?«, fragte sie und setzte sich neben die beiden.

»Nur eine kleine Rauferei unter Geschwistern. Er hat einen Ellbogen ins Auge bekommen. Jetzt ist alles wieder gut, nicht wahr, Superman?«

Beau nickte getröstet und drehte die nächste Spielkarte um.

Maya strich Beau über die Haare und spürte, wie so oft in letzter Zeit, ein fast unmerkliches, abwehrendes Wegdrehen des Kopfes. Zwar lächelte er sogleich wieder, doch es kam nicht von Herzen. Ohnehin innerlich aufgewühlt, wäre Maya am liebsten hinaus in den Garten gerannt, um sich in einer stillen Ecke auszuheulen. Aber das erlaubte sie sich nicht. Sie hatte diese Familie schließlich kaputt gemacht und musste nun zusehen, wie sie mit dem von ihr angerichteten Schlamassel zurechtkam.

Nachdenklich musterte sie Beau. Irgendwie war er ihr ähnlich. Genau wie sie wollte er es immer allen recht machen, wollte angenommen und geliebt werden und war tief drinnen dennoch voller böser Gedanken und dunkler Gefühle.

»Schnapp«, rief er jetzt triumphierend.

»Du bist ein Gauner.« Adrian streckte ihm seine Handfläche entgegen und klatschte mit ihm ab. »Give me five.«

Beau strahlte. »Noch eine Runde?«

»Okay, eine einzige«, willigte Adrian ein. »Und dann wieder ab in den Garten.« Er wandte sich Maya zu. »Alles klar bei dir? Bettsituation geklärt?«

Als sie stumm nickte, bedachte er sie mit diesem besonderen, verletzten Lächeln, das er seit jenem Abend der Wahrheit draufhatte. Mit diesem *Bitte-tu-mir-das-nicht-noch-einmal-an*-Lächeln. Trotzdem empfand sie kein Mitleid mit ihm.

Ganz genau*so* oder so ähnlich, dachte sie bei sich, arrangierte er sich mit all den schrecklichen Kompromissen in seinem Leben. Er tat einfach, als wäre nichts passiert, blendete sie einfach aus. Machte unbekümmert weiter. Eigentlich müsste sie einmal mit Caroline sprechen, mit Susie, um herauszufinden, wie es wirklich gewesen war damals, als Adrian sie verlassen hatte. Sie kannte schließlich bloß Adrians Version, für die es, wie sie inzwischen wusste, nicht den kleinsten konkreten Beweis gab.

»Wo sind denn alle?«, fragte sie.

»Caroline, Susie und Cat sind zum Supermarkt gefahren, die anderen sind im Garten, glaube ich.«

Ärger stieg in ihr auf, dass man sie nicht eingebunden

und die Einkaufsliste ohne sie gemacht hatte, dass sie wie üblich in die Rolle eines unbezahlten Au-pair-Mädchens gedrängt wurde.

»Aha«, sagte sie mit unterdrücktem Zorn. »Dann sehe ich mal nach, was die Kinder so treiben.«

Otis warf den Hunden Bälle zu. Pearl und Charlotte spielten wieder Krokett und beschwerten sich lautstark bei Otis, dass er die Hunde durch das Spielfeld hetzte.

»Wir starten gerade eine neue Runde«, rief Charlotte ihr zu. »Willst du mitmachen?«

»Klar«, sagte Maya. »Gerne.«

»Also los.« Charlotte gab ihr einen Schläger. »Wir spielen in der Reihenfolge von jung nach alt. Zuerst Pearl, dann ich, dann du. Upps, soll nicht heißen, dass du alt bist.« Sie kniff Maya in den Arm, schnitt eine Grimasse, und Maya wusste nicht recht, ob das nun aufrichtig oder hinterhältig gemeint war.

»Kommt ganz darauf an, mit wem du mich vergleichst«, erwiderte sie leichthin.

»Ja, da hast du recht. Die Spanne in dieser Familie ist ja ganz schön groß.«

»Genau.« Pearl nickte und zählte an den Fingern ab. »4, 9, 11, 18, 22, 33, 43, 47, 48. Klingt wie die Ziehung der Lottozahlen.«

»Wer ist denn achtundvierzig?«, erkundigte Charlotte sich.

»Susie. Sie ist die Älteste, dann kommen Dad und Caroline und Maya, danach Luke, Cat, Otis, ich und Beau. Mal sehen, wer als Nächstes dazukommt«, meinte Pearl mit einem anzüglichen Lächeln.

»Falls jemand dazukommt«, warf Maya ein.

»Oh.« Charlotte tat erstaunt. »Plant ihr ein Kind, du und Adrian?«

Maya rang sich ein Lächeln ab. »Mehr oder weniger, bislang allerdings ohne Erfolg.«

Charlotte machte ein betretenes Gesicht und tätschelte Mayas Arm. »Tut mir echt leid, muss hart für dich sein.«

Es fiel Maya nicht leicht, betrübt dreinzuschauen. Andererseits mochte sie niemandem, und schon gar nicht Charlotte, verraten, dass sie inzwischen gottsfroh war über das Ausbleiben einer Schwangerschaft. Es war für sie geradezu ein Segen, ein unverhoffter Glücksfall. Und da bei ihnen der »Verkehr« im wahrsten Sinne des Wortes zum Erliegen gekommen war, hatte sie eine Sorge weniger.

Da Maya weiterhin beharrlich schwieg, redete Charlotte ungehemmt weiter. »Ich bin sicher, dass es noch klappen wird. Irgendwann … Es gibt ja immer Wege und Möglichkeiten.« Ihre blauen Augen bohrten sich in Mayas. »Natürlich ist es für dich schrecklich, ganz schrecklich, von so vielen Kindern umgeben zu sein und nicht zu wissen, ob man eigene bekommen kann …« Erschrocken schlug sie die Hand vor den Mund. »Entschuldige. Das war taktlos. Entschuldige bitte. Ich meine nur, du kannst so gut mit Kindern umgehen und wärst bestimmt eine großartige Mutter. Aber das wirst du bestimmt bald werden.«

»Danke«, erwiderte sie. »Ich betrachte es philosophisch, gelassen mit anderen Worten.«

Unterdessen hatte Pearl am anderen Ende des Spielfelds ihren Ball einwandfrei durch die ersten acht Tore geschlagen.

»Ich habe dreißig Punkte gemacht«, rief sie. »Du bist dran, Charlotte.«

»Komme«, rief Charlotte lächelnd zu ihr hinüber und drehte sich noch einmal zu Maya um. »Übrigens: Deine neue Frisur gefällt mir. Steht dir.«

»Findest du wirklich?«

»Ja. Total. Allerdings könntest du, so wie du aussiehst, ohnehin alles tragen.« Sie hielt kurz inne. »Ich habe im Auto auf dem Weg hierher zu Luke gesagt, dass du vermutlich gar nicht weißt, wie hübsch du bist.«

Maya lächelte verlegen. »Nicht annähernd so hübsch wie du.«

»Ich war nicht darauf aus, Komplimente einzuheimsen«, erwiderte Charlotte und klang plötzlich gereizt.

»Nein, ich weiß. Ich wollte nur …«

»Das hier ist kein Wettbewerb«, erklärte sie und sprach jedes einzelne Wort langsam und prononciert aus. »Nicht wahr?«

Es klang fast wie eine Drohung, und Maya erstarrte. Doch bevor sie nachhaken konnte, setzte Charlotte wieder ihr routiniertes Lächeln auf.

»Komm, spielen wir weiter.«

38

Die »richtigen Ehefrauen« hatten beschlossen, zum Abendessen Nudelauflauf mit Knoblauchbrot für die Kinder und Pilzrisotto mit Tomatensalat für die Erwachsenen zuzubereiten. Ab halb fünf glich die Küche daher einem Bienenhaus, in dem emsig gehackt, geschüttelt und gerührt, probiert und getrunken, geredet, gelacht und bisweilen auch gezankt wurde. Kinder kamen und gingen, und eigentlich war es das Beste an diesen Familienferien.

Maya erinnerte sich an das erste Wochenende mit Adrians Familie auf dem Land. Sie war überaus aufgeregt und nervös gewesen, doch am Ende entpuppte es sich als ein wunderschöner Traum. Das liebevolle Geplänkel, die Herzlichkeit und das Lachen. Sie hatte es mit ihrer eigenen Kindheit in dem hübschen Häuschen nahe Maidstone verglichen, wo sie mit ihren gutbürgerlichen Eltern, ihrem sieben Jahre älteren Bruder und einem stummen Nymphensittich namens Penny aufgewachsen war. Es hatte nie irgendwelche Veränderungen in der Familienkonstellation gegeben. Und bis Adrian in ihr Leben trat, war Maya immer überzeugt gewesen, dass diese Lebensform die einzig wahre und glücklich machende sei.

Hatte sie anfangs die lockere Art der Wolfes bewundert, so schaute sie mittlerweile aus einer anderen Perspektive auf diesen familiären Flickenteppich. Betrachtete diese acht Menschen nicht länger als richtige Familie und auch nicht als einen fröhlichen, bunt zusammengewürfelten Haufen, sondern als Gestrandete, als Überlebende eines Unglücks, die sich in einer Art Selbsthilfegruppe aneinanderklammerten. Jeder Einzelne hatte eine unsichtbare, mehr oder weniger tiefe Narbe davongetragen.

Susie zum Beispiel. Maya glaubte fest daran, dass sie Adrian irgendwann verlassen hätte, wenn er nicht vor ihr gegangen wäre. Sie waren beide noch so jung gewesen, als sie geheiratet und Kinder bekommen hatten. Irgendwann hätten sie sich bestimmt auseinandergelebt. Doch wie mochte es für Susie gewesen sein, so lange belogen und betrogen worden zu sein? Vom Vater ihrer Kinder? Immer die Kinder abends alleine ins Bett bringen und ihnen erklären zu müssen, dass Daddy ihnen heute keine Geschichte vorlesen werde, weil Daddy in London war und anderen Kindern, die er mit einer anderen Frau hatte, Geschichten vorlas? Wie war sie mit ihrem labilen, zornigen Sohn überhaupt durch die schwierigen Jahre der Pubertät gekommen ohne Vater? Wie kam sie jetzt mit ihm zurecht, wenn er scheinbar ziellos durchs Leben ging?

Oder Caroline. Sie wirkte so ruhig und gelassen, so nüchtern und emotionslos. Hätte sie nicht ahnen müssen, dass sie eines Tages ebenso verlassen würde wie Susie? Weil Adrian einfach immer auf der Suche nach Neuem war? Oder hatte sie darauf gebaut, der ultimative Glanzpunkt in Adrians Leben zu sein, die Erfüllung all seiner Wünsche? Weil sie so kompetent und unabhängig war, eine ebenbürtige Partnerin, die auf Susie ein wenig geringschätzig herabsah? Bis heute klang das durch, wenn sie von der *armen Susie* redete. Wie war es dann für Caroline gewesen, vom Thron gestoßen zu werden? Vor Augen geführt zu bekommen, dass sie nicht besser war als ihre Vorgängerin? Und ihre ach so perfekten Kinder? Auch sie mussten erfahren, dass sie ebenso austauschbar waren wie jene, die Adrian in Hove zurückgelassen hatte.

Obwohl diese Narben eigentlich für sie hätten sichtbar sein müssen, *eklatant sichtbar*, waren sie es nicht. Adrian hatte sie blind dafür gemacht mit seinem Gerede von Schicksal und längst erloschener Liebe.

Und jetzt hatte ihre erloschene Liebe zu Adrian ihr die Wahrheit über seine perfekte Familie offenbart. Oder hatte sie jemand anders aus dieser Gruppe erkannt? Der unbekannte Absender dieser gehässigen E-Mails, in denen dennoch eine gute Portion Wahrheit steckte? Diese scharfsichtige Person, die unerbittlich darauf hinwies, dass eine dritte Ehefrau, eine dritte Familie, für diese Gemeinschaft der Verlassenen und Verletzten zu viel des Guten war.

Sie schaute reihum in die Gesichter, von einem zum anderen, versuchte sich vorzustellen, wer von ihnen wohl der Schreiber oder die Schreiberin sein mochte, wer vielleicht gerade die nächste Verbalattacke plante. Und plötzlich traf es sie mit voller Wucht: Jeder von ihnen könnte es sein.

Wie in dem berühmten Krimi von Agatha Christie, wo Partygäste in einem Wochenendhaus zusammenkommen, dachte sie. Jeder Einzelne von ihnen hatte ein Motiv und verfügte, von Beau einmal abgesehen, über die entsprechenden Mittel.

Ihr Blick fiel auf Pearl mit dem für sie typischen unergründlichen Lächeln. Wenngleich das Mädchen nicht zu demonstrativen Sympathiebekundungen neigte, glaubte Maya dennoch eher, dass Pearl auf ihrer Seite stand. *Sicher* war sie sich allerdings nicht.

Nach dem Essen ging Maya früh schlafen. Sie war zwar nicht müde, verfügte aber nicht mehr über die Energie, die man für ein trautes Beisammensein im Kreise der Wolfe-Familie brauchte. Egal. Vor noch nicht allzu langer Zeit hätte sie alles getan, um sich diesem exklusiven Kreis als ebenbürtig zu erweisen, doch nachdem sie hinter die Fassade geblickt hatte, wollte sie gar nicht mehr dazugehören.

Also wünschte sie allseits eine gute Nacht, ohne dass jemand sie zum Bleiben aufgefordert hätte, ging erst in das winzige Duschbad, wusch sich, putzte sich die Zähne, entkleidete sich und kroch im Schlafanzug unter das dicke Federbett. Die Augen zur staubigen Balkendecke gerichtet fragte sie sich, was sie hier eigentlich machte.

Von unten drang lautes Lachen herauf trotz der Treppen und der verwinkelten Flure. Sie hörte Susie, sie hörte Caroline. »Ist es eine von euch beiden?«, murmelte sie leise. »Ist es eine von euch, die mich so sehr hasst, dass sie mich weghaben will?« Der Gedanke erfüllte sie gleichermaßen mit Schrecken wie mit Zerknirschung und Reue.

Kurz darauf wünschte Adrian eine gute Nacht und stieg die Stufen empor. Schnell knipste sie die Nachttischlampe aus, zog das Deckbett bis über den Kopf, drehte sich um und schloss die Augen.

»Bist du wach?« Seine Stimme klang kaum lauter als ein Flüstern.

Sie ließ ein leises Stöhnen vernehmen, das ihm den Eindruck vermitteln sollte, sie im Halbschlaf gestört zu haben.

»Alles in Ordnung, Liebling?«

Seine Stimme war jetzt näher an ihrem Ohr, und sie gab einen unwilligen Laut von sich zum Zeichen, dass er sie in Ruhe lassen sollte.

»Du warst so schweigsam heute Abend«, sagte er und

legte sich ebenfalls hin. »Wir machen uns alle ein bisschen Sorgen um dich.«

»Es geht mir gut«, murmelte sie schlaftrunken, und erneut erfüllte sie Wut bei dem Gedanken, dass über sie gesprochen worden war.

»Hat es …« Er sprach jetzt im Therapeutenmodus, begütigend und honigsüß. »Hat es mit dem Baby zu tun?«

Sie drehte sich um und schlug die Augen auf, konnte im Dämmerlicht gerade seine Silhouette ausmachen.

»Mit welchem Baby?«

»Na, mit den gescheiterten Schwangerschaftsversuchen.«

»Nein. Um Himmels willen nein«, fuhr sie ihn unwirsch an. »Es geht weder um Babys noch um Schwangerschaften. Ich bin müde, das ist alles. War vermutlich ein bisschen viel Rotwein. Das macht mich immer schläfrig.«

Er griff nach ihrer Schulter und drückte sie väterlich. »Du würdest mir doch sagen, wenn etwas nicht stimmt? Wenn dich etwas bedrückt, nicht wahr?«

Sie starrte ihn durch die Dunkelheit an, war fassungslos. Erinnerte er sich wirklich nicht mehr daran, was sie ihm eröffnet hatte? Dass sie kein Kind mit ihm wolle und Zweifel am Sinn ihrer Ehe hege? Vielleicht hatte er sie ja nicht ernst genommen, weil sie sturzbetrunken gewesen war, oder einfach beschlossen, sich nicht zu erinnern. Das würde ihm ähnlich sehen, das war typisch für ihn. Vogel-Strauß-Politik. Den Kopf in den Sand stecken. Er betrachtete seine Welt so, wie es ihm gerade passte, wie es am bequemsten für ihn war. Am unproblematischsten. Auf diese Weise konnte er sich einreden, in einer perfekten heilen Welt zu leben, was immer geschehen mochte. Und diese Sichtweise erwartete er von der ganzen Familie. Jetzt war es an ihr, die Mauer einzureißen. Indem sie ihm die Wahrheit ins

Gesicht schrie, wie es noch nie jemand gewagt hatte. Sie musste ihm seine Welt vor Augen führen, wie sie wirklich war, und ihn zwingen, das zur Kenntnis zu nehmen. Aber das konnte sie nicht jetzt und nicht hier, nicht im Kreise seiner Familie.

»Natürlich würde ich dir das sagen«, erklärte sie mit verstellter, samtweicher Stimme. »Natürlich.«

Und dann gab sie vor, endgültig wegzudämmern, woran er sie schließlich, als er ins Zimmer gekommen war, gehindert hatte.

39

August 2012

Adrian betrat den Pub, nachdem er noch einmal mit Luke telefoniert hatte. Nach wie vor keine Spur von Otis. Caroline war inzwischen bestimmt völlig außer sich. Er hatte versprochen, so bald wie möglich vorbeizukommen und sich keinen Moment länger als nötig mit Abby aufzuhalten. Sein Puls raste, jagte das Adrenalin durch seinen Körper. Der Gedanke, dass seinem hübschen Jungen etwas Schreckliches zugestoßen sein könnte…

Er sah sie sofort. Sie saß an einem kleinen Tisch gleich hinter dem Eingang und sah frisch und strahlend aus wie immer. Ihre Sonnenbrille lag vor ihr auf dem Tisch, und sie las in einem Buch.

»Hi«, sagte er und setzte sich ihr gegenüber.

Sie lächelte, klappte ihr Buch zu und legte es weg. »Hi.«

»Hören Sie«, sagte er. »Tut mir leid, aber ich kann nicht lange bleiben. Mein Sohn Otis ist verschwunden, und ich muss zurück zu meiner Familie. Deshalb sollten wir schnell zur Sache kommen. Ansonsten müssten wir uns an einem anderen Abend treffen.«

»Ach du lieber Himmel, wie lange ist er denn schon weg?«

»Seit zwei Stunden.«

»Und wie alt ist er?«

»Zwölf.«

Sie sah ihn fragend an. »Vielleicht ist er ja nur mit einem Freund unterwegs oder so.«

Adrian schüttelte den Kopf. »Wir haben so ziemlich jeden angerufen, den er kennt – keiner scheint zu wissen, wo er sein könnte.«

»Oder einer hat versprochen dichtzuhalten. Ich spreche aus Erfahrung, als Teenager war ich nämlich eine notorische Ausreißerin. Einmal bin ich sogar zwei Tage fortgeblieben und eigentlich nur deshalb heim, weil ich dringend eine ordentliche Toilette brauchte.«

Normalerweise hätte Adrian über diese Geschichte gelächelt, doch derzeit war ihm nicht danach zumute.

»Ich denke nicht, dass er einfach so weggelaufen ist«, wandte er ein. »Offenbar gab es Streit mit seinen beiden älteren Geschwistern, und da ist er wohl verärgert abgehauen.«

»Um was ging es?«

»Das weiß ich nicht.« Adrian zuckte die Schultern und atmete hörbar aus. »Hat mir niemand gesagt. Vermutlich ist es nicht so belanglos gewesen, wie Cat und Luke jetzt tun. So deute ich das zumindest.«

»Also«, sagte Abby und schob sich die blonden Haare hinter die Ohren. »Am besten gebe ich Ihnen erst mal einen Überblick über das, was ich weiß, und dann entscheiden Sie, ob wir heute weiterreden oder ein andermal. Es ist nämlich möglich …«, sie machte eine Pause, »dass das, was ich Ihnen zu sagen habe, etwas mit dem Verschwinden Ihres Sohnes zu tun hat.«

Adrian warf einen prüfenden Blick auf sein Handy, ob er einen guten Empfang hatte, und legte es beruhigt auf den Tisch.

»Ja, bitte«, erwiderte er. »Allerdings möchte ich zunächst wissen, warum Sie die Katze vorgeschoben haben, um mit mir Kontakt aufzunehmen.«

»Nun, ich habe mitbekommen, wie Sie den Zettel in der Post aufgehängt haben, und es war eine gute Gelegenheit, in Ihre Wohnung zu gelangen.«

Er blinzelte verwirrt. »Was hat meine Wohnung damit zu tun?«

»Ich musste mir ein Bild machen, welchen Schaden ich möglicherweise mit meinen Informationen anrichten würde. Deshalb wollte ich Familienfotos sehen, Sie von Ihrer Frau sprechen hören, Sie in Ihrem privaten Umfeld erleben. Aus diesem Grund habe ich auch Ihrer Tochter beim Eislauftraining zugeschaut und Ihren Sohn auf dem Heimweg von der Schule beobachtet. Genauso Ihre älteste Tochter, wenn sie den Jüngsten irgendwohin gebracht oder abgeholt hat. Tagelang, damit ich ein Gefühl für jeden bekam. Wissen Sie, wenn Sie von einem Mann hören, der zweimal seine Familie für eine Neue verlassen hat und dessen dritte Ehefrau unter merkwürdigen Umständen gestorben ist, dann fragt man sich schon, ob man es mit einem Soziopathen oder einem Irren zu tun hat.«

»Und?«

»Sie sind keins von beidem, wirklich nicht. Nein, ich halte Sie eher für einen gebrochenen Mann. Und da wollte ich nicht die sein, die das noch schlimmer macht.«

»Kann es überhaupt noch schlimmer werden?«, stieß Adrian hervor.

»Sehen Sie den Tisch dort drüben?« Abby nickte mit dem Kopf in Richtung Bar. »Dort, an jenem Tisch, habe ich mit Ihrer Frau in jener Nacht gesessen, als sie starb.«

Adrian schaute sie erwartungsvoll an, war ganz Ohr,

doch dann wurde die Stille vom Vibrieren des Handys unterbrochen. Luke war dran.

»Er hat soeben angerufen. Per R-Gespräch aus einer Telefonzelle in Holloway. Caroline ist auf dem Weg, ihn abzuholen.«

Adrian spürte, wie sein Brustkorb sich wie eine Ziehharmonika erst ausdehnte und dann wieder zusammenzog. »Geht es ihm gut?«

»Ja, alles okay«, beruhigte Luke ihn. »Anscheinend wollte er zu einem Freund und hat sich hoffnungslos verlaufen. Eine ältere Frau fand ihn schluchzend auf einer Bank und zeigte ihm, wie er ein R-Gespräch anmelden konnte. Sie wartet jetzt mit ihm auf Caroline.«

»Gott sei Dank. Sag ihm, ich bin in etwa einer Stunde bei euch. Sag ihm, er soll aufbleiben und auf mich warten. Sag ihm, dass ich ihn liebhabe. Nein, warte, sag ihm, er soll mich anrufen – dann kann ich es ihm selbst sagen.«

»Wie läuft es mit der Stalkerin?«

»Erzähle ich dir später.«

»Okay, aber beeil dich.«

»Das mache ich. Versprochen.«

Er legte auf, stützte den Kopf in seine Hände und schaute Abby an. »Sie haben ihn gefunden.«

»Und geht es ihm gut?«

»Ja, er ist offenbar in Ordnung.«

»Möchten Sie gehen?«

»Nein, nein. Natürlich nicht«, wehrte er ab und erhob sich. »Ich hole uns erst mal etwas zu trinken.«

Nachdem er mit einem Weißwein für Abby und einem Gin Tonic für sich zum Tisch zurückgekehrt war, nahm er das Gespräch wieder auf. »Also schießen Sie los, erzählen Sie mir alles, was Sie wissen.«

Abby fasste den Stiel ihres Weinglases und drehte es zwischen ihren Fingerspitzen.

»Es war gegen zehn«, sagte sie. »Ich war unterwegs mit einem alten Freund, wir hatten bereits eine kleine Kneipentour hinter uns und einiges getankt. Keine Ahnung, wieso wir ausgerechnet hier gelandet sind. Wir wollten einfach noch einen Absacker zu uns nehmen. Sie fiel uns gleich auf, diese zierliche, rothaarige junge Frau, die mutterseelenallein an der Bar stand, Wodka trank und weinte. Nicht dass sie laut geschluchzt hätte. Nein, die Tränen rannen ihr über die Wangen, ohne dass sie einen Laut von sich gab. Übrigens sind wir deshalb auf sie aufmerksam geworden, weil mein Bekannter meinte, sie würde mir ähnlich sehen. Ich fand das nicht unbedingt.« Sie zuckte die Schultern, hob ihr Glas und trank einen kleinen Schluck. »Jedenfalls sprach ich sie an, fragte sie, ob alles okay sei und sie sich zu uns setzen möchte. Sie lehnte zuerst ab, doch nachdem ich ihr einen Kaffee bestellt und ein bisschen mit ihr geredet hatte, kam sie zu uns an den Tisch. Irgendwann brach mein Freund auf, und wir blieben zu zweit zurück.«

Adrian sah Abby unverwandt an. »Das heißt, Sie könnten die letzte Person gewesen sei, die mit ihr gesprochen hat?«

Sie nickte. »Möglich.«

»Und weiter? Was passierte dann? Haben Sie gesehen, wie sie vom Bus überfahren wurde?«

»Nein.« Sie schüttelte heftig den Kopf. »Nein. Irgendwann erklärte sie, dass sie sich auf den Heimweg machen wolle. Sie schien wieder einigermaßen klar zu sein und sich insgesamt wesentlich besser zu fühlen. Also ließ ich sie gehen …« Abby nahm einen kräftigen Schluck Wein und stellte das Glas wieder hin. »Und dann, zwei Tage später, schlug ich die Zeitung auf und las diese furchtbare Geschichte von diesem Bus und der jungen Frau … Namen wurden nicht genannt. Trotzdem wusste ich gleich, dass sie es war. Das Alter stimmte. Der Ort stimmte. Ich wusste es einfach, dass sie es war.«

Als sie zu weinen begann, beugte Adrian sich über den Tisch zu ihr hinüber und griff tröstend ihre Hand.

Sie sah ihm in die Augen. »Es tut mir so unsagbar leid«, flüsterte sie.

»Sagen Sie das nicht«, bat er. »Es war ja nicht Ihre Schuld. Sie haben getan, was Sie konnten.«

»Nein. Ich hätte mehr tun können und sie etwa nach Hause bringen oder ihr wenigstens ein Taxi bestellen sollen. Übrigens dauerte es eine Ewigkeit, Sie ausfindig zu machen. Habe unentwegt unter allen möglichen Suchbegriffen gegoogelt: Maya. Nachtbus. Bis ich irgendwann einen Eintrag fand, in dem es um den Bericht des Rechtsmediziners ging. Und darin tauchte Ihr Name auf. Immer wieder habe ich vor Ihrem Bürogebäude gewartet und bin Ihnen bis nach Hause gefolgt. Aber ich hatte Angst, Sie anzusprechen. An jenem Tag in der Post kam mir dann die Idee mit der Katze.« Sie schlug die Augen nieder, entzog ihm ihre Hand. »Ich dachte damals, dass ich so weit wäre, mit Ihnen darüber zu sprechen. Doch das war nicht der Fall.«

»Und jetzt sind Sie es?«

Sie lächelte gequält. »Na ja, nicht wirklich – Sie haben mich eher in die Enge getrieben.«

Adrian griff nach seinem Gin Tonic. »Sie haben also in jener Nacht mit Maya zusammengesessen. Hat sie …« Er hielt inne, schwenkte seinen Drink im Glas. »Hat Sie Ihnen irgendetwas Wichtiges anvertraut? Ich meine, worüber haben Sie mit ihr gesprochen?«

»Wir haben über Sie gesprochen«, antwortete sie schlicht. »Über Ihre Kinder. Über Ihre Exfrauen. Über alles.«

»Auch über die schrecklichen E-Mails?«

Abby nickte. »Ja, auch darüber. Woher wissen Sie davon? Sie sagte mir, sie hätte diese Mails niemandem gegenüber erwähnt.«

»Mein Sohn hat sie zufällig gefunden, in einem gut versteckten Ordner auf unserem Laptop. Allerdings erst vor ein paar Monaten.«

»Und wissen Sie, wer sie gesendet hat?«

»Nein«, erwiderte er. »Keine Ahnung. Wissen Sie es etwa?«

»Ja«, sagte sie. »Ja. Ich denke schon.«

Adrian schluckte und wartete darauf, dass sie weitersprach.

40

April 2011

Es dauerte knapp eine Woche, bis sich der E-Mail-Schreiber nach dem Osterurlaub in Suffolk wieder meldete. Maya dachte fast schon, sie sei ihn losgeworden. Vielleicht hatte sie ihn nicht genug geärgert, ihm nicht genug Munition für seine Angriffe geliefert.

Sie war darauf bedacht gewesen, möglichst auf Tauchstation zu gehen. Nicht aufzufallen, nicht einmal durch besondere Freundlichkeit oder Hilfsbereitschaft, und sich schon gar nicht in irgendeiner Weise anzubiedern. Wie ein Geist war sie durchs Haus geschlichen, eine diffuse Schattenexistenz, und hatte sich ganz und gar den ersten beiden Frauen und deren Nachwuchs untergeordnet und die Stunden bis zur Heimfahrt gezählt.

Nie wieder, hatte sie sich geschworen, nie wieder. Das nächste Mal würde sie anderweitige Verpflichtungen vorschieben oder eine ansteckende Krankheit. Sofern es überhaupt ein nächstes Mal gab. Immerhin hatte Caroline sie gebeten, einen Tag auf die Kinder aufzupassen, weil Cat, die sonst einsprang, etwas vorhatte und sie selbst wichtige Termine wahrnehmen musste. Carolines Bitte, am letzten Tag in Suffolk ausgesprochen, hatte sie überrascht, denn es war das erste Mal, dass man ihr die volle Verantwortung für Adrians Kinder übertrug. Gut, sie hatte Beau gelegentlich auf ein Eis mitgenommen oder Pearl vom Eislauftraining abgeholt, aber ganz alleine im Haus mit allen dreien, das war neu und ungewöhnlich.

Kurz bevor sie an jenem Morgen ihre Wohnung verließ, schaute sie noch einmal in ihr E-Mail-Postfach. Eine neue Nachricht.

Liebe Schlampe,

nicht mehr ganz das Goldmädchen, wie ich höre. Scheinbar nur noch ein Schatten deiner selbst hast du wie ein geschmähtes Kind in einem Schmollwinkel gesessen. Beginnt es dich endlich zu nerven? Das ganze Ausmaß dessen, was du angerichtet hast? Und die Erkenntnis, dass es für dich und Big Daddy kein Happy End geben kann? Halleluja, gelobt sei der Herr!

Laut zuverlässigen Quellen bist du sehr viel besser zu ertragen, seit du nicht mehr versuchst, jeden glücklich zu machen. Endlich! Jeder hat nämlich die Schnauze gestrichen voll von dir und deinen armseligen Versuchen, einer von der Truppe zu sein. Du gehörst nicht dazu, wirst niemals dazugehören. Also folge deiner Intuition, Schlampe. Du weißt es, und ich weiß es auch. Es ist Zeit, dass du verschwindest, um die Wunden in dieser Familie heilen zu lassen. Ohne dich.

Ich hoffe, ich muss dir nicht noch einmal schreiben.

Bitte nicht!

Maya seufzte. Wieder so ein Tiefschlag. Nichts hatte sich geändert, sie stand nach wie vor unter Beobachtung. Deprimiert fütterte sie die Katze und machte sich auf zur Bushaltestelle.

Caroline war die Nettigkeit in Person. Sie führte Maya durchs Haus, erklärte ihr, was die Kinder essen durften und was nicht, nannte ihr das Passwort für den PC und zeigte ihr, wo sie was fand: die Hundekekse, den Gartentorschlüssel, die Fernbedienungen und so weiter. Sie lächelte in einem fort, berührte sie ständig am Arm und beteuerte immer wieder, wie dankbar sie ihr sei. Maya kam es vor, als hätte Caroline sie auf dieser zehnminütigen Tour durch das Haus öfter angelächelt als in den vorangegangenen drei Jahren zusammen.

Die Kinder hielten sich im Souterrain auf. Beau lag auf dem Sofa und schaute fern, Otis saß an der Küchentheke am Laptop, Pearl war im Garten und bürstete die Hunde. Das benutzte Frühstücksgeschirr stapelte sich im Spülbecken.

»Das muss dich nicht kümmern«, sagte Caroline, als sie sah, wie Mayas Blick darauf fiel. »Das erledige ich heute Abend. Mach, wozu du Lust hast. Blende die Kinder einfach aus, wenn du willst. Es ist mir sowieso unangenehm, dich während deiner kostbaren letzten Ferientage für ihre Betreuung einzuspannen.«

»Schon gut, ehrlich«, sagte Maya und beschloss für sich, das Haus in einem besseren Zustand zu verlassen, als sie es angetroffen hatte. »Du weißt doch, wie sehr ich deine Kinder mag. Ich mache das wirklich gerne.«

»Danke, Maya. Superlieb von dir«, erwiderte Caroline lächelnd.

Sie benahm sich etwas übertrieben, fand Maya, und ihr kam der Gedanke, dass Adrian möglicherweise mit seiner Ex über sie gesprochen hatte. Es wäre nicht das erste Mal. Nach wie vor wandte er sich mit Problemen aller Art an Caroline. Er hatte sie sogar gebeten, ihm bei der Auswahl des Verlobungsrings für Maya zu helfen.

Für ihn stand Caroline gleichermaßen für guten Geschmack wie für praktische Intelligenz. Sie war seine erste Ansprechpartnerin in allen Lebenslagen – wenn ein Klient Ratschläge für die Inneneinrichtung brauchte, wenn einer seiner Juniorpartner private Probleme hatte, die den Arbeitsablauf beeinträchtigten, wenn er ein schönes Geburtstagsgeschenk für Cat brauchte … oder wenn er selbst privat nicht mehr weiterwusste. Mit all diesen Sachen pflegte er sich an Caroline zu wenden.

»Alles klar?«, fragte sie jetzt und musterte ihre Nachfolgerin eindringlich. »Du weißt, wenn du jemanden zum Reden brauchst, über Adrian oder über sonst irgendetwas …«

Maya schüttelte den Kopf. Sie wollte nicht mit Caroline reden. Nicht jetzt, selbst wenn es gut gemeint war. Früher vielleicht, nicht aber seit den E-Mails.

»Danke«, sagte sie bloß.

Caroline schenkte ihr ein mitfühlendes Lächeln, warf dann einen gehetzten Blick auf die Uhr.

»Mist, so spät schon. Kinder«, rief sie, während sie in ihrer Handtasche kramte. »Mummy muss los.«

Beau sprang vom Sofa auf und stürzte sich in die Arme seiner Mutter, die ihn kurz an sich zog. Dann küsste sie Otis flüchtig auf die Wangen und warf Pearl, die nicht hereingekommen war, einen Luftkuss zu und eilte zur Haustür, schlug sie schwungvoll hinter sich zu und war verschwunden. Stille breitete sich aus.

Maya sah sich um. Ein Haus, drei Kinder und zwei Hunde. Womit sollte sie anfangen, um einen guten Start hinzulegen? Sie beschloss, es mit Beau zu versuchen, der seinem Bruder am Laptop über die Schulter schaute.

»Magst du mir helfen, die Spülmaschine einzuräumen?«, fragte sie ihn sanft.

Beau schaute sie an, als hätte sie Gott weiß was von ihm verlangt.

»Ich räume *nie* die Spülmaschine ein«, wies er das Ansinnen prompt zurück und bedachte sie mit einem eisigen Blick, der so gar nicht zu dem süßen kleinen Jungen passen wollte.

»Okay, okay«, sagte sie hastig. »Ich schaffe das auch alleine.«

Während sie die herumstehenden Schüsseln, Schalen und Tassen einsammelte, schaute sie auf den Bildschirm, ob die beiden Jungs nicht etwa unangemessene Sachen anklickten. So wie es aussah, surften sie durch eine virtuelle Welt, bevölkert von bunten Klecksen mit schwarzen Augen und allerlei interessanten Hüten. Größere Kleckse schienen über kleinere Kleckse das Kommando zu haben, es herrschte lebhaftes Geschwirre und Gezische, und in schneller Folge tauchten irgendwelche Sprechblasen auf, die wieder verschwanden, bevor Maya sie entziffern konnte. Wirkte alles ganz harmlos.

Ihr Blick wanderte zum Fenster. Draußen im Garten widmete Pearl sich hingebungsvoll der Fellpflege ihrer Hunde und lächelte Maya flüchtig zu. In einer Ecke des großen Raumes dröhnte der Fernseher, ohne dass jemand hinschaute. Sie ging hinüber, griff nach der Fernbedienung und schaltete ihn aus.

»Warum machst du aus?«, rief Beau empört und sah sie entgeistert an.

»Weil niemand hinsieht.«

»Doch, *ich* habe da hingeguckt.«

»Nein, hast du nicht«, erwiderte sie ruhig. »Du hast mit Otis ein Computerspiel gespielt.«

»*Ich* spiele nicht. Ich stehe nur da. *Otis* spielt!«

»Egal, jedenfalls hast du nicht zum Fernseher geschaut. Und der war echt laut.«

»Mach ihn wieder an«, schrie Beau zornig.

Maya und Otis erstarrten beide. Einen solchen Ausbruch bei dem sonst eher gutmütigen Kind zu erleben, das war mehr als ungewöhnlich. Zwar hatte Maya neuerdings gelegentlich leichten Unmut in seinen Augen aufblitzen sehen und abweisende Kopfbewegungen registriert, doch das hier überstieg alles Dagewesene. Erstmals hatte der Junge seinen Aggressionen freien Lauf gelassen.

»Sprich bitte nicht so mit mir«, ermahnte sie ihn streng. »Das ist nicht nett von dir.«

»Ist ja auch nicht gerade nett, ohne mich zu fragen den Fernseher auszuschalten«, gab er patzig zurück.

»Okay, Beau. Ich hätte dich fragen sollen. Also: Hättest du etwas dagegen, wenn der Fernseher ausgeschaltet bleibt, bis du wieder hinschaust?«

Er schüttelte den Kopf.

»Danke.«

Maya holte tief Luft, legte die Fernbedienung zurück auf den Tisch, ging nach draußen, wo die Apfelbäume in voller Blüte standen, und gesellte sich zu Pearl.

»Ich wusste gar nicht, dass du dich auch auf Fellpflege verstehst.«

Das Mädchen zuckte die Achseln. »Habe mir ein paar Lehrfilme angeschaut«, sagte sie. »Ist kinderleicht. Im Hundesalon sind die Armen immer gestresst. Hier dagegen genießen sie es richtig.« Pearl drückte mit der flachen Hand in den Bauch eines der Hunde, um zu demonstrieren, wie entspannt er war. »War das Beau, der gerade so geschrien hat?«, fragte sie.

»Ja, ob du es glaubst oder nicht.«

Pearl nahm den Hund, zog ein Vorderbein zu sich her

und bearbeitete ein verfilztes Fellbüschel mit einem kleinen Metallkamm.

»Das sieht ihm gar nicht ähnlich«, meinte sie.

Maya setzte sich zu ihr. »Nein«, seufzte sie. »Überhaupt nicht.«

»Er hat neulich etwas ziemlich Merkwürdiges von sich gegeben.« Pearl schaute Maya nachdenklich an. »Er sagte, wenn er schon ein großer Junge gewesen wäre, als Daddy wegging, dann hätte er ihn bestimmt davon abgehalten. Das fand ich wirklich merkwürdig. Er war damals immerhin erst ein Jahr alt und kennt es im Grunde gar nicht anders.« Pearl zuckte die Schultern und wandte sich dem zweiten Vorderbein des Hundes zu.

»Was denkst du, wie er darauf gekommen ist?«, erkundigte sich Maya, für die Pearls Worte wie ein Schlag in den Magen gewesen waren.

»Vielleicht hat er irgendetwas in der Vorschule aufgeschnappt. Von anderen Kindern, die mit beiden Eltern zusammenwohnen. Vielleicht ist ihm da erst klar geworden, dass es bei uns anders ist.« Sie hielt kurz inne. »Seit wir aus Suffolk zurück sind, ist er irgendwie komisch. *Warum kann Daddy nicht hierbleiben und bei uns schlafen,* jammert er dauernd. *Warum muss er immer woandershin*? Und er hat mich und Otis ausgefragt, was damals passiert ist, und macht uns Vorwürfe, dass wir ihn haben gehen lassen. Schiebt alles uns in die Schuhe.«

»Oh Gott, wie schrecklich.«

»Es ist nicht deine Schuld. Es ist die von Daddy. Er fand diese Regelung okay.«

»Bist du böse auf ihn?«

»Nein, nicht wirklich, aber ich vermisse ihn. Es war beispielsweise schön, dass er immer schon in der Küche saß, wenn ich morgens früh runterkam, und das Frühstück für mich gemacht hatte. Und ich musste ihm immer meine Träume erzählen. Ich hatte ihn ganz für mich alleine, denn die anderen tauchten erst später auf. Nur wir beide – das war so schön.«

Das Lächeln in Mayas Gesicht wirkte wie festgefroren. Sie dachte an ihre eigene unspektakuläre Kindheit zurück, an all die kleinen Dinge, die für sie selbstverständlich gewesen waren. Das große Doppelbett der Eltern, Vaters Tweedmantel an der Garderobe, seine Bierflaschen im Kühlschrank, die Fußballspiele im Fernsehen am Samstagnachmittag, seine starken Arme, die sie ins Bett trugen, wenn sie im Auto eingeschlafen war, die zwei Köpfe auf den Vordersitzen, wenn sie Verwandte oder Freunde besuchten. Und ja, auch ihr Vater hatte jeden Morgen als Erster am Küchentisch gesessen, hinter ihm auf der Stuhllehne das gebügelte Hemd fürs Büro, und sie mit einem fröhlichen *Guten Morgen, wie geht's dir heute?* begrüßt, sobald sie verschlafen in der Tür erschien.

»Wie findest du eigentlich die Abende alleine bei Daddy?«, fragte sie liebevoll. »Helfen sie dir? Wird es damit leichter für dich, die Trennung zu akzeptieren?«

Pearl zögerte mit ihrer Antwort. »Ich denke schon«, sagte sie schließlich. »Natürlich ist es nicht das Gleiche.«

»Nein, das ist es nicht«, stimmte Maya ihr zu. »Das kann ich verstehen.«

Sie saßen eine ganze Weile schweigend beieinander. Pearl ließ den Hund laufen und wischte sich die letzten Haare von den Handflächen.

»Wie würdest du es finden, wenn dein Vater wieder hier einziehen und mit euch zusammenleben möchte?«

Pearl drehte sich zu ihr um und warf ihr einen hoffnungsfrohen und zugleich fragenden Blick zu. »Wie meinst du das?«

»Das heißt nicht, dass er das erwägen würde. Ich wollte bloß wissen, ob du es schön fändest oder eher seltsam.«

»Na ja, einerseits wäre es irgendwie komisch – immerhin würde es bedeuten, dass er sich von dir getrennt hätte und bestimmt traurig oder so wäre.« Sie rollte die abgestreiften Hundehaare in ihrer Hand zu einem winzigen Knäuel zusammen. »Andererseits wäre es natürlich super. Obwohl …«

Maya wartete gespannt, dass sie weitersprach.

»Nun, ich würde immer Angst haben, dass er es wieder tut.«

»Dass er euch ein weiteres Mal verlässt, meinst du?«

Pearl warf ihr einen wissenden Blick zu. »Dad? Ja klar. Er würde er es wieder tun, weil er süchtig nach Liebe ist.«

Maya lachte.

»Das ist nicht witzig – das ist er nämlich wirklich. Hat Mum mir erzählt. Sie meinte, dass er uns verlassen hat, weil er immer frisch verliebt sein will und sich schwertut mit dem richtigen Leben, in dem nicht alles Freude und Sonnenschein ist.«

»Das hat deine Mutter dir erzählt?«

»Ja. Sie spricht mit mir wie mit einer Erwachsenen und erspart mir dumme Märchen. Ist echt besser. So weiß ich wenigstens, worauf ich achten muss. Und ich werde bestimmt keinen Mann heiraten, der verliebt ins Verliebtsein ist, sondern einen, der mich auch mag, wenn ich schlechte Laune habe.«

Maya lächelte. Und mit einem Mal spürte sie die Wärme und Vertrautheit, die in diesem Moment zwangloser Offenheit lag. Irgendwie schwammen sie beide auf der gleichen Wellenlänge.

»Hast du mich je gehasst, Pearl?«

»Nein«, antwortete das Mädchen wie aus der Pistole geschossen.

»Wirklich nicht?«

»Warum sollte ich?«

»Weil ich zugelassen habe, dass euer Daddy euch verlässt.«

»Es war ja nicht deine Schuld. Habe ich dir doch eben gesagt. Außerdem: Wenn du es nicht gewesen wärst, wäre es eine andere gewesen.«

»Und deine Mum? Hasst sie mich?«

Pearl sah Maya mit ihren von langen Wimpern beschatteten Augen offen an. »Ich glaube nicht«, sagte sie leise. »Ich glaube ...« Sie stockte. »Ich glaube, du tust ihr einfach leid.«

»Ich tue ihr *leid*?«

»Ja, weil ...« Pearl hielt erneut inne und suchte nach den passenden Worten. »Sie geht davon aus, dass er dich ebenfalls eines Tages verlassen wird.« Sie zog entschuldigend die Schultern hoch. »So denkt sie.«

Maya nickte. Verständlich, dass Caroline so dachte. Zum einen stimmte es vermutlich, zum anderen half es ihr, das Scheitern ihrer Ehe besser zu verkraften.

»Und Otis. Was hält er von mir?«

»Bei ihm weiß man nie, was in seinem Kopf vorgeht. Egal über wen oder was.« Sie presste die Lippen aufeinander und zog die Brauen zusammen. »Aber ich denke nicht, dass er dich hasst. Dich hasst bestimmt niemand.«

»Du würdest dich wundern.« Maya stieß ein bitteres Lachen aus und beschloss zugleich, diesen Moment der Ehrlichkeit nicht ungenutzt verstreichen zu lassen. »Hast du wirklich noch nie gehört, wie irgendwer über mich hässliche Dinge gesagt hat?«

»Nein.«

»Ich meine nicht unbedingt innerhalb der Familie. Auch andere Leute. Freunde vielleicht.«

»Nein«, wiederholte sie und schüttelte energisch den Kopf. Dann öffnete sie den Mund, als wollte sie etwas sagen, schloss ihn jedoch wieder.

»Was ist?«

»Nichts.«

»Du kannst es mir ruhig sagen. Ehrlich. Ich möchte es gerne wissen.«

Pearl seufzte. »Also gut, Charlotte hat mal was geäußert. In Suffolk. Etwas ziemlich Gemeines.«

»Ach ja?«, hakte Maya vorsichtig nach. »Was denn?«

»Oh, etwas über deine Frisur. Ich weiß nicht einmal mehr, was genau.«

Maya holte tief Luft. »Vielleicht, dass ich damit aussehe wie der hässlichste Typ in einer Boyband?«

Pearl schüttelte entschieden den Kopf, schien von dieser Frage aufrichtig völlig verwirrt.

»Was dann?«

»Ich weiß bloß, dass sie dich mit langen Haaren hübscher fand. Weil du mit kurzen Haaren etwas männlich wirken würdest. So etwas in der Art.«

Krampfhaft rief Maya sich die Unterhaltung mit Charlotte in die Erinnerung zurück – das Gespräch an jenem sonnigen Tag beim Krockettspiel im Garten. Damals hatte Charlotte sich geradezu überschwänglich über ihre neue Frisur geäußert und offenbar gleichzeitig hinter ihrem Rücken darüber gelästert, kaum dass sie außer Hörweite gewesen war.

Und plötzlich fiel ihr auch jener Moment ein, als Charlotte plötzlich im Zimmer stand und ihre Unterhaltung mit Luke belauscht hatte. Nicht zum ersten Mal, denn Ähnliches war bereits Silvester vorgefallen. Ahnte sie etwas? Wusste sie etwas? War es möglich, dass die süße, selbstgefällige Charlotte sie aus der Wolfe-Familie vertreiben wollte? War es möglich, dass Charlotte die Verfasserin all dieser gehässigen E-Mails war?

Maya seufzte. Diese Hasstiraden ließen sich nicht aus ihrem Kopf löschen. Wie wild gewordene Kreisel wirbelten sie darin herum, drangen bis in die letzte Ecke, bis ihr vor lauter Schwindel übel wurde.

»Entschuldige«, sagte Pearl, die ihr Schweigen missverstand und fürchtete, ihre Gefühle verletzt zu haben.

»Nein, das ist schon okay. Ich mag meine neue Frisur selbst nicht besonders und lasse die Haare wieder wachsen.«

Pearl nickte. »Mir haben sie lang ebenfalls besser gefallen.«

»Danke für deine Ehrlichkeit.«

»Ich bin immer ehrlich.«

»Ja«, bestätigte Maya. »Ja, das bist du wirklich.«

41

Nach dem recht turbulenten Start verlief der Rest des Tages eher ruhig. Nach dem Mittagessen musste Pearl zum Eislauftraining, und Beau hielt sein übliches Mittagsschläfchen von etwa einer Stunde, sodass sich nur noch Maya und Otis in der Küche befanden.

Der Zwölfjährige hing vor dem Laptop, hörte und sah sich einen Musikvideoclip an, zu dem er mit seinen riesigen Füßen nervtötend laut den Takt schlug, indem er gegen den Sockel der Küchentheke trat. Maya hatte inzwischen die große Wohnküche, das Herzstück des Hauses, aufgeräumt, jedes Kissen aufgeschüttelt und jedes Müslischälchen, jeden Filzstift wieder an seinen Platz gestellt, sodass sich alles leer und verwaist anfühlte. Sie kannte das Souterrain nur voller Menschen, voller Spielsachen und voller Lärm. Es war befremdlich und verstörend, alleine hier zu sein – als wäre sie als einziger Darsteller am Set einer beliebten TV-Soap zurückgeblieben.

Sie bot Otis ein Getränk an, einen kleinen Snack, aber beides lehnte er ebenso höflich wie bestimmt ab. Überhaupt wirkte er recht einsilbig, und so ging sie vom Souterrain hinauf in die oberen Stockwerke und betrachtete das Bildersammelsurium an den Wänden im Treppenhaus: Filzstiftzeichnungen der Kinder aus verschiedenen Entwicklungsphasen, Pop-Art-Kunst, Aquarelle, die an frühere Urlaubsorte erinnerten, dazu jede Menge gerahmte Fotos in verschiedenen Größen. Auf einer Kommode im Flur standen weitere Schnappschüsse der glücklichen Familie sowie eine Glasvase mit Pfingstrosen und ein Muschelkästchen. Letzteres offenbar ein Andenken an fröhliche Urlaubstage am Strand. Vor der Eingangstür lag ein Stapel Briefe, den der Postbote durch den Briefkastenschlitz geworfen hatte. Sie bückte sich, hob ihn auf und legte ihn auf die Kommode unter einen Briefbeschwerer aus Glas mit türkisblauen und grünen Linien.

Links ging es durch eine Flügeltür in einen eleganten Salon mit Sofas aus blaugrünem Samtvelours, auf dem Kissen mit Pfauenmuster lagen, mit weißen Fußbodendielen, goldgerahmten Spiegeln und eingebauten Wandregalen, in denen neben Büchern weitere Fotos ins Auge fielen. Am gegenüberliegenden Ende des Raumes stand ein Flügel, der mit einem Tuch bedeckt war. Alles wirkte repräsentativ und dennoch wohnlich.

Über eine Wendeltreppe gelangte man von hier aus in das nächste Stockwerk, wo sich Carolines Reich befand. Arbeits- und Schlafzimmer mit eigenem Bad. Einen Treppenabsatz höher gab es ein weiteres Badezimmer, das für die Allgemeinheit gedacht war und in dem ein antiker Kronleuchter von der Decke hing.

Sie erinnerte sich an einige der Dinge, die Adrian ihr in den ersten Tagen ihrer Bekanntschaft über dieses Haus und über seine Ehe erzählt hatte. Fünf Jahre seien sie damit beschäftigt gewesen, das völlig heruntergekommene Haus zu sanieren, und Adrian hatte gar behauptet, in Carolines kleiner Wohnung, in der sie mit Otis anfangs gelebt hatten, viel glücklicher gewesen zu sein.

Es ging immer nur um das Haus, hatte er gesagt. *Von da an war der Wurm drin. Sobald Frauen anfangen, sich mehr für Sofa-*

kissen zu interessieren als für die Liebe, ist der Anfang vom Ende gekommen.

Maya hatte damals genickt und gedacht, das alles könne ihr nicht passieren. Schließlich würde sie niemals solche Dinge für wichtig erachten. Mehr noch, sie hatte seine Argumente sogar verstanden – ja, sie war ernstlich zu der Überzeugung gelangt, dass er mit einer oberflächlichen und lieblosen Frau verheiratet gewesen war, die ihn und seine Bedürfnisse nicht verstand. Und dieses wunderschöne Haus hatte sie sich wie ein Gefängnis voller Sofakissen und teurer Möbel, voller Lampen und Leuchten vorgestellt, das einen völlig erschlug. Im Geiste hatte sie Adrian und Caroline abends dort sitzen und bis zum Umfallen über die Einrichtung diskutieren sehen, wobei Adrian für sie das Opfer einer besitzgierigen und statussüchtigen Frau war, die ihn zu einem Leben in einem luxuriösen, aber seelenlosen Haus zwang.

Wie konnte sie bloß so naiv gewesen sein?

Erst als sie zum ersten Mal hier war, begriff sie, dass alles sich ganz anders verhielt. Sie erkannte die einladende Freundlichkeit dieses Ortes, sah die vielen kleinen geschmackvollen Details, aus denen der Wunsch sprach, ein gemütliches Heim für die Familie zu schaffen, in dem auch Chaos und Unordnung ihren Platz hatten. Mit anderen Worten: Es war das perfekte Zuhause für eine Familie, gestaltet von einer Frau, die geglaubt hatte, für alle Zeiten mit ihren Lieben in diesen Räumen zu leben. Nicht mehr und nicht weniger. Adrian hatte sie belogen. Er war alles andere als ein armer, vernachlässigter Ehemann, doch sie ließ es ihm damals durchgehen. Wie so vieles in jenen ersten Monaten.

Carolines Bett war ungemacht, und ihre Nachtwäsche

lag verstreut herum. Die Vorhänge waren noch zugezogen, und das Bad war nicht aufgeräumt. Sie kam morgens wohl zu gar nichts mehr. Drei Kinder für den Tag fertig zu machen, dann zu einem anspruchsvollen Vollzeitjob zu hasten, das war sicher keine Kleinigkeit.

Maya stand in der Tür zwischen Badezimmer und Schlafzimmer und starrte auf Carolines Bett, in dem früher auch Adrian geschlafen und zwei Kinder gezeugt hatte. Hier waren Albträume bekämpft, Geheimnisse geteilt, Zärtlichkeiten geflüstert und eine gemeinsame Zukunft geplant worden.

Dann erinnerte sie sich an jenen Morgen, als die beiden größeren Kinder zum ersten Mal bei ihr und Adrian in der Wohnung übernachtet hatten. Sah sie noch vor sich, wie sie leise die Schlafzimmertür aufstießen, ihre verwuschelten Köpfchen durchsteckten und zu ihrem Vater hinübersahen, der sich im Bett aufsetzte, verschlafen lächelte und sagte: *Kommt, ihr zwei Kleinen.* Doch sie kamen nicht. Die Tür wurde langsam zugezogen, und hastig trappelnde Füße entfernten sich. Sie wussten, dass es nicht ihr Nest war.

Was hatte sie bloß getan? Wie immer Pearl den Weggang ihres Vaters erklären mochte – letztlich hatte er die Familie ihretwegen verlassen. Versprechen wurden gebrochen, und Träume waren allein deshalb geplatzt, weil sie mit einem Mann zusammen sein wollte, auf den sie kein Anrecht hatte.

Maya ging hinüber zum Bett, setzte sich auf die Matratze und betrachtete die Dinge auf dem Nachttisch: gerahmte Fotos der Kinder, ein Tiegel mit Handcreme, seichte Bettlektüre, ein paar Schmuckstücke, eine getrocknete Rose in einer flachen Silberschale. Auf dem Nachttisch auf der anderen Seite des Bettes lagen ein Stapel Kinderbücher, ein iPad, das am Ladekabel hing, und eine kleine Kiste voller Legobausteine.

Sie stand auf und schaute in Carolines geöffneten Kleiderschrank – Blazer, Blusen, Cardigans, Chinohosen, jede Menge Schuhe von elegant bis sportlich. Adrians zweite Frau konnte gleichermaßen luxuriös wie total leger auftreten. Diesen Eindruck hatte sie gleich bei der ersten Begegnung gewonnen. Sie war eine bildschöne, kühle, ernste Blondine, die jedoch unerwartet zärtlich und weich mit ihren Kindern umging, vor allem mit ihrem Baby Beau. Keine Spur vom Zerrbild einer kalten Karrieristin, die ständig das Handy am Ohr hatte und in deren Welt die Kinder lediglich Randfiguren waren.

Auch in dieser Hinsicht hatte sie Adrians falsche Schilderungen nicht hinterfragt, genauso wenig seine Ausreden, warum er die SMS seines Sohnes kaum je beantwortete oder wie er die Trennungen von Susie und Caroline schönzureden suchte, als hätte er ihnen einen Gefallen getan, und die Enttäuschung in den Gesichtern der von ihm verlassenen Kinder nicht sehen wollte. All das hatte sie ignoriert. Hatte damit das Schlachtfeld ihrer entzauberten Welt, in der sie jetzt lebte, ebenso verschuldet wie er. Sie war kein Opfer – sie war eine Täterin.

Aus der hinteren Ecke des Kleiderschranks zog sie etwas nach vorn – eine hellgraue, transparente Kleiderhülle, in der sie bei näherem Hinsehen Carolines Hochzeitskleid erkannte. Wunderschöne Spitze, tiefer Ausschnitt, Empirestil. Langsam zog sie den Reißverschluss auf, um den Stoff näher zu betrachten. Ein unbekannter Duft stieg ihr in die Nase. Das Kleid roch ganz anders als die anderen Sachen. Es roch weder nach dem vertrauten Weichspüler, den Caroline benutzte, noch nach Jasmin wie die Duftkerzen, die überall im

Haus herumstanden. Und auch nicht nach warmen, staubigen Fußbodendielen, nicht nach Handcreme und auch nicht nach Hunden. Es roch, wie Maya jäh bewusst wurde, nach einer anderen Zeit und einem anderen Ort, nach einer Episode aus Carolines persönlichem Raum-Zeit-Kontinuum – das Kleid roch nach Carolines Glück.

»Was machst du da?«

Maya schrak zusammen, ließ die Kleiderhülle los und legte die Hand auf die Brust. »Oh Gott!«

»Was machst du da?«, wiederholte Otis und beäugte sie feindselig.

»Ich? Eigentlich wollte ich aufräumen – der Schrank stand offen. Da habe ich das Kleid gesehen …«

Er schaute sie scharf an. »Du hast nicht in Mums Sachen herumzuwühlen.«

»Entschuldige, du hast recht«, sagte sie kleinlaut. »Ich versuche nur gerade, die Dinge zu verstehen.«

»*Dinge*?«, hakte er nach. »Was für *Dinge*?«

»Ich weiß nicht. Irgendwie alles, das ganze …«

»Chaos?«, unterbrach Otis sie.

»Ja, wahrscheinlich. Ich möchte mir ein Bild machen.«

»Bisschen spät, findest du nicht?«, sagte er boshaft.

Maya kämpfte mit den Tränen und wusste nicht, was sie noch sagen sollte. Otis ersparte ihr zumindest dieses Problem, denn er zuckte mit den Schultern, drehte sich um und verließ das Zimmer. Sie stand da, hörte das leise Tappen seiner Schritte auf der Holztreppe, die ins oberste Stockwerk zu den Zimmern der Kinder führte. Nachdem er die Tür hinter sich geschlossen hatte, wurde es im Haus mucksmäuschenstill. Sie wischte sich eine einsame Träne vom Nasenrücken, atmete tief durch und machte sich auf den Weg nach unten ins Souterrain.

Die Hunde sprangen bereits hungrig um ihren Futternapf herum. Mechanisch stellte sie ihnen ihr Fressen hin und fuhr zusammen, als plötzlich von irgendwoher ein lautes Piepen ertönte. Von ihrem Handy kam es nicht. Auch nicht von einem der Küchengeräte. Als sie die Maus des Laptops berührte, leuchtete der Bildschirm auf. Eine Skype-Nachricht von Cat: *Hallo? Kleiner Bruder? Bist du noch da?* – Und Otis' Antwort: *Muss jetzt los. Hab dich lieb.*

Mayas Augen klebten am Bildschirm, und sie fragte sich, was Cat und Otis sich wohl so schrieben. Ob sie über sie lästerten. Und dann, mit einem lauten Plopp, erhielt sie die Antwort. Schwester und Bruder starteten einen neuen Chat.

Da bin ich wieder. Bin jetzt in meinem Zimmer. Online. Habe sie gerade erwischt, wie sie in Mums Kleidern herumwühlte.

Nein!

Doch. Faselte was, sie wolle versuchen, die Dinge zu verstehen.

Was für eine gequirlte Scheiße! Was soll das denn heißen?

Null Ahnung.

Die ist doch völlig irre.

Ja, sehe ich auch so.

Sagst du es deiner Mum?

Vielleicht.

Solltest du.

Mal sehen.

Gibt's sonst noch was?

Ach ja. Beau hat sie vorhin angeschrien.

Echt? Was war denn los?

Sie hat den Fernseher ausgeschaltet, ohne ihn zu fragen. Da ist er total ausgeflippt.

Wie hat sie reagiert?

Eigentlich gar nicht.

Blöde Schlampe! Ich hasse sie.

Ich auch.

Ich wünschte, sie würde verschwinden. Für immer!

Ganz in meinem Sinn, aber ich muss jetzt auflegen.

Ich auch. Skypen wir später wieder?

Okay.

Dann bis später.

42

August 2012

»Also kamen die E-Mails von Cat?«, fragte Adrian.

Er sah und hörte nicht, was um ihn herum geschah. Lauschte ausschließlich Abbys Worten und blickte sie erwartungsvoll an.

»Maya war sich nicht ganz sicher, vermutete es jedoch stark.«

»Aber Cat mochte Maya.«

»Nun, dazu kann ich nichts sagen«, meinte Abby. »Wie auch immer. Menschen können kompliziert und nicht ohne Weiteres durchschaubar sein, insbesondere in einer Familie wie der Ihren.«

»Und dann auch noch Otis.«

»Ich verstehe Ihr Entsetzen, allerdings glaube ich, dass der Junge sich einfach an die Meinung der großen Schwester angehängt hat. Kommt unter Geschwistern nicht selten vor. Zudem handelt es sich vermutlich bei beiden um einen Versuch, sich den Verlust des Vaters so zurechtzulegen, dass sie Ihnen nicht die Schuld geben mussten. Es richtete sich schätzungsweise nicht gegen Maya persönlich. Jeder anderen Frau, für die Sie sich entschieden hätten, wäre das Gleiche widerfahren.«

»Arme Maya, sie ahnte von alledem nichts.«

»Ich denke, sie wusste es«, erwiderte Abby vorsichtig.

»Ihr desolater mentaler Zustand in jener Nacht war nicht allein durch die E-Mails und die Skype-Nachrichten bedingt. Da spielten alle möglichen Dinge mit rein. Schuldgefühle vor allem. Angst.«

»Angst wovor?«

Abby seufzte und ließ sich Zeit mit ihrer Antwort. »Der Grund, warum sie sich in jener Nacht betrank ...« Sie hielt inne und sah ihn entschuldigend an. »Sorry, diese Eröffnung jetzt fällt mir sehr schwer. Der Grund nämlich, warum sie sich dermaßen betrank – der Grund waren Sie. Tut mir schrecklich leid, aber sie hatte vor, Sie ... nun ja, zu verlassen. Noch in derselben Nacht.«

Ihre Worte trafen ihn mit aller Wucht, und sie sah, wie er auf seinem Stuhl zusammensackte.

»Deshalb hat sie so geweint. Deshalb zögerte sie es immer wieder hinaus, wirklich aufzubrechen und nach Hause zu gehen. Obwohl sie es mehrmals zwischendurch ankündigte ...«

»Sie machte also nicht den Eindruck, als wollte sie sich das Leben nehmen? Als wollte sie sterben?«

»Nein. Sie war aufgewühlt, verstört, traurig, nervös, jedoch nicht lebensmüde. Keineswegs!«

»Und warum ist sie dann vor den Bus gerannt?«

Abby seufzte. »Nun, ich denke, dass es wirklich ein Unfall war. Eine Sekunde der Unaufmerksamkeit, wie sie jedem passieren kann. Ein falscher Tritt, ein Stolpern und schon wird man überfahren. Oder man überquert achtlos die Fahrbahn, und der Autofahrer sieht einen nicht rechtzeitig. Solche Sachen geschehen. Ich glaube nicht, dass sie sterben wollte. Vielmehr bin ich überzeugt, dass sie Ihrer Familie zurückzugeben wünschte, was sie sich ihrer Meinung nach unrechtmäßig genommen hatte. Sie, den Mann und Vater.«

Sie saßen einen Augenblick lang schweigend da, Adrian rieb sich verlegen den Dreitagebart.

»Was hätten Sie getan, wenn sie heil nach Hause gekommen wäre?«, fragte Abby. »Hätten Sie sie gehen lassen?«

Adrian antwortete nicht gleich, musste erst seine Gedanken ordnen. »Sie hatte es mir bereits Wochen zuvor beizubringen versucht«, sagte er nach einer Weile leise. »Aber ich habe nicht hingehört, weil ich es nicht wahrhaben wollte. Sie eröffnete mir, sie sei zu der Überzeugung gelangt, dass es mit uns beiden nicht funktioniere. Damals kam sie von einem feuchtfröhlichen Treffen mit einer Freundin zurück. Ich hielt es für eine Schnapsidee unter Alkoholeinfluss. Oder als eine Reaktion darauf, dass sie nicht schwanger wurde. Für alles Mögliche, bloß nicht für die Wahrheit. Ich redete mir ein, dass alles halb so wild sei und sich wieder geben werde. Davon war ich überzeugt …«

»Sie traute Ihnen nicht mehr, weil Sie nicht mit offenen Karten gespielt haben. Weil Sie ihr vorgaukelten, dass alle happy seien mit Ihrem gewöhnungsbedürftigen Familienmodell. Sie fühlte sich irgendwie getäuscht.«

Adrian wäre am liebsten aufgesprungen, um sich zur Wehr zu setzen, doch er riss sich zusammen. Zum einen konnte Abby nichts dafür, zum anderen stimmte, was sie sagte. Er hatte Maya einen völlig falschen Eindruck von seinem Familienleben vermittelt. Vielleicht nicht absichtlich, unterbewusst indes allemal.

»Sie erzählte außerdem …« Abby unterbrach sich abrupt. »Ach nichts, ist nicht so wichtig.«

»Nein, reden Sie weiter«, bat Adrian. »Ich möchte alles erfahren, so bitter es auch sein mag.«

»Sie war offenbar in einen anderen Mann verliebt – in jemanden, den Sie kennen.«

»Sie hatte eine Affäre? Du lieber Gott. Wer war es? Ein Lehrerkollege, jemand aus ihrer Schule?«

»Nein, das nicht.« Erneut hielt sie inne und holte tief Luft. »Nein, es war Ihr Sohn.«

Adrian schloss die Augen, und fürs Erste verschlug es ihm die Sprache. Luke. Und er Volltrottel hatte es nicht einmal ansatzweise bemerkt.

»Allerdings lief da nichts. Keine Affäre. Nur große Gefühle, eine starke Bindung. Eine Art Seelenverwandtschaft, wenn Sie so wollen. Ich hätte Ihnen das besser nicht erzählen sollen …«

»Und was hatte sie um Gottes willen vor? Plante sie, mit ihm was anzufangen, sobald ich abserviert war?«

»Nein«, erwiderte Abby ruhig. »Wo denken Sie hin? Sie wollte einfach weg – weg von Ihnen und weg von der Familie, in der sie sich als Fremdkörper fühlte. Und gleichzeitig hoffte sie, dass die Familie dadurch wieder zusammenfinden würde. Als ob sie nie in ihr Leben getreten wäre. Sie betrachtete diesen Schritt als eine Art Wiedergutmachung. Was sie selbst betraf, so dachte sie darüber nach, mit ihrer Freundin zusammenzuziehen.«

»Mit Sara?«

»Den Namen weiß ich nicht mehr. Mit der Freundin jedenfalls, die beabsichtigte, sich zur Lehrerin umschulen zu lassen. Sie hatte bereits alles geplant.«

»Du lieber Himmel.«

Adrian schlug mit den Fäusten so heftig auf den Holztisch, dass die Gläser klirrten. In welchem Wolkenkuckucksheim hatte er bloß gelebt, während um ihn herum seine angeblich heile Welt in Stücke brach. Sein Sohn, verliebt in seine Frau. Seine Kinder, hasserfüllte E-Mail-Schreiber. Seine Frau, die sich in ihrer Verzweiflung einer Kneipenbekanntschaft anvertraute. Rings um ihn herum enttäuschte, verbitterte, unglückliche Menschen. Und was hatte er getan? Nichts, außer seelenruhig inmitten dieses zerstörerischen Tornados menschlicher Gefühlsgewalten zu sitzen und sich die Ohren zuzuhalten, damit nur ja seine Illusionen keinen Schaden nahmen.

»Hören Sie«, sagte er zu Abby. »Gibt es noch etwas, das ich wissen sollte? Ich müsste nämlich langsam los. Die warten alle auf mich.«

»Gehen Sie ruhig, das war's dann. Halt, vielleicht Folgendes. Maya erwähnte, dass ein Ausspruch Ihrer kleinen Eisprinzessin sie an jenem Tag in ihrem Entschluss bestärkt habe. Ihre Tochter sagte wohl, dass sie Sie vor allem morgens in der Küche vermisse. Weil Sie sie immer gefragt hätten, ob sie etwas Schönes geträumt habe.«

Adrian schaute sie eine Weile verständnislos an, aber dann kehrte die Erinnerung mit Macht zurück. Urplötzlich. Wie ein Blitz aus heiterem Himmel. Natürlich, die dämmrige, morgenstille Küche im Souterrain. Das Tröpfeln und Gurgeln der Kaffeemaschine, die leisen Schritte auf der Treppe. Und dann stand sie vor ihm, seine kleine Pearl, im Schlafanzug, die blonden Haare verstrubbelt, manchmal ein Kuscheltier im Arm. Sie beide allein im Morgendunkel. Das Klappern von Pearls Löffel in der Müslischale, das Baumeln ihrer nackten Füßchen, die damals den Boden noch nicht erreichten. Das war der Moment, in dem er sich nach ihren Träumen erkundigt und dem sanften Plätschern ihrer Stimme gelauscht hatte. Jeden Morgen. An jedem einzelnen Tag. Wie hatte er das vergessen und sich freiwillig davon trennen können?

»Danke«, stieß er bewegt hervor. »Ich sollte jetzt zu meiner Familie gehen. Ihnen nochmals vielen Dank für alles.«

Abby erhob sich. »Tut mir leid, dass ich Ihnen das nicht früher erzählt habe. Bloß wirkten Sie seinerzeit so verletzlich, dass ich es einfach nicht fertigbrachte.«

»Schon gut, Sie haben sicher recht. Ich musste erst bereit sein, die Wahrheit zu hören. Kurz nach Mayas Tod wäre ich nicht damit klargekommen.« Er schwieg einen Moment, bevor er hinzufügte: »Sie war doch ein liebenswerter Mensch, nicht wahr?«

»Ich kannte sie kaum«, antwortete Abby mit weicher Stimme. »Aber ja, ich hatte den Eindruck, dass sie das war. Sonst hätte sie nicht solche Skrupel wegen Ihrer Familie gehabt.«

»Dabei war gar nicht sie es, die die Familie kaputt gemacht hat«, schloss Adrian traurig. »Das war ich ganz alleine.«

43

Er fuhr mit der U-Bahn nach Islington, weil er sich um keinen Preis mit einem Taxifahrer zwanzig Minuten lang über diese verfluchten Olympischen Spiele unterhalten wollte. Die Picadilly Line war im August relativ leer, sodass er sich ohne Probleme einen ruhigen Platz zum Nachdenken suchen konnte.

Kein Selbstmord, immerhin. Kein Akt der Verzweiflung, sondern doch wohl ein Unfall. Weil sie nicht aufgepasst oder das Gleichgewicht verloren hatte und infolge des Alkoholpegels auf die Straße gestürzt war. Aber dass sie sich in jener Nacht dermaßen zugeschüttet hatte, das war voll und ganz seine Schuld. Seine und die seiner Familie. Was hatten sie bloß seiner süßen, sanften Maya angetan?

Wäre sie bloß etwas weniger zart besaitet gewesen, etwas härter im Nehmen. Dann hätte sie die E-Mails ebenso weggesteckt wie die direkten und indirekten Kränkungen seitens seiner Kinder. Dann wäre sie an jenem Abend direkt von Islington nach Hause gekommen, hätte mit einer Stinkwut im Bauch ihre Sachen gepackt und wäre Knall auf Fall ausgezogen. Zu Sara zunächst, später vielleicht zu einem neuen Freund, um mit ihm womöglich eine Familie zu gründen. Niemand wäre ernstlich zu Schaden gekommen.

Stattdessen war sie bis oben hin mit Wodka abgefüllt durch das nächtliche London geschwankt, und dann passierte das Unglück, weil sie ins Stolpern geriet und vom

Bordstein auf die Fahrbahn taumelte. Direkt vor den herannahenden Bus.

Er musste an die Frage denken, die Abby ihm im Pub gestellt hatte. Was hätte er gemacht, wenn Maya zwar betrunken und völlig durcheinander, jedoch heil nach Hause gekommen wäre und ihm erzählt hätte, dass sie ihn verlassen werde? Was würde er schon getan haben? Er hätte sie bequatscht, all ihre Argumente zerpflückt und selbst die Sache mit den Mails und dem Skype-Chat heruntergespielt. Würde alles versucht haben, sie von ihrem Vorhaben abzubringen und ihr einzureden, dass alles sich wieder einrenken lasse.

Und wenn sie ihm von Luke erzählt hätte? Von der platonischen Liebe zweier einsamer Herzen? Er seufzte und legte den Kopf in den Nacken. Selbst dann, ja selbst dann hätte er irgendwelche Phrasen gedroschen, um sie an sich zu binden. Warum aber hatte er drei Jahre lang alle Alarmzeichen ignoriert, all die Vorboten der sich anbahnenden Katastrophe? Warum hatte er nicht einfach gesagt: *Großer Gott, Maya, was für ein heilloses Durcheinander. Wie sollen wir das bloß wieder auf die Reihe kriegen*?

Adrian kannte die Antwort. Weil er nicht wusste, was er alleine anfangen sollte. Sonst war immer er gegangen. Zu der nächsten Frau, der nächsten Wohnung, der nächsten Familie. Zum nächsten Abschnitt auf dem Weg, den das Schicksal für ihn bereithielt. Diesmal wollte Maya weg, bevor er bereit war für den nächsten Schritt. Erst musste das laufende Kapitel im Buch seines Lebens beendet werden. Und wann das sein würde, darüber hatte Maya nicht zu entscheiden. Keine seiner Frauen wäre je auf die Idee gekommen.

Er dachte wieder an Pearl, an ihre nackten baumelnden

Füßchen am Frühstückstisch. Und dann kam ihm der erste Sonntagmorgen nach seinem Weggang aus Islington in den Sinn. Er war neben Maya aufgewacht in ihrer gemeinsamen Wohnung, hatte sich zu ihr umgedreht, sie angelächelt und gesagt: *Der Rest unseres Lebens hat offiziell begonnen.* Kein Gedanke an Pearl, die wahrscheinlich gerade in ihrem Schlafanzug die Treppe hinuntertappte, in eine dunkle, leere Küche kam, in der niemand auf sie wartete und sie nach ihren Träumen fragte. Stattdessen hatte er sein Gesicht in Mayas rote Haare gedrückt, den frischen, noch unvertrauten Duft eingesogen, ihr wieder und wieder gesagt, wie glücklich er sei, wie wunderbar alles werde, wie sehr jeder sie liebe und dass er sie als Vollendung seines Lebens betrachte.

Dass jemand unglücklich über dieses Arrangement sein könnte, war ihm nie in den Sinn gekommen. Wer zum Teufel hatte er eigentlich zu sein geglaubt? Der liebe Gott?

Und was war mit Cat und Luke? Sie hatte er als Erste verlassen. Was mochten sie vermisst haben? Wo fehlte er ihnen besonders? Welche Lücke war in ihrem Leben zurückgeblieben? Welche Wunden hatte er ihnen zugefügt? Er wusste es nicht. Weil er sie nie danach zu fragen wagte.

Caroline hatte ihm während ihrer Trennungsphase mehr als einmal vorgeworfen, er sei wie ein kleiner Junge.

In deiner Welt kommst nur du alleine vor. Du denkst, dass Regeln lediglich für andere Leute da sind und dass jeder, der dir die Wahrheit ins Gesicht sagt, gemein ist. Und vor allem lebst du wie ein Kind in einer selbst ersonnenen Märchenwelt.

Statt darüber nachzudenken, hatte er einfach weggehört und später Mayas Haar gestreichelt, hatte von dem Baby geschwärmt, das sie zusammen haben würden, und ihr eine rosarote Zukunft ausgemalt. Probleme und Zweifel hätten die Atmosphäre bloß vergiftet, und das duldete Adrian nicht.

Außerdem fand er sich generell wahnsinnig fair. Immerhin durfte Caroline das schöne Haus behalten und letztlich allein über die Kinder entscheiden. Trotz gemeinsamen Sorgerechts. Überdies hatte er mehr als ein Jahr lang weiter sämtliche Rechnungen bezahlt, ohne ein Wort darüber zu verlieren. Kein einziges Mal hatte er irgendwem Vorwürfe und Vorhaltungen gemacht. Was konnte man mehr verlangen? So jedenfalls hatte er gedacht – und keinen Gedanken daran verschwendet, dass es nicht unbedingt mustergültigem Verhalten entsprach, zweimal eine Familie im Stich zu lassen, weil er ständig nach dem Kick einer neuen Liebe suchte.

An der King's Cross stieg er um in die Northern Line. Mit jedem Schritt, den er ging, schwangen in den hintersten Winkeln seiner Erinnerung Pearls blasse, nackte Füßchen vor und zurück, vor und zurück.

Wieder fand er eine Sitzreihe ganz für sich alleine. Seine Gedanken wanderten zu Caroline und ihren unausgegorenen Plänen, ein weiteres Kind mit Paul Wilson zu bekommen. Er versuchte sich vorzustellen, wie das wäre, ein Kind in seiner Welt zu haben, das nicht von ihm war, das einen fremden Daddy hatte. Schon allein der Gedanke daran wurmte ihn.

Würde Paul dann morgens in der Küche sitzen, wenn Pearl in ihrem Schlafanzug herunterkam, und sie fragen, ob sie schön geträumt habe? Dabei ein Baby im Arm haltend, das mit ihr lediglich die Mutter gemeinsam hatte? Bislang war der Vater, nämlich er, immer konstant geblieben – die Frauen waren es, die ausgetauscht wurden. Adrian spürte, wie sich eine glühende Hitze in seinem gesamten Körper ausbreitete und ein Gefühl von Ungerechtigkeit ihn übermannte.

Umgekehrt allerdings hatte er von allen erwartet, dass sie glücklich waren mit seinen Vorstellungen von Familie und ganz selbstverständlich neue Mitglieder willkommen hießen, die er anschleppte oder in die Welt setzte. Hauptsache, er konnte sein Leben so weiterleben, wie er es sich vorstellte.

Jetzt lernte er erstmals die Kehrseite dieser Familienutopie kennen und merkte, dass er selbst niemanden aufzunehmen bereit war, der nicht von ihm abstammte.

An der Station Angel stieg er aus, fuhr mit der endlos langen Rolltreppe hinauf zur Upper Street. Kurz bevor er am Haus angelangt war, begann er zu rennen. Die Luft war feucht und grau, und sein Hemd klebte auf seiner Haut. Sein Herz raste.

»Bin auf dem Weg«, schrie er Caroline durch sein Handy zu. »Bin in fünf Minuten da. Lass Otis bitte aufbleiben. Lass alle Kinder aufbleiben.«

Zwei Stufen auf einmal nehmend, eilte er zur Haustür hinauf und klingelte Sturm.

»Alle unten?«, fragte er Luke, der ihm öffnete.

Sein Sohn nickte und beobachtete verwundert seinen Vater, der die Treppe hinunterstürmte, als sei der Leibhaftige hinter ihm her, und dabei um ein Haar über die beiden Hunde gestolpert wäre, die ihm entgegensprangen.

Tatsächlich fand er die ganze Familie in der Küche versammelt. Caroline stand am Herd und rührte in einer heißen Schokolade. Cat und Pearl saßen nebeneinander auf den Barhockern am Küchentresen, und Otis lag auf dem Sofa neben Beau, der bereits fest eingeschlafen war. Luke, der seinem Vater gefolgt war, stellte sich neben Cat.

Adrian blickte reihum, wollte hundert Dinge gleichzeitig sagen. »Tut mir leid«, stammelte er und legte die Hand auf sein rasendes Herz. »Tut mir wirklich leid.«

Und dann, völlig unerwartet, begann er zu weinen.

44

Luke drückte sich beinahe defensiv gegen die Wand, als würde er mit einer geladenen Waffe bedroht, und verfolgte gebannt und zugleich angstvoll das Drama, das sich vor seinen Augen abspielte und dessen Akteure die Mitglieder seiner Familie waren. Pearl umarmte tröstend seinen Vater, Caroline tätschelte ihm den Rücken, Cat hielt ihm ein Glas Wasser hin, Otis beobachtete das Ganze vom Sofa aus. Was würde als Nächstes kommen?

Ein paar Stunden zuvor hatte Otis behauptet, von irgendeiner mysteriösen Frau erfahren zu haben, dass Maya in einen anderen Mann verliebt gewesen sei. Und nun stand sein Vater wenige Meter vor ihm und weinte, nachdem er soeben von einer anderen mysteriösen Frau weitere Dinge erfahren hatte. Beides bezog sich vermutlich auf das Verhältnis zwischen ihm und Maya, und nicht ohne Grund fürchtete Luke, die Wahrheit werde jeden Moment ans Licht kommen. Würden dann nicht alle ihm die Schuld an dem ganzen Verhängnis geben?

Mit Recht vermutlich. Schließlich war er es gewesen, der seinem Vater Mayas Liebe gestohlen hatte. Und darüber hinaus trug er die Verantwortung für die verhängnisvollen E-Mails, weil er die Beziehung mit Charlotte nicht ordentlich beendet und somit ihrer Eifersucht immer neue Nahrung gegeben hatte. Er war wirklich keinen Deut besser als sein Vater, dem er ständig Scheinheiligkeit und Schwäche vorgeworfen hatte. Sein Atem brannte heiß in seinen Lungen, sein Herz hämmerte wie wild. Luke wartete auf das Urteil, das die Familie über ihn fällen würde.

Auch Otis fühlte sich nicht wohl in seiner Haut, gab sich die Schuld am Zusammenbruch seines Vaters und fürchtete die Vorwürfe, mit denen man ihn zweifellos überhäufen würde. Was hatte die Frau ihm da bloß erzählt?

Seine Gedanken wanderten zurück zu jenem letzten Tag, als Maya sich tagsüber in Islington um Haus, Kinder und Hunde kümmern sollte. Er und Beau waren ausgesprochen gemein, fast grausam zu ihr gewesen. Gewissensbisse überfielen ihn, als er an die Sache mit den Kleidern seiner Mutter dachte. Daran, wie er sie heruntergemacht und sie völlig verwirrt gestammelt hatte, sie versuche nur, die Dinge zu verstehen. Er hätte anders reagieren, ihr sogar helfen können. Seither quälten ihn diese Bilder, Tag für Tag, und er stellte sich vor, wie viel anders alles vielleicht gekommen wäre, wenn er sich freundlicher benommen hätte, statt nach oben in sein Zimmer zu laufen und mit Cat via Skype so richtig fies über Maya herzuziehen – lauter Dinge zu sagen, die er überhaupt nicht so meinte. Hätte er wenigstens daran gedacht, dass der Chat sich auch vom Souterrain aus verfolgen ließ, und rechtzeitig den Laptop ausgeschaltet. Ein paar Stunden später war Maya tot.

In diesem Moment bemerkte er, dass Cat ihn ganz merkwürdig ansah, als hätte sie genauso viel Angst vor einer Entdeckung dieses Chats wie er. Die Frage war, wer davon außer ihnen beiden wusste. Charlotte natürlich. Es war eigenartig, wie er und sie so etwas wie Freunde geworden waren. Einige Wochen nach Mayas Tod hatte sie ihm auf Facebook eine Nachricht geschickt – sie hoffe, dass es ihm gut gehe, dass Cat ihr erzählt habe, sie würde sich elend fühlen, dass sie immer für ihn da sei, falls er jemanden zum Reden brauche.

Otis war ziemlich stolz gewesen, dass die hübsche Freundin seines großen Bruders sich mit einem grünen Jungen wie ihm abgab. Zudem stellte es für ihn die Beziehung zu Luke, die bislang nicht besonders gewesen war, auf eine neue Ebene. Also hatte er Charlotte häufig geschrieben, ihr erzählt, wie er sich fühle, dass er sich für sein Verhalten hasse und manchmal nahe dran sei, sich durch Ritzen oder andere Selbstverstümmelungen zu bestrafen. Was er aber nie getan hatte, weil er ein Feigling war.

Seit Cat bei ihnen lebte, war der Austausch mit Charlotte mehr und mehr in den Hintergrund getreten und allmählich eingeschlafen. Bis die Sache mit den E-Mails an Maya, die auf Insiderwissen beruhten, in der Familie einschlug wie eine Bombe. Da dämmerte ihm plötzlich, dass er benutzt worden sein könnte und unwissentlich eine Mitschuld an Mayas Tod trug. Er begann sich hundeelend zu fühlen, glaubte er doch die Zusammenhänge zu kennen und zu wissen, dass er Teil dieser ganzen widerwärtigen Geschichte war.

Daran änderten auch Charlottes Beteuerungen nichts, er trage keinerlei Schuld an Mayas Tod, nicht einmal die E-Mails seien der Grund. Sie wisse nämlich sehr genau, warum sie wirklich starb. Und um ihm das persönlich zu erklären, hatten sie sich an jenem Morgen, als er die Schule schwänzte, am Ausgang der U-Bahn-Station Angel verabredet. Dort flüsterte sie ihm dann zu, dass Maya in einen anderen Mann verliebt war. In einen, der absolut tabu für sie gewesen sei. Eine aussichtslose, verbotene Beziehung also. Und ausschließlich darum habe sie sich sinnlos betrunken und sei vor einen Bus gelaufen.

Zunächst hatte er mit dieser Eröffnung nichts anfangen können, hatte lediglich eine Mordswut verspürt, dass sein Vater ihn und die ganze Familie verlassen hatte wegen einer Frau, die ihn nicht einmal liebte. Trotz seiner jungen Jahre fand er das nicht richtig.

Und nun stand sein Vater hier in der Küche und weinte. Und außer ihm ahnte vermutlich niemand, warum. Er allein wusste, dass das Kartenhaus jeden Moment zusammenfallen und die unschöne Wahrheit ans Licht kommen würde. Und dass alles seine Schuld war. Alles.

In seiner Verzweiflung merkte er nicht, dass Cat sich ebenfalls sichtlich unwohl fühlte. Adrians lautes, hysterisches Schluchzen machte sie wahnsinnig. Nicht einmal auf Mayas Beerdigung hatte er so hemmungslos geweint. Nach wie vor brachte er vor lauter Tränen keinen Ton heraus. Am liebsten wäre Cat davongerannt. Einfach weg. Irgendwohin. Denn eines war ihr völlig klar: Wer immer diese geheimnisvolle Frau mit den unterschiedlichen Augen sein mochte – sie wusste etwas, das sie ihrem Vater gerade eben gesteckt hatte. Etwas zutiefst Erschütterndes, das, wie sie befürchtete, mit ihr zu tun haben könnte.

Sie hatte Maya umgebracht. Genau das war es nämlich. Mord. Nicht anders, als hätte sie hinter ihr an der Bushaltestelle Charing Cross Road gestanden und sie vom Bordstein gestoßen. So sah Cat das. Seit sechzehn Monaten schleppte sie diese furchtbare Last mit sich herum – dieses Gefühl einer Schuld, die nicht zu vergeben und nicht zu löschen war. Wenn sie in den Spiegel schaute, sah sie eine Mörderin. Wenn jemand ihren Namen rief, hörte sie den Namen einer Mörderin. Wenn jemand sie auf der Straße anstarrte, hatte sie das Gefühl, entlarvt zu werden: *Schau da, die Mörderin*! Wie ein verwundetes Tier hatte sie sich bei Carolines Familie verkrochen und gegessen, gegessen, gegessen.

Begonnen hatte alles 2010, als sie, frustriert über die neuerliche Zersplitterung der Familie, die allererste E-Mail abschickte. Sie erinnerte sich gut an den Kick, den sie empfunden hatte, als sie auf »Senden« drückte – an ihre Erwartung, mit diesem Vorstoß etwas zu bewirken. Aber dann war ein Tag nach dem anderen vergangen und nichts passierte. Keine Antwort. Keine Anschuldigungen. Keine Konsequenzen.

Und so hatte sie nachgelegt, eine weitere E-Mail geschickt. Und noch eine. Und noch eine. Sie war süchtig geworden nach Macht und Kontrolle. Nach dem euphorischen Gefühl, damit ungestraft davonzukommen. Und dann die krankhaft befriedigende Genugtuung, dass ihre Botschaften doch Wirkung zeigten, dass Maya immer kleiner, immer ruhiger und immer weniger wurde. Bis sie in jenen Ferien in Suffolk fast nicht mehr da zu sein schien. Die wachsende Distanz zwischen Maya und ihrem Vater nahm sie als zusätzliche Bestätigung, dass es nur noch eine Frage der Zeit war, bis sie ihr Ziel erreicht hatte.

Zur Sicherheit schob sie trotzdem eine letzte E-Mail nach. Sie wollte sichergehen, dass sie Maya wirklich den finalen Todesstoß versetzt hatte. Und das war ihr offenbar im wahrsten Sinne des Wortes gelungen, denn Maya starb unter Umständen, die den Verdacht nahelegten, jemand habe sie von der Bordsteinkante gestoßen. Egal, was genau in jener Nacht geschehen war – das Happy End jedenfalls, von dem Cat geträumt hatte, blieb aus. Weil Maya eben nicht einfach weggegangen, sondern unter dubiosen Umständen gestorben war, an denen sie sich im Nachhinein die Schuld gab. Statt sich als anonyme siegreiche Heldin zu fühlen, die die Familie vor einer komplizierten Dreieckskonstellation bewahrt hatte, war sie zu einem Monster geworden.

Langsam begann Adrian sich zu beruhigen. Cat konnte hören, wie sein Atem wieder gleichmäßiger ging, und riskierte einen Blick in seine Richtung. Als sie sah, dass er zum Sprechen ansetzte, holte sie tief Luft, ballte die Hände zu Fäusten und ergab sich innerlich in ihr Geschick.

45

Adrian stellte sein Glas auf die Küchentheke und wischte sich mit einem Papiertuch, das Caroline ihm reichte, die Augen. Der Gefühlsausbruch hatte ihn mit einer Urgewalt überwältigt, wie er es nie für möglich gehalten hätte. Erst jetzt, wo er sich wieder zu fassen begann, nahm er die anderen wirklich wahr.

Er ging hinüber zu Otis und setzte sich neben ihn. »Na, wie war dein kleiner Abenteuerausflug denn so?«

Otis schlug die Augen nieder. »Es war kein Abenteuerausflug.«

»Was auch immer – Hauptsache, es geht dir gut.«

Der Junge zog die Schultern hoch. »Bisschen müde«, sagte er.

»Das denke ich mir.«

Adrian rückte etwas näher zu seinem Sohn und versuchte einen Arm um ihn zu legen. Doch kaum hatte er ihn berührt, versteifte Otis sich, während alle anderen ihn mit misstrauischer Vorsicht beobachteten.

»Hört mal her«, ergriff er die Initiative und blickte lächelnd von einem zum andern. »Ich habe heute Abend etwas erfahren, das alles verändert. Maya hat sich nicht umgebracht.« Er sah, wie sich die gesenkten Köpfe langsam hoben und sich alle Augen auf ihn richteten. »Diese Frau, Abby, sie war die Letzte, die mit Maya gesprochen hat. Sie hat sich an jenem Abend in einem Pub lange mit ihr unterhalten. Über alles. Und am Ende erklärte sie mir Folgendes: Mayas Tod hatte weder damit zu tun, dass sie nicht schwanger wurde, noch mit diesen E-Mails. Und sie lief auch nicht absichtlich vor den Bus. Sie ist einfach gestolpert. Ausgerutscht. Weil sie zu viel Alkohol intus hatte. Und getrunken hat sie, weil sie sich davor fürchtete, nach Hause zu gehen und mir zu eröffnen, dass sie mich nicht mehr liebe und mich verlassen werde.«

»Es hatte ehrlich nichts mit den E-Mails zu tun?«, fragte Cat mit ungläubig aufgerissenen Augen.

Adrian atmete tief durch. Ende der Geschichte. Schluss. Aus. Er wollte niemandem aus diesem Kreis irgendeine Schuld aufbürden, sondern die ganze Verantwortung auf seine Kappe nehmen.

»Nein«, erwiderte er leise. »Abby meint, dass Maya die Mails nicht sonderlich ernst genommen und keinerlei Verdacht gegen irgendjemanden aus der Familie gehegt habe. Ihr Entschluss zu gehen hatte allein mit mir zu tun«, fügte er hinzu und suchte den Blick seiner großen Tochter. »Allein mit mir, mit niemandem sonst.«

Ein tiefer Seufzer entrang sich Cats Kehle, so laut, dass Pearl zusammenfuhr. Gleichzeitig spürte Adrian, wie Otis neben ihm förmlich zusammensackte, wie er ganz weich wurde und sich mit einem Mal in die Arme seines Vaters warf und zu schluchzen begann. Die vertrauensvolle Geste ließ Adrians Herz höher schlagen – so lange hatte er das nicht mehr erlebt. Und als Otis auch noch mit tränenverhangenem Blick zu ihm aufsah und flüsterte: »Ich hab dich lieb«, da bildete sich in seiner Kehle ein dicker Kloß.

Und dann Cat, die mit Tränen in den Augen auf ihn zukam. »Dad«, stammelte sie. »Diese E-Mails …«

»Wir wollen nicht mehr über diese Dinge sprechen«,

unterbrach Adrian sie, und sein entschiedener Ton duldete keinen Widerspruch. »Nie mehr.«

Sein Blick fiel auf Luke, der immer noch wie angewurzelt an der Wand stand und ihn verzweifelt anstarrte. Um ihm ebenfalls Angst und Schuldgefühle zu nehmen, richtete er seine folgenden Worte vor allem an ihn.

»Wir werden nicht mehr über die Angelegenheit sprechen, ein für alle Mal. Okay? Was Maya zugestoßen ist, ist allein mein Verschulden. Jegliches Schuldgefühl, wer immer von euch so etwas empfinden mag, ist unsinnig. Gleiches gilt für irgendwelche Kränkungen oder Gemeinheiten, die Maya vielleicht zugefügt wurden. Auch dafür trage ich die Verantwortung, weil ich erst die Situation geschaffen habe, die so etwas begünstigte. Okay?«

Niemand gab einen Ton von sich.

»Okay?«, wiederholte Adrian. »Wir fangen ganz von vorne an. Einverstanden?«

Alle nickten.

Jetzt streckte er Caroline eine Hand entgegen. »Es tut mir leid, dass ich mein Leben lang immer nur mein eigenes Wohl an die erste Stelle gesetzt habe. Ich war überzeugt, damit durchzukommen, wenn ich immer den ›netten Kerl‹ gebe, dem niemand etwas krumm nimmt. So hat es mir meine Mutter beigebracht. *Hauptsache, du bist glücklich, mein Schatz, allein darauf kommt es an,* pflegte sie zu sagen. Dass mein Glück genauso abhängig ist vom Glück der Menschen, die ich liebe, hat sie mir nicht beigebracht. Und deshalb«, fuhr er fort, »sollt ihr entscheiden, wie es weitergeht.« Er strich Otis über die Haare und lächelte Pearl zu. »Ich möchte, dass mir jeder von euch einen Brief schreibt und darin ehrlich und rückhaltlos erklärt, was ihr euch für die Zukunft von mir wünscht. Und wenn es noch so bescheuert ist. Vielleicht wollt ihr ja bloß, dass ich mich anders kleide, so wie Luke etwa, oder dass ich Eislaufen lerne wie Pearl. Und du, Caroline, erwartest von mir womöglich, dass ich ein Enthaltsamkeitsgelübde ablege.« Er lächelte einen nach dem anderen an. »Schreibt alles auf, was euch einfällt. Und ich will versuchen, mich danach zu richten.«

Beau erwachte aus seinem Schlaf, blickte völlig verdutzt in die Runde. »Was ist denn hier los?«

Adrian sah seinen Jüngsten an und lächelte. »Wir reden darüber, was Daddy besser machen muss, damit alle glücklich sind.«

»Kommst du wieder heim? Wohnst du wieder bei uns?«

»Das weiß ich nicht. Hängt davon ab, ob ihr es wollt.«

»Okay«, sagte Beau mit einem Gähnen und sah seinen Vater mit großen Augen an. »Kannst du mich nach oben tragen und ins Bett bringen?«

Adrian hätte fast gefragt, ob er dafür nicht zu groß sei, doch er biss sich rechtzeitig auf die Zunge. Schließlich war er früher, als es passend gewesen wäre, nicht da gewesen. Also erhob er sich und streckte die Arme aus.

»Okay, mein Großer, dann mal los.« Er nahm Beau Huckepack und trug ihn die Treppe hinauf in sein Zimmer, zog ihm den Schlafanzug an, gab ihm einen Gutenachtkuss und deckte ihn gut zu. »Gute Nacht, mein kleiner Junge«, sagte er. »Wir sehen uns morgen.« Und ganz leise, zu leise, als dass Beau es hätte hören können, flüsterte er: »Und hoffentlich an allen Tagen, die noch folgen werden.«

46

Am folgenden Morgen klingelte es an der Tür. Adrian hatte den Postboten erwartet, vielleicht einen Spendensammler, doch draußen stand jemand, mit dem er nie gerechnet hätte.

»Caroline«, rief er überrascht, und seine Brust wurde eng bei ihrem Anblick. »Willst du …«

»Nein.« Sie deutete auf ihr Auto, das mit eingeschalteten Warnblinkern in zweiter Reihe parkte. »Ich bin total in Eile und wollte dir nur schnell die Briefe bringen. Hier. Einer von Cat, einer von Pearl, einer von Luke, und der ist von Beau. Otis ist nicht fertig geworden.«

Adrian nahm sie entgegen. »Danke.«

»Hör zu«, sagte Caroline, bevor sie sich zum Gehen wandte. »Wir sollten reden. Du und ich. Was machst du heute Abend?«

»Nichts«, antwortete er.

»Treffen wir uns auf einen Drink? Um halb acht?«

Adrian lächelte unsicher, denn von diesem Gespräch hing seine ganze Zukunft ab.

»Klar«, erwiderte er schließlich. »Kann ich einrichten.«

Als ein lautes Hupen ertönte, wandte Caroline sich ab. »Ich muss los. Bis später dann im ›Albion‹, würde ich vorschlagen.«

Er wartete unter der Tür, bis sie verschwunden war, und kehrte dann in seine Wohnung zurück, um die Briefe zu lesen.

Lieber Dad,

zuallererst möchte ich dir sagen, dass auch ich alles andere als perfekt bin. Ich habe dir lange Zeit die Schuld für meine eigenen Unzulänglichkeiten und Probleme gegeben, was wohl hauptsächlich daran lag, dass ich das Gefühl hatte, als Einziger deine Fehler zu sehen, während die anderen dir immer alles durchgehen ließen. Inzwischen habe ich erkannt, dass es nicht deine Schuld ist, wenn meinem Leben Halt und Ziele fehlen. Du hast getan, was du konntest, hast mir die bestmögliche Ausbildung finanziert, und das weiß ich sehr zu schätzen. Insbesondere, weil mir als Einzigem dieser Vorzug zuteilwurde. Ich weiß, dass ich eure Erwartungen, deine und Mums, enttäuscht habe. Ihr dachtet, aus mir würde mal was ganz Besonderes, vielleicht sogar ein Premierminister. Aber ich hoffe, dass ich noch etwas zustande bringe, worauf ihr stolz sein könnt.

Du fragst, was du für mich tun kannst? Nun, zuallererst hoffe ich, dass du mir verzeihen wirst. Natürlich war es scheiße, dass du mich, Cat und Mum damals in Hove zurückgelassen hast – zu einer Zeit, als wir dich alle so sehr gebraucht hätten. Doch wenn Mum dir verzeihen kann, will auch ich es versuchen.

Außerdem finde ich, du solltest aus dieser Wohnung ausziehen. Jetzt wo Maya tot ist, zieht sie dich bloß runter. Außerdem kannst du als Architekt nicht in so einer beschissenen Bruchbude ohne Licht und ausreichenden Platz hausen. Du brauchst einen Neustart, sonst alterst du nur vorzeitig.

Allerdings bitte ich dich eindringlich, nicht noch mehr Kinder in die Welt zu setzen. Im Ernst. Wie hast du immer so schön gesagt? Noch jemanden, den man liebt. Das sehe ich anders. Es wäre vielmehr jemand, der dich uns erneut wegnimmt, was vor allem die Kleinen zu spüren bekämen.

Tu es bitte nicht! Du hast bereits fünf Kinder, die nicht gerade schlecht geraten sind. Hak also das Thema lieber ab.

Am allermeisten wünsche ich mir, dass wir versuchen, Freunde zu sein. Ich liebe dich wirklich, Dad. Und ich bin froh, dass wir noch einmal eine Chance bekommen, neu anzufangen.

In Liebe
Luke

Adrian griff nach dem nächsten Brief.

Lieber Dad,

ich weiß, wir sollen die E-Mails nicht mehr erwähnen. Aber ich muss darüber sprechen. Wenn ich es nicht tue, lande ich noch im Irrenhaus. Ich war es, Dad. Und das weißt du bestimmt längst. Diese Abby hat es dir wahrscheinlich erzählt – denn ich bin mir ziemlich sicher, dass Maya es an jenem Abend herausgefunden hat. Durch einen Skype-Chat zwischen mir und Otis, den sie vermutlich zufällig entdeckte, weil Otis sich nicht ausgeloggt hatte. Und was dort stand, war nicht sehr nett. Sie musste lediglich eins und eins zusammenzählen.

Später dann, als das Unglück passiert war, konnte ich es nicht fassen, dass ich solche E-Mails geschrieben hatte. Sie kamen mir plötzlich vor wie die kranken Ergüsse einer Psychopathin, einer Wahnsinnigen, einer Geisteskranken. Ich fühlte mich wie ein Monster, als hätte ein Dämon von mir Besitz ergriffen. Noch heute hasse ich mich für das, was ich getan habe.

Die letzten anderthalb Jahre waren die reinste Hölle. Als ich von Mayas Tod erfuhr, saß ich gerade im Bus, war auf dem Weg zur Arbeit und musste buchstäblich kotzen, in meine eigenen Hände. Ich fühlte mich, als hätte ich sie eigenhändig vor den Bus gestoßen. Und es gibt keine Entschuldigung für mein Verhalten. Trotzdem will ich versuchen, es zu erklären.

Nachdem ich gerade einigermaßen darüber hinweg war, dass wir, Mum, Luke und ich, mehr oder weniger ohne dich leben mussten, brachtest du schon wieder Unordnung in unser Leben. Ohnehin war es mir schwergefallen, dich weiterhin zu lieben, obwohl du uns verlassen hattest. Ohne Mum hätte ich das nie geschafft. Sie war so nachsichtig, so versöhnlich, so einfühlsam. Von ihr habe ich gelernt, die Dinge hinzunehmen. Deshalb setzte ich auch alles daran, Teil deiner neuen Familie zu werden. Caroline habe ich nie die Schuld gegeben, habe sogar Freundschaft mit ihr geschlossen und die drei Kleinen uneingeschränkt geliebt.

Und dann verlässt du diese Familie ebenfalls. Ich hätte dich umbringen können, habe dich dafür gehasst. Noch viel mehr als damals bei deinem Weggang aus Hove. Dann lernte ich Maya kennen. Gut, sie war süß und jung, aber zugleich so unbeleckt, so unauffällig. Und dafür wolltest du eine Frau wie Caroline verlassen, dachte ich. Das konnte ich absolut nicht verstehen. Sorry, es klingt gemein, doch den anderen ging es ähnlich. Alle haben sich gewundert, ich selbst bekam es mehr als einmal mit, bloß mochte niemand es dir sagen. Da kam ich irgendwann auf die Idee, es Maya zu stecken. Damit sie freiwillig wieder aus unserem Leben verschwand. Damals dachte ich sogar, ein gutes Werk zu tun. Für jeden Einzelnen und für die ganze Familie. Niemand wusste von diesen E-Mails.

Ich habe nicht das Recht, dich um irgendetwas zu bitten außer um Verzeihung. Zwar mag diese Abby dir versichert haben, dass Maya sich nicht umbringen wollte, aber ganz ehrlich: Woher will sie das mit letzter Sicherheit wissen? Was Maya genau vorhatte, dieses Geheimnis hat sie mit ins Grab genommen. Deshalb werde ich mich nie von einer Schuld freisprechen können. Mein Leben lang nicht. Da hilft selbst der Vorsatz wenig, ein besserer Mensch zu werden. Ich hoffe allerdings, dass du mich eines Tages wieder ansehen kannst so wie früher, als du mir das Gefühl gabst, das liebste Mädchen auf der ganzen Welt zu sein. Doch ich würde dir keine Vorwürfe machen, wenn nicht.

Ich hab dich lieb, Daddy. Bitte komm nach Hause.

Deine Cat

Adrian brauchte eine Weile, um das zu verarbeiten, was Luke und insbesondere Cat ihm geschrieben hatten. Erst dann konnte er sich den Botschaften seiner jüngsten Kinder stellen.

Lieber Dad,

mein Brief ist noch nicht fertig. Bis bald.

Otis

Lieber Daddy,

ich möchte, dass du wieder glücklich bist. Ich möchte, dass du dir die Haare schneiden lässt. Ich möchte, dass du dich mit Mum verabredest und dass du sie Paul Wilson ausspannst. Ich möchte, dass du wieder in ihrem Schlafzimmer schläfst. Ich möchte, dass du aufhörst, mir Schlittschuhe zum Geburtstag zu schenken. Schenk mir lieber etwas Überraschendes, das du dir selbst ausgedacht hast. Ich möchte wieder Teil einer normalen Familie sein, so wie es vorher war. Ich möchte, dass wir wieder Tomatensuppe mit Brot zusammen essen, die ganze Zeit, nicht nur einmal die Woche. Ich möchte, dass du morgens wieder unten in der Küche sitzt. Ich möchte dir alle meine Träume erzählen, bis ich zu alt dazu bin.

Ich hab dich lieb.

Pearl

Lieber Daddy,

Ich will, dass du nach Hause kommst. Und mich an den Füßen kitzelst. Bitte.

Tausend Küsse von Beau

47

Diesmal trug Caroline kein Regencape, als Adrian sie in dem von Weinreben umrankten Garten des »Albion« in Islington traf, sondern eines ihrer »Paul-Wilson-Kleider«, wie er die figurbetonten, tief dekolletierten, aufreizenden Kreationen nannte. Ihre hellen Haare waren zu einem kurzen, dicken Pferdeschwanz gebunden, vorne fielen ihr ein paar Ponyfransen in die Stirn. Ein sorgfältiges Make-up, Silberohrringe, Riemchensandaletten komplettierten ihren Aufzug. Sie sah aus wie achtundzwanzig.

Adrian stand auf, als er sie kommen sah, begrüßte sie wie immer mit einem Wangenkuss links und rechts. »Toll siehst du aus«, sagte er.

Sie erwiderte das Kompliment nicht, zog stattdessen ihr Handy aus der Handtasche, warf einen prüfenden Blick auf das Display, schaltete es dann aus und legte es neben ihre Sonnenbrille auf den Tisch.

In einer Ecke des Wirtsgartens war eine riesige Leinwand für Public Viewing aufgebaut, auf der die Gäste die Olympischen Spiele verfolgen konnten. Adrian, den das nicht interessierte, hatte einen Platz in gebührender Entfernung gewählt. Er nahm die Weinflasche, die er bereits bestellt hatte, aus dem Kühler und schenkte Caroline ein Glas ein.

»Wie geht es den Kindern?«

»Gut«, sagte sie. »Die Stimmung scheint sich aufzuhellen nach letzter Nacht. Vor allem Otis ist wie ausgewechselt.«

»Und Pearl?«

»Ich weiß nicht«, erwiderte Caroline und fuhr nachdenklich mit den Fingerspitzen über die Bügel ihrer Sonnenbrille. »Sie ist ziemlich still. Ich denke, sie ahnt, dass Cat etwas mit diesen E-Mails zu tun haben könnte.« Sie warf Adrian einen fragenden Blick zu.

»Bist du bereit? Soll ich dir alles erzählen?«

Als Caroline nickte, legte er los und ließ nichts aus. Weder den Skype-Chat noch Cats E-Mails oder die Beziehung zwischen Luke und Maya.

Als er fertig war, sah er sie aufmerksam an. »Und? Was sagst du nun?«

Caroline zuckte die Achseln. »Ich bin irgendwie hin- und hergerissen, fühle alles Mögliche. Vor allem bin ich traurig, dass es überhaupt zu einer solchen Entwicklung gekommen ist. Insbesondere was Cat betrifft. Allerdings bestätigt es mich in meiner Einschätzung, dass sie für ihr Alter nicht sehr reif ist. Entschuldige, aber diese Sache hat Schulmädchenniveau. Es war dumm, grausam und idiotisch.«

Adrian nickte. »Ich habe gestern Abend mit Susie darüber gesprochen, und sie hat mich an etwas erinnert, das ich völlig vergessen hatte. Mit zwölf oder dreizehn erhielt Cat einmal einen Verweis wegen Mobbing.«

Caroline hob eine Braue. »Das würde ja passen.«

»In der Tat. Mitten im Schuljahr kam eine neue Schülerin in ihre Klasse, und jeder schien sie auf Anhieb zu mögen. Jungs und Mädchen gleichermaßen. Cat passte das gar nicht, weil sie ihre eigene Stellung dadurch bedroht sah. Also streute sie heimlich alle möglichen Gerüchte und machte die Neue nach Kräften schlecht. Leider war ihr entgangen, dass sie sich mit der Tochter der zuständigen Schulrätin angelegt hatte. Und so kam es, wie es kommen musste. Damals hielt ich das für eine Bagatelle. Zumindest soweit ich das aus meiner Warte zu beurteilen vermochte, denn ich war ja weit vom Schuss. Mädchen eben, habe ich gedacht, du weißt schon. Nie wäre mir in den Sinn gekommen, dass mehr dahinterstecken könnte.«

»Denkst du, dass sie von Natur aus grausam ist?«

»Nein.« Adrian seufzte. »Nein, das denke ich nicht. Ich halte Cat eher für ein Opfer meiner speziellen Idee von Familie, die für andere offenbar schwer nachvollziehbar ist.«

Sie sahen einander an.

»Glaubst du, sie wird bei euch bleiben?«, fragte Adrian.

»Sie hat nichts davon gesagt, dass sie ausziehen will. Insofern gehe ich davon aus, dass sie weiterhin bleibt.«

»Ist das in Ordnung für dich?«

»Absolut. Du weißt, dass ich sie wie meine eigene Tochter liebe. Außerdem wäre ich ohne sie total aufgeschmissen. Also …« Caroline hob ihr Glas und prostete ihm zu. »Zum Wohl. Auf dass das ganze Schmierentheater ein Ende hat. Und jetzt bist du dran.«

Caroline sah ihn erwartungsvoll an, und Adrian spürte, wie tief drinnen etwas zu schmelzen begann, wie eine Erstarrung sich löste und etwas in sein Bewusstsein drang, Gestalt annahm und aufstieg wie Phönix aus der Asche. Ein überwältigender Gedanke, der ausgesprochen werden wollte: *Du bist die Liebe meines Lebens.*

Noch aber traute er seinen Gefühlen nicht – nicht nachdem ihm gerade klar geworden war, wie total idiotisch er sich die letzten anderthalb Jahrzehnte benommen hatte. Wieder und wieder hatte er Bilder seines Lebens vor seinem geistigen Auge Revue passieren lassen, hatte die einzelnen Abschnitte als Zuschauer erlebt, ohne zu begreifen, was er da eigentlich getan hatte. Er war sich vorgekommen wie eine Motte, die blind von einem goldenen Licht zum nächsten schwirrte und verbrannte. Genau das war er, eine menschliche Motte. Zu diesem Fazit war Adrian Wolfe nach Stunden der Selbstbetrachtung gelangt. Aber wie sollte er das Caroline erklären?

Also seufzte er vernehmlich, lächelte und sagte: »Ich bin eine Motte.«

Sie hob fragend eine Braue und nippte an ihrem Wein.

»Ich bin eine Motte«, wiederholte er. »Dabei sollte ich eine Kuh sein.«

Caroline warf ihm über den Rand ihres Glases einen schiefen Blick zu.

»Ja, eine Kuh. Die bleibt nämlich auf ihrer Weide, frisst immer das gleiche Gras, den ganzen lieben langen Tag, und denkt nicht an die Wiese nebenan mit den vielen Gänseblümchen oder dem frischen grünen Klee. Nein, die Kuh ist zufrieden mit dem, was sie hat, und wenn alles abgegrast ist, wartet sie darauf, dass neues Gras wächst. Denn Gras wächst immer nach. Und Klee vielleicht auch …«

Adrian schaute Caroline an und bemerkte die Ungeduld in ihren Augen. »Ich will auf diese alberne Weise zum Ausdruck bringen, dass ich Susie verlassen habe, weil ich nicht abwarten konnte, bis das Gras wieder nachwächst. Und da habe ich dich erblickt und …«

»Ich war der frische grüne Klee.«

»Irgendwie schon.«

»Das hätte auch jede andere sein können, solange sie nur frisch und grün genug gewesen wäre, oder?«

»Nein, das glaube ich nicht.« Adrian sammelte sich, um die richtige Antwort zu geben, holte ein letztes Mal tief Luft. »Nein, denn du … du warst die Liebe meines Lebens.«

Er blickte ihr fest in die Augen und wartete gespannt auf eine Reaktion.

Sie wirkte zuerst überrascht, dann erfreut, dann wütend. »Oh, du bist so ein verdammtes Arschloch«, stieß sie hervor.

»Ich weiß«, räumte er kleinlaut ein.

»Nein, weißt du nicht. Du bist das größte Arschloch im Universum. *Die Liebe meines Lebens.*« Sie verdrehte die Augen. »Dass ich nicht lache. Wenn ich tatsächlich die Liebe deines beschissenen Lebens gewesen wäre, warum bist du dann zu Maya abgehauen? Und komm mir bloß nicht von wegen, *weil du nicht abwarten konntest, bis das Gras wieder nachwächst.*« Sie lachte spöttisch und trank einen kräftigen Schluck Wein.

Die Nacht zuvor hatte Adrian zum Großteil damit verbracht, sich noch einmal die ersten Tage und Wochen seiner Affäre mit Maya zu vergegenwärtigen, hatte sie von allen Seiten betrachtet wie ein kompliziertes Exponat in einem Museum für abstrakte Kunst. Bis ihm schließlich genau jener Moment wieder vor Augen stand, als er beschlossen hatte, dass die Zeit reif sei für eine neue Liebe.

»Erinnerst du dich an den Sommer nach deinem vierzigsten Geburtstag? Als ich einen Kurztrip nach Paris gebucht hatte?«

»Oh nein«, sagte sie. »Nicht wieder die alte Leier.«

»Ehrlich, lass mich ausreden. Es geht nicht darum, dass du keine Lust hattest. Auch nicht darum, dass du Beau nicht alleine lassen wolltest. Zugegeben, es war eine echt bescheuerte Idee, wie ich im Rückblick weiß. Du hast Beau noch gestillt. Du warst erschöpft, hast mir zigmal gesagt, dass du nicht groß feiern willst. Am Montag darauf kam ich ins Büro, und Maya fragte mich, wie es in Paris gewesen sei. Sie wusste, dass ich vorhatte, mit dir dorthin zu fahren. Als ich ihr erklärte, was Sache war, schaute sie mich mit echtem Mitgefühl an. Über ihr Gesicht ging ein Schatten, sie sagte *Oh*, mehr nicht, und legte sanft eine Hand auf meinen Arm. Und das war dieser Moment der Entscheidung. Von da an sah ich sie als Antwort auf all meine eingebildeten Probleme und Sorgen. Ich Arschloch, das ich bin, dachte nämlich, wer so intensiv meine Enttäuschung nachzuempfinden vermochte, würde nie etwas tun, das mich verletzen könnte.«

»Willst du mir jetzt ernstlich sagen, dass ich dich verletzt habe?«, hakte Caroline empört nach.

Adrian zögerte. »Ich nahm deine Weigerung als Anfang vom Ende und fürchtete, du seist bereits auf dem Absprung.«

»Jetzt sei bitte nicht albern!«

»Ganz im Ernst, so dachte ich damals.«

»Und warum?«

»Nun, hauptsächlich hing es damit zusammen, dass du in einer ganz anderen Liga spieltest als ich.«

»Wie bitte?«

»Ja, so ist es nun mal. Du bist klüger und cleverer als ich, erfolgreicher und beliebter sowohl im beruflichen wie im privaten Bereich, die Kinder ziehen dich um Längen vor, und ein besserer Mensch bist du vermutlich ebenfalls. Reicht das nicht, um auf solche Gedanken zu kommen? Und die Sache mit dem Spontantrip nach Paris, die von mir als Liebesbeweis gedacht war, hat mir dann den Rest gegeben. Ich hatte keine Idee mehr, wie ich dich halten sollte. Also habe ich dich verlassen.«

Caroline starrte ihn fassungslos an. »Das ist der größte Schwachsinn, den je ein Mensch auf dieser Erde von sich gegeben hat. Merkst du das nicht?«

»Aus heutiger Sicht ist das völlig albern, ich weiß. Aber du wolltest wissen, warum ich gegangen bin, und das habe ich dir gerade zu erklären versucht. So wie ich es damals sah. Susie habe ich verlassen, weil *ich* sie nicht mehr liebte – dich habe ich verlassen, weil ich glaubte, du würdest *mich* nicht mehr lieben. Weil ich das Feuer, das für mich gebrannt hatte, für erloschen hielt.«

»Sind wir wieder bei den Motten?«

»Ja. Wir sind wieder bei den Motten.«

Caroline seufzte. »Mag ja ganz nett und amüsant sein, Vergleiche mit Motten und Kühen anzustellen oder mit lodernden Feuern und saftigen grünen Wiesen. Aber wie hast du da die Kinder untergebracht, denn die waren schließlich genauso betroffen. Wie bist du damit klargekommen?«

»Wie du siehst, gar nicht. Ich ging ziemlich naiv davon aus, dass die Kinder mich nicht vermissen würden, solange sie ihr Zuhause und ihre Mutter hätten. Zumal ich ohnehin selten daheim war.«

»Das ist doch Quatsch. Du warst sogar ziemlich häufig mit ihnen zusammen.«

»Nicht so oft wie du. Egal, jedenfalls dachte ich damals, die gewohnten Strukturen würden reichen.«

»Oh, Adrian. Das ist erbärmlich.«

»Ich weiß. Und genau das ist mein Problem, Caroline. Es gibt keine Kritik an meinem Verhalten oder an meinen Beweggründen, der ich mit Fug und Recht widersprechen könnte. Egal, von wem sie kommt. Wenn ich die Dinge von heute aus betrachte, ganz objektiv und ohne jedes Selbstmitleid, dann fällt es mir schwer zu glauben, dass ich solche Entscheidungen gefällt und meine Kinder im Stich gelassen habe.«

»Das hast du, Adrian. Das hast du wirklich.« Sie sah ihn fragend an. »Hast du die Briefe gelesen?«

»Selbstverständlich habe ich die Briefe gelesen.«

»Und?«

»Sie sind alle erstaunlich.«

»Was stand drin?«

»Hast du sie nicht gelesen?«

»Nein, natürlich nicht.«

»Auch nicht den von Beau?«

»Nein, nicht einmal den von Beau. Stand was Interessantes drin?«

»Pearl möchte, dass ich ihr fantasievollere Geburtstagsgeschenke mache. Luke möchte, dass ich immer sein Freund bin. Cat möchte, dass ich ihr verzeihe. Und Beau möchte, dass ich ihn an den Füßchen kitzle. Und er will«, Adrian lächelte Caroline an, »dass ich zu Hause einziehe. Und Pearl wünscht sich das auch.«

Caroline sagte nichts, zog stattdessen aus ihrer Handtasche einen weiteren Brief heraus.

»Hier«, sagte sie und schob ihn Adrian über den Tisch zu. »Von Otis.«

»Soll ich?«

Caroline nickte. »Warum nicht.«

Erwartungsvoll öffnete Adrian den Umschlag, faltete den Bogen auseinander und las.

Lieber Dad,

ich weiß eigentlich gar nicht, was ich dir sagen soll. Die ganze Nacht und den ganzen Tag habe ich versucht, diesen Brief zu schreiben, aber es klingt immer irgendwie falsch. Zunächst einmal tut es mir wirklich leid, dass ich Maya gegenüber nicht nett war. Dann die Skype-Geschichte – das habe ich nicht so gemeint. Es war nur so ein Ding zwischen mir und Cat. Eigentlich mochte ich Maya, fand sie wirklich nett und vermisse sie.

Nach ihrem Tod habe ich mich gehasst und verachtet. Dir habe ich keine Schuld gegeben, denn für mich bist du der beste Dad der Welt, auch wenn ich das nicht immer zeige. Es ist genauso schwierig, das mittlere Kind zu sein wie das älteste. Und irgendwie bin ich ja beides. Ich weiß manchmal wirklich nicht, was man von mir erwartet.

Was ich mir von dir wünsche? Mir fällt nichts ein. Ich glaube, ich will einfach, dass du so bleibst, wie du bist. Weil du großzügig bist und jeder dich mag. Wenn ich einmal erwachsen bin, möchte ich so sein wie du. Von den Frauen mal abgesehen. Ich mag nämlich im Gegensatz zu dir keine Veränderungen und habe lange gebraucht, mich daran zu gewöhnen, dass du fort warst.

Ich bin immer noch nicht zufrieden mit diesem Brief. Er sagt nicht wirklich viel aus. Vielleicht gibt es ja wirklich nicht viel zu sagen. Außer dass es mir leid tut, wenn ich dich enttäuscht habe. Ich werde versuchen, mich zu bessern. In allem. In der Schule und daheim. Und natürlich hoffe ich, dass du eines Tages wieder nach Hause kommst und wir alle zusammenwohnen.

Ich hab dich lieb, Dad. Du bist der Beste.

Otis

Adrian hielt Caroline, die ihn gespannt ansah, den Brief entgegen und wischte sich verstohlen eine Träne weg. »Lies ihn.«

Sie nahm das Blatt aus seiner ausgestreckten Hand entgegen und begann zu lesen. Adrian, das Gesicht in die Hände gestützt, beobachtete sie aufmerksam, und es entging ihm nicht, wie gerührt sie war. So sehr, dass ihre Augen ebenfalls feucht wurden.

Ihr Junge, ihr beider Sohn.

Nachdem sie zu Ende gelesen hatte, faltete sie den Brief zusammen, schob ihn zurück in den Umschlag und gab ihn Adrian. Er griff nach ihrer Hand und drückte sie fest.

»Alles in Ordnung?«, fragte er leise.

Sie nickte. »Ja, alles okay.«

»Otis hat wirklich recht. Ich sollte mich einfach für *eine* Frau entscheiden und bei ihr bleiben.«

»Allerdings hat er ebenfalls recht damit, dass du Veränderungen magst.«

»Weißt du, ich glaube, für Veränderungen bin ich inzwischen zu alt«, seufzte er und strich sanft über Carolines Handrücken.

Sie ließ es geschehen und wartete darauf, dass er weitersprach. Doch er wollte nichts mehr sagen, hielt bloß schweigend ihre Hand, während auf der Riesenleinwand im Hintergrund gerade ein Schwimmer aus China eine Goldmedaille gewann. Am Nebentisch saßen junge, teilweise noch kindlich wirkende Szenetypen, die offenbar in der Medienlandschaft beheimatet waren, und diskutierten angeregt über die Dinge, die ihnen wichtig erschienen, über Jobchancen und Leute, die man kennen musste, über angesagte Bars, die Vor- und Nachteile von Wohngemeinschaften, über Verlobungen und gebrochene Herzen. In ihrer Hipsterwelt ging es ausschließlich um Veränderungen. Um das nächste Feuer, das nächste goldene Licht, die nächste saftig grüne Wiese. Und mittendrin saßen Adrian und Caroline, ein geschiedenes Paar in der Mitte des Lebens mit zwei Karrieren, zwei Wohnungen, drei gemeinsamen Kindern, zwei Hunden, einer Katze – und zwischen ihnen standen *seine* tote Ehefrau und *ihr* jüngerer Lover. Eine weitere Exfrau, eine weitere Wohnung und zwei weitere Kinder nicht mitgerechnet.

Aber wie sie so dasaßen, sich über den Tisch hinweg anschauten, ihre Finger ineinander verschlungen, wie sie in den vertrauten Zügen des anderen zu lesen und die stummen Botschaften zu entschlüsseln versuchten, da war es, als stünde ein dienstbarer Geist bereit, ihnen ihr schweres Gepäck, die Last der selbst verursachten Probleme, abzunehmen, die sie gemeinsam und jeder für sich mit sich herumschleppten. Es war, als würden sie noch einmal ganz neu beginnen und hätten lediglich ein leichtes Handgepäck dabei.

»Ich mag dich wirklich sehr«, erklärte Adrian und führte ihre rechte Hand an seine Lippen.

»Alter Narr«, lachte Caroline, doch liebevoll ruhte ihr Blick auf ihm.

»Gehen wir nach Hause?«

»Ja«, sagte sie. »Ja, lass uns gehen.«

Epilog

Obwohl die Olympischen Spiele vorbei waren, erfüllte nach wie vor eine Aura geballter Energie die Londoner Luft. Auch Adrian spürte das, als er von seiner leeren Wohnung Richtung Highgate Road ging. Zudem war durch Public Viewing und Ausbrüche nationalen Stolzes ein emotionales Band zwischen Menschen entstanden, die sonst wenig Berührungspunkte hatten. Er wusste, dass es nicht andauern würde, aber für den Moment verstärkte es das Gefühl, mit sich und der Welt im Reinen zu sein.

Die braune Plastikbox, die er sich unter den Arm geklemmt hatte, war schwerer als erwartet, zumal ihr Inhalt hin und her rutschte wie eine schlecht vertäute Schiffsladung. Vielleicht war es doch keine so gute Idee gewesen, die ganze Strecke zu Fuß zu gehen. Als er nach zwanzig Minuten etwa die Hälfte hinter sich hatte, kam eine Bank in Sicht, die er erleichtert ansteuerte.

Nachdem er die Box neben sich abgestellt hatte, lugte er durch die Sichtschlitze an der Vorderseite. »Alles klar, meine Kleine?«

Billie, sichtlich alarmiert, maunzte verängstigt, und Adrian versuchte seine Finger in die Transportkiste zu schieben und sie zu streicheln.

»Bald haben wir es geschafft«, sagte er in beruhigendem Tonfall.

Dann hatten sie ihr Ziel erreicht. Ein viktorianisches

Haus, das dem in Islington ähnelte. Er klingelte an der Haustür und strich sich mit einer Hand über das frisch geschnittene Haar.

Kurz darauf ging die Tür auf. Und da stand sie.

»Hallo«, sagte sie. »Kommen Sie rein.«

Sie begrüßte ihn mit einem Wangenkuss rechts und links, ihre goldblonden Haare strichen weich über sein Gesicht, ihr Parfum roch leicht und blumig. Er folgte ihr in einen offenen Wohnbereich: vintage, unkonventionell, aufgeräumt, sauber, alles von trendigen Designern. Der Mann namens Matthew saß an einem kleinen Schreibtisch an einem AppleMac und trug farbenfrohe, enge Klamotten, die ihn an Luke erinnerten. Als er Adrian kommen sah, erhob er sich und lächelte.

»So trifft man sich wieder.« Er schüttelte Adrian die Hand. »Und wen haben wir da?« Er ging in die Knie und spähte in die Box. »Na du? Du bist ja eine Süße.«

Adrian entriegelte die Klappe und lockte Billie. Vorsichtig kam die Katze heraus und schaute sich scheu um.

»Willkommen in deinem neuen Heim«, begrüßte Abby sie und kniete sich nieder.

Billie schien sie wiederzuerkennen, strich schnurrend um ihre Beine und rieb den Kopf an ihren Händen.

Abby lächelte Adrian an. »Wann ziehen Sie endgültig um?«

»Heute noch. Ich wäre schon früher übergesiedelt, musste aber erst dieses kleine Problem hier lösen«, meinte er und deutete auf die Katze. »Ich bin Ihnen sehr dankbar …«

»Keine Ursache. Es ist mir eine Freude, dass Billie jetzt doch noch zu mir kommt. Irgendwie betrachte ich das Ganze als schicksalhafte Fügung. Sehen Sie das nicht genauso?«

Sie blickte zu ihm hoch, und wie immer, wenn er sie lächeln sah, schlug sein Herz ein bisschen schneller. Sie trug ein cremefarbenes, tief ausgeschnittenes Oberteil, unter dem sich ihr BH abzeichnete, enge Jeans und Flipflops. Ihre Fußnägel waren hellrosa lackiert, und sie musterte ihn, als wäre er als Mann für sie durchaus interessant. Und nicht ein in die Jahre gekommener Vater von fünf Kindern oder ein alter Trottel. Nein, sie gab ihm das Gefühl, ein nach wie vor attraktiver Typ zu sein. Und deshalb warf er, auch wenn er solchen Versuchungen abgeschworen hatte, von oben einen raschen Blick auf ihr offenherziges Dekolleté, auf zwei verlockende, sonnengebräunte Rundungen.

»Gefällt mir, Ihr neuer Haarschnitt«, sagte sie, stand auf und schob die Hände in die Taschen ihrer Jeans.

Er griff sich ein wenig verlegen an den Kopf. »War die Idee meiner Tochter Pearl. Wie vieles andere, was umgekrempelt wurde.«

»Sie sehen echt gut aus«, gab sie zurück.

»Für einen älteren Herrn, wollen Sie damit sagen.«

»Gott behüte, nein. Ich meinte, verglichen mit dem Mann, den ich vor einem halben Jahr kennengelernt habe. Damals umgab Sie eine düstere Atmosphäre tiefer Trauer und unsäglichen Schmerzes.«

»Ja«, erwiderte er. »Es war ein ziemlich langer Weg.«

»Und haben Sie es überwunden?«

»Ganz wird es nie vorbei sein. Narben werden bleiben, aber auch die Erinnerung. Insofern wird Maya für mich immer präsent sein, obwohl Billie, ihre einzige Hinterlassenschaft, jetzt zu Ihnen geht.« Er schwieg eine Weile. »Meine Familie muss ebenfalls noch eine gute Portion Vergangenheitsbewältigung leisten. Vor allem Cat. Sie macht sich nach wie vor große Vorwürfe und gibt sich zumindest eine Teilschuld an Mayas Tod. Sie unterzieht sich gerade einer Therapie, doch alles braucht seine Zeit. Man wird ihr viele Brücken bauen müssen. Im Großen und Ganzen aber bin ich zufrieden.« Er zuckte die Achseln. »Wissen Sie, ich habe das Gefühl, von einer langen Reise nach Hause zurückgekehrt zu sein.«

»Und sind Sie glücklich?«

Die Frage entlockte Adrian ein Lächeln. »Ja. Ich bin wirklich glücklich. Dass ich jemals gedacht habe, irgendwo glücklicher sein zu können, kann ich nicht mehr glauben. Ohne mein Zuhause. Ohne meine Familie. Mir heute unverständlich.«

Matthew brachte ein Tablett mit Tee herein, doch Adrian lehnte ab. Ihn trieb es zu Caroline und den Kindern, in sein altes und neues Leben. Er warf einen letzten Blick auf Mayas Katze und streichelte sie zärtlich.

»Ich hoffe, du bist hier sehr glücklich.«

»Oh, das wird sie sein«, versprach Abby. »Dafür werden wir sorgen.«

Erneut suchte sie mit ihren verschiedenfarbigen Augen Adrians Blick. Flirtete sie etwa mit ihm? Es schien fast so. Dass die Chemie zwischen ihnen stimmte, hatte er gleich bei ihrer ersten Begegnung gemerkt. Ein paar Drinks. Ein paar Komplimente, ein paar witzige Bemerkungen – unter anderen Umständen wäre er gewiss nicht abgeneigt gewesen.

Jetzt war das anders, denn er hatte der Suche nach Veränderungen abgeschworen. Und so wie jetzt würde er fortan generell mit den Verlockungen schöner Frauen umgehen. Würde sie in sich aufsaugen und sie in einer Kammer seines Herzens aufbewahren wie kostbare Souvenirs. Zur Erinnerung, dass er einmal überaus anfällig gewesen war für weibliche Verlockungen und sexuelle Begierden und einen großen Teil seines Lebenswegs danach ausgerichtet hatte.

Er küsste Abby zum Abschied auf die Wangen und genoss ein letztes Mal ihren betörenden Duft und ihre goldene Aura. Als sich die Tür hinter ihm schloss, hatte er die erste Bewährungsprobe bestanden, und der schwache Mann, der er einmal gewesen war, gehörte der Vergangenheit an.

Adrian bog um die Ecke und ging nach Hause.

Dank

Dieses Buch habe ich fast gänzlich alleine ersonnen, geschrieben und wieder umgeschrieben. Immer, wenn ich zu erklären versuchte, worum es darin geht, erntete ich verwunderte Blicke und Worte: *Oh, ach so*. Also habe ich irgendwann aufgehört, darüber zu sprechen, mich in mein dunkles Kämmerlein verzogen und einfach weiter an der Story gefeilt.

Mein Dank geht daher in erster Linie an Adrian, Maya und den Rest der fiktiven Wolfe-Familie, die mich derart für sich eingenommen hat, dass ich gar nicht anders konnte als weiterzufabulieren, bis ich eine Geschichte gefunden hatte, die für alle passte.

Zurück in die reale Welt: Hier geht ein riesengroßes Dankeschön an meine Lektorin Selina Walker, die mir, als ich fast am Ende der Geschichte war, einen »Waschzettel« schrieb, der mir ermöglichte, den Faden nicht zu verlieren. Danke auch an das großartige Team von Arrow: an Jen und Najma, an Beth, Sarah, Jenny, Susan und Richard, sowie an Richenda Todd für die erstklassige redaktionelle Überarbeitung.

Ebenso danke ich Jonny Geller und allen Mitarbeitern bei Curtis Brown. In den USA Deborah Schneider von Gelfman Schneider. Ich bin froh und glücklich, von den Besten der Branche auf beiden Seiten des Großen Teichs vertreten zu werden.

Mein Dank geht desgleichen an alle Mitarbeiter bei Atria, meinen Verlegern in den USA. Und ganz besonders danke ich Sarah Branham, Ariele Friedman und Daniella Wexler.

Und in der Nähe meines Zuhauses sind es Jenny, Jojo, Mike, Jascha, Sacha, Tanya, Grace, Nic, Yasmin und Sarah, die ein besonderes Dankeschön verdienen, weil sie immer ein offenes Ohr für mich hatten, auch ohne Bezahlung.

Und schließlich danke ich Amelie und Evie, meinen beiden Mädchen, die mich zwar in keinster Weise beim Bücherschreiben unterstützen, aber genau deshalb ein wertvoller Gegenpol und damit eine große Hilfe sind. Euch beiden Süßen ein riesiges Dankeschön.